MARIE LU

Tradução de Ana Beatriz Omuro

Copyright © 2023 by Xiwei Lu.
Todos os direitos reservados.

Trechos de William Shakespeare da página 221 retirados de *O mercador de Veneza*, Nova Fronteira, 2023, tradução de Barbara Heliodora, e *Noite de Reis*, L&PM, 2004, tradução de Beatriz Viégas-Faria.

TÍTULO ORIGINAL
Stars and Smoke

REVISÃO
Theo Araújo
Thais Entriel
Laiane Flores

DIAGRAMAÇÃO
Julio Moreira | Equatorium Design

IMAGENS DE MIOLO
YY Liak e DepositPhotos

ARTE DE CAPA
Doki Rosi

DESIGN DE CAPA
Larissa Fernandez Carvalho
Letícia Fernandez Carvalho

CIP-BRASIL. CATALOGAÇÃO NA PUBLICAÇÃO
SINDICATO NACIONAL DOS EDITORES DE LIVROS, RJ

L96e

    Lu, Marie, 1984-
    Estrelas nas sombras / Marie Lu ; tradução Ana Beatriz Omuro. - 1. ed. - Rio de Janeiro : Intrínseca, 2023.
    384 p. ; 21 cm.   (Estrelas nas sombras ; 1)

    Tradução de: Stars and smoke
    ISBN 978-65-5560-601-0

    1. Ficção chinesa. I. Omuro, Ana Beatriz. II. Título. III. Série.

23-85635   CDD: 895.13
                    CDU: 82-3(510)

Gabriela Faray Ferreira Lopes - Bibliotecária - CRB-7/6643

[2023]
Todos os direitos desta edição reservados à
Editora Intrínseca Ltda.
Av. das Américas, 500, bloco 12, sala 303
22640-904 – Barra da Tijuca
Rio de Janeiro – RJ
Tel./Fax: (21) 3206-7400
www.intrinseca.com.br

Para você, leitor.
Obrigada pelo amor e pelo carinho ao longo de todos
esses anos. Espero que este livro te faça companhia assim
como você me acompanhou, e que a gente possa compartilhar
muitas outras histórias juntos.

REGISTRO DA MISSÃO

AGENTE A: Winter Young?
AGENTE B: É isso mesmo.
AGENTE A: Só pode estar de brincadeira.
AGENTE B: Acha que ele não conseguiria?
AGENTE A: Ele é um astro do pop, ▉▉▉▉.
AGENTE B: Correção: ele é a maior celebridade do mundo.
AGENTE A: Por favor. Só aceito aulas de semântica às sextas.
AGENTE B: Ah, melhora esse astral, ▉▉▉▉. Quero ver você pensar num disfarce melhor do que um famoso. Ele é exatamente o que esta missão precisa.
AGENTE A: Por quê? Porque ele sabe dar um mortal para trás?
AGENTE B: Porque Winter Young é o único que consegue nos colocar lá dentro.
AGENTE A: Ele não sabe nem o básico do que fazemos!
AGENTE B: Exatamente. Nós não trabalhamos com agentes convencionais.
AGENTE A: Duvido que ele consiga fazer nosso trabalho.
AGENTE B: Bem, não é como se tivéssemos uma opção melhor.
AGENTE A: A CIA não vai gostar dessa ideia.

AGENTE B: Somos o ██████ ██████. Nunca gostam das nossas ideias, mas mesmo assim sempre nos contratam. Não é engraçado?

AGENTE A: Hilário.

AGENTE B: Então você concorda?

AGENTE A: Aham. Mas você fica me devendo.

AGENTE B: O que desta vez?

AGENTE A: Um jantar no melhor restaurante da cidade.

AGENTE B: Orleana?

AGENTE A: Naka.

AGENTE B: Olha, se eu conseguir uma reserva no Naka, vou pedir demissão.

AGENTE A: Se Winter Young conseguir mesmo completar esta missão, eu que vou pedir.

1

AQUELES QUE GERAM OBSESSÃO

Não havia nada particularmente especial no carro que cruzava o estacionamento, os postes de luz o iluminavam num ritmo hipnótico.

A única coisa que fazia o veículo se destacar eram os dois SUVs pretos que o seguiam, ambos transportando equipes de segurança. Os carros mal faziam barulho ao se aproximar dos fundos do estádio, evitando as grades em que noventa mil fãs estavam reunidos.

Por trás dos vidros fumês do primeiro carro estava uma figura esguia com uma das pernas cruzada sobre a outra de um jeito despretensioso, apoiando o queixo na mão numa postura pensativa enquanto observava a multidão ao longe.

À primeira vista, seria difícil reparar que o garoto vestia marcas de luxo. Suas roupas pareciam simples: um conjunto de moletom preto sem nenhum logotipo à vista. Entretanto, uma inspeção minuciosa revelaria suas escolhas cuidadosas, os detalhes bordados à mão nas costuras, a qualidade do tecido feito por encomenda e, por fim, os anéis finos em seus dedos — um cravejado de pequenos diamantes negros e outro de platina com seu logotipo gravado, uma cabeça de coelho estilizada com orelhas que formava duas metades de um coração partido. O rapaz usava seu par preferido de tênis Gucci customizados, um presente de aniversário da marca, e um óculos de sol com lentes rosadas que, uma hora após fotografado em público, estaria esgotado em todo o mundo.

Mesmo que as roupas dele não chamassem atenção logo de cara, o restante o faria.

Winter Young, o mais famoso astro do pop do mundo, o garoto de quem todos falavam, era tão bonito que nem parecia real. Tinha uma presença resplandecente de parar o trânsito: cabelo bagunçado e de um preto tão exuberante que tinha reflexos azuis sob a luz, tatuagens geométricas ao longo do braço esquerdo que terminavam numa cobra que envolvia o pulso, olhos escuros e estreitos emoldurados por longos cílios que se moviam em um charme misterioso, uma expressão que poderia passar de tímida a perversa em um segundo. Mas era mais do que isso. Muitas pessoas são objetivamente deslumbrantes, mas poucas são como ele: celebridades com a característica indefinível de um brilho tão ofuscante geram obsessão. Assim que o mundo as vislumbra, move céus e terras só para vê-las de novo.

Winter encarava a janela do carro, analisando as gotas de chuva no vidro e as milhares de cores diferentes dentro delas, assobiando baixinho a ponte experimental de uma música enquanto sua criatividade arriscava uma nova melodia. Ao lado dele, sua empresária digitava no celular.

— Se Alice marcar uma rápida sessão de fotos amanhã às seis e meia… — começou ela. — Você tomaria café da manhã em quinze minutos por volta das cinco? Vou entender o silêncio como um sim. Não se esqueça de entrar em contato com a CEO da Elevate, a srta. Acombe quer que você seja o garoto-propaganda do tênis que eles vão lançar. Ah, e se quiser encurtar a duração da turnê por Nova York, é melhor me falar agora.

As luzes do estádio filtradas pelas janelas escurecidas projetavam um tom esverdeado nos óculos e na pele escura da mulher. A voz dela, abafada pelo ruído da chuva, tinha o tom de alguém acostumado a vencer discussões com Winter Young.

— A turnê do Ricky Boulet vai coincidir com a sua — continuou ela —, e eu prefiro não perder uma hora da minha vida discutindo com o empresário dele sobre por que estamos… — Sua voz de repente se tornou exagerada, e ela revirou os olhos — … "roubando o fim de semana dele".

— Vamos manter todas as datas — declarou Winter, fitando a janela.

Claire lhe lançou um olhar cético por trás do celular.

— Ninguém faz quatro shows consecutivos em Nova York — retrucou ela.

Sem desviar o olhar, Winter gesticulou para a empresária.

— Você sabe que vamos vender todos os ingressos.

Ela afastou a mão dele com tapinhas.

— Estou falando da sua saúde, não do seu potencial como celebridade. Por favor, não me faça ter que lidar com outro desmaio no palco.

Winter enfim virou a cabeça e abriu um breve sorriso.

— Cinco anos e você ainda não confia nem um pouco em mim — comentou ele.

— Não mesmo. Você por acaso almoçou hoje?

— Três churros contam como refeição?

A expressão de Claire ficou rígida, e ela cutucou a perna de Winter com sua bota.

— Winter Young… Pedi sanduíches exatamente para que você não ingerisse apenas calorias vazias.

Ele repousou a cabeça no assento e fechou os olhos.

— Como você ousa! — replicou ele. — Churros são um alimento perfeito, e não vou tolerar nenhuma blasfêmia contra eles.

Claire soltou um suspiro exasperado e disse:

— Queria que você parasse de trabalhar tanto e cuidasse um pouco de si mesmo, pra variar. Fizesse uma trilha. Saísse com alguém.

Tivesse pelo menos um crush. Quer que eu entre em contato com o agente de alguém para você?

Aquela ideia o deixava exausto. Os dois já haviam tido aquela conversa antes, e Winter não estava interessado em se explicar outra vez. Depois de inúmeras noites vazias, ele passara a odiar encontros. E a ideia de arrastar alguém para o inferno que era namorá-lo fazia Winter estremecer. Em seu último término, sua então namorada lhe dissera que o circo midiático fazia dele uma pessoa *impossível de namorar*.

Para Claire, porém, Winter apenas deu de ombros.

— Não tem ninguém que me interesse — declarou ele.

— Está dizendo que você é a pessoa mais interessante do mundo?

— É a verdade até que se prove o contrário.

— Acho que isso já foi provado.

Winter levou uma das mãos ao peito, como se estivesse magoado.

— Além disso — continuou Claire —, não se trata de interesse. É publicidade gratuita e um pouco de diversão para as duas pessoas envolvidas.

— Sério? Achei que se tratava de amor.

Claire balançou a cabeça.

— Ah, Winter… Dezenove anos e já não acredita no amor.

— Aprendi com a melhor. Você já saiu com alguém desde que terminou com aquela editora de revista?

Claire fungou.

— Tecnicamente, Susan e eu não terminamos.

Winter lhe lançou um olhar incisivo.

— Sei. Vocês só não se falam há dois anos.

— Para de mudar de assunto — rebateu ela. — Estamos tentando consertar a *sua* vida amorosa.

Ele abriu um sorriso travesso.

— Mas eu já amo *você*.

Claire balançou uma mão para ele num gesto irreverente.

— Está vendo esse charme aí? Por que não faz algo útil com ele?

Winter não conseguiu conter uma risadinha. Muitos anos atrás, no ensino médio, ele era apenas um calouro desengonçado e nada popular, magro e com um corte de cabelo feio. Winter passava a hora do almoço sozinho, ensaiava coreografias na quadra vazia depois das aulas e rabiscava melodias, cultivando um sonho ousado. Então ele arranjou um emprego temporário como dançarino na equipe do Ricky Boulet — na época, a maior celebridade do mundo. A performance do Winter no show de abertura do Ricky foi tão extraordinária que um vídeo dele viralizou da noite para o dia.

Claire, na época uma ambiciosa jovem que trabalhava numa empresa de assessoria, enxergou o potencial por trás daquele vídeo e entrou em contato com Winter na manhã seguinte para fisgá-lo antes de qualquer um. Ele era o achado da década; ela, a bússola para o sucesso. Juntos, os dois ascenderam — de repente, o dançarino de apoio assinou contrato com uma gravadora e se lançou em uma das maiores carreiras na história do pop.

"Você vai ser famoso algum dia", provocara Artie, o irmão mais velho de Winter, certa vez, quando ele tinha apenas doze anos e começara a escrever músicas.

Winter apenas rira e dissera: "Você é otimista demais."

"Otimismo é meu poder secreto", replicara Artie com um sorriso. Então o irmão lhe lançara um olhar resoluto. "Você tem uma alma incansável. Uma convicção de que algo maior e melhor está esperando por você."

Winter passou os dedos pelo celular distraidamente. Levou um minuto para perceber que estava bloqueando e desbloqueando o aparelho, depois abrindo o contato do irmão e fechando-o outra vez.

Artemis Young.

Winter encarou o celular, pensando no último dia que passaram juntos. Apenas os dois, com doze anos de diferença, sentados à beira de um píer observando o pôr do sol no oceano. Seus cabelos bagunçados pelo vento salgado. A roda-gigante à distância brilhando em azul e amarelo, as cores refletidas em seus rostos. Winter ainda podia sentir o cheiro do mar, lembrava-se de encarar o irmão e desejar com todo o coração que Artie não fosse embora de novo na manhã seguinte.

"Não passe a vida toda procurando, beleza?", dissera-lhe Artie.

O irmão tinha olhos escuros e redondos, e os de Winter eram estreitos, e seu cabelo preto e ondulado cobria suas sobrancelhas numa franja volumosa. Era tão diferente de Winter que ninguém jamais achava que eram da mesma família.

"Como assim?", perguntara Winter.

"Estou dizendo que, às vezes, você já tem o que deseja. Só não sabe ainda", respondera Artie.

Winter assentira sem concordar de fato.

Para o irmão, falar era fácil. Artie era o filho planejado, o favorito, fruto do primeiro casamento da mãe. Winter foi um acidente, um imprevisto, o erro do segundo matrimônio. Talvez fosse por isso que Artie acreditava que Winter seria famoso algum dia. Ele sabia que o caçula ansiava por atenção; que tinha sede de amor e iria até os confins da Terra para encontrá-lo. Artie percebia aquilo, e tinha pena do irmão.

Na época, Winter dera de ombros e comentara: "Eu só quero ser como você."

Artie rira, um som rouco e intenso que Winter sempre tentara copiar, e dissera: "Seja *você mesmo*, Winter. Seja uma boa pessoa."

Artie trabalhara para o Corpo da Paz, uma agência de assistência voluntária do governo estadunidense, e morrera. Winter se tornara uma celebridade fútil e continuava vivo. No fim das contas, a bondade nunca vencia.

A lembrança se dissipou, assim como a melodia que Winter estava criando mentalmente. Ele guardou o celular e balançou a mão. Mas seus dedos ainda tremiam. Ele não sabia por que ainda tinha o número do irmão. Artie se fora. Do outro lado da linha, encontraria apenas um estranho.

Por fim, o veículo estacionou diante da entrada dos fundos do estádio. Uma equipe de segurança já estava posicionada na frente das grades, mas não era o suficiente para deter a multidão de fãs amontoada em ambos os lados do caminho que ligava o carro ao portão. Devia haver centenas de pessoas ali. Ele reconheceu alguns dos cartazes, alguns dos fãs que tinham participado da passagem de som mais cedo.

— Levanta o queixo — avisou Claire, ajeitando sua postura. — Está na hora de impressionar o público.

Winter afastou os pensamentos e lembrou a si mesmo de onde estava e quem as pessoas esperavam que fosse. Respirou fundo e deu uma piscadela para Claire.

— Como sempre — respondeu ele.

Os dois bateram os pulsos num cumprimento. Um segurança abriu a porta do carro, e Claire saiu.

Todos vibraram ao ver a figura feminina, sabendo o que a chegada de Claire significava. Em seguida, os ruídos animados deram lugar a uma explosão de gritos quando Winter emergiu do carro.

A chuva gelada molhava seu rosto. Quando o clarão ofuscante dos flashes o atingiu, ele deu uma olhada para a multidão de guarda--chuva e viu um mar de celulares virados em sua direção. Gritos desesperados temperavam o caos.

— Winter! Ai, minha nossa, minha nossa… WINTER!

— WINTER!!!

— AQUI, WINTER!

— WINTER, EU TE AMO!

Dava para ver que aquelas pessoas tinham esperado por horas, os cabelos ensopados pela chuva. Acenavam sem parar para ele conforme os seguranças o conduziam; depois, berraram quando Winter levou os dedos aos lábios num beijo rápido.

Conforme ele passava, observava mãos desesperadas oferecendo pôsteres e canetas. A equipe de segurança tentava afastá-las, mas

Winter fazia questão de passar perto da beira das grades, forçando sua comitiva a parar para que ele pudesse rabiscar alguns autógrafos apressados. Ele estava prestes a autografar o cartaz de uma menininha, mas um de seus seguranças o afastou.

— Precisamos ir, sr. Young — avisou ele, balançando a cabeça.

Winter lançou um olhar de desculpas para a menina e foi conduzido até a entrada. A chuva e os gritos foram interrompidos abruptamente quando o portão se fechou.

Depois de algum tempo, Claire desacelerou o passo e lançou a ele um olhar de reprovação.

— Já conversamos sobre não fazer aquilo — repreendeu ela. — Sei que você acha que são só alguns autógrafos, mas não é seguro.

Winter franziu o cenho.

— Ah, vai! Aquelas pessoas passaram horas em pé debaixo da chuva. Não podemos pelo menos oferecer uma tenda ou algo assim?

— Vou cuidar disso — respondeu Claire por cima do ombro, ainda atravessando o corredor do estádio.

Enquanto andava, Winter tirou um caderno fino do bolso do moletom. Ele o levava para todo canto — era uma coleção de letras de músicas não concluídas, palavras que ele achava bonitas e refrões que queria apresentar aos produtores. Então, rabiscou um autógrafo às pressas numa folha em branco e arrancou-a, depois entregou-a para um segurança que estava por perto.

— Leve isso para aquela menininha com capa de chuva azul que estava esperando lá fora — pediu ele. — Por favor.

O segurança lhe deu um sorriso discreto, então assentiu e pegou o papel.

Winter observou-o partir, sentindo a garganta seca. Houve um tempo, não muito distante, em que ele podia se dar ao luxo de passar horas conversando com fãs, um por um, e todo aquele amor o rejuvenescia. Mas ele não conseguia lembrar quando exatamente aquilo mudara; quando a rotina se tornara corrida e inclemente. Winter ficou observando o funcionário até que ele dobrasse o corredor, depois seguiu Claire.

Eles chegaram ao camarim, um cômodo lotado de cadeiras de maquiagem e uma mesa repleta de lanches. Lá, Claire finalmente o deixou sozinho. Winter fez alguns alongamentos rápidos até sentir os músculos aquecidos e relaxados. Em seguida, deu uma olhada na mesa de lanches, desanimado. Sua barriga estava roncando. Claire tinha razão; ele deveria ter comido algo além dos churros, mas agora era tarde demais, e Winter não queria passar mal.

Ainda sem conseguir desviar os olhos da bandeja de croissants, sentiu alguém cutucá-lo com força nas costelas. Ele grunhiu e olhou para o lado. Lá estava um lindo garoto de pele marrom com uma faixa na cabeça que mantinha seus exuberantes cachos escuros longe da testa, os olhos dele fixos na bandeja de biscoitos. Leo.

— Se você não vai comer nada — começou ele —, dá para pelo menos sair da frente para *eu* comer?

Winter deu um passo para trás e revirou os olhos.

— Você não acha que está um pouco tarde para isso? — perguntou Winter, arqueando uma sobrancelha. — Falta apenas uma hora para o show começar.

Leo chegou mais perto da bandeja, pegou um biscoito e enfiou metade na boca.

— Você não tem moral para me dar sermão sobre comida — respondeu ele.

Leo estava prestes a limpar as mãos na camisa, mas pareceu se lembrar de que já estava com o figurino e a maquiagem para o show. Ficou parado por um instante, depois limpou as mãos em um garoto negro e alto que passava por eles. Dameon.

Dameon fez uma careta para Leo.

— Sério?

Leo deu de ombros e respondeu:

— Você ainda não trocou de roupa.

— O que não quer dizer que eu não goste desta camisa — retrucou Dameon.

Ele balançou a cabeça, fazendo seus dreadlocks se moverem, ao ver a mancha de gordura que Leo deixara em sua manga. Então olhou para Winter. Mesmo logo antes de um show, havia uma serenidade nele que Winter achava tranquilizante.

— Estou indo para a sala de ensaio — avisou Dameon. — Quer repassar a coreografia antes de subirmos?

Com um suspiro, Winter tirou os olhos da mesa de lanches e balançou a cabeça.

— Não, preciso me trocar daqui a pouco — respondeu ele. — Podem ir na frente.

Conforme se afastavam, Leo colocou uma das mãos no ombro de Dameon.

— Quantos ensaios até você ficar satisfeito? — indagou Leo.

Dameon deu de ombros.

— Até você parar de atrasar a coreografia — declarou ele, lançando um último olhar para Winter e abrindo um sorriso. — Vejo você no palco.

Winter acenou, deixando os olhos se demorarem sobre os dois por um momento. Em seguida, o verdadeiro caos começou. Maquiadores e estilistas trabalhavam ao redor dele, transformando seu visual casual no primeiro de seus figurinos cintilantes para o show. Enquanto isso, o estádio começava a se encher de fãs. Mesmo estando muito longe do palco, Winter conseguia sentir o tremor dos aplausos e gritos e ouvir as ondas esporádicas de aclamação.

Por fim, era hora. Os seguranças de Winter estavam a sua volta conforme ele atravessava o corredor, ajustando o retorno de palco em suas orelhas e o pequeno microfone em seu rosto. Winter já conseguia sentir a energia dos fãs incitando a chama dentro de si, revelando a força que ele não sabia ter uma hora antes. Seus passos ganharam confiança, e de repente a versão jovem e insegura dele, aquela sorridente que se sentara no píer com Artie tantos anos antes, se escondeu sob a versão cuidadosamente fabricada que o resto do mundo via: o sorriso sedutor, o estreitar de olhos escuros ensaiado, o charme ao caminhar, a silhueta se movendo com uma graciosidade hipnótica.

No estádio, a música ressoava cada vez mais alto, a batida tão forte que estremecia o chão. Os gritos da plateia aumentavam e diminuíam. Winter se abaixou para andar sob o palco, movendo-se em silêncio até chegar onde precisava. Ali, ele se agachou mais e alguns funcionários correram para prendê-lo num equipamento para suspensão. Winter seguia suas instruções diligentemente, movendo os braços e as pernas conforme requisitado e checando tudo para se certificar de que estava funcionando. Era sempre assim, há anos. Ele trabalhava no modo automático, sem pensar.

Por fim, a equipe terminou o trabalho e deixou-o sozinho. Winter baixou a cabeça, se preparando.

O toque que anunciava sua deixa ressoou no retorno de palco.

A plataforma em que ele estava agachado se elevou, erguendo-o até o palco principal.

O público explodiu em gritos. O equipamento de suspensão foi puxado de repente, e Winter foi lançado no ar com um giro. Quando a batida da música parou, os cabos se soltaram. Ele aterrissou de pé com leveza, em frente aos dançarinos de apoio, que tinham se materializado no palco principal atrás de uma gigantesca escultura de coelho iluminada em neon.

Entusiasmada, a multidão berrava. Winter fechou os olhos e respirou fundo, absorvendo a onda de amor que o envolvia. Era *aquilo* que ele realmente desejava, o único momento em que sentia uma conexão verdadeira e intensa com o mundo, e que nunca era saciada.

Winter ergueu uma das mãos.

— Vocês estão prontos? — gritou ele a plenos pulmões.

O mundo rugiu. Ele ergueu a cabeça, sua figura fantasmagórica em meio à fumaça e à névoa do palco, e deu início à primeira música.

✦ ✦ ✦

Como sempre, tudo que aconteceu depois foi um borrão.

Várias pessoas o cercaram no instante em que ele saiu do palco. Winter sorria, entorpecido, enquanto lhe davam tapinhas no ombro para parabenizá-lo e ele agradecia a equipe que retirava o equipamento de seu corpo. A energia pós-show o envolveu, enlaçando-o por completo. Ele sentia os tremores no chão, já que o estádio continuava vibrando a toda mesmo muito tempo depois de sua partida; os fãs ainda estavam entoando as músicas.

Winter tinha se saído bem. Tinha certeza disso, mesmo que a adrenalina já tivesse deixado seu corpo para dar lugar a uma exaustão que chegava aos ossos. Conforme seguia a equipe pelo mesmo corredor de horas antes, os sons do estádio começavam a diminuir, até parecerem apenas um ruído de fundo e o eco de seus passos se tornar audível.

Claire estava a seu lado. Winter não conseguia lembrar quando ela aparecera. Ela estava sorrindo, mas, em seus olhos, ele enxergava preocupação. Claire sabia como ele ficava logo depois dos shows.

— Você foi fantástico — comentou ela.

Os dedos gelados de Claire envolveram o braço dele conforme ela o guiava pelo corredor.

— Ela veio? — perguntou ele.

Claire o fitou, depois balançou a cabeça. Ela não precisava perguntar para saber que Winter estava falando da mãe.

Ele assentiu, inexpressivo.

— Pode pedir para alguém verificar se o carro dela está na garagem? Se ela está segura em casa e não presa no aeroporto? — indagou ele.

— Vou cuidar disso — assegurou Claire.

Os dançarinos passavam ao redor dos dois, aplaudindo e gritando para Winter ao vê-lo. Ele olhou quando Dameon e Leo passaram, dando um toca-aqui.

— O jantar vai ser no seu quarto! — gritou Leo. — Vamos acabar com o champanhe do hotel!

O sorriso de Dameon era mais discreto. Ele observou Winter, examinando-o com seu jeito quieto. Dameon pareceu notar a expressão de Winter, assim como sempre notava tudo nele, mas não fez nenhum comentário.

— Sem pressa! — disse Dameon para Winter.

Por um instante, Winter encarou o garoto com gratidão. Em seguida, Dameon e Leo partiram, acompanhando o fluxo de pessoas pelo corredor em direção à saída dos fundos. Winter seguiu Claire até o camarim.

— Tira um tempo para você — aconselhou ela. — Mas quero tirar você daqui bem antes de abrirem os portões. Dez minutos no máximo, pode ser?

Ele abriu um sorriso e enxugou a testa. Não tinha ideia de quem colocara uma toalha de rosto em sua mão.

— Beleza.

Claire segurou o queixo dele com firmeza e o balançou com delicadeza.

— E, *por favor*, vê se come alguma coisa.

— Prometo — replicou ele.

Então ela o soltou e o deixou sozinho.

O camarim estava vazio. Winter se viu vagando pelo cômodo, passando pelas mesas e cadeiras de maquiagem vazias. O silêncio parecia esmagador depois dos gritos de dezenas de milhares de pessoas.

Em cerca de uma hora, repercutiriam as manchetes. Nas matérias, explicariam como fora o novo show, sua aparência e que estilistas tinha usado nos figurinos. Ao lado de notícias sobre guerras e manifestações, haveria quantos milhares de dólares os ingressos para os próximos shows custariam com cambistas. Novos rumores e fofocas. Winter aproveitaria um jantar tarde da noite com Dameon e Leo, lembrando-se das melhores partes do dia. Depois ficaria deitado, incapaz de dormir, sozinho e cansado, sentindo a alma pulsar debilmente, em sincronia com seu coração.

Ele se apoiou em uma das mesas e baixou a cabeça. Fios suados de cabelo pendiam diante de seus olhos. Por algum motivo, Winter notou que seus pensamentos voltavam para a imagem dos fãs ensopados nos fundos do estádio, esperando que ele saísse do carro. Pensou na menininha tremendo de frio na chuva só pela possibilidade de conseguir um pedaço de papel com seu rabisco.

O último verso que ele tinha escrito em seu caderno ecoou em sua mente: *O que estou fazendo aqui? O que estamos todos fazendo aqui?*

Todas aquelas pessoas tinham ido vê-lo, dado a ele seu dinheiro suado, possibilitado a vida mágica que Winter tinha. E o que ele oferecia em troca? No passado, parecia que ele dava aos fãs algo substancial: sua música, suas performances, seu coração. Algo que os ajudasse a esquecer qualquer preocupação que pudesse perturbar suas vidas. Mas tudo mudou. Naquele momento parecia mais… bem, Winter não sabia explicar. Suas entrevistas se tornaram repetitivas, e as grades de contensão eram reforçadas. Reuniões e advogados. Fãs que pensavam amá-lo, mas não o conheciam de verdade. Um ciclo infindável do mesmo: acordar, maquiagem, ir para um compromisso. Posar. Recitar respostas para as mesmas perguntas. Ensaiar sorrisos para as mesmas fotos. Comer e dormir num quarto de hotel.

E o amor de que ele precisava para florescer, para *sobreviver*, parecia cada vez mais distante. Será que suas criações ainda podiam ser chamadas de criações, de expressões de amor? Ou será que tudo se tornara um negócio? Será que Winter era digno da adoração do mundo? Será que merecia o amor pelo qual desesperadamente ansiava?

Ele não tinha certeza. Assim como não sabia se sua mãe se lembraria dele, ou quando ela se esqueceria de tomar seus remédios, ou se ela tinha orgulho do sucesso dele, ou se ela o amava.

Assim como não tinha certeza de por que fora o irmão quem morrera.

"Ah, Winter…", dissera Artie certa vez depois de uma audição fracassada, sempre gentil. "Você não precisa ser famoso para ser importante."

Mas Winter não sabia ser importante sem ser famoso.

Artie dera a vida por algo que fazia do mundo um lugar melhor. O que Winter estava dando?

De repente, ele estava em seu limite. A adrenalina do show havia se dissipado por completo, deixando apenas a exaustão. A inquietude que sempre corria dentro dele começou a causar feridas, sempre tentando alcançar uma versão inatingível de Winter. Uma versão melhor do que a que ele era.

Se Winter pudesse ao menos chegar perto dessa outra versão, ele seria uma pessoa digna. Seria alguém feliz.

Mas ele não conseguia. Então tudo o que queria fazer era fugir para um quarto de hotel. Talvez também faltasse ao jantar com os amigos. Claire tinha dito dez minutos; ele olhou para o relógio na parede.

— Cinco minutos — murmurou Winter.

Tempo o bastante. Conhecendo ela, os carros já deviam estar prontos para dar partida. Ele ajeitou a postura e passou a mão pelo cabelo bagunçado. Então saiu do camarim e se afastou cada vez mais do palco do estádio.

A equipe de segurança ainda não tinha aparecido para buscá-lo; talvez fosse cedo demais e estivessem todos esperando em algum lugar próximo da saída dos fundos. Ele atravessou sozinho o grande corredor até chegar ao pequeno e discreto portão lateral que levava aos fundos.

Winter saiu, encontrando a noite fria e úmida. No mesmo instante, sua visão se fixou em um elegante carro preto que estava parado logo na saída. Conforme caminhava na direção dele, a porta do veículo se abriu automaticamente, revelando um interior aveludado.

Ele soltou um pequeno suspiro animado ao entrar. Claire devia ter conseguido carros melhores durante o show. Aquele tinha janelas de vidro fumê que, no momento, reproduziam um vídeo relaxante do oceano, uma função que o outro com certeza não tinha, e assentos de couro que já estavam aquecidos a uma temperatura confortável.

A porta se fechou, trancando-o no veículo. Então o carro partiu.

Foi só naquele momento que Winter percebeu que havia algo de errado. No escuro, ele reparou que a mulher sentada ao lado dele não era Claire. E o motorista também não era ninguém que ele reconhecia.

Winter piscou, confuso.

— Entrei no carro errado? — perguntou ele.

— É o carro certo — respondeu a mulher.

Então Winter percebeu que estava sendo sequestrado.

2

AQUELES QUE VIVEM NAS SOMBRAS

Winter precisou de mais um segundo para se convencer de que não estava tirando conclusões precipitadas. Já tinha entrado às pressas em inúmeros carros pretos com motoristas que ele não reconhecia ou que precisaram acelerar por um motivo ou outro. Claire nem sempre tinha tempo para avisá-lo de tudo, e, ao longo dos anos, Winter aprendera a entrar primeiro e perguntar depois.

Talvez agora também houvesse uma explicação.

Mas alguma coisa no motorista e na mulher vestidos com ternos impecáveis parecia diferente. Winter sentiu os pelos da nuca se arrepiarem, como se fosse um sexto sentido.

— Estamos voltando para o hotel? — questionou ele.

Ninguém respondeu. As janelas continuavam a exibir os vídeos serenos do oceano, dando a ele a ilusão de estar passeando pelo litoral mediterrâneo. Só a janela do motorista mostrava o lado de fora. E ele estava indo para a saída errada.

— Para o carro, por favor — pediu Winter.

Silêncio.

Naquele momento ele soube que estava encrencado. Nenhum de seus motoristas jamais tinha desobedecido uma de suas ordens. Mas o homem continuou dirigindo, o olhar fixo na saída que ficava no extremo oposto do estádio. As sobrancelhas dele eram tão escuras e grossas que pareciam encobrir seus olhos por completo. As luzes da rua delineavam os pelos de sua barba curta.

— Para o carro — repetiu Winter, mais ríspido dessa vez. — Me deixa sair. Agora.

— Acho que não podemos fazer isso, sr. Young — disse o motorista por cima do ombro.

Estou sendo sequestrado. Esse dia enfim chegou. A ideia percorreu Winter como uma avalanche. Sempre fora uma possibilidade — e essa era a verdadeira razão de Claire ser tão paranoica quando o assunto era segurança. Ele podia ouvir o sangue pulsando nos ouvidos. Era por isso que não tinha nenhum segurança por perto? Será que essas pessoas tinham feito alguma coisa com eles?

— Por que não? — perguntou Winter, com o tom mais calmo que conseguiu.

Ele tateou a porta do carro, procurando a trava.

— Todas as travas são automáticas e controladas pelo motorista — avisou a mulher.

Ela alisou com delicadeza a lateral de seu hijab azul, depois o encarou. Tinha olhos fundos e calmos.

A mão de Winter parou e, em seguida, procurou pelo celular, pronto para ativar a função de chamada de emergência.

— Se vocês querem dinheiro — começou ele, baixinho —, entrem em contato com minha empresária. Mas já vou avisando que Claire não vai ficar nada feliz de ouvir isso, e, se eu fosse vocês, não ia querer irritar ela.

— Não será necessário. Não estamos atrás disso, sr. Young — disse a mulher, apontando com a cabeça para a mão dele. — Deixe o celular onde está. Não vai funcionar aqui dentro, de qualquer forma. Isto é apenas uma VC.

Winter pousou a mão em cima do celular.

— Uma… *o quê?* — perguntou ele.

Ela fez um gesto e em seguida explicou:

— Uma volta de carro. Uma reunião. Só tomaremos alguns minutos do seu tempo.

Eles não pareciam mais sequestradores. Eles soavam como… procuradores?

Winter franziu a testa, sentindo a raiva crescer.

— Alguns minutos? O que está acontecendo, afinal? Quem são vocês?

Àquela altura, o carro já tinha passado pelos portões do estádio e disparava pela rua. A mulher levou a mão ao bolso para tirar alguma coisa de lá. Winter ficou tenso, perguntando-se por uma fração de segundo se teria que arrancar uma arma da mão dela. Mas ela ergueu um distintivo e o abriu, revelando uma credencial de identificação.

— Me chamo Sauda Nazari. Sou do Grupo Panaceia — disse ela.

Winter balançou a cabeça. Ainda sentia o coração prestes a sair pela boca, então tentou assimilar a situação.

— O quê?

— Grupo Panaceia. Panaceia significa "uma solução…

— Eu sei o significado de "panaceia" — retrucou Winter. — Mas… como assim? Quem *são* vocês, agentes secretos da CIA?

O motorista bufou.

— Chegou perto. Mas foi um bom chute.

Winter balançou a cabeça. Aquilo estava ficando cada vez mais estranho.

— A CIA nos contrata para os trabalhos que eles não querem fazer — explicou Sauda.

— Não estou no clima para piadas — declarou Winter.

Sauda o fitou.

— Não sou palhaça, sr. Young.

Winter a encarou até a mulher enfim interromper o contato visual e olhar adiante, para o para-brisa. No banco da frente, o homem suspirou.

— O que eu te disse? — resmungou o motorista. — Ainda dá tempo de levar ele de volta para o estádio. O que acha de deixar ele lá e pegar outra pessoa?

— Dê um pouquinho mais de tempo para ele, Niall. — Ela olhou para o homem pelo retrovisor e lhe deu um sorriso discreto e cativante. — Por favor, por mim.

Ele resmungou alguma coisa ininteligível, mas voltou a ficar em silêncio.

Sauda se virou para encarar Winter.

— Somos quem a CIA chama quando precisa… terceirizar um trabalho — explicou ela. — O Grupo Panaceia é uma empresa privada, e buscamos agentes não convencionais. Temos certas liberdades que nossa prima subordinada ao governo não tem. Menos burocracia e mais recursos, digamos assim. Agimos mais rápido. Então assumimos qualquer coisa que escorra pelas fendas políticas da CIA.

— Então é sério mesmo — sussurrou Winter.

— Pois é — replicou Sauda.

— A CIA.

— O Grupo Panaceia.

— Panaceia. Beleza — disse Winter, esfregando a testa. — Esse é um procedimento padrão? Sequestrar pessoas sem dizer a elas o que vocês querem? Isso é legal? Espero que vocês saibam que, em cerca de meia hora, meu status de desaparecido vai ser o principal assunto do mundo.

Sauda se aproximou, apoiando-se nos joelhos.

— Fique tranquilo, sr. Young. Assim que terminarmos esta conversa, deixaremos você onde quiser ficar.

— E a conversa é…?

— Precisamos da sua ajuda.

Ao ouvir isso, uma risada involuntária subiu pela garganta de Winter e emergiu na forma de um grunhido.

— Ah, que maravilha! — exclamou ele, balançando a cabeça. — Se essa for uma das pegadinhas da Claire, ela vai ser demitida assim que eu sair deste carro.

A mulher não riu. De alguma maneira, algo em sua expressão fez o sorriso de Winter murchar. Havia uma autenticidade nela que ele não conseguia ignorar.

— Você é Winter Young — disse ela.

— Isso. Belo trabalho de espionagem.

— Como você bem sabe, você é uma das maiores celebridades do mundo, e tem uma grande variedade de fãs. — Ela cruzou os braços. — E estamos interessados em uma dessas fãs.

Winter cruzou os braços.

— É mesmo? — indagou ele.

— Passamos os últimos anos acompanhando as atividades de Eli Morrison. Você sabe quem é?

O nome parecia familiar.

— Não exatamente — respondeu Winter.

— Eli Morrison é um dos homens mais ricos do mundo — explicou Sauda. — Ele tem uma fortuna avaliada em trinta e sete bilhões de dólares, tudo graças a seu império de transporte e logística. A CIA já tentou prendê-lo no passado, mas não teve sucesso.

— Não sabia que transportar coisas era ilegal — comentou Winter.

— Transportar algumas coisas é. Como drogas. E pessoas. E armas — disse ela, seu sorriso ficando mais sombrio. — Preferimos chamar isso de tráfico.

— E o que raios isso tem a ver comigo?

Sauda parecia imperturbável.

— A filha única de Morrison, a menina dos olhos dele, vai fazer dezenove anos em breve. Ele está planejando uma grande celebração de vários dias que vai, perdoe a exatidão da citação, "fazer qualquer outra festa de aniversário parecer uma merda". — Ela acenou com a cabeça para Winter. — E ela é sua maior fã.

Winter sentiu um peso recair sobre o peito.

— Eu ouço bastante isso — murmurou ele.

— Acho que nesse caso deve ser verdade — retrucou ela. — Em cerca de oito horas, um funcionário do Morrison vai entrar em contato com você e sua empresária. Eles querem contratar você para fazer um show particular para a comemoração.

Uma performance para a filha de um magnata do crime. Isso era novidade.

— Onde? Quando? — perguntou ele, com a garganta seca.

— Daqui a um mês — respondeu ela. — Em Londres. Ele vai convidar dez mil pessoas, e levar todas numa frota de aviões particulares.

— Puta merda.

Sauda deu de ombros.

— Eu falei que era uma festa grande. A segurança dessa semana de celebração será, como você deve imaginar, bastante reforçada.

Ele olhou de Sauda para Niall.

— Vocês querem que eu seja o agente infiltrado de vocês? — indagou Winter.

— Exatamente — confirmou ela. — Você participaria desses eventos exclusivos como nosso agente infiltrado.

— Para fazer o quê?

— Para nos ajudar a conseguir uma evidência crucial de que precisamos para prender Eli Morrison.

Winter arqueou uma sobrancelha.

— Só isso?

Ela abriu um sorriso discreto.

— Você não será um convidado qualquer, Winter. Será o convidado especial da filha de Eli Morrison, a pessoa mais preciosa do mundo para ele. Você provavelmente ficará sentado ao lado dela e do pai durante os jantares e será convidado para todas as festas particulares depois dos eventos principais. Esse tipo de oportunidade não surge todo dia.

Winter se recostou no assento.

— Não, valeu — declarou ele.

Sauda estreitou os olhos.

— Sr. Young, estou pedindo que pense com calma — disse ela.

— Eu *estou* pensando com calma, e agora terminei de pensar com calma. A resposta continua sendo não.

— Sr. Young…

Winter olhou para a janela.

— Pare o carro e me deixe sair.

Sauda o encarou, paciente, como se soubesse que aquela seria a resposta dele.

— Quando uma borboleta bate as asas, ela muda o mundo. — Ela suavizou a voz. — Seu irmão, Artemis Young. Ele fez parte do Corpo da Paz, certo?

Winter congelou, sentindo todo o sarcasmo escorrer para fora de seu corpo.

— Cuidado… — avisou ele, baixinho. — Agora vocês estão em território perigoso.

— Ele falava muito de você para os colegas — contou Sauda. — Que tinha orgulho de você, mas que você estava sempre procurando por algo maior do que já tinha, algum propósito, alguma razão para ser alguém digno. Suspeito que, mesmo agora, por mais renomado que seja, você ainda se sinta assim.

Winter ouviu aquelas palavras como se tivessem sido ditas pelo próprio Artie. E, de repente, viu o fantasma do irmão sentado no carro também, recostado no assento e o encarando com um sorriso tranquilo. Para sua frustração, sentia lágrimas se formando no canto dos olhos, a garganta se fechando contra sua vontade.

— Por que está falando do meu irmão? — perguntou Winter, a voz rouca.

— Porque presumo que haja muita coisa sobre ele de que você não saiba — respondeu Sauda. — Ou sobre como ele morreu. E que você provavelmente gostaria de saber.

Era como se o mundo tivesse saído do eixo. Do lado de fora do carro, a noite parecia enevoada.

— Artie morreu durante uma missão do Corpo da Paz, na Bolívia — disse Winter, devagar.

— Foi mesmo? — rebateu Sauda.

O coração de Winter disparou.

— Não foi isso? — perguntou ele.

A expressão de Sauda se tornou mais gentil.

— Este não é o lugar ou a hora para te contar tudo. E talvez você não queira saber. Se esse é mesmo o caso, então é só falar, e te deixaremos no seu hotel, sem mais perguntas — disse ela. — Mas, se você quiser saber, vai precisar assinar alguns documentos. E, para fazer isso, talvez queira considerar minha oferta.

Nada mais fazia sentido. Winter sentiu as mãos formigarem; seus braços e pernas pareciam entorpecidos. Artie, que sempre lutara por algo maior do que ele mesmo, que nunca falara sobre o que fazia… Winter tinha a sensação de estar vivendo numa espécie de pesadelo, sendo apresentado a uma versão do irmão distorcida por um espelho de circo.

E se Sauda estivesse falando a verdade? O que havia acontecido de fato com Artie? Que parte da história ele não sabia? Afinal, por que *Sauda* tinha essa informação? Winter queria gritar as perguntas na cara dela, exigir que ela lhe contasse o que estava escondendo. Suas mãos tremiam, contidas; sua respiração era irregular e superficial, e as lágrimas ameaçavam cair.

Envergonhado, Winter enxugou os olhos, impaciente, e encarou a mulher com desdém.

— Usar meu irmão contra mim é um golpe bem baixo — declarou ele.

Ela parecia imperturbável.

— Só estou fazendo meu trabalho. Não é nada pessoal.

— Sempre é pessoal.

— É por um bem maior — retrucou Sauda, inclinando a cabeça. — É algo que sei que você pensa com frequência.

Winter bufou, debochado, e desviou o olhar, o coração apertado.

— Sou só um cara famoso — murmurou ele.

— Você é o espião perfeito.

A frustração de Winter cresceu.

— Eu sou literalmente o oposto de um espião — rebateu ele, ríspido. — Você sabe, né? — questionou ele, agitando a mão na frente dela. — Não chamar atenção, não ser reconhecido pelo que faz… não é esse o objetivo do seu trabalho?

— É o trabalho mais ingrato de todos — concordou ela.

— Bem, minha carreira inteira gira em torno de ser reconhecido — replicou Winter.

Sauda inclinou-se na direção dele. Havia um brilho intenso em seu olhar.

— O que é uma missão, senão uma performance? — indagou ela. — Você sabe chamar atenção, sabe fazer as pessoas olharem para onde você quer. Sabe como controlar uma multidão, como improvisar quando algo dá errado, e transformar toda a sua personalidade de acordo com o público. Sabe mentir quando quer. Melhor de tudo, ninguém vai suspeitar de você. Essa é a beleza de ser um espião não convencional. — Ela apontou para sua têmpora com um dedo, a unha pintada de verde-claro. — Permita-se pensar com coragem, Winter Young. Você pode achar que seu lugar é sob os holofotes e o meu é trabalhar num mundo secreto, mas nós dois existimos no mesmo lugar.

Winter engoliu em seco.

— Não posso fazer isso — sussurrou ele.

— Você vem analisando seu sucesso e se questionando se isso tudo realmente importa. Você passa noites em claro, se sentindo grato e culpado pelos seus fãs, se perguntando se é digno de tudo que tem — disse Sauda, se inclinando ainda mais na direção dele. — Sei que você quer fazer o bem. Sei que quer ser uma *boa pessoa*.

— Não sou o meu irmão — murmurou Winter.

Ela levou um dedo ao peito.

— Você tem o coração dele. E sei que está procurando por alguma coisa. Validação, talvez.

— E você acha que vou encontrar isso trabalhando pra vocês? — retrucou ele, frio.

— Acho que talvez você encontre satisfação ao saber que pode usar seu considerável estrelato para fazer justiça, sim.

Sauda sorriu um pouco e, por trás daquele sorriso, havia algo de trágico. Ela continuou:

— Talvez fazer um ato de bondade sem retribuição, para variar, seja exatamente o que você está procurando.

Por um momento, Winter hesitou. Ele encarou as luzes e as sombras que se moviam pelo carro, quase ritmadas.

— Acho bom você não estar esperando que eu mate alguém — sussurrou ele, por fim.

Sauda abriu um sorriso minúsculo, parecendo achar graça. Ela se recostou no banco.

— Prometo que nenhum assassinato será necessário. Agora, Morrison com certeza exigirá que você use a equipe dele para preparar seu show. Então você não poderá levar a maior parte dos seus dançarinos e funcionários. Mas podemos colocar um de nossos agentes com você para se passar por um segurança. Já tenho a pessoa perfeita em mente.

— Ah, é?

— Nós a chamamos de Chacal.

Winter ergueu uma sobrancelha.

— Parece gente boa — comentou ele.

— Mas não é — replicou Sauda, tão seca quanto Winter. — Só que é muito boa no que faz.

Uma agente secreta do Grupo Panaceia como segurança. Um número limitado de sua própria equipe. Aquilo só podia ser um pesadelo. Em breve Winter acordaria sobressaltado na cama do hotel, encharcado de suor, as imagens daquela mulher e daquele carro já se dissipando em sua mente. Era tudo loucura; por que ele precisava fazer aquilo? Na teoria, Winter tinha uma vida muito bem-sucedida. Podia voltar para ela sem concordar com aqueles agentes. Poderia se forçar a esquecer o que aquela estranha tinha acabado de lhe contar sobre Artie. Nada traria o irmão de volta, no fim das contas.

— Você não precisa concordar com a missão agora — declarou Sauda, baixinho, examinando a expressão dele. — Só precisa estar interessado em ouvir mais.

Interessado em ouvir mais.

Parecia que Winter estava à beira de um precipício com uma venda sobre os olhos, esforçando-se para enxergar alguma coisa. Sentia aquela eterna e familiar inquietude dentro de si despertando, insaciável e voraz.

Um ato de bondade sem retribuição.

— Quero que minha mãe seja protegida — exigiu Winter.

— Certo.

— E, se meus funcionários forem comigo, é bom estarem protegidos também.

— Pode deixar.

— E quero um carro legal.

— Podemos te dar um Mazda — disse ela.

Bem, não custava tentar. Winter encarou o rosto sereno e contido de Sauda. Como essas pessoas faziam esse trabalho? Como era possível viver nas sombras do mundo, todos os dias, fazendo coisas de que as outras pessoas jamais desconfiariam?

— Vou me arrepender disso, não vou? — indagou Winter.

— É possível.

Winter suspirou.

— Como posso ter mais informações? — perguntou ele.

— Assinando um contrato — respondeu Sauda. — Obviamente, toda esta conversa é estritamente confidencial. Você precisará cumpri-lo até quando julgarmos necessário.

Winter cerrou os lábios.

— Contratos. Finalmente uma coisa que eu entendo.

Ela sorriu.

— Então você vai se dar muito bem conosco. Bem-vindo ao Grupo Panaceia, sr. Young.

3

A CHACAL

Sydney Cossette recebeu a ligação pouco depois de se afastar do ponto de ônibus na frente do condomínio onde morava. Sua mochila balançava nas costas, e seu cabelo loiro na altura do ombro esvoaçava com o vento. A rua estava molhada por causa da chuva fina e lotada de carros estacionados. Ela contornou os veículos, espremendo-se entre uma van e um carro preto para chegar à calçada do outro lado. Ainda sentia dores no pulmão por causa do treino de *kickboxing*. Tinha feito mais esforço do que deveria.

A tela de LED no topo do abrigo do ponto de ônibus mostrava uma sequência de notícias. Durante a semana inteira, o visor exibira as mesmas manchetes e publicidade que os painéis de LED perto de sua casa.

WINTER YOUNG ENCANTA MULTIDÕES NO PALCO

NOVO ÁLBUM DA SENSAÇÃO INTERNACIONAL WINTER YOUNG ESTREIA EM
1º LUGAR EM 70 PAÍSES

WINTER YOUNG SURPREENDE MAIS UMA VEZ COM SHOW ORIGINAL,
AUMENTANDO EXPECTATIVAS PARA TURNÊ MUNDIAL

Debaixo da chuva, Sydney estreitou os olhos e resmungou baixinho um palavrão em português. Não era sua língua materna, mas ela aprendia diferentes idiomas com a mesma facilidade que Winter Young colecionava Grammys. Sem perceber, sempre escolhia uma língua diferente para usar em certos dias com base em seu humor.

Hoje era um dia para o português.

Puta que pariu, pensou ela. Milhões de pessoas estavam sofrendo ao redor do mundo por conta de diversas catástrofes, mas *aquela* fora a principal manchete da semana? Enquanto Sydney fitava os painéis, as telas exibiam vídeos de Winter Young — alguns dele no meio do último show, outros do astro rabiscando autógrafos para fãs. Outra tela exibia um trecho de uma entrevista recente.

Você tem noção do quanto sua fama aumentou nos últimos anos?, diziam as legendas da entrevistadora.

Winter abriu um sorriso acanhado. *Não sei*, respondeu ele. *Aumentou?*

Sydney revirou os olhos.

Ele era fofo. Estonteantemente lindo, se ela quisesse admitir. Sydney apreciava cílios longos e uma boca bonita assim como todo mundo. E, sim, a música dele era diferente — o uso de instrumentos de percussão chineses com hip-hop, por exemplo, dava um toque original. Um som tão único que fizera Winter levar todos os Grammys do ano anterior e inspirara centenas de imitações e até mesmo um subgênero musical que as pessoas chamavam afetuosamente de Winterpunk. Ela e o resto do mundo tinham visto Winter em alguns dos mais deslumbrantes figurinos sobre o palco: às vezes, ele dançava em couro preto drapeado em prata; em outras, trajava sedas dignas de um príncipe das fadas; e, certa vez, usou um terno que estava literalmente em chamas.

O rapaz adorava dar show. Nascera para os palcos, isso era certo.

Quando Sydney chegou na portaria de seu prédio, se permitiu imaginar como Winter deveria ser: deslumbrante e totalmente convencido, talvez um paquerador descarado, provavelmente um babaca. Ela podia ver sinais disso no sorriso dele e na forma como ele inclinava a cabeça, como se soubesse um segredo seu. Ele era o tipo de garoto que devia dar ordens a torto e a direito e esperava que todas fossem atendidas, sem se importar com quem o fizesse. O tipo de garoto que podia apontar para qualquer pessoa numa multidão de fãs ensandecidos e arranjar ali um novo romance.

Não que ela invejasse aquele estilo de vida. Mas músicos eram o pior tipo de celebridade. Certa vez, ela precisou acompanhar um deles numa missão, e aquelas foram as quarenta e oito horas mais longas de sua vida. Os chiliques, a incapacidade de funcionar sem um assistente, a mania de tratar Sydney como uma de suas funcionárias, o cantarolar incessante… Seus superiores ouviram um monte depois daquilo. Toda aquela energia da qual os artistas se alimentavam no palco ia direto para suas cabeças e entupia suas artérias. Eles amavam justificar seu comportamento em nome da *arte*.

Seus músculos na região do pulmão estremeceram em outro pequeno espasmo de dor, e ela se retraiu, irritada.

— Chega — murmurou ela para os painéis de LED ao longe.

Quanto mais cedo a mídia parasse de informar cada detalhe a respeito de Winter Young, mais cedo o mundo poderia se ocupar com algo de fato importante.

Naquele dia, haviam colocado uma nova decoração na recepção do prédio — objetos de vidro variados e um copo com canetas, como um buquê à disposição. Ao flexionar as mãos, ambas ainda envoltas nas faixas brancas do treino de *kickboxing*, Sydney avistou os bibelôs que decoravam o balcão.

O rapaz na recepção sorriu quando notou a presença dela.

— Boa tarde, senhorita Madden.

Aquele não era seu nome verdadeiro.

— Boa tarde, George — cumprimentou ela.

Em seguida, Sydney abriu um sorriso sedutor, os olhos brilhando. Ele corou, seguindo-a com o olhar. Ela conteve a vontade de ficar por ali e conversar com o rapaz, para depois, quando ele não estivesse olhando, enfiar um daqueles bibelôs de vidro no bolso. Seria tão fácil. Ela não ficaria com o bibelô, óbvio — em geral jogava fora ou vendia o que roubava —, a adrenalina estava no ato de roubar, não de acumular.

Mesmo depois de anos de treinamento e terapia, a vontade de furtar estava sempre ali, à espreita. Pelo menos ela já estava bem melhor em resistir aos impulsos. Sydney tirou os olhos das pequenas figuras e fixou-os nos elevadores.

— Vejo você por aí — disse ela, numa voz melodiosa.

— Até mais — respondeu ele, sempre com uma pequena nota de esperança de que ela o chamasse para sair ou o convidasse para subir.

No elevador, Sydney digitou seu código no painel e subiu. Minutos mais tarde, chegou ao seu andar, dirigiu-se para seu apartamento e entrou.

Para uma garota de dezenove anos, ela recebia bem: um salário de cinco dígitos, com a promessa de aumento quando fosse promovida a agente pleno. Por isso, o apartamento também era bom — organizado, quarto e sala com uma pequena varanda com vista para o deslumbrante horizonte de Seattle. Mil vezes melhor do que o muquifo onde ela havia crescido.

Mas o interior tinha uma decoração esparsa, com a aparência de um lugar que poderia pertencer a qualquer pessoa. Sem retratos nas paredes, sem itens pessoais à mostra, sem álbuns de fotos nas estantes. Se alguém invadisse e revirasse o lugar, não encontraria nada revelador sobre Sydney nos livros genéricos sobre a mesa de centro ou nos cardápios de delivery grudados na geladeira. Não encontrariam nenhuma personalidade em seu closet cheio de roupas que poderiam estar no guarda-roupa de qualquer garota. Não encontrariam joias de valor, nenhuma evidência de hobbies além da assinatura do *New York Times* (todas as edições guardadas numa pilha organizada no balcão da cozinha, jamais lidas), nenhuma lembrancinha de viagens, nenhuma herança de família ou lembranças. Nenhuma parte de seu coração exposta em lugar algum.

Assim ela se sentia segura. Sydney era o tipo de pessoa que toda agência de inteligência queria: muito sagaz, boa em guardar segredos e sem família ou vínculos pessoais — pelo menos nenhum com o qual tivesse contato. Sydney Cossette caminhava sozinha pelo mundo, e gostava que fosse assim.

Ela abriu a geladeira e começou a pegar ingredientes para fazer um sanduíche. Presunto, queijo e pão de forma. Era genérico, mas havia um pedaço de seu coração escondido ali; ela odiava sanduíches porque tinha comido muitos deles na lanchonete do hospital sempre que visitava a mãe. Depois, porém, Sydney adquirira o hábito de fazer sanduíches quando precisava de algum conforto. Pelo menos isso fazia com que ela sentisse que tinha algum controle sobre a própria vida.

Depois que tirou os ingredientes para o sanduíche da geladeira, recebeu uma notificação no celular.

Chamada recebida
Número desconhecido

Sydney sabia, obviamente, que a ligação devia ser de Niall O'Sullivan. Ela encarou a tela do celular por um segundo. A agência tinha lhe dado uma semana de folga depois de uma missão particularmente complicada: tomar conta de um criminoso birrento que virara informante. Mesmo assim, lá estavam eles, importunando-a no terceiro dia.

Ela saiu da cozinha e foi até a varanda com vista para o porto. Ali, ela se apoiou no parapeito e encarou o ponto de ônibus vazio de onde viera. Pelo menos as dores haviam diminuído, e Sydney podia respirar sem sentir os músculos estremecerem.

— *Nani?* — disse ela em japonês.

— Pare com isso, Syd.

Ela voltou a falar em inglês:

— E eu achando que você tinha me dado uma folga de verdade, chefe.

— Como se você estivesse fazendo alguma coisa divertida no seu tempo livre — rebateu ele.

— Você não faz ideia. Eu poderia estar tomando sol numa praia na Cidade do Cabo.

— E você está fazendo isso? — indagou Niall.

Por um segundo, Sydney pensou em abrir um vídeo aleatório com sons das ondas do oceano.

— Tenho certeza de que você sabe exatamente onde estou e o que estou fazendo — murmurou ela, lançando um olhar rápido para o céu, meio que esperando ver um pequeno drone a observando. — Essa não é a nossa especialidade?

— Para alguém que só está há dois anos na ativa, você é bem linguaruda.

— Desculpa. Sou uma criança. O que foi? — perguntou ela.

— Uma missão, obviamente.

— Não me diga que vou passar outra semana bancando a babá de um suspeito qualquer.

— Ah, vai por mim, é muito pior do que isso.

— É mesmo? — indagou ela. — Parece que vale a pena, então.

— Mas, se você tiver sucesso nesta missão, não apenas será promovida, como também receberá um generoso bônus.

Promoção. Isso chamou a atenção dela.

— Vou trabalhar totalmente disfarçada? Vão me mandar de novo para o exterior? Ainda preciso de um passaporte novo depois do que aconteceu em Moscou ano passado.

— Não fique tão animada. Ainda me pergunto se deveria mesmo ter te contratado.

Sydney abriu um sorriso. Ela nunca ouvira Niall parecer contente com nenhuma das missões da Panaceia — ele parecia acreditar que tudo era sempre uma péssima ideia. Então ela tinha começado a considerar seus resmungos no celular como um "boa sorte".

— Eu sei que você agradece todo dia por ter me contratado — disse ela, com um tom agradável.

Ele apenas grunhiu. Foi por puro acaso que Niall visitou a escola de Sydney quando acompanhava um recrutador da CIA, relutante, e a viu arrombar várias portas trancadas na quadra para roubar o equipamento de boxe da escola. Quando ele a confrontou, Sydney tentou convencê-lo de que não falava inglês muito bem, soltando uma torrente de palavras em russo com tanta naturalidade que ele quase acreditou ser sua língua nativa.

Ela ainda se lembrava do sermão que recebera.

"Suas consoantes", dissera ele.

Sydney apenas balançara a cabeça inocentemente.

"Não aspire tanto", continuara ele. "Isso entrega seu disfarce. Mesmo assim, muito bem."

Para a surpresa de Sydney, ela sentira uma onda de orgulho ao ouvir o elogio. Depois de concordar em não a dedurar para a direção, Niall lhe fizera algumas perguntas, sondando as dezenas de outros idiomas que ela havia aprendido sozinha, e depois se ela estaria interessada em se juntar a um programa de treinamento para trabalhar no Grupo Panaceia.

"É uma empresa de turismo ou algo do tipo?", perguntara ela.

"Algo do tipo", respondera Niall.

"Tanto faz o que é. Estou dentro."

"Excelente."

"Mas tenho uma condição."

Niall erguera uma sobrancelha, provavelmente intrigado pela exigência de uma adolescente emburrada.

"Dinheiro?", perguntara ele. "Nossos estagiários ganham bem."

"Não", respondera ela. "Uma passagem para longe desta cidade."

Niall lançara a ela um olhar questionador.

"Só de ida?", indagara ele.

Ela assentira.

"Amanhã. Hoje, se possível."

Ela ainda se sentia grata por Niall nunca ter lhe perguntado sobre sua família. Talvez fosse porque ele era um espião e já soubesse tudo o que havia para saber sobre ela. Ou talvez fosse porque ele já tinha recrutado no tipo de cidade decadente da qual ela vinha, porque sabia que aqueles lugares estavam cheios de pessoas dispostas a fugir.

Independentemente do motivo, Niall dissera:

"Nós vamos cuidar de tudo."

Ela não acreditara nele, nem entendera quem era "nós". Mas havia de fato um carro preto à espera na frente da casa dela quando chegou da escola uma hora depois. Ela nem se deu ao trabalho de entrar em casa.

— Você parece especialmente aborrecido hoje — disse Sydney, ainda se apoiando no parapeito. — Deve ser uma missão muito boa.

— Nem me fale — retrucou Niall. — Você vai para Londres. Precisamos que você finja ser uma segurança particular em algumas festas.

— Parece que vou bancar a babá. De quem é a festa?

— Um tal de Eli Morrison.

Um tremor de entusiasmo e medo percorreu o corpo de Sydney.

— Vocês vão me incluir numa operação atrás do Morrison? — indagou ela, entredentes.

— Se fizermos tudo certo, será a última operação atrás dele.

Sydney se lembrava de que a CIA tinha ido atrás de Eli Morrison ao menos quatro vezes no passado, sempre com uma nova tentativa para colocar o homem atrás das grades, sempre sem sucesso porque não conseguiam chegar perto o bastante ou reunir evidências suficientes; sempre foram derrotados por alguma autoridade de alto escalão que estava secretamente nas mãos do magnata. Sydney vira na TV imagens do homem na inauguração de um novo hospital pediátrico em Hamburgo, na Alemanha, ao mesmo tempo em que suas operações entregavam trinta toneladas de cocaína no porto da cidade; vira o homem apertando a mão do presidente da França para uma foto e, horas mais tarde, ela ouviu relatórios de inteligência de que ele havia assassinado um refém com um martelo; vira o magnata sentado numa cadeira, bebericando vinho, enquanto seus homens massacravam uma família inteira num local confidencial. Ele era o tipo de homem que assombrava os sonhos dela, o tipo que sabia como esconder suas monstruosidades por trás de um bom terno, um sotaque refinado e amigos poderosos. O tipo que sabia como não deixar rastros.

— Detalhes da missão? — pediu ela.

— Temos a rara oportunidade de colocar dois agentes no círculo interno de Morrison, e você será um deles. Ele precisa de alguém que vai subestimar, alguém em cuja companhia não vai se preocupar. Você é uma de nossas mais brilhantes agentes, garota, mas, com todo respeito, não há muita coisa a seu respeito que seja interessante o suficiente para investigar.

— E eu vou ser segurança de quem? Quem é o segundo agente?

Niall hesitou.

— Ele é um pouco famoso — declarou o homem, por fim.

O entusiasmo de Sydney se transformou em ceticismo.

— Ah, é? Alguém que eu conheço?

— O nome Winter Young é familiar?

Sydney encarou o nada, depois fechou os olhos com força. Com certeza não tinha ouvido direito. Os painéis lá fora ainda exibiam vídeos do rosto do cantor.

— Alô? Ainda na linha? — chamou Niall.

— Vocês vão mandar uma estrela do pop como agente infiltrado? — indagou ela, incrédula.

— Reclame com a Sauda, não comigo — retrucou ele, suspirando. — Mas nunca tivemos sucesso em colocar um agente assim tão perto de Morrison. Winter Young foi pessoalmente convidado a fazer um show particular para o aniversário da filha de Morrison, e essa é a melhor oportunidade que vamos conseguir.

— Não.

— Eu sei que você odeia cantores, mas dê uma chance.

— Vocês vão *mesmo* me fazer bancar a babá, não vão?

— Se serve de consolo, tivemos uma conversa com ele e Winter parecia agradável o suficiente, embora um pouco sarcástico.

— Mal posso esperar — disse ela.

— É como se vocês dois fossem a mesma pessoa. Juro.

— E o que vamos procurar?

— Um único fragmento de evidência. Se conseguirem, podemos derrubar Morrison assim que acabar a festa de aniversário da filha dele.

O olhar de Sydney se fixou nos painéis de LED ao longe. Alguns estavam escurecidos, prestes a exibir outras notícias, mas ela ainda conseguia ver o perfil do garoto gravado de leve na tela.

Ela não conseguia deixar de pensar que enviar uma celebridade para uma missão como aquela era um grande erro. Eli Morrison não era apenas um magnata do crime. Certa vez, ele ordenou o assassinato de um homem de negócios e não deixou nada além de uma fileira ordenada de braços e pernas para os investigadores. Outra vez, descobriu que um integrante de sua equipe era um espião apenas por causa das flores que o homem escolhera como decoração para as mesas de um banquete; o homem — e toda a família dele — desapareceu naquela noite. Eli tinha olhos e ouvidos por toda parte. Ele exigia precisão infalível. Não deixava nada passar. Não tinha qualquer problema em matar alguém com as próprias mãos. E sempre se safava.

Por isso, a ideia de recrutar Winter Young era risível. O que ele já fizera para ser considerado digno de encarar um alvo como aquele? A agência sequer havia tido tempo para treiná-lo? Será que Winter arruinaria o disfarce cinco minutos depois de pousar em Londres? Será que ele seria a razão pela qual Morrison ordenaria que fossem decapitados? Sydney franziu a testa ao pensar nisso, irritada com a ideia de que sua morte se deveria à estupidez de uma celebridade.

— E aí? — indagou Niall. — Você quer a missão ou não?

Ela quase riu. Niall sabia que a resposta seria sim. Sydney dizia sim para todas as missões. Ela tomara gosto pelo trabalho assim como um peixe nascia sabendo engolir o oceano. Todos os aspectos do ofício — o mistério, o planejamento meticuloso, o perigo, a satisfação de dar a pessoas ruins o que elas mereciam — fazia com que ela se afastasse do passado e se aproximasse do futuro, no qual ela poderia escolher seu caminho e no que se arriscaria, no qual ela poderia ser excelente no que fazia.

Ela comprimiu os lábios. O que aquela missão significaria para Winter? Apenas uma brincadeira e a futura vantagem de poder se gabar por ter trabalhado como espião? Se ele recusasse a oferta da agência, não iria simplesmente voltar para casa com seus milhões e sua vida tranquila? E se no meio do caminho ele decidisse que não queria mais fazer aquilo, que queria desistir?

Sydney sentiu a raiva crescer dentro de si outra vez. Ela dizia sim para toda missão, mas isso não significava que tinha que gostar delas.

— Estou esperando, Syd — resmungou Niall.

Sydney desviou os olhos dos painéis de LED.

— Estou dentro — declarou ela.

— Eu imaginei — replicou Niall, sem mudar de tom. — Tem um carro esperando você aí embaixo. Vá para a sede. Temos muito trabalho a fazer.

4

O GRUPO PANACEIA

Winter não sabia o que esperar da sede do Grupo Panaceia. A agência o buscou em casa, dentro de um condomínio em Los Angeles, com um discreto carro preto equipado com direção automática e janelas cobertas por uma paisagem falsa; portanto, ninguém do lado de fora podia vê-lo. Ele embarcou sem alarde num avião particular no terminal VIP do aeroporto, e então aterrissou em Saint Paul, em Minnesota, três horas depois.

Não estava acompanhado por ninguém de sua comitiva — sem seguranças, sem Claire, sem Leo e Dameon, sem assistentes. Dois paparazzi que tinham decidido acampar perto da saída de seu condomínio viram apenas um carro irreconhecível sair sem nenhum motorista.

Ele não havia dito uma palavra sequer para Claire sobre o que acontecera. Como prometido, os agentes Sauda e Niall o deixaram no hotel depois da conversa, e Winter foi repreendido por Claire, já que tinha saído do estádio sozinho sem avisá-la. Jantou com os amigos e foi para a cama por volta das três da manhã. Depois de duas horas, acordou para uma sessão de fotos, e em seguida voou para casa. Nada de especial tinha acontecido.

Então, no aeroporto, dois dias depois, Claire lhe mandou uma mensagem para contar a novidade:

Claire: O bilionário Eli Morrison quer te contratar para um show particular.

Claire: É muita grana! Vamos conversar.

A mensagem confirmava que a estranha reunião de Winter naquele carro desconhecido não tinha sido um delírio. O Grupo Panaceia era real. Sauda tinha mesmo proposto transformá-lo num agente secreto.

Winter se sentia um pouco mal por guardar segredo de Claire. Durante todos os anos em que estiveram juntos, ele lhe contara tudo, do ruim ao terrível. Daquela vez, porém, ele apenas respondeu:

Winter: Sim, vamos.

Os detalhes que Claire lhe passou mais tarde batiam com tudo que Sauda lhe dissera. A filha que era sua maior fã. Um show particular em Londres. Dez mil convidados que iriam numa frota de aviões.

Depois, Winter desligou o celular e, ansioso, foi até o banheiro vomitar.

As poucas horas de sono que tivera desde então foram assombradas por pesadelos com Artie. Winter se via sentado sozinho contemplando um oceano escuro, as luzes do píer todas desligadas, e sentia alguém sentado a seu lado. Sentia que era Artie, mas, por mais que tentasse distinguir as feições da pessoa, não conseguia ver nada. E, embora não conseguisse se lembrar de tentar conversar com a silhueta em seus sonhos, ele acordava com a garganta doendo, como se tivesse passado a noite inteira gritando.

Agora ele suspirava, esfregando as têmporas, e fitava o horizonte da cidade. Em geral, ele se pegava compondo ao acaso quando estava em algum transporte; nesse momento, porém, fragmentos de música iam e vinham, incapazes de ganhar forma. Nada daquilo parecia real. Talvez Winter ainda estivesse sonhando.

Por fim, uma hora depois, o carro que o levava do aeroporto até o Grupo Panaceia atravessou um portão e parou nos fundos de um prédio.

Era o Claremont, no centro da cidade, um dos mais novos hotéis de luxo em Saint Paul. Ao sair do carro, ele encarou as colunas gregas que emolduravam a entrada do prédio, depois a rua principal além do portão pelo qual passara, onde outros carros deixavam e pegavam passageiros na frente do hotel.

Uma jovem funcionária segurava a porta para ele. Um broche dourado com o logotipo do hotel reluzia na lapela de seu blazer. Ele entrou no prédio.

— Pegou trânsito, sr. Young? — perguntou ela, educada.

— Parece que sim — respondeu ele, lançando um olhar perplexo para a jovem. — Como você…

Ela apontou para o relógio em seu pulso.

— Recebi atualizações sobre sua localização e as condições de trânsito. Venha comigo, sr. Young. Não queremos fazer sua equipe esperar.

Sua equipe. Só não era aquela com a qual ele estava acostumado.

Os dois atravessaram um corredor vazio que dava para o átrio de teto abobadado de uma sala de jantar de luxo. Winter reparou no nome do restaurante entalhado no pilar mais próximo: COMIDA DOS DEUSES.

Mais adiante havia outro corredor que dava para o saguão principal do hotel, onde ele podia ouvir o ruído abafado dos hóspedes desavisados.

O átrio, porém, era um espaço do hotel ligeiramente separado do restante por uma corda dourada, como se estivesse reservado para um evento particular. Um enorme lustre pendia do teto, iluminado por feixes de luz que vinham das curvaturas de vidro do domo. Colunas de mármore adornavam as paredes e, entre elas, os painéis eram cobertos por panoramas de paisagens pastorais europeias.

Mesas e cadeiras de jantar preenchiam o espaço, ocupado por um pequeno grupo de convidados bem-vestidos que falavam em voz baixa. Um sutil aroma de açúcar e jasmim pairava no ar.

Winter piscou diante da cena, perplexo. Os convidados o olhavam de vez em quando, como se tentassem descobrir quem ele era — alguns até sorriam —, depois voltavam a suas conversas. Ele não conseguia se lembrar da última vez em que não causara um alvoroço, nem mesmo quando ia ao supermercado. Teve a sensação desconfortável de estar à deriva, de ter entrado em outra dimensão em que ele não tinha nenhum apoio além de si mesmo. Inconscientemente, sua mão brincava com uma pulseira de couro que usava.

— Por aqui, sr. Young — instruiu a funcionária, conduzindo-o por outro corredor conectado ao átrio. — O senhor tem uma sala particular.

Ao final do corredor havia um detector de metais e um segurança. O homem passou os dois por um procedimento de inspeção; escaneou suas joias, checou suas identidades e fez uma série de perguntas básicas. Depois, a funcionária conduziu Winter por outro corredor até chegarem a um pequeno elevador. O painel ao lado dele pareceu escanear seus rostos. A porta do elevador se abriu com um *ding* agradável.

A funcionária estendeu uma das mãos para Winter.

— O senhor primeiro — disse ela.

— O Panaceia fica dentro do restaurante de um hotel? — perguntou ele quando as portas se fecharam.

— Um restaurante com estrela Michelin — corrigiu ela, como se estivesse um pouco ofendida, colocando as mãos atrás do corpo. — Às vezes, os melhores segredos ficam guardados à vista, sr. Young. Aliás, seu celular não vai funcionar aqui, nem nada que possa rastrear sua localização. Apenas equipamentos da agência funcionam. Sinto muito.

Quando as portas do elevador voltaram a se abrir, eles saíram em um corredor idêntico. Entretanto, dessa vez, a funcionária fez uma curva abrupta e cruzou um conjunto de portas duplas.

— Por aqui — disse ela.

Eles adentraram uma cozinha que operava em capacidade máxima. O aroma de manteiga e alho assado preencheu os sentidos de Winter. Funcionários com aventais brancos e chapéus altos passavam por ele com pressa — de vez em quando, faziam contato visual, e Winter ouvia seu nome flutuar no ambiente.

Eles viraram em um canto na cozinha e, de repente, Winter avistou uma parede coberta por enormes geladeiras. A funcionária abriu a porta do segundo refrigerador e entrou.

Winter estagnou. Depois da porta havia um longo corredor, onde a funcionária agora o esperava.

— Venha comigo, por favor — pediu ela, educada, como se aquilo fosse perfeitamente normal.

Talvez não tivesse feito a mínima diferença se Winter tivesse dito a Claire para onde estava indo; ela não teria acreditado de jeito nenhum. Ele entrou na enorme geladeira, hesitante. A porta se fechou atrás dele.

Ao final do corredor havia outra porta, na qual a funcionária digitou um código que revelou um longo e luxuoso corredor, similar ao primeiro por onde tinham passado, repleto do que pareciam portas de carvalho envernizado, cada uma delas com uma aldrava de latão no formato do logotipo do hotel.

Por fim, a funcionária parou diante de uma das portas. Ela bateu uma vez com a aldrava, o som estranhamente metálico. Só então Winter se deu conta de que a porta não era feita de madeira, mas de aço maciço. A porta destravou com um clique, e a jovem conduziu-o para dentro.

— Ele chegou — anunciou ela, depois saiu da sala, fechando a porta atrás de si.

O cômodo parecia uma sala de jantar particular de um restaurante requintado, com um lustre pendendo de um teto alto e colunas de mármore nas paredes.

Nenhuma janela.

Winter viu três pessoas sentadas diante de refeições elegantemente servidas. Duas delas eram Niall e Sauda, os agentes que o tinham abordado no carro do lado de fora do estádio. Desta vez, Niall vestia um terno estiloso num tom de azul-escuro que parecia apertado no seu corpo grande e robusto, as sobrancelhas fartas e a barba aparadas com perfeição. Sauda, por sua vez, estava toda vestida de um belo verde pálido, do hijab aos sapatos. As cores se destacavam contra as variedades discretas de cinza da sala. Ambos usavam o broche dourado com o logotipo do hotel, assim como a funcionária.

— Olá — resmungou Niall, rabugento como sempre.

— O logotipo do hotel é o do Panaceia? — perguntou Winter, os olhos ainda fixos nos broches.

— Do que você está falando? — indagou Sauda, sorrindo. — Somos apenas funcionários do hotel.

Winter bufou. Ao analisar a sala outra vez, ele percebia que, por trás do disfarce de restaurante, havia uma tecnologia incomum. As paredes eram cobertas, do piso ao teto, por telas. Enquanto ele observava, fragmentos de texto surgiram na tela mais próxima a ele, revelando seu nome e perfil.

Winter Young
Idade: 19 anos
Local de nascimento: Los Angeles, Califórnia, Estados Unidos
Etnia: Sino-estadunidense

O texto continuava, exibindo todo tipo de informação, de seu endereço residencial a seus documentos, do restaurante que ele mais frequentava ao último número de telefone que discara. Ele sentiu um arrepio na nuca.

Sauda apontou para as telas com a cabeça e disse:

— Avalon, a amigável inteligência artificial da nossa sede, só gosta de revisar as informações de todos os novos visitantes do prédio. Mas não se preocupe, nada disso é novidade para nós.

Enquanto Winter refletia se aquilo fazia com que se sentisse melhor ou pior, o texto nas telas desapareceu, substituído por uma única linha.

Bom dia, Winter Young! Seja bem-vindo ao Panaceia.

— E se Avalon se rebelar contra vocês? — perguntou Winter, voltando a olhar para os agentes.

— Você vê filmes demais. Sente-se — respondeu Sauda, apontando para a cadeira vazia à mesa.

Winter sentiu o estômago roncar. Ele se sentou, hesitante, diante de uma vaporeira de bambu com *bao*, uma pequena travessa com reluzentes ovos cozidos em chá e uma tigela de mingau quente, cuja superfície ainda borbulhava gentilmente como se tivesse acabado de sair da cozinha.

— Meu *brunch* preferido — declarou ele, voltando a olhar para Sauda.

O quanto aquelas pessoas sabiam sobre ele?

— Que coincidência — disse Sauda.

Ela sorriu, depois lançou um olhar para a pessoa sentada a seu lado em silêncio.

— Gostaria de apresentá-lo a Sydney Cossette. Ela será sua segurança — informou Sauda.

Winter voltou a atenção para Sydney.

Então aquela era a Chacal, a agente do Panaceia que se juntaria a ele na missão. Era uma garota pálida com cabelo loiro ondulado na altura dos ombros, que parecia ter mais ou menos a sua idade. Trajava calça jeans preta e uma jaqueta preta com o broche da agência, os braços cruzados sobre o peito.

À primeira vista, ela parecia mais velha do que realmente era. Na verdade, se não estivessem todos sentados na sede da agência, Winter teria imaginado que ela era uma de suas antigas colegas de escola. Teria olhado duas vezes porque ela tinha aquele tipo de rosto: pequeno e em formato de coração, bonita de um jeito quase inocente, se não fosse pelos olhos. Eram aqueles olhos que o faziam hesitar: eram azul-escuros e frios como pedra, taciturnos; suas sobrancelhas eram grossas e franzidas de uma maneira que deixavam as de Niall no chinelo. Havia um mundo inteiro ali — segredos, conhecimento e opiniões que ele desconhecia e sobre os quais tinha um pouco de medo de perguntar. Ele passara cinco anos diante de multidões em todo o mundo, mas de alguma forma o olhar dela o perturbava. Ela o observava de uma maneira que ele não estava acostumado, como se estivesse memorizando metodicamente cada detalhe dele, como se ele não fosse uma pessoa; como se Winter fosse só mais uma pilha de informações.

— Você é diferente pessoalmente — declarou ela, a voz levemente rouca e mais grave do que ele esperava.

— Prazer em conhecê-la também — replicou ele, seco. — Há quanto tempo você está no Panaceia?

— Tempo o bastante para chegar na hora — retrucou ela.

— Foi mal — murmurou Winter, sarcástico, irritado por ter se incomodado com as palavras dela. — Eu me perdi no túnel da geladeira.

Sydney se virou para encarar Niall.

— Você tem razão — disse ela, o rosto completamente inexpressivo. — Ele é engraçado.

— Seja educada, Sydney, e coma o seu risoto — repreendeu Niall, franzindo mais as sobrancelhas e em seguida olhando para Sauda. — Vá em frente.

— Você está numa sala de informação protegida — explicou Sauda. — Nós a chamamos de SIP. Isso significa que nenhuma informação revelada aqui entra ou sai desta sala sem autorização especial. As paredes foram projetadas para impedir a transmissão de qualquer sinal além daqueles aprovados nos equipamentos da agência. Até seu *brunch* é considerado informação confidencial. Então não saia por aí tagarelando sobre nosso mingau para sua empresária.

Winter examinou o rosto dela.

— E se eu tivesse dito não? — perguntou ele.

— Sobre falar do nosso mingau para a sua empresária?

Ele franziu a testa.

— Para o pedido de vocês no carro. Você me disse um monte de coisas sem nenhuma garantia de que eu trabalharia para vocês.

Ela abriu um leve sorriso.

— Nós vínhamos estudando você desde antes daquela noite. Há meses, na verdade. Vínhamos juntando informações sobre você, sua equipe, sua música e suas crenças. O que importa para você. Assumimos riscos, sr. Young, mas riscos calculados. E, quando te abordamos, sabíamos que estávamos entrando na sua vida num momento em que você estava questionando tudo. Isso faz de você um recurso em potencial ideal. Avalon calculou que a chance de conseguirmos recrutá-lo era de noventa e três por cento.

Winter abriu um pouco a boca, depois a fechou. O número ressoava em sua cabeça. Eles passaram meses o psicanalisando.

— E qual a margem de erro desses cálculos da Avalon? — perguntou ele, por fim.

Por impulso, ele olhou para as paredes por cima do ombro e soltou:

— Avalon, eu sou bonito?

Um segundo depois, um texto apareceu na parede:

Com base nos dados disponíveis de menções on-line,
o atributo beleza é de 89%.

Winter lançou um olhar ofendido para Sauda.

— Está quebrada — declarou ele.

Sauda soltou o garfo e disse:

— Avalon, diminua as luzes e apresente a missão.

A sala escureceu. Nesse instante, Niall tocou a mesa e fez um gesto de arrastar para cima. Duas imagens se materializaram sobre os pratos, deslizando para cima com o movimento e pairando no ar sobre a mesa.

Uma foto mostrava uma garota que tinha mais ou menos a idade de Winter, com o cabelo preso em um coque, olhos grandes e inocentes e uma expressão singela e um pouco confusa. A segunda retratava um homem com quase setenta anos, que devia ser o pai da garota, de óculos redondos e com uma expressão que não tinha nada da inocência da filha — ele parecia refinado e sagaz, um homem de negócios com o tipo de carisma que alertava que com ele não se brincava.

— Eli Morrison está na nossa lista há anos — explicou Niall. — Ele é o magnata de um império da logística que fez dele um bilionário muitas vezes. Mas, na realidade, seus negócios legais estão operando no vermelho e ele fez a maior parte de sua fortuna transportando produtos para chefes do tráfico de drogas, negociantes de armas ilegais e caçadores clandestinos, além de se envolver com tráfico humano… Ele já transportou qualquer coisa que você puder imaginar. Morrison tem uma complexa rede de contatos na política e na polícia, o que garante sua passagem nos principais portos. Isso faz com que ele seja difícil de pegar.

Niall arrastou as duas fotos para o lado, depois ergueu alguns hologramas novos; eram antigas condenações.

— Alguns anos atrás — continuou ele —, a CIA conseguiu prendê-lo sob acusação de fraude, mas ele conseguiu fazer um acordo com a promotoria que lhe rendeu apenas um ano de condicional e o livrou da cadeia. Então a CIA nos contatou. Precisamos de evidências mais fortes contra ele para apresentar uma acusação melhor, o tipo de evidência que envolve muita burocracia para a CIA.

Sauda fez uma careta.

— Em outras palavras — acrescentou ela —, o tipo de evidência que exigiria métodos pouco convencionais para a CIA. Precisaria de muitas aprovações.

Sydney se remexeu na cadeira. Os olhos de Winter se voltaram para ela quando a garota inspirou pelo nariz e depois soltou o ar lenta e regularmente pela boca.

— Então… O que precisamos encontrar? — perguntou Sydney.

— Apenas uma coisa — respondeu Niall, cruzando os braços sobre a mesa. — Evidências do livro-caixa da última remessa de Eli Morrison.

Winter sentiu o estômago revirar.

— E o que tem nesse livro-caixa? — indagou ele.

— Registros de um suprimento gigantesco de substâncias químicas ilegais de um fornecedor corporativo em Corcásia para a Cidade do Cabo, na África do Sul — explicou Sauda.

Ela fez gestos no ar, e as condenações judiciais desapareceram para dar lugar a um mapa da Europa Oriental, destacando o país localizado entre a Estônia e a Rússia.

Niall suspirou.

— Não se trata de qualquer substância ilegal — ressaltou ele. — Você já viu imagens de como eram de fato as bombas atômicas lançadas em Hiroshima e Nagasaki?

Winter não tinha visto. Ele se lembrava de um documentário que assistira certa vez na escola, que mostrara as explosões de uma bomba nuclear num local de testes nos Estados Unidos; a forma como as árvores caíram conforme a explosão engolia o mundo ao redor. Alguns de seus colegas tinham até rido da imagem; pareceu tão terrível.

Niall continuou:

— Existe uma nova substância química criada em laboratório chamada paramecium, que chamamos de resposta das armas químicas à bomba atômica. Uma célula terrorista da Corcásia tem trabalhado com uma célula-irmã na Suíça para fabricá-la, e estão contando com a logística de Morrison para enviar quilos dela para testes em humanos. A detonação de uma bomba de paramecium no centro de uma cidade pode matar centenas de milhares de pessoas, qualquer um que inale um resquício dela.

As palavras encontraram o silêncio de uma sala tensa.

— Ou seja — concluiu ele, suavemente —, estamos prestes a impedir uma nova guerra mundial.

Winter tinha a estranha sensação de que não estava mais dentro de seu corpo, mas apenas observando a si mesmo fora dele; que aquela não era uma reunião para discutir os detalhes de uma nova performance, mas um alerta sobre o exato tipo de coisa na qual ele estava prestes a se meter. Como se ele tivesse mergulhado os pés numa água gelada o bastante para morrer de hipotermia.

Diante dele, Sydney respirava de maneira calma e lenta pela boca, um gesto sutil o bastante para ninguém mais parecer notar.

— Sabemos que Morrison já começou a transportar essa substância escondida a bordo de um de seus maiores navios de carga — continuou Sauda. — Ele tem aliados no Canal de Quiel que aparentemente permitiram que o carregamento seguisse para Londres. — Ela fez uma pausa para tocar o mapa, primeiro num canal na Alemanha que conectava os mares Báltico e do Norte, depois entre a Espanha e o Marrocos. — Precisamos interceptá-lo antes que ele chegue ao Porto de Gibraltar, onde será transferido para um navio diferente para ajudar a apagar seus rastros. Mas precisamos de mandados, e não podemos conseguir esses mandados sem evidências.

— Então só precisamos pegar uma espécie de livro-caixa? — perguntou Sydney. — Será que ele mantém registros dos carregamentos?

Niall assentiu.

— Como você deve imaginar, muitos desses acordos são informais. Verbais. Mas, como qualquer pessoa que comanda uma corporação bilionária, Morrison precisa manter a contabilidade. Acreditamos que qualquer informação relacionada a suas transações de negócios ilegais seja mantida fora das redes e em uma série de unidades de disco armazenadas em algum lugar de Londres.

— Então precisamos dessa unidade de disco — disse Sydney.

— Precisamos dessa unidade de disco — repetiu Sauda, assentindo.

Sydney ergueu uma sobrancelha e comentou:

— Que coincidência que a festa de aniversário da filha dele esteja acontecendo ao mesmo tempo.

Sauda fez um gesto curto para ela.

— Uma estrelinha para você — disse ela. — Morrison vai hospedar seus clientes em Londres em breve, quando o carregamento sair, e, para disfarçar essas reuniões, vai dar a maior festança do mundo para a filha ao mesmo tempo. Haverá chefes de Estado no evento, assim como outras celebridades e gente da elite. Nenhuma razão para suspeitar que qualquer uma dessas pessoas aparecendo em Londres nessa semana não estará lá por causa da filha dele. É um grande disfarce para um negócio importante.

— Ainda bem que minha agenda estava livre — murmurou Winter.

— Sorte a do Eli Morrison — disse Sydney.

Winter fez uma careta para ela e declarou:

— Para você, eu cobraria mais.

— Como se eu fosse te contratar… — disse Sydney.

— Como se você pudesse pagar.

— Já chega — resmungou Niall, e os dois pararam. — Guardem essa implicância para a missão.

— E como é que a gente vai conseguir esse livro-caixa? — perguntou Winter. — Imagino que eles não vão nos levar numa boa até ele.

— A filha de Eli… — começou Niall.

Ele afastou o mapa e o substituiu por uma nova foto da mesma garota de antes, tirada com uma lente teleobjetiva, parada na frente de uma loja em Paris, aos risos com algumas amigas.

— Penelope Morrison — disse Niall, por fim.

— Apesar da reputação questionável do pai — contou Sauda —, não encontramos nada suspeito sobre Penelope. Ela não está envolvida com os negócios dele e leva uma vida tão normal quanto uma herdeira bilionária pode ter. Eli parece se importar com ela, talvez em parte pela dor de ter perdido a esposa para uma doença terminal algum tempo atrás.

Ao ouvir isso, Sydney desviou o olhar.

— Então o monstro tem coração? — indagou ela, fria.

— Tão pequeno que é fácil perder de vista — respondeu Sauda, assentindo. — Mas dá para ver que ele se preocupa com a filha. Não a envolve no seu jogo sujo.

— Penelope Morrison é a única pessoa no mundo em que Eli confia — acrescentou Niall. — Isso significa que, se existe uma única pessoa que pode nos colocar perto o bastante de Eli para incriminá-lo, é ela.

— De que adianta ter acesso a Penelope se ela não está envolvida com os negócios do pai? — perguntou Sydney.

Sauda sorriu e declarou:

— Não completamente.

Ela abriu uma terceira foto, dessa vez a de um rapaz com um rosto esguio e uma barba rala, os olhos incisivos e cautelosos atrás de óculos escuros.

— Este é Connor Doherty — continuou ela —, que responde diretamente a Eli Morrison. Para manter as aparências, ele finge ser apenas um jovem contador e conselheiro financeiro que ajuda a administrar os bens de Penelope. Mas, na verdade, ele é responsável por acompanhar o dinheiro sujo de Eli e lavá-lo. Ele se certifica de que os pagamentos cheguem na hora e no valor corretos, e que depois sejam transferidos para bancos como dinheiro legítimo, sem deixar rastros.

— Penelope tem tido alguns conflitos com o pai nos últimos tempos — acrescentou Niall. — Acreditamos que isso tenha a ver com a vigilância sufocante de Eli. Então parte de sua revolta silenciosa contra o pai é um caso secreto que ela tem com Connor, alguém por quem ela estava interessada já fazia algum tempo.

Sydney assobiou baixinho.

— Romance escandaloso na casa Morrison. Já gosto dessa garota.

— Connor é uma figura enigmática para nós, e é quase impossível chegar perto dele. Quase nunca vemos fotos dele nas reuniões de negócios ou eventos de Eli. Até os outros funcionários de Eli não o conhecem bem, e a estratégia de mantê-los afastados é bastante deliberada. Mas, como ele administra os bens de Penelope e os dois estão tendo um caso, Connor às vezes é visto com ela. Ele com certeza estará na festa.

— Como ela é? — perguntou Sydney.

— Não sabemos muita coisa — respondeu Sauda, apontando com a cabeça para Winter. — Mas sabemos de um interesse dela.

— Pintura? — sugeriu Winter, sarcástico.

— Mau gosto musical? — implicou Sydney.

Winter sentiu o rosto ferver e abriu a boca para discutir.

Sauda fez uma careta para Sydney — que apenas ergueu as mãos, fingindo inocência — e disse:

— Winter, Penelope esteve em mais da metade dos seus shows nos últimos dois anos. Ela esteve na plateia durante algumas de suas entrevistas, comprou dois de seus figurinos em leilões de caridade, cada um por bem mais de duzentos mil dólares, e até te conheceu uma vez num evento VIP para alguns fãs. Você não deve se lembrar dela, Penelope é bem tímida e não gosta de se destacar.

Ele engoliu em seco, a mente automaticamente revirando as memórias de centenas de encontros com fãs que já havia feito, tentando se lembrar do rosto dela.

— Uma verdadeira fã — sussurrou ele.

Sauda assentiu.

— Suspeito que você seja uma espécie de escape do mundo sufocante que o pai construiu ao redor dela — sugeriu ela. — Agora, assim como Eli, Connor Doherty é um homem possessivo. Ele estima as coisas bonitas que tem, e uma dessas coisas no momento é Penelope. Ele está bastante ciente do afeto exagerado que ela tem por você, e imagino que não vai ser difícil atraí-lo se Penelope ficar por perto durante a festa.

O perigo daquela situação fez Winter sentir um calafrio.

— Você quer que eu seduza ela? — indagou ele.

Sauda deu de ombros.

— Não importa — respondeu ela. — Flerte, seja um confidente, faça o que for preciso. Faça Connor ficar enciumado o suficiente para querer te conhecer, mas não muito a ponto de ele te afastar.

A atenção dele se voltou para a foto de Connor Doherty ao lado de Penelope. Se havia uma coisa na qual ele era bom além de cantar e dançar, era saber exatamente quanto charme precisava usar para conseguir o que queria. Mas ele nunca imaginou que usaria essa habilidade para espionagem.

— Tranquilo — murmurou ele.

Sauda assentiu.

— Excelente. Se conseguirmos chegar perto o suficiente para plantar alguma escuta em Connor, acredito que Sydney consiga roubar a evidência de que precisamos.

— Sem querer criticar essa estratégia — interveio Sydney —, mas tenho sérias dúvidas de que Winter consiga manter o disfarce.

— Isso me parece uma crítica — disse Winter.

Ela o encarou.

— Você nem sabia o que era uma VC — rebateu ela.

Winter estendeu uma das mãos na direção de Sauda e perguntou:

— Você contou para ela que eu não sabia?

— Bem, agora ele sabe — disse Sauda, lançando um olhar severo para Sydney antes de se voltar para Winter. — Vamos preparar você. Mas a melhor parte do seu disfarce, sr. Young, é que não é de fato um disfarce. Seu disfarce é *você*. Então só seja você mesmo.

O olhar dele se voltou para Sydney. Ela desviou os olhos dos dele, e tudo na linguagem corporal da garota dizia que ela faria o máximo para evitá-lo a menos que fosse necessário que eles cooperassem.

Não haveria conversa fiada com ela.

Certo. Winter cerrou os lábios e manteve o foco em Sauda. Ele não estava se juntando ao Panaceia naquela missão para fazer novos amigos. No fim das contas, quando tudo acabasse, não precisariam se ver de novo.

— Estamos todos de acordo? — perguntou Niall, encarando os dois.

Ninguém acrescentou nada, então ele assentiu e desligou o holograma. A foto de Penelope desapareceu, deixando a área acima da mesa vazia.

— Excelente — declarou Niall, colocando as mãos nos bolsos e abrindo um sorriso acanhado para Winter e Sydney. — Tentem se conhecer. Gostaríamos que vocês passassem a impressão de que se dão bem, ou pelo menos que têm uma relação civilizada.

— Você está tão otimista, Niall — comentou Sauda.

— Só estou fazendo isso por você — retrucou Niall.

Sauda levou uma das mãos ao coração.

— Fico lisonjeada, como sempre.

Niall apenas grunhiu e disse:

— Otimismo é meu poder secreto.

Otimismo é meu poder secreto.

A frase atingiu Winter como um raio. De repente, ele se viu diante de uma memória — Artie estava recostado no sofá da antiga casa da família, provocando Winter enquanto ele rabiscava letras de música num caderno.

E então, Winter se viu encarando Niall outra vez. Sua cabeça zumbia.

— Espera — interveio ele, erguendo a mão. — Por que você disse isso?

— Isso o quê? — perguntou Niall.

Ele olhou para Sauda, depois de volta para Niall.

— "Otimismo é meu poder secreto". Meu irmão falava isso o tempo todo. Por que *você* está falando isso?

Niall e Sauda trocaram um olhar significativo.

Os olhos de Winter ficaram solenes e frios.

— Assinei os papéis e ouvi vocês — sussurrou ele. — Então acho que está na hora de me contarem a verdade.

Sauda entrelaçou os dedos sobre a mesa e lançou-lhe um olhar firme.

— Recrutamos seu irmão um mês depois de ele se juntar ao Corpo da Paz — revelou ela. — Ele trabalhava para nós. Era um agente do Grupo Panaceia.

5

O MUNDO É UM PALCO SECRETO

Winter deveria ter imaginado. Deveria ter adivinhado em sua primeira conversa com Sauda e Niall. Mas quem presumiria que seu falecido irmão era um agente secreto?

Todas aquelas missões. Todas as vezes em que o irmão passara semanas fora, depois voltara e lhe contara histórias superdetalhadas sobre o que fizera. Era tudo mentira. Não, não era mentira. Ele tinha *mesmo* trabalhado para o Corpo da Paz. Mas não era a verdade completa.

Teria Artie entrado num carro e ouvido uma proposta de Sauda, incrédulo? Teria recusado e depois concordado? Como ele realmente havia morrido?

— Você está bem?

Winter ergueu a cabeça em meio ao turbilhão de pensamentos e deparou com a careta de Sydney.

— Se você precisar de tempo para processar isso — disse Sauda —, podemos reagendar o restante desta reunião.

— Não. — Winter fechou os olhos com força. — Sim. Quer dizer... não sei.

— É uma família bastante notável — declarou Niall.

— Sua mãe não sabe — contou Sauda, a voz mais gentil. — Ainda não sabe. Ordeno que as coisas continuem assim.

— Não é como se eu tivesse escolha, né? — retrucou Winter.

Não havia sentido em atacar Sauda, mas ele não podia evitar a fúria que corria em suas veias. Como ele poderia sequer imaginar a ideia de contar algo do tipo à mãe?

Sauda apenas desviou o olhar, fria, e se levantou.

— Está pronto para o restante da reunião, sr. Young, ou devemos adiá-la?

— Sauda — chamou Niall, baixinho.

Ela ergueu o queixo.

— O quê? Adiar o inevitável? — indagou ela.

Niall olhou de soslaio para Winter.

— O garoto vai precisar de um tempo para digerir isso — disse ele. — Talvez devêssemos dar a ele um pouco de espaço.

— Não — disparou Winter.

Todos se viraram para olhá-lo.

— Não — repetiu ele, firme. — Não preciso de tempo sozinho, e não preciso que vocês *me deem espaço* para processar coisa nenhuma. Preciso de mais informações. Preciso que vocês me contem tudo. O que ele fazia para vocês? Para onde vocês mandaram ele? — A voz dele ficou mais baixa, o peso do coração assolado por uma corrente de raiva. — Como ele morreu?

O sorriso de Sauda agora era triste, como se ela tivesse imaginado desde o início que a ligação de Winter com Artie seria o modo como o fisgariam, que de alguma forma era o destino dele estar ali. Ela suspirou.

— Você quer saber a verdade? — perguntou ela.

Sauda andou em direção à porta.

— Quero — respondeu Winter.

Ela abriu a porta e lançou a ele um olhar de soslaio.

— Então venha por aqui.

Winter tinha a sensação de estar caminhando em um sonho. Seu corpo balançava de um jeito leve conforme ele seguia os outros pelo corredor até chegarem a um segundo elevador. Diferente do primeiro, esse tinha portas de vidro. Quando eles entraram, as portas se fecharam com um chiado e um texto se materializou sobre elas como as telas na sala de reunião.

Para onde?

— Design Experimental — informou Niall.

O texto desapareceu, e o elevador começou a descer.

— Subsolo? — indagou Winter.

— Só um pouquinho — respondeu Sauda.

Os quatro viajaram em silêncio por um minuto até Winter enfim perguntar:

— Um pouquinho quanto?

— Cerca de seiscentos metros — informou Sauda, fazendo um gesto com a cabeça. — Pronto para uma apresentação oficial ao seu novo trabalho?

Winter ainda estava tentando pensar numa resposta quando o túnel escuro do lado de fora do elevador deu lugar a um piso que se estendia até perder de vista.

Através das portas de vidro, Winter encarava um lugar que parecia impossível.

— Puta merda — sussurrou ele.

A sala era circular e tinha um pé-direito com a altura de vários andares, projetada em estilo similar ao do luxuoso hotel neoclássico. Colunas decoravam o espaço, e entre elas havia enormes arcos de pedra, cada um emoldurando um corredor.

Um dos corredores estava cheio de aeronaves comerciais estacionadas; outro, repleto de caças militares. Um terceiro tinha fileiras de carros. Outras passagens eram fechadas com vidro, as portas se abrindo de vez em quando para permitir a passagem de funcionários vestidos com macacões e capacetes azuis. Cada um dos corredores tinha o teto pintado numa cor diferente.

Winter engoliu em seco. Quando voltou a falar, sua voz estava rouca:

— Artie trabalhava aqui?

Niall assentiu.

— Ficou quase exatamente onde você está agora na primeira vez que pegou esse elevador.

Era como se Winter pudesse sentir o fantasma do irmão ali, mais alto, mais velho e mais sábio, as mãos nos bolsos e os olhos fixos na cena diante de si. Teria ficado boquiaberto em encontrar Winter ali? Teria mantido a compostura? Teria feito uma piada?

Como aquilo podia ser real?

Winter olhou de soslaio para Sydney. Ela estava apoiada no fundo do elevador, estalando os nós dos dedos sem perceber, meio entediada. Enquanto ele a fitava, ela inspirou calma e sutilmente outra vez antes de soltar o ar pela boca, devagar.

Era a terceira vez que ele a via fazer aquilo. Winter notou o gesto em silêncio, depois desviou o olhar.

— O Grupo Panaceia está na ativa desde a Revolução Americana — explicou Sauda. — Depois da assinatura da Declaração de Independência, nossa fundadora, Charlotte May Hughes, viúva e herdeira da fortuna da família Hughes, julgou necessário criar uma agência secreta não vinculada ao governo, abastada e independente o bastante para operar nos próprios termos. Ao longo dos séculos, nossos agentes estiveram envolvidos em todo tipo de tarefa, desde proteger a Ferrovia Subterrânea até espionar os confederados durante a Guerra de Secessão, de combater a máfia estadunidense até executar missões contra os nazistas durante a Segunda Guerra Mundial. Às vezes, colaboramos com a CIA e outras agências ao redor do mundo, mas nem sempre. — Ela cruzou os braços. — A sra. Hughes queria que sempre tivéssemos o poder de escolher o que era certo em vez do que era diplomático. Esse é o princípio que trabalhamos para honrar aqui.

Ela se virou e apontou com a cabeça para a enorme câmara.

— Nossa localização atual foi originalmente destinada para uma série de minas de ferro que foram abandonadas no século XIX. No fim das contas, o laboratório decidiu transferir a localização para uma área mais remota no deserto, e o Hotel Claremont foi construído sobre esse local. Então compramos o hotel e equipamos este espaço subterrâneo para atender as nossas necessidades. Debaixo da terra, protegido de olhares intrometidos, bom para testar versões em menor escala de novas armas, bom para guardar segredos. Também é bom para manter as pessoas longe de nossas propriedades, e para não aparecermos nas notícias por escavar um novo lugar misterioso.

— E o que é exatamente este espaço? — perguntou Winter.

— É onde guardamos e testamos todo o equipamento que você e os outros agentes usam — respondeu Niall quando o elevador enfim parou. — Armas, disfarces, celulares customizados e dispositivos de escuta. Nós temos qualquer coisa que você imaginar. Muitos dos andares lá em cima são dedicados a pesquisas. Você passará seu tempo aqui e no andar abaixo.

— Tem mais um?

Sydney assentiu e falou pela primeira vez desde que entraram no elevador:

— O andar de treinamento fica debaixo daqui. Todos precisamos treinar lá.

Artie estivera ali. Trabalhara ali, vagara por aquele mundo secreto.

O olhar de Winter enfim se voltou para Niall.

— Qual era o trabalho de Artie? — perguntou ele.

— Ele começou como analista júnior — respondeu o homem quando as portas se abriram e Sauda os guiou para fora. — Foi meu estagiário por seis meses, decifrando códigos e interceptando mensagens. Mas o trabalho de Artie no Corpo da Paz, que se tornou seu disfarce, fazia dele um agente mais ideal para o trabalho de campo.

— Então ele era um espião.

O homem assentiu, sério.

— Um dos bons — declarou ele, com um pesar silencioso em sua voz.

De repente, Winter sentiu um nó se formar na garganta. Todas aquelas vezes em que havia corrido para fora de casa para se despedir de Artie, que estava a caminho do aeroporto para alguma missão do Corpo da Paz, Winter na verdade estava se despedindo de um agente secreto prestes a enfrentar uma das mais perigosas situações no mundo. Ainda assim, sempre que Artie voltava, trazia presentes para a mãe e lembrancinhas para Winter, e contava histórias animadas durante o jantar sobre suas supostas aventuras, como se tudo fosse normal. Às vezes, Winter pegava o irmão quieto, mas sempre presumia que era porque o trabalho voluntário podia ser difícil para o emocional.

O que Artie teria de fato enfrentado sozinho?

Winter seguiu os três, entorpecido, e eles entraram em um dos corredores com teto arqueado, aquele repleto de fileiras de carros. Ele podia distinguir algumas das marcas: Mercedes, Porsche, McLaren, Bugatti. No meio desses havia carros de todo tipo e modelo, de superesportivos e pequenos carros inteligentes a carros que poderiam estar na garagem de uma família comum.

— Podem parecer veículos que você reconhece — disse Sauda —, mas não são. Nenhum desses modelos existe no mundo lá em cima.

Ela parou diante de um Mazda cor de titânio, depois bateu palmas duas vezes. Em vez de se abrirem como Winter esperava, as portas do Mazda deslizaram para o lado, e o interior se transformou num pequeno espaço com as cadeiras dobradas para trás. Dava para ver um compartimento secreto debaixo do piso.

— Para transportar pessoas feridas e cuidar de seus ferimentos no caminho sem uma ambulância, que chamaria a atenção. Ou para transportar informantes e refugiados de alto risco — explicou Sauda.

Em seguida, ela bateu palmas três vezes e quatro triângulos de metal com pontas afiadas se projetaram para fora do assoalho do veículo.

— Para rasgar as rodas de qualquer carro que possa estar te perseguindo — disse ela.

Então ela bateu palmas de novo e todo o corpo do veículo se transformou; as rodas foram recolhidas para baixo da estrutura e novas placas de aço desceram para selar toda a parte inferior com metal.

— Para o caso de você precisar mudar de marcha, literalmente, para uma travessia aquática.

Winter já havia visto vários carros incomuns, mas se pegou encarando o veículo transformado, sem palavras.

Ao seu lado, Sydney soltou um assobio baixinho.

— Vamos usar um desses para nossa missão? — perguntou ela.

Sauda bateu palmas uma última vez e o carro se reconfigurou até voltar a ter a aparência de um carro de passeio.

— Não desta vez. Talvez algum dia.

Eles saíram do corredor dos carros e seguiram por um caminho. Mais um elevador os levou a um patamar mais alto dos arcos. Ali, ela os conduziu na direção de outro corredor, desta vez um com uma entrada selada por uma parede de vidro. Ela pressionou a palma contra o vidro e ele se abriu sem som algum, revelando uma série de cubículos conectados. A porta se fechou rapidamente atrás deles, e de repente o alvoroço do piso principal foi interrompido. Winter estremeceu ao erguer os olhos para o teto abobadado do corredor. Tinha a sensação acolhedora de estar naquele espaço isolado e, ao mesmo tempo, a de ter acabado de entrar numa catacumba.

Eles pararam diante de uma fileira de pedestais, cada um sustentando caixas de vidro. Winter fixou os olhos na primeira. Levou um momento para perceber o que estava encarando.

— Esses são meus brincos — disse ele.

— Não são. Só se parecem com eles — resmungou Niall.

Winter voltou a encarar o pequeno acessório, incrédulo. Os brincos eram uma réplica perfeita de um par que Claire havia lhe dado de presente alguns anos antes; incluindo um sutil arranhão na estrutura de prata do brinco esquerdo.

Ele lançou um olhar incisivo para Sauda.

— Por quê? — indagou ele.

Sauda tocou a lateral da caixa de vidro, tomando cuidado para pressionar a impressão digital sobre a superfície. As placas de vidro se recolheram como uma flor que desabrocha, revelando as joias lá dentro.

— Vá em frente — disse ela, apontando para ele com a cabeça. — São para você.

Com cuidado, Winter pegou um dos brincos. Era parecido com o de seu par, embora fosse possível perceber que era um pouco mais pesado.

— Suas joias estão, evidentemente, entre as mais extraordinárias do mundo — continuou Sauda —, mas acho que nossa versão é só um pouquinho mais... refinada.

Winter franziu a testa, encarando os brincos.

— Se eu quisesse joias mais refinadas, teria simplesmente ligado para minha estilista.

Sauda pegou o celular e tocou na tela. No mesmo instante, ela reproduziu as palavras de Winter, sua voz clara e inconfundível. *Se eu quisesse joias mais refinadas, teria simplesmente ligado para minha estilista.*

Sydney sorriu ao ver a expressão dele e, por um momento, sua expressão hostil e sarcástica deu lugar a uma postura divertida. Winter notou que as mãos dela continuavam inquietas; os polegares dela estavam sobre os nós dos dedos, como se não soubesse o que fazer com eles.

— A qualidade do som é muito boa, né? — perguntou Sydney.

Winter se pegou encarando os olhos azuis profundos da garota com um misto de cautela e fascínio. Ele não havia acreditado muito que ela era uma agente secreta até aquele momento. Sydney o encarava de volta como se soubesse o que ele estava pensando, a cabeça um pouco inclinada, de modo que seu cabelo loiro cobria uma das bochechas. De alguma forma, Winter apostava que Sydney não ficara tão chocada quanto ele quando conheceu o Grupo Panaceia.

Sauda assentiu e disse:

— Na estrutura de prata desses brincos estão embutidos os menores gravadores de voz do mundo. Eles conseguem registrar a maior parte das conversas ao redor deles com uma qualidade perfeita.

Ele desviou o olhar dos olhos azul-escuros de Sydney e voltou-se para Sauda.

— Quer dizer que vocês têm ferramentas de espionagem como esta — começou Winter —, mas ainda não conseguiram reunir as evidências incriminadoras de que precisam para prender Eli Morrison?

— Já está pensando em largar o trabalho? — retrucou Sauda.

— Uma coisa é ter um aparelho de escuta elaborado — disse Niall. — Outra bem diferente é chegar perto o bastante para que ele seja útil. Eli é cuidadoso com as pessoas com quem interage e com o que fala. Estamos sempre tentando ficar um passo à frente.

— E, com isso — continuou Sauda, caminhando até a segunda caixa no cubículo —, aqui está o seu novo anel.

Winter olhou para um dos anéis mais deslumbrantes que já vira na vida. Era uma espiral do que pareciam diamantes negros que terminavam numa linda pedra preta, toda cravejada de cristais de modo a lembrar uma cobra.

Ele suspirou. Era exatamente o tipo de coisa que ele gostava de usar, algo que combinaria com sua coleção de joias.

— Não tenho um anel desses — declarou ele.

— Obviamente. Fomos nós que desenhamos esse — replicou ela.

Winter ergueu a cabeça para ela, cético, depois arregaçou a manga para revelar a tatuagem de cobra que se enrolava ao redor de seu pulso esquerdo.

— Vocês fizeram coisas personalizadas para mim com meses de antecedência? — perguntou ele.

— Lógico! Acha que somos amadores? — retrucou Sauda. Ela olhou para Niall, e um tom de admiração surgiu em sua voz: — Niall e a equipe de design pensaram em tudo. O anel tem até o mesmo ângulo que a tatuagem.

Com o elogio de Sauda, as bochechas de Niall ficaram levemente rosadas. O homem tossiu, franzindo as sobrancelhas.

— Não levou muito tempo para fazer — disse ele.

— Um símbolo significativo para você, presumo eu? — perguntou Sauda para Winter.

— É só o meu signo chinês — respondeu ele, virando o braço de um lado para o outro. — Segundo o horóscopo chinês, serpentes são leais, astutas e representam boa sorte.

Sauda pareceu notar que havia outro motivo além daquele, mas apenas assentiu e deu de ombros.

— Bem, espero que essa boa sorte se estenda para todos nós.

Ao lado dela, Sydney examinou o rosto de Winter, curiosa.

Por instinto, Winter esfregou a tatuagem. Ele não mencionou que, quando tinha seis anos, meses depois de Artie sair de casa para começar a faculdade, ele desenhara uma serpente ao redor do braço com canetinha depois de ouvir os pais brigando durante uma das raras visitas do pai. A mãe dissera que tudo que os dois tinham feito juntos fora um erro: *o noivado, o casamento, o filho*. O pai bufara e respondera, grosseiro: *nunca pedi um filho*. Winter desenhara a serpente em si mesmo depois que o pai saíra furioso de casa, acrescentando detalhes elaborados nas escamas, como se cobrir o próprio corpo com um símbolo de boa sorte pudesse consertar tudo. Ele mostrara o desenho para a mãe, e ela respondera com um sorriso triste; seus olhos sempre ficavam inchados depois das visitas do pai. Então ela saíra da casa sem avisar e ficara fora por dois dias, Winter ficara sozinho, como sempre, assistindo a séries antigas na internet e vasculhando o freezer à procura de nuggets.

A memória se dissipou. Ele cobriu a tatuagem e encarou Sydney de volta.

— Parece que eu tirei a sorte grande — disse Winter.

Sydney só respondeu com um sorriso sem graça e desviou o olhar, e ele se perguntou quanto de seu próprio passado a agência sabia.

— O anel é um gravador e uma câmera infravermelha — explicou Niall. — E essa pedra cravejada no topo do anel é um fragmento do meteorito palasito de Hierápolis de 4,5 bilhões de anos, um dos meteoritos mais caros do mundo.

— Então vê se não perde — acrescentou Sauda.

Winter examinou a pedra. Pedacinhos cintilantes de um mineral verde-oliva pontilhavam a rocha escura, refletindo a luz do ambiente.

— Olivina — disse Niall, notando o interesse de Winter. — Linda, não é?

— É deslumbrante — replicou ele, sincero.

— Acompanhamos os hábitos de compra de Connor e notamos que ele participa de leilões — continuou Niall. — Um homem com gosto refinado para moda. Grande fã de joias raras, especialmente de meteoritos raros. Ele é colecionador e doador de muitos museus. Vai reconhecer essa pedra logo de cara. Isto é, se você conseguir acesso a ele. É nesse ponto que Penelope abre o caminho.

— Se ela apresentar Connor para você em uma festa — começou Sauda —, queremos que dê o anel de presente para ele. Connor vai adorar usá-lo, e teremos um aparelho plantado nele.

Winter pegou o anel e o colocou no dedo do meio. Era gelado e pesado.

— Por que vocês acham que Connor aceitaria um presente de Winter? — perguntou Sydney.

— Se fosse qualquer outra pessoa, eu concordaria com você — respondeu Sauda. — Todo mundo suspeita de quem não conhece. Mas dele? — Ela apontou para Winter. — Você acharia que um presente espontâneo da maior celebridade do mundo estaria adulterado para fornecer informações a uma agência de espionagem? Ainda mais se a celebridade é um convidado?

Sydney grunhiu, mas não argumentou.

— É aí que a identidade de Winter se torna útil para nós — explicou Niall. — Você não é exatamente o que as pessoas esperam de nós.

— Não sei se isso é um elogio ou um insulto — retrucou Winter.

Niall deu de ombros.

— Nenhum dos dois. É só um fato.

Eles continuaram. Cada um dos pedestais continha algo que prendia a atenção de Winter. Havia um cartão de crédito idêntico ao dele, mas aquele estava equipado com uma escuta. Havia venenos disfarçados de balinhas coloridas envolvidas por um plástico. Canetas que disparavam projéteis, sprays que paralisavam pessoas e celulares que podiam hackear os semáforos de uma cidade, equipados com rastreadores. Havia também o broche com o logotipo do hotel que Sauda, Niall e Sydney usavam, só que, quando pressionado rapidamente duas vezes pela mão do dono, ele dispararia uma lâmina semelhante a uma agulha e enviaria um alerta e uma localização para o quartel-general.

Sauda apontou para o minúsculo chip rastreador dentro de uma das caixas.

— Vamos colocar isso no lugar do chip do seu celular — disse ela. — É bem fácil de inserir e retirar.

Conforme eles continuavam, Winter só conseguia pensar nas coisas que Artie teria recebido para suas missões, no que teria usado. No que teria falhado e o que teria sido deixado em suas mãos na última missão.

Por fim, Sauda tirou um objeto pequeno do bolso do casaco.

— Para encerrar, temos isto aqui — disse ela.

Sydney fez um ruído de desinteresse com a garganta, como se soubesse o que estava por vir, mas Winter franziu a testa ao ver as duas pequenas ampolas na mão de Sauda, cada uma cheia de um líquido cor de âmbar que lembrava uísque.

— Toxinas — falou Niall.

— Sempre damos isso para nossos agentes em toda missão — explicou Sauda, usando um tom mais sério —, e com você não será diferente. Caso algo saia catastroficamente do controle, caso você se veja numa situação da qual não pode escapar, beba isto.

Winter sentiu o sangue gelar ao ouvir aquelas palavras. Ele encarou a ampola. Era uma bebida suicida.

— O efeito é rápido e indolor — contou Sydney.

— Não vou me matar — rebateu Winter.

— Todo mundo pensa assim — continuou ela, baixinho. — Até você se encontrar nessa situação e perceber que, no fim das contas, não é verdade.

Sempre damos isso para nossos agentes, dissera Sauda. Isso incluía Artie. Winter encarou as ampolas e sentiu a garganta se fechar.

— A chance de você precisar disso é minúscula — continuou Sauda ao notar o silêncio dele. — De qualquer forma, é o protocolo da agência.

Sydney encarava Winter com atenção.

— Qual é o problema? — perguntou Sydney.

— Foi assim que meu irmão morreu? — questionou ele, baixinho, virando-se para encarar os agentes. — Ele foi forçado a cometer suicídio?

Houve uma pausa carregada de tensão. Niall suspirou, olhando para Sauda como se pedisse permissão para falar. A mulher assentiu, então ele dirigiu um olhar sério para Winter.

— Não — respondeu ele. — Seu irmão morreu porque voltou para resgatar um refém durante uma missão que saiu do controle, contra as ordens da agência. Ele morreu salvando uma vida.

Winter fechou os olhos. Certa vez, quando tinha comido pouco, depois de uma semana agitada de shows e uma visita apressada para ver como a mãe estava, ele desmaiou durante os ensaios e teve que cancelar vários shows para permitir que o corpo se recuperasse. Ele tinha a mesma sensação agora; parecia que o mundo estava se tornando um borrão ao seu redor, a cabeça zumbindo, o corpo mole.

Artie morrera salvando uma vida. É óbvio que sim.

Quando ele abriu os olhos, viu Sydney dar um passo instintivo em sua direção, preparando-se para segurá-lo se ele desmaiasse. Winter sacudiu a cabeça e deu um passo para longe dela. Não sabia o que dizer. Não sabia o que fazer. As palavras pousavam em sua língua e derretiam.

— Você já viu muita coisa, Winter — disse Sauda com delicadeza. — Mas já viu uma guerra? Eu já estive em uma para uma missão. Você sabe como é estar encurralado em uma situação da qual não consegue escapar?

Sauda o fitou com uma expressão de pena, e ele sentiu o estômago revirar diante do gesto.

— O único motivo de estarmos colocando você no caminho do perigo é porque uma população inteira depende de nós — continuou ela. — E quero que você entenda o que isso significa de verdade. Mães levando os filhos até o ônibus escolar. Trabalhadores almoçando juntos. Pais esperando as famílias na estação de trem. Crianças no primeiro dia do jardim de infância. Pessoas apaixonadas, pessoas com amigos, pessoas com vidas inteiras. Pessoas boas. — Ela apontou com a cabeça para Winter. — Seu irmão entendeu os riscos deste trabalho quando o aceitou. Quero que você entenda também. Não vou mentir para você sobre o perigo dessa missão, mas prometo que você não vai entrar nessa despreparado. Entendido?

Ele engoliu em seco. A voz de Sauda parecia distante.

— Aham — respondeu ele.

Quando eles saíram do cubículo e voltaram para a outra parte do espaço de Design Experimental, Winter podia sentir o coração martelando contra as costelas. Parecia que a enorme sala o engoliria por inteiro. Havia um choro entalado em sua garganta, e os cantos dos olhos ameaçavam se encher de lágrimas, a dor procurando o alívio da libertação. Ele imaginou Artie vagando pelo lugar, recebendo missões dos superiores, guardando as minúsculas ampolas de toxinas sem questionar. Aceitando que talvez ele precisasse usá-las algum dia.

— Não temos muito tempo — declarou Niall, se virando para encarar Winter. — Então vamos submetê-lo a um treinamento intenso nas próximas semanas.

Ele alternou um olhar frio e incisivo entre Winter e Sydney, que respondeu com uma expressão carrancuda.

— Sugiro que vocês dois se conheçam bem rápido — disse Niall. — Vão precisar disso. Entendido?

— Sim, senhor — respondeu Sydney.

Winter assentiu em silêncio.

Conforme Niall e Sauda caminhavam adiante, Sydney se aproximou dele.

— Só não tente mandar em mim — avisou ela, baixinho. — Nem se meta no meu caminho. Faça o que eu disser e vamos nos dar bem.

Até parece que ele ia chorar na frente daquela garota. Winter conteve as lágrimas.

— Sempre aprecio uma parceria em que eu não tenho voz nenhuma — retrucou ele, irritado.

Ela revirou os olhos.

— Com todo respeito, minha promoção está em risco por sua causa. Então me procure de novo quando tiver um pouco mais de experiência.

Winter parou de repente, e Sydney também.

— Sabe — começou ele —, desde que eu botei os pés aqui, tive a sensação de que você queria cortar minha cabeça fora. Adoraria saber por que está sendo tão grosseira comigo.

Ela o encarou com um olhar imperturbável; parecia que a garota queria abrir um buraco na cabeça dele.

Quando Sydney de fato falou, sua voz soava fria e cortante:

— É porque conheço o seu tipinho.

— Meu tipinho? — rebateu ele.

— Você cultiva esse seu charme para esconder as suas inseguranças. Mas, na verdade, queria ficar famoso porque tinha medo de ser um zé-ninguém. Ah, acertei, não foi? Quanto mais charme, mais insegurança. E aprendi com o tempo que garotos inseguros são os piores. Eles têm a tendência a desabar nos momentos mais inconvenientes.

Winter estreitou os olhos.

— E quanto a você? — questionou ele. — Porque eu tenho a impressão de que está escondendo alguma coisa. Tem uma relação ruim com a família? Pais cruéis? Você deve ter puxado esse comportamento ridículo de alguém. Mas acho que todo mundo tem seus problemas, né?

Winter sabia que não deveria tentar atingi-la. As palavras que haviam saído de sua boca não soavam nada como ele. Mas seu coração parecia estar estraçalhado, e ele não conseguia se dar ao trabalho de se importar.

O olhar de Sydney se tornou indecifrável, o azul escurecendo como uma tempestade.

— Queria que seu irmão ainda estivesse vivo — declarou ela, a voz fria e firme. — Talvez não precisássemos de você.

— Não meta meu irmão nessa história — rebateu ele, baixinho.

— Então não me obrigue a fazer isso — retrucou ela por cima do ombro, depois balançou uma pulseira de couro no ar. — Ah, você precisa tomar mais cuidado com as suas coisas. Vou deixar isso na recepção para você.

Ela de alguma forma conseguira tirar uma das pulseiras de seu pulso, e Winter não sentira nada. Ele olhou para o braço, depois encarou Sydney, boquiaberto, em choque, incapaz de encontrar as palavras certas. Tudo que fez foi assistir à garota se afastar, sem olhar para trás.

6

A NOVA MISSÃO

A primeira suposição a respeito de Winter Young sobre a qual Sydney admitiu ter errado era que ele era bobo.

Teimoso, sim. Devagar… também. Mas com certeza não era bobo. O Winter Young que ela conhecera na sede do Grupo Panaceia era um garoto observador. Ela percebeu isso assim que ele entrou na sala, pela forma como ele examinou o ambiente e avaliou todas as pessoas com um único olhar, por seus gestos e pelo modo de inclinar a cabeça, pela forma como seu olhar pulava de pessoa para pessoa. A raiva em seus olhos quando Sydney mencionara o irmão dele.

A partir desses detalhes, ela entendeu por que Sauda tinha escolhido o garoto.

Naquele momento, Sydney estava deitada em sua cama, em meio à crescente escuridão do entardecer, ouvindo o som distante das sirenes nas ruas lá embaixo, memorizando com cuidado o conteúdo de uma pasta preta que Niall mandara entregar em seu apartamento.

Lá estava toda a documentação necessária para seu novo disfarce como segurança de Winter Young. Um nome falso (Ashley Coving Miller), passaporte e carteira de motorista falsos, diploma do ensino médio falso, números de uma conta bancária e senhas falsas. Uma carta de aceite numa empresa de segurança que realmente existia, a Elite Securities, que às vezes trabalhava com o Grupo Panaceia graças a Sauda. Havia cartões de visita falsos, para o caso de Ashley precisar distribuí-los. Fotos falsas de parentes falsos, contas de e--mail falsas cheias de e-mails falsos que datavam até um ano antes, contatos de celular falsos com o nome "melhor amigo". Um celular feito sob medida com um monte de instruções sobre como desbloquear a criptografia e proteger as ligações para a agência. Havia até cartões de crédito cuja fatura sua personagem não tinha pagado, matrículas canceladas em academias, certificados de artes marciais, licenças para porte de armas e desabafos em contas nas redes sociais, incluindo respostas de conhecidos. Tudo falso.

Detalhes assim faziam uma vida falsa parecer real.

Sydney leu e releu os papéis até conseguir sentir sua identidade verdadeira se mesclando à imaginária. Então fechou os olhos, e sua mente foi tomada por pensamentos sobre Winter.

Ele era esperto, até demais para o gosto dela — mesmo que tivesse sido muito fácil roubar a pulseira dele. Pessoas comuns davam menos trabalho; faziam o que lhes era pedido e não se desviavam do plano. Sydney teria que se certificar de que Winter não inventaria nenhuma gracinha durante aquela missão, fazendo os dois se perderem no caminho.

A segunda suposição incorreta foi a de que a fama de Winter era uma farsa. Mas a verdade era que ele nascera para os palcos. Ele tinha um tipo único de beleza que a deixava nervosa, o tipo que não combinava com o resto das pessoas. Tudo nele atraía o olhar — os olhos escuros e os cílios longos, o cabelo preto e grosso que parecia naturalmente perfeito, os lábios que pareciam macios como almofadas, as tatuagens que decoravam seu antebraço até a mão esquerda, o charme em sua postura, as linhas de sua silhueta... Ele entrou na sala de reunião e foi como se sua presença tivesse incendiado o próprio ar. Todos os funcionários que o viram na sede da agência naquele dia haviam sido treinados para manter a calma em toda e qualquer circunstância; mas, mesmo assim, um alvoroço surgiu com a notícia da visita de Winter.

Aquilo lhe dava vontade de rir. Fazia com que ela quisesse dizer a Sauda para demiti-lo. Nenhum espião tinha aquela aparência. Até onde ela sabia, o irmão dele certamente não era tão deslumbrante — embora Sydney nunca tivesse cruzado o caminho de Artemis Young. Agentes secretos precisavam ter uma aparência que se misturava à das pessoas comuns; só assim eles conseguiam se camuflar.

Mas Winter Young não poderia desaparecer nem se tivesse o superpoder da invisibilidade. Para ser sincera, Sydney se espantava que ele não vivesse coberto de mariposas atraídas por sua luz.

Como raios ela poderia completar uma missão, quem dirá ser promovida, presa a um garoto como ele?

Já estava escuro quando Sydney abriu os olhos e, sem pensar, passou a mão pelos lençóis sedosos da cama. Ela não sabia por que desprezava tanto Winter, por que queria dificultar tanto as coisas para ele. Bastou que o garoto botasse os pés na sala de reunião no dia anterior para ela sentir uma onda de irritação profunda, um sentimento que a fez querer memorizar cada pedacinho dele para que conseguisse descobrir como fazê-lo descer do pedestal, uma vontade de forçá-lo a dar um passo para trás e se sentir deslocado num lugar novo.

A sensação disparou seu coração e embrulhou seu estômago. Não era de se espantar que Sydney não tivesse conseguido resistir à tentação de roubar a pulseira dele.

Sentia pena dele por causa da morte do irmão, de verdade. Deu para ver a dor no rosto de Winter, de um jeito bem real e profundo. Mas Winter Young pôde *escolher* estar ali. Ele não fora forçado a ir à agência, porque a vida não lhe dera nenhuma outra opção e o conduzira a um caminho sem volta. Winter escolhera aquilo, assim como escolhera se tornar um artista, escolhera que tipo de celebridade queria ser, de que tipo de pessoas poderia se cercar, o que queria fazer.

Sydney estava ali porque aquela era a única forma de escapar de sua infância. Ela tivera que fugir do fantasma da mãe, da memória do bipe incessante no quarto de hospital e da respiração dela, que parecia um chiado. Teve que fugir da calçada coberta de folhas na frente da casa onde crescera, os resmungos bravos de seu pai bêbado. Teve que aprender a parar de roubar, teve que acabar com a tentação de furtar coisas de prateleiras e escrivaninhas, que supria a necessidade compulsiva de controlar *alguma coisa* em sua vida.

Seus dedos se contraíram, sempre ansiando por roubar. Ela olhou para o lado, pela janela que ia do piso ao teto, contemplando a vasta cidade lá embaixo. Lembrou-se de que não morava mais na Carolina do Norte; agora estava em Seattle, do outro lado do país. Que não era mais uma criança.

Seu celular vibrou com a ligação de um número desconhecido. Sydney rolou para o lado e pegou os fones de ouvido.

— *Ich schlafe* — disse ela em alemão.

— Não está, não — murmurou Niall no celular. — E para com isso, Syd.

— O que foi?

— Parece que os seguranças dos eventos do aniversário também vão precisar estar vestidos a caráter. Algo sobre qualidade estética das fotos oficiais.

— Qualidade estética?

— Eles não querem um monte de ternos pinguim em todas as fotos. Então você vai poder usar alguma roupa elegante e vamos implantar uma escuta nela.

Ela suspirou, mesmo sendo uma ideia animadora. Eli Morrison não estava poupando gastos.

— Por favor, preciso de sapatos funcionais — disse Sydney.

— E seu treinamento com Winter começa oficialmente na semana que vem. Terça-feira. Chegue cedo para podermos tirar suas medidas. E dá um desconto para ele, está bem?

— Sauda te mandou falar isso, não foi?

— Bem, ela não está errada.

— Você acha que ela fez bem em contratar Winter?

— Acho que é um pouco tarde demais para essa pergunta, garota. E também acho que não é sua função questionar as decisões de Sauda.

— Sauda me diria para falar o que penso. E eu acho que estamos cometendo um erro — replicou ela.

— Isso é porque você acha que ele não vai conseguir completar a missão, ou só porque não gostou dele?

— Não pode ser as duas coisas?

— Para ser sincero, eu não achava que você seria uma boa agente. E aqui estamos nós.

Sydney riu. O som ficou entalado em sua garganta por um segundo, e seus pulmões fracos tiveram um pequeno espasmo.

— Tudo bem?

— Estou bem, pai. Só uma coceira na garganta — disse ela.

Ela quase podia ver Niall revirando os olhos, exasperado, por causa do apelido. O que ela não lhe contava, porém, era que, em momentos como aquele, Sydney não usava a palavra apenas como um apelido. Ela a usava porque gostava de imaginar que ele era o pai que ela poderia ter tido.

Mas aquilo era bobagem. Niall não era um pai para Sydney. Ela era apenas uma funcionária. Se Niall soubesse de seu problema nos pulmões, ele a desligaria imediatamente do Grupo Panaceia. Então ela nunca falava sobre aquilo com ninguém, e tinha conseguido se sair bem até então. Algum dia, quando a doença piorasse, ela teria que revelá-la, mas, até lá, estava tudo bem.

— Certo — resmungou Niall. — Terça-feira, então. Não acho que a gente vai conseguir transformar Winter Young num espião em uma única semana, mas espero que ele seja ao menos competente o bastante para completar a missão. Parece possível?

Sydney fitou a cidade pela janela, nada ansiosa para o início do treinamento de Winter.

— Vamos ver, né? E você? — perguntou ela.

— O que tem eu?

— Quando você vai chamar Sauda para um encontro de verdade?

Niall fez um som irritado com a garganta, e Sydney teve que conter um sorriso.

— É contra as regras, Syd. Você sabe disso.

— Ah, vai… Não vou contar pra ninguém.

— Boa noite, Sydney — murmurou ele, depois desligou.

Ela colocou um áudio de chuva para repetir no celular, depois jogou o aparelho para o lado e fechou os olhos. O som da água caindo encheu seus pensamentos, e ela relaxou um pouco, a tensão do pescoço diminuindo, a rigidez na mandíbula se dissipando. Sydney fechou os olhos outra vez, depois tentou se concentrar apenas nos lençóis da cama.

Em vez disso, a imagem de Winter na sala de reunião permanecia gravada em sua mente, vívida, os detalhes do momento em que ela absorvera tudo a respeito dele ainda intactos. Ele ficou por lá, recusando-se a desaparecer.

Sydney franziu o cenho. Ela se imaginou pegando uma pá e literalmente arrancando Winter de seus pensamentos.

Talvez ele se revelasse uma surpresa agradável. Talvez conseguisse pegar o jeito mais rápido do que ela imaginava. Talvez ela pudesse prepará-lo bem o suficiente para ao menos sobreviver àquela missão e conseguir sua promoção. Então Winter poderia voltar para a vida dele e ela poderia voltar para a dela, e não teria que lidar com ele outra vez.

Ela repetiu esse cenário até finalmente adormecer, o rosto de Winter ainda gravado em sua mente.

7

O IMPREVISTO

Quando Winter bateu à porta do apartamento da mãe, soube de imediato que aquela visita seria ruim. Ele sempre sabia.

Se ele escutasse passos apressados lá dentro, e em seguida sua mãe abrisse a porta, tudo correria bem. Significaria que ela estava bem, que estava feliz em vê-lo, e que os dois poderiam até ter uma conversa normal. Mas, naquele dia, ela não respondeu de imediato, e a porta permaneceu fechada. Um segundo depois, Winter ouviu o clique suave da tranca, seguido pela voz melodiosa da mãe vinda de algum ponto distante do apartamento.

— Pode entrar. A porta está destrancada.

Ele sentiu o coração apertar um pouco. Tinha feito aquilo milhares de vezes ao longo dos anos, e nada naquelas visitas era novidade. Mas agora ele estava prestes a começar o treinamento no Grupo Panaceia, então sua cabeça já estava a mil. A ideia de passar uma semana inteira com Sydney Cossette o deixava nervoso. E ter que suportar aquela visita dolorosamente constrangedora lhe dava vontade de dar meia-volta, pegar o elevador e voltar para casa.

Mas ele não fez isso. Embora sua vida tivesse se tornado um ciclo interminável de viagens de avião e estadias em hotéis, ele nunca deixara de visitar a mãe antes de viajar. Então, em vez de ir embora, ajeitou uma das mangas de sua camisa, apoiou o buquê de flores que estava em sua mão sobre o ombro e abriu a porta.

Cinco anos e centenas de shows diante de milhões de fãs — mesmo assim, Winter Young ainda sentia o coração disparar de ansiedade ao entrar em casa.

O apartamento continuava o mesmo: repleto de bugigangas bonitinhas que eram de alguma forma caóticas e organizadas ao mesmo tempo, que poderiam parecer artísticas, desenhadas por mãos habilidosas, mas como se todas as ações tivessem sido interrompidas no meio. O aparador estava cheio de pilhas de livros organizados por cor, todos com as sobrecapas removidas. No sofá, havia uma manta amarela jogada, e cada centímetro da mesa de centro estava escondido debaixo de uma variedade de livros, revistas e vasos de planta com raminhos que desciam até o tapete. A mesa de jantar abrigava um aquário com dois peixinhos dourados ao lado de uma estatueta de Buda de cerâmica rosada e uma escultura de um gato da sorte. Sobre a bancada de mármore da cozinha havia pilhas desordenadas de pratos de porcelana chinesa em azul e branco, tirados da máquina de lavar e ainda não guardados.

No corredor que levava aos quartos, Winter pôde ouvir a mãe cantarolando o refrão de uma música antiga sem parar. Ela tinha uma voz linda — a única coisa que ele herdara dela — e ele se pegou parando para admirá-la, ouvindo as doces notas se repetirem.

— Oi, mãe — cumprimentou ele.

A música parou. Ele estendeu o buquê, como se ela pudesse vê-lo.

— Tem algum vaso sobrando? — perguntou ele.

— *Zài shuǐ cáo xià* — respondeu ela em mandarim. *Debaixo da pia da cozinha.*

Ele ouvia a tensão na voz dela, a decepção sutil maculando a voz musical que sempre parecia surgir quando ele a visitava.

Quando ele foi à cozinha para pegar um antigo vaso de vidro debaixo da pia, a mãe saiu do quarto com uma animação silenciosa.

Ela vestia um suéter largo de tricô por cima de um vestido verde com pregas que balançavam conforme ela andava. Seu cabelo preto ondulado estava preso para trás com uma bandana, as mechas cobrindo um de seus ombros. Em seu braço estava uma bolsa de pano grande. Assim como o apartamento, tudo nela parecia ter sido combinado às pressas, mas de uma forma que parecia perfeita. A mãe sempre fora estilosa mesmo sem tentar.

Mas Winter sabia que ela tentava, sim, obviamente. Era provável que ela estivesse acordada há várias horas, vestindo e tirando uma peça atrás da outra, incapaz de parar até enfim conseguir se decidir por algo que encerrava o ciclo.

— Obrigada pelas flores, ursinho — agradeceu ela, ofegante, dessa vez em inglês, enquanto colocava os brincos sem se olhar no espelho. — São lindas.

Winter assentiu, embora ela não estivesse olhando para ele e não tivesse sequer visto as flores.

— Comprei tulipas.

— Eu amo tulipas.

Ele sabia disso. Sabia que tulipas eram as flores favoritas da mãe, e que amarelo e azul eram suas cores preferidas, e fora pessoalmente à melhor floricultura da cidade, que havia fechado só para ele, e escolhera à mão cada tulipa para que o buquê fosse o mais bonito e fresco possível.

Winter havia se entregado de corpo e alma à montagem do buquê, embora soubesse que a mãe não se importaria.

— Vou para um retiro amanhã — contou ele enquanto procurava uma tesoura. — E depois para um show no exterior. Volto daqui a algumas semanas.

Ela vasculhou as gavetas do aparador à procura da carteira, depois dirigiu ao filho um primeiro olhar e abriu um leve sorriso.

— Que maravilha, Winter! Você vai arrasar, com certeza — disse ela.

Nenhuma pergunta sobre o retiro ou para onde ele iria. Nenhuma pergunta sobre o show. Nem *"Boa viagem!"* ou *"Leve um casaco!"*. Pelo menos seria fácil guardar segredo sobre a agência. Ele se manteve inexpressivo ao cortar os talos das flores e as arrumar do jeito que sabia que a mãe gostava.

— Sabe aquele bilionário do Reino Unido? Eli Morrison?

— Aham.

— Vou fazer um show para a filha dele na festa de aniversário dela — disse ele.

A mãe se virou de leve para fitá-lo com uma sobrancelha erguida, a carteira em mãos. Ela voltou a falar, dessa vez em mandarim.

— Ah, é? *Nǐ gēn tā hǎo le?* — *Vocês estão namorando?*

Ele riu.

— Não. Sou só uma das atrações da festa.

Ela jogou a carteira na bolsa e disse:

— Ah, *xióng bǎobǎo. Zǒng huì yǒu yì tiān, nǐ zhǎo dào shì hé de nü péng yǒu.* — *Ah, ursinho. Um dia você vai encontrar a garota certa.*

Lá estava ela, sempre ouvindo apenas uma parte do que Winter dizia, presumindo que ele só namorava garotas, respondendo sem realmente entender o que ele dizia. Ele mordeu a língua e abriu a torneira da cozinha para encher o vaso.

— Não, não estou tentando namorar com ela — explicou ele de novo. — É só uma ótima oportunidade, e acho que vou conhecer umas pessoas importantes nas festas durante a semana. É uma grande comemoração.

Ela voltou ao inglês:

— Deve ser!

Winter suspirou, foi até a sala de estar e, com cuidado, arranjou um espaço para o vaso de flores sobre a mesa de centro.

— *Nín haí hǎo ba*, mãe? — *Você está bem, mãe?*

Aquela era sua forma de perguntar se a mãe estava tomando os remédios.

— *Haí hǎo* — respondeu ela. *Bem.* — Vou viajar com umas amigas hoje, passar a semana em Nova York.

Obviamente. Ele não tinha a visto pegar a mala. Conhecendo sua mãe, ela devia ter decidido ir naquela mesma manhã.

— Parece divertido — disse ele, empurrando uma pequena pilha de revistas no sofá para se sentar.

Ela sorriu para ele outra vez e pegou o celular.

— O que você anda fazendo? — perguntou ela.

Seu álbum mais recente tinha acabado de ser lançado um mês antes, e ele fizera uma turnê pelo país para promovê-lo. Quebrara recordes com ele. Participara de todos os programas de entrevistas, dia e noite, agraciara as capas da *Rolling Stone*, da *Vogue*, da *GQ* e de mais uma dúzia de outras revistas.

A mãe não perguntara sobre nada disso. Nem mesmo lhe enviara uma mensagem o parabenizando.

Artie costumava responder longos interrogatórios dela; explicava para onde estava indo e por quanto tempo. Agora que sabia qual era o verdadeiro trabalho de Artie, Winter ficava ainda mais impressionado com a capacidade do irmão de guardar segredo da mãe.

Winter não teria o mesmo problema.

Quando era criança, ele às vezes gritava com ela por causa disso. *Estou bem aqui! Por que você não me enxerga?* Mas tinha dezenove anos agora e simplesmente não tinha mais forças para isso. Ele sabia que aquela era a dinâmica do relacionamento deles, que ela o ignorava de propósito numa tentativa de se proteger.

Winter sabia que era porque ele era exatamente igual ao pai, o segundo marido dela, o homem por quem ela se apaixonara perdidamente e de quem se divorciara em apenas um ano. A quem ela agora odiava mais do que tudo. Ele sabia que, toda vez que ela olhava para ele, seu filho, via *o ex-marido*, o homem que costumava criticar tudo nela, do rosto às roupas e as palavras, até ela se fechar por completo. Winter sabia que ela o deixara sozinho em casa tantas vezes, quando era pequeno, porque não suportava ficar no mesmo cômodo que o filho por muito tempo. Para ela, ver o sucesso de Winter era um pouco como ver o sucesso *daquele homem.*

Winter apoiou os cotovelos nos joelhos.

— Só o de sempre. Estou bem — declarou ele.

— Que bom — replicou a mãe, indo se sentar na frente dele. — Como está Claire?

— *Hǎi hǎo.* — *Bem.*

— Ainda ocupada como sempre? — perguntou ela.

— Ela cuida bem de mim, se é isso que você quer dizer.

— Ótimo, ótimo.

Winter lançou um olhar de soslaio para a mãe, ávido para lhe questionar sobre Artie. Para procurar por dicas de como o irmão conseguira manter tudo em segredo. Para ver se a mãe de fato não sabia, mesmo que tivesse sido sempre muito protetora com Artie.

Mas as perguntas morreram em sua língua. O simples fato de mencionar o nome de Artie abriria uma Caixa de Pandora, e ele não tinha a menor intenção de estragar aquela visita.

Em vez disso, Winter levou a mão ao bolso de trás e tirou de lá um envelope vermelho, perfeitamente liso. Ele o entregou para a mãe.

— Ah, ursinho — disse ela, inclinando a cabeça para ele e depois balançando-a. — *Eu* que deveria te dar *hóng bāo.*

— Não. Já sou adulto, mãe — declarou ele, abaixando a cabeça.

Era um hábito levar as flores e o envelope vermelho toda vez que estava prestes a sair da cidade por um tempo. Depois do divórcio e da morte de Artie, depois que o trauma prolongado provocara nela infindáveis noites de insônia e uma incapacidade de parar quieta por mais de uma hora, uma terapeuta lhe sugerira flores como um ritual calmante. Então Winter as comprava sempre que podia. O envelope vermelho era cuidadosamente recheado com alguns milhares de dólares em cédulas novas lisinhas porque ele sabia da aversão da mãe por dinheiro vivo com dobras. Uma vez, ela ficou presa na França por não conseguir encontrar um banco que pudesse lhe dar cédulas novas. Winter precisou voar até lá para lhe entregar o dinheiro e ajudá-la a resolver a situação.

Além disso, era uma desculpa para vê-la. Aquele era o único jeito de visitá-la. Se ele não fosse até lá, ela jamais perguntaria dele, jamais iria vê-lo, jamais ligaria. Jamais sentiria saudade. Pelo menos as despedidas frequentes davam a ele uma desculpa para levar presentes.

A mãe olhou para ele por um momento com aquela expressão melancólica e questionadora, depois pegou o envelope.

— *Duì nǐ mā zhēn hǎo* — disse ela, dando tapinhas afetuosos na bochecha de Winter. *Você é bom para sua mãe.*

Ele se deixou aninhar na frieza do toque dela.

— O que vai fazer em Nova York? — perguntou ele.

— Vou me divertir, extravasar um pouco. Vou assistir àquela peça nova incrível da Broadway, *Highland Street Hustle*, que todo mundo está comentando, e depois vou para uma casa de férias no norte do estado. — Ela estalou a língua. — Todas as minhas amigas perguntam de você. Katie quer saber se você pode autografar um álbum para a filha dela, Emma, e eu disse que sim.

— Com certeza.

— Obrigada, ursinho. Acho que você ia gostar da Emma. Ela é uma boa garota, e tem mais: ela também fez um estágio de verão em Baltimore, igual a você no último ano do ensino médio. Eu deveria contar isso para ela, ela ia amar sa…

— Não, não faça isso.

— Por que não?

— Porque não é verdade.

— É, sim.

Winter pigarreou com delicadeza.

— Eu não fiz estágio em Baltimore — disse ele. — Quem fez foi Artie.

Os movimentos frenéticos da mãe perto do aparador pararam de repente, e, quando Winter olhou em sua direção, ela o encarava pela primeira vez desde que o filho chegara, o corpo inteiro rígido. Ela arregalou os olhos ao perceber o erro.

— Ah — murmurou ela. — *Duì*, foi Artie.

Winter se remexeu no sofá, desconfortável, odiando o fato de ter precisado mencionar o irmão. Era comum a mãe confundir o passado dele com o do filho falecido — em geral ela confundia o aniversário de Winter com o de Artie, trocava as comidas, roupas e lugares preferidos de Artie pelos de Winter. Isso piorara bastante depois da morte do irmão. Mas Winter ainda odiava que a mera menção do nome de Artie fazia a mãe parar o que estava fazendo e se esquecer de todo o resto, quando nada que ele dissesse ou fizesse podia fazê-la parar e prestar atenção nele.

Então ele se sentiu um babaca por ter inveja do irmão morto. Do irmão que deixara de ser um membro do Corpo da Paz e passara a ser um agente secreto. Suas emoções se turvaram numa tempestade familiar.

— Sinto muito. Eu sabia, eu só… — disse a mãe, e dessa vez ela estava sendo sincera.

Winter podia ver a dor transbordar em seus olhos, ocultando a energia inquieta de poucos momentos antes.

— *Meí shì*, mãe — interrompeu ele, abrindo um sorriso tão descontraído quanto podia. *Está tudo bem.* — Emma parece legal. Me passa o endereço da casa que vocês vão ficar. Vou pedir para Claire enviar um álbum autografado para lá.

— Obrigada.

A mãe hesitou, a expressão de repente confusa, e Winter sentiu o coração se encher de tristeza. Ainda se lembrava daquela terrível ligação que a mãe recebera às seis da manhã em ponto, ainda recordava o horário em seu relógio quando ele correu para fora do quarto em direção à sacada ao ouvir o grito dela. Ele pressionara o rosto contra o balaústre e ouvira as perguntas quebradas e trêmulas vindas do piso inferior. *Como? Quando? O que aconteceu? Vocês têm certeza de que era ele?*

Desde aquele dia, Winter nunca mais conseguiu acordar depois das seis.

Por mais que sentisse saudade de Artie, sabia que sua dor não se comparava à da mãe, à forma como ela desabara no chão ao saber da morte de Artie, à sua figura encolhida sozinha na cama nos meses que se seguiram, às embalagens de antidepressivos e metilfenidato abertas sobre sua cômoda. A forma como ela ficara tão perdida em sua tristeza que não percebia quando Winter roubava alguns de seus remédios para suprimir a própria dor. Às vezes ele a imaginava quando jovem, acalentando um Artie recém-nascido nos braços, maravilhada com cada pequeno traço do filho primogênito. Beijando suas pálpebras, seu nariz, suas bochechinhas, seus pequenos dedos. A voz delicada cantando canções de ninar para ele, prometendo-lhe o mundo inteiro. Winter a imaginava no que deviam ter sido aqueles primeiros dias inebriantes de amor e tentava lembrar a si mesmo de ser gentil com ela; aquela mulher perdera aquele bebezinho décadas depois. E ela jamais saberia quem ele realmente fora ou por que ele havia de fato morrido.

Winter tentava não se perguntar se ela lembrava que tivera um segundo bebê.

A mãe desviou o olhar do dele. Um pequeno tremor pareceu percorrer o corpo dela, e então suas mãos voltaram a se mover. Ela pegou as chaves no aparador e ajustou a bolsa no braço. Quando fez isso, Winter se levantou para sair. Nenhum dos dois disse uma palavra.

Winter lembrava-lhe demais de tudo. Do terrível e rápido segundo casamento. Do marido que ela desprezava. Mas, pior do que tudo, do fato de que o amado filho primogênito havia partido para sempre, e que apenas Winter, o segundo filho, restara.

Quando eles saíram do apartamento juntos e a mãe trancou a porta, ela ficou na ponta dos pés para dar um beijo rápido na testa do filho. Mesmo assim, não olhou diretamente para ele.

— *Lù shàng xiǎo xīn, xióng bǎobāo* — disse ela. *Cuide-se, ursinho.*

Ela já estava desviando os olhos, o corpo voltado para o elevador como se tivesse finalmente chegado ao limite de tempo que conseguia passar perto dele.

Ele conseguia prender a atenção de noventa mil pessoas num estádio, atrair multidões aos berros sempre que saía por uma porta, aparecer nas capas de todas as revistas do mundo. Mesmo assim, nunca conseguia convencer a mãe a ficar ao seu lado por muito tempo.

— Você também, mãe — falou ele, as mãos nos bolsos. — Amo você.

Ela lhe lançou um sorriso por cima do ombro e acenou. Winter não ouviu ela dizer o mesmo. Então ela se foi, correndo na direção do elevador, sem deixar nada além do sutil aroma do perfume de jasmim no ar.

Winter ficou lá parado por um longo tempo, o coração ainda entalado na garganta, sentindo o peso da solidão envolvê-lo com seus dedos gelados. Ele imaginou o vaso de tulipas lá dentro do apartamento da mãe, flores lindamente frescas que ninguém apreciaria, prontas para passar a semana sozinhas, murchando. Quando a mãe voltasse de Nova York, estariam mortas.

Ele estremeceu, de repente sentindo falta da companhia de sua equipe. Do barulho da multidão. De qualquer pessoa.

Como se tivesse percebido a deixa, o celular de Winter vibrou em seu bolso. Quando ele o tirou de lá, viu que era uma ligação de Claire.

— Alô? — atendeu ele, a voz rouca.

— Essa garota nova que você contratou — disse Claire, soando um pouco irritada. — Você disse para ela encontrar a gente para almoçar hoje? Porque ela está aqui na minha porta perguntando onde você está. Ela é bonitinha, mas parece capaz de matar uma pessoa.

Sydney. Winter sentiu os cacos de sua dor recuarem um pouco, e soltou uma risada fraca. A garota não perdia tempo para importunar as pessoas.

— Falei, sim — respondeu ele, suspirando. — Já estou indo.

— Vou pedir o de sempre para você — avisou Claire. — Vê se não demora muito para escolher suas roupas. Amo você.

Ela desligou antes que Winter pudesse responder qualquer coisa. Ele encarou o celular, o peso de estar sozinho apaziguado pela animação implacável na voz de Claire. A facilidade com que ela lhe demonstrava afeto.

Winter jamais entenderia como ela sempre sabia quando ele precisava dela.

Ele voltou a guardar o celular no bolso e se dirigiu para as escadas, deixando o apartamento vazio da mãe para trás.

8

AS REGRAS DO JOGO

Um piso abaixo do andar de Design Experimental do Grupo Panaceia ficava uma gigantesca área de treino. Ao redor do espaço circular havia um túnel de quinze metros de largura com uma pista no chão e nas paredes, projetada para que os agentes praticassem técnicas de direção. A área principal era dividida em quadrantes, que por sua vez eram divididos igualmente em vários biomas, espaços que simulavam condições de extremo calor, frio, umidade ou estiagem, escuridão completa e sol escaldante, todo tipo de ambiente possível para levar os agentes ao limite. Havia áreas de fisioterapia, musculação e espaços com tatame para a prática de artes marciais e autodefesa.

Havia de tudo.

Sydney visitara o lugar pela primeira vez com quinze anos, dois meses depois de entrar oficialmente na agência, determinada a se tornar a melhor agente que eles já haviam tido. A própria Sauda lhe mostrara o lugar, observando o rosto atordoado da adolescente, a forma voraz como seus olhos analisavam tudo ao seu redor. Sydney havia treinado incansavelmente ali, conquistando o direito de entrar em quadrantes e biomas específicos e subindo nas graduações de armamentos, veículos e lutas. Ela sobrevivera a uma simulação imersiva em que transformaram o lugar inteiro numa cidade funcional e realista de espiões e assassinos, passara meses vivendo naquela realidade fictícia e saíra dela tão enraizada que às vezes ainda tinha a sensação de estar vivendo naquele mundo falso.

Sydney estudara por dois anos.

Winter passaria apenas uma semana se preparando. E Sydney estava encarregada de treiná-lo.

Talvez também fosse por isso que ela sentia certo ressentimento dele, percebeu Sydney ao vê-lo sair do elevador para encontrá-la no piso de treinamento principal. O cabelo dele estava penteado e suas mãos enfiadas nos bolsos da calça de moletom preta, o olhar passeando pelo vasto espaço. A vida parecia ter oferecido a ele atalhos para tudo.

Ele fixou os olhos nela. Um sorriso estava prestes a surgir no rosto dele, mas Winter o conteve e ergueu o celular.

— O que significa "ALEA"? — perguntou ele, olhando para a mensagem que Sydney lhe enviara minutos antes.

— Anda logo, está atrasado — explicou ela.

Winter assentiu.

— Muito intuitivo.

Ela ignorou o sarcasmo e encarou as palavras em amarelo vibrante estampadas numa fonte estilosa sobre o moletom preto de Winter: "sou um espião".

Sydney ergueu uma sobrancelha para ele, desdenhosa.

— É sério? — perguntou ela, baixinho.

Ele olhou para o próprio casaco, depois para ela.

— O que foi? — indagou ele, inocente. — É da nova coleção de outono da Balmain.

Sydney conteve a vontade de bater nele.

Assim como na primeira reunião de Winter, sua presença parecia chamar a atenção de todo mundo. Ela podia ver alguns funcionários que caminhavam pelo andar mudarem o trajeto para passar perto dele, interrompendo as conversas por um momento para reparar no cantor. Dois agentes que vestiam equipamentos para um teste pararam e olharam para ele. Em seguida, todos seguiram com suas tarefas, mas não sem total consciência de que Winter Young estava lá embaixo.

Não que ele parecesse notar ou se importar com isso.

— Venha comigo — ordenou Sydney, dando as costas para ele e indo para o quadrante leste. — E não toque em nada.

Ele assentiu de um jeito provocador e a seguiu, obediente.

No fundo, ela estava feliz por desviar o olhar. Havia sentido a força da atração dele assim como os outros, e isso a aborrecia.

— Então você vai me treinar — comentou ele. — Quem treinou você?

— Ele já morreu.

Atrás dela, Winter parou de repente.

— Brincadeira — disse ela. — Foi Sauda.

Havia algo de muito satisfatório na forma como os lindos lábios dele se cerravam, exasperados.

— Ah, ótimo — resmungou ele. — Não vejo a hora de passar a semana inteira escutando essas suas brincadeiras.

Em vez de seguir atrás de Sydney, Winter acelerou para caminhar ao lado dela e, por um momento, seus ombros se roçaram. Mesmo com os movimentos simples do caminhar dele, ela podia ver que ele era um dançarino. Tudo nele gritava graciosidade. Detalhes sobre ele que Sydney encontrara em sua pesquisa flutuavam em sua mente: Winter tivera aulas de balé e *street dance* depois de ser descoberto. Estudara dança na Rússia por seis meses. Escolhera a dedo cada um de seus dançarinos de apoio depois de ensaiar individualmente com eles por um dia inteiro.

— Você vai achar essa semana um pouco cansativa — observou ela. — Não pegamos leve com ninguém, e com você não vai ser diferente. Mas imagino que você já esteja acostumado com esse tipo de intensidade.

Ele bufou. Dava para ver que ainda estava irritado com ela.

— E o que exatamente nós vamos fazer hoje?

— O básico.

Sydney o conduziu por uma porta deslizante de vidro automatizada que levava a uma grande sala, depois se virou e pressionou a palma em uma das paredes. Como a sala de reunião em que eles haviam se conhecido, a parede respondeu ao toque dela, e uma série de botões apareceu na parede ao redor de sua mão.

Kelly Street

King's Cross St. Pancras

Waterloo

Ela apertou a primeira opção. Os botões sumiram. A temperatura mudou um pouco, o ar se tornou gelado, fresco e úmido, e o ruído externo da área de treinamento foi interrompido abruptamente. As paredes ao redor deles se transformaram, substituídas por uma rua de Londres — cabines telefônicas vermelhas nas calçadas, vasos de flores presos em postes de luz, carros e ônibus de dois andares. Até mesmo os sons mudaram; alto-falantes instalados no teto, no piso e nas paredes tocavam toda a cacofonia de uma rua movimentada, de modo que, por um momento, parecia mesmo Londres.

Winter congelou. Ele girou o corpo, depois voltou a olhar para Sydney, que estava o encarando, o charme natural de poucos segundos antes dando lugar a um fascínio inquieto.

Sydney não pôde deixar de amolecer diante da expressão dele. Ela se lembrava de se sentir daquela forma, de perceber que ali estava um mundo com o qual jamais poderia ter sonhado.

— Seu treinamento básico vai ser um pouco acelerado — disse ela. — Então vou começar com umas regras gerais que você sempre deve ter em mente como um espião. — Ela cruzou os braços. — Você sabe qual é o nosso objetivo principal?

— Completar a missão? — chutou ele.

Ela balançou a cabeça.

— Não. Sair dela com vida. Sempre haverá outra missão. Mas perder um agente é pior do que qualquer trabalho fracassado. Você não é apenas uma vida. Você é um investimento. Então tudo que você vai aprender aqui será para te manter ileso.

Ao ouvir isso, Winter assumiu uma postura séria. Sydney observou a luz em seu rosto mudar, percebeu o lampejo de dor que surgiu e se apagou em seus olhos depressa. Sentiu uma pontada de pena dele; com certeza estava pensando no irmão.

Sydney apontou com a cabeça para o espaço ao redor dos dois e mudou de assunto.

— Esta é uma das muitas salas de simulação da agência. Eu criei algumas configurações para nós em vários locais de Londres conforme passamos por algumas situações para você.

Ele assentiu, se virando outra vez para analisar o ambiente.

— E quais são essas regras com que eu devo começar?

— Primeiro — começou ela —, nunca olhe para trás. Não precisa. Simplesmente presuma que sempre vai ter alguém te observando. Se olhar para trás, vai entregar que está consciente da presença daquela pessoa e que está tramando algo.

Winter voltou a encará-la e inclinou a cabeça.

— Nada de novo para mim.

Havia algo naquele gesto com a cabeça que fez Sydney querer manter os olhos nele. Ela desviou o olhar.

— Segundo — continuou ela —, esteja preparado. Sempre. Se algo der errado, esteja pronto para dar meia-volta. Se algo estranho acontecer, você vai precisar se adaptar numa fração de segundo. É mais difícil do que parece. Pense nisso como em uma das suas apresentações. Você já deve ter tido que lidar com todo tipo de imprevisto e precisado mudar os planos no meio de uma música.

Ele assentiu, tenso.

— Que tipo de coisa estranha? — indagou ele.

— Vou dar um exemplo.

Sydney deu alguns passos para longe, como se estivesse caminhando para o fim da rua simulada, depois deu meia-volta.

— Pronto? — perguntou ela.

Ele não parecia pronto, mas ergueu a cabeça e assentiu, confiante.

— Sim, pode vir — respondeu ele.

Ela teve vontade de sorrir um pouco ao ouvir isso, mas se conteve. Então caminhou na direção dele como se fosse uma pessoa qualquer.

Quando estavam se aproximando, Winter começou a dizer:

— Espero que você saiba que já faz um bom tempo que eu não consigo andar sozinho numa rua assim…

Antes que ele pudesse terminar a frase, ela fingiu tropeçar e fazer esforço para recuperar o equilíbrio, caindo em cima dele com força suficiente para fazê-lo recuar. Sydney tirou um dos punhos fechados de seu bolso para golpear Winter pela lateral.

Ele desviou, assustado. Quando ele fez isso, ela arregalou os olhos e ergueu as mãos para ele.

— Minha nossa, me desculpe! — exclamou ela, depois se levantou e continuou a caminhar com pressa pela rua.

Então parou e deu meia-volta. Sydney abriu a outra mão e revelou uma arma semelhante a uma caneta. Quando clicou na ponta, uma lâmina longa e fina como uma agulha foi revelada. Era uma faca.

— Isso que eu acabei de fazer foi exatamente como um anarquista assassinou a Imperatriz da Áustria em 1898. — Ela fez a lâmina voltar para dentro da arma. — Basta um piscar de olhos.

Parte dela esperava que ele ficasse chocado ao ouvir aquilo, mas, em vez disso, Winter apenas olhou para a lâmina e voltou a encará-la. Havia na expressão dele um fascínio solene por ela, e Sydney se perguntou quando fora a última vez em que ele fora pego completamente de surpresa daquela forma.

— E como eu posso estar sempre preparado para uma facada? — perguntou ele.

— Seus instintos são mais valiosos do que você pensa. A única diferença entre os instintos de uma pessoa comum e os de um espião é que nós somos treinados para reagir de mais formas. Agora, nesta situação, o que os seus instintos te diriam para fazer?

— Correr, acho?

— Na verdade, esse é um bom plano — admitiu Sydney. — Se der, desvie e corra. Você é rápido, tenho que admitir. Vi vários vídeos dos seus shows.

Ele abriu um sorriso zombeteiro.

— Ah, é?

Sydney fez uma careta, esforçando-se para não corar com as palavras dele.

— Sim. Faço pesquisas para o trabalho. Enfim, use sua velocidade a seu favor. Escapar talvez seja sua melhor escolha.

Winter franziu a testa.

— E se não for? — indagou ele.

— Vou te mostrar.

Sem aviso, ela arremessou a arma na direção dele. Para a surpresa de Sydney, Winter desviou com agilidade e pegou a faca com uma das mãos.

— Bom reflexo — comentou ela. — Você é canhoto?

Ele a encarou.

— Ambidestro. E agora?

— Sua vez.

Winter respirou fundo, depois recuou alguns passos. Ele caminhou na direção dela de um jeito despreocupado. Mais uma vez, Sydney se viu impressionada. Ele havia memorizado os movimentos que ela fizera, até mesmo a forma como piscara e olhara ao redor, e a replicou tão bem que era como se ele já tivesse feito aquele exercício.

Ao passar por Sydney, ele tropeçou e caiu sobre ela. Winter moveu a mão direita como que para atacá-la com a caneta-faca. Então ele era ambidestro mesmo, no fim das contas.

Sydney se moveu mais rápido do que pensou. Seu corpo se curvou no mesmo instante; com o mesmo movimento, ela estendeu o braço e agarrou o pulso de Winter com força. Ela o torceu, ouvindo Winter grunhir, depois puxou-o para si enquanto se inclinava para trás e forçava o braço dele num ângulo desconfortável. Ela estendeu a perna para fazê-lo tropeçar. Num piscar de olhos, ela estava com o joelho sobre o peito dele e a faca em sua garganta, seus rostos a poucos centímetros um do outro.

Ele piscou, tão atordoado que ficou sem palavras, e ela se pegou examinando os olhos dele por força do hábito. As pupilas dele estavam contraídas de dor, revelando todos os risquinhos castanho-dourados na íris. A respiração de Winter era quente contra a pele dela, e Sydney notou a firmeza dos músculos dele conforme seu peito subia e descia sob seu joelho. Ele a encarava, analisando as feições de Sydney — e, embora ela não soubesse o que ele via, sentiu o coração disparar diante da atenção dele.

Ele estremeceu, o braço ainda dolorosamente imobilizado por ela.

— Beleza. Pode soltar — disse ele, a voz rouca.

Ela o soltou, depois ofereceu a mão para ajudá-lo a se levantar.

— Quando você treina por dois anos — disse ela —, isso vira uma nova parte dos seus instintos. Como se fosse um segundo sistema imunológico.

— Bom saber.

— Agora tenta você.

No começo do treinamento de Sydney, quando ela tivera dificuldade para aprender os movimentos de combate, Sauda a reconfortara, dizendo que a maioria das pessoas precisava de tempo até as reações treinadas se tornarem instinto.

Porém, quando ela avançou sobre Winter, ele reagiu no mesmo instante. Cada um dos movimentos dele mimetizava com perfeição os que ela lhe mostrara antes, até mesmo o ângulo específico do corpo e a virada do braço. Ele executou os gestos com tanta precisão que ela não teve tempo de escapar. Com a perna, ele a derrubou.

Sydney caiu de costas no chão. Um instante depois, Winter pressionou o joelho de leve no peito dela, a faca posicionada em sua garganta.

Por um momento, ela apenas o encarou, o coração disparado, todo o sarcasmo esquecido. Seus pulmões se contraíram num espasmo doloroso, e ela inspirou com força. Sydney levara semanas para dominar aqueles movimentos. Dois anos para torná-los instintivos. E aquele garoto tinha acabado de aprendê-los como se não fossem nada.

Ele era mesmo um dançarino treinado.

— Isso foi quase bom demais — murmurou ela.

Winter piscou, depois se levantou e estendeu a mão para ela.

— É igual a aprender uma coreografia — disse ele.

Ela estreitou os olhos, examinando as breves emoções que surgiam no rosto dele. Ele estava escondendo alguma coisa.

— Você já passou por um ataque com faca antes — observou ela, com cuidado.

Winter hesitou, depois assentiu.

— Uma vez — informou ele. — Saindo de uma festa, quando uma multidão veio pra cima de mim e me separei dos meus seguranças. Claire me obrigou a fazer aulas de defesa pessoal depois disso.

Sydney franziu a testa.

— Não vi nenhuma matéria sobre isso — comentou ela.

— Porque eu não sabia que tinha sido esfaqueado até Claire me colocar dentro do carro — explicou ele. — E eu insisti para o meu médico particular cuidar de mim em vez de ir a um hospital. Ninguém ficou sabendo.

— Você não contou pra ninguém? — indagou ela.

— Ninguém além de Claire.

De alguma forma, Sydney achava que alguém como Winter ia querer falar com a imprensa sobre um incidente do tipo só para chamar atenção. Ela nem o teria julgado por isso.

Talvez Winter fosse mesmo reservado. Ela analisou o rosto dele, se perguntando de que outro jeito poderia fazê-lo se abrir. Tentando não pensar sobre seus próprios encontros com uma faca.

— Legal da sua parte não querer deixar sua mãe preocupada — comentou ela por fim, dessa vez num tom mais gentil.

— Ela não ficaria — replicou ele.

Sydney voltou a olhar para ele e percebeu que o sorriso de Winter havia perdido o brilho.

— Sinto muito — disse ela.

— Está tudo bem.

Ela examinou a expressão dele e a guardou num canto da mente, irritada pela fagulha de simpatia que surgiu em seu peito. Aquele era o tipo de informação que alguém compartilharia com um amigo e, mesmo naquele momento, ela podia sentir que ele estava abrindo uma fresta do coração para ela, confessando algo que parecia guardar para si.

Mas ela não era amiga dele. Era uma agente secreta responsável por seu treinamento. Então ela suspirou, depois confessou:

— Percebeu como eu te fiz essas perguntas?

Ele a encarou, confuso pela mudança.

— Como assim? — questionou ele.

— Enquanto você estava ocupado praticando a segunda regra — respondeu ela, balançando a faca —, eu também estava demonstrando a terceira.

Winter hesitou por um momento até a ficha cair.

— Você estava me interrogando?

Sydney assentiu.

— Ser um espião é na verdade uma questão de ganhar a confiança do outro — explicou ela. — Cada momento é uma nova oportunidade para conseguir detalhes sobre a vida de alguém, e vice-versa. Eu fiz você se concentrar na prática de como se defender com uma faca. Seu foco estava em outro lugar, e eu me aproveitei disso. Fiz perguntas sobre o seu passado enquanto você estava distraído e de coração aberto. Então aqui vai a terceira regra: sempre ganhe a confiança das pessoas, mas nunca confie em ninguém.

Pela primeira vez havia mágoa nos olhos dele. Winter ficou chateado. Sydney notou a forma como algo em seu olhar se apagou, o sutil recuo do corpo para longe dela, a pontada de traição perceptível em seu rosto. Um segundo depois, ele disfarçou, erguendo as paredes ao redor do coração outra vez.

Ela sempre odiava essa parte do treinamento, mesmo com pessoas de que não gostava. Mas a mentira era um daqueles instintos que ela havia incorporado com o treinamento, um que a mantinha fria.

— É um trabalho solitário — comentou ela —, mas ninguém realmente percebe até começar. Depois de um tempo você acaba aprendendo a lidar com isso.

Winter a encarou.

— É por isso que você faz exercícios de respiração secretos? — perguntou ele. — Para lidar com a solidão? Ou você tem algum problema nos pulmões?

Agora era a vez de Winter surpreendê-la. Ela ficou intrigada.

— Como assim? — indagou ela.

Ela via no rosto de Winter que ele sabia ter acertado em algo. Quando ele falou outra vez, sua voz estava mais baixa, como se quisesse ter certeza de que ninguém os ouviria:

— Seus exercícios de respiração — repetiu ele. — Percebi na primeira reunião. O jeito que você inspira lentamente pelo nariz e depois expira duas vezes mais devagar pela boca. — Ele apontou para ela com a cabeça, lançando um olhar de soslaio. — Aprendi o mesmo exercício para fortalecer meus pulmões para minhas apresentações. Mas por que *você* precisa de exercícios de respiração?

Bem… Mais uma vez, Sydney lembrou a si mesma de que Winter não era burro. Ele tinha a interrogado e a atacado bem quando ela demonstrou pena dele. Por um segundo, ela apenas o encarou.

As lembranças percorreram sua mente…

O som da respiração difícil da mãe no hospital…

As dores persistentes no peito de Sydney que começaram na adolescência, piorando sempre que ela estava sob estresse extremo…

O diagnóstico apontando para a mesma condição crônica da mãe…

A forma como ela ofegara, sem ar, quando o pai a ameaçara com uma faca de cozinha certa vez…

As lembranças desapareceram, deixando apenas um medo antigo dentro do peito dela.

Winter comprimiu os lábios.

— A agência não sabe, né? — perguntou ele.

Sydney passara três anos escondendo aquilo de todo mundo numa agência de inteligência. Como *ele* descobriu? Como Winter poderia ter notado tão rápido?

— Está insinuando que eu sou uma mentirosa? — indagou ela, a voz baixa e com um fio de raiva.

Winter a encarou.

— Estou insinuando que você não é a única que sabe jogar — retrucou ele.

— Muito criativo — replicou ela, séria. — Mas meus pulmões estão ótimos, obrigada.

Ele a olhou com atenção.

— Não vou contar nada pra eles — garantiu ele, baixinho.

O garoto parado diante dela tinha o poder de acabar com sua carreira bem naquele instante. De acabar com tudo que era importante para ela.

Ela se lembrou do próprio treinamento. Estreitou os olhos. Em vez de responder, Sydney jogou a faca para ele outra vez.

— Não tem nada pra contar — rebateu ela.

Winter pegou a faca com facilidade e a girou, como se essa fosse apenas mais uma coreografia que ele tinha praticado a vida inteira. Então jogou a faca de volta. Ela pegou.

— Você aprende rápido — observou ela.

— Sim, senhora — respondeu ele, os olhos ainda fixos em Sydney.

— Tão rápido quanto você muda de assunto.

Ele estava abrindo buracos no escudo dela, procurando novas evidências sobre o passado de Sydney com a mesma crueldade que ela usara com ele. Ela sentia o coração acelerado. De repente, voltara a ser aquela garota encurralada, desesperada para fugir.

Sydney não sabia se ele havia notado o desconforto em sua expressão — duvidava disso, já que tinha treinado para disfarçar as emoções. Mas continuava pensando nas palavras dele conforme continuava a aula. Não fazia ideia se ele guardaria aquele segredo ou se sairia correndo para dedurá-la para Sauda e Niall — e não conseguia suportar a ideia de pedi-lo para guardar segredo. De admitir que era verdade.

Mas, qualquer que fosse o motivo, ele a deixou em paz, depois pegou a faca e a girou na mão.

— Que bom que estamos na mesma sintonia — disse ele.

Sydney entendeu o que ele quis dizer. *Se eu posso confiar em você, você pode confiar em mim.*

— Vamos continuar assim — replicou ela.

Winter abriu um sorriso discreto. E, quando os dois passaram para o exercício seguinte, ele agiu naturalmente, sem nenhuma indicação de que sabia qualquer coisa sobre o segredo de Sydney.

Ela tinha que ser mais firme ao manter a distância. Tinha que ser mais cuidadosa com aquele garoto.

9

A CALMARIA ANTES DA TEMPESTADE

— Você está saindo com alguém.

Winter lançou um olhar exasperado para Dameon, que estava sentado ao seu lado à mesa. O restaurante de churrasco coreano estava lotado, mas o canto onde estavam era silencioso; as mesas ao redor estavam ocupadas pela equipe de segurança e era possível ver curiosos espiando do lado de fora. Alguns dos fãs usavam blusas estampadas com as palavras "sou um espião", uma referência à blusa recém-usada por ele que logo virou a última tendência da moda.

— Então você está no mínimo pensando em alguém — continuou Leo. — Dá pra perceber.

Era verdade que ele estava pensando em alguém — para ser mais específico, em Sydney Cossette —, embora com certeza não fosse porque tinha interesse romântico pela garota. Depois de uma semana exaustiva de treinamento, não havia mais nada em sua mente além de técnicas, estratégias e a imagem do rosto inexpressivo e impassível de Sydney. Winter não conseguia parar de pensar nos mistérios dela, na forma como conseguia arrancar detalhes de sua vida apenas reparando em como ele hesitava entre uma palavra e outra, na careta que ela fizera quando ele a confrontara sobre os exercícios de respiração que ela fazia. À noite, quando tinha tempo de compor, descobria traços dela invadindo os compassos e as palavras, fragmentos de melodias que o lembravam dela.

Não que ele pudesse contar nada disso para Leo ou Dameon. Uma das lições de Sydney invadiu sua mente: *às vezes, as pessoas só querem validação. É só dar um pouquinho e você vai ficar surpreso com o quão fácil é guiar uma conversa.*

Então ele disse:

— Beleza. É uma garota. Mas não é porque eu gosto dela.

Leo se aproximou e sorriu.

— Gosta, sim — rebateu ele.

— Não gosto, *não*. Ela é irritante pra caramba.

— Como diria minha mãe: não minta pra mim sobre a verdade.

Dameon fez uma pausa para virar as tiras de carne na grelha que estava sobre a mesa. Ele apontou o pegador para Winter e falou:

— Espera. Você não contratou um pessoal novo para a segurança? Tem uma garota da sua idade.

Leo arregalou os olhos, depois voltou a encarar Winter.

— Eu vi que ela almoçou com Claire outro dia — comentou Leo. — É ela, não é? É bonita.

Dameon assobiou, pousando os olhos pensativos em Winter.

— Romances com seguranças são historicamente complicados — observou Dameon.

Winter jogou as mãos para cima.

— Mas não tem problema, porque não é um romance. Eu só odeio ter ela por perto.

— Por quê?

— Ela é… — começou Winter, se esforçando para pensar num adjetivo. — Ela é observadora demais.

Dameon ergueu uma sobrancelha.

— Ela fica te encarando o tempo todo? — perguntou o amigo.

— Ela faz parecer que eu sempre estou com alguma coisa presa nos dentes.

— Então… ela só é boa no trabalho dela? — indagou Dameon.

Leo lançou um sorriso de soslaio para Dameon e disse:

— Acho que é porque ela não ficou toda derretida só de olhar pra ele. Winter ficou desnorteado.

— Ninguém fica *derretido* só de olhar pra mim — retrucou Winter, irritado ao sentir as bochechas corarem.

Ele agarrou o pegador e colocou tiras de carne grelhadas nos pratos dos amigos.

— Parece aquela vez na Cidade do México — continuou Leo. — Lembra quando fomos pra lá ano passado? Winter acordou tarde depois do show.

— Olha, posso garantir que eu nunca acordo tarde — rebateu Winter, enrolando uma pequena tira de carne numa fatia fina de rabanete em conserva e a enfiando na boca, saboreando a explosão de sabores.

— Você acordou tarde, sim — insistiu Leo. — É por isso que eu me lembro daquela manhã. Porque você *se atrasou* para o ensaio, e eu achei isso muito estranho.

— Eu não me atrasei *tanto* assim. A gente tinha passado do tempo no show na noite anterior — explicou Winter. — Você não se lembra?

— Quatro músicas a mais — disse Leo. — Lembro, sim.

— Ficamos acordados até as cinco no hotel. Max levou *tlacoyos* daquela barraca da esquina no final da rua pra gente… — falou Winter, estalando os dedos duas vezes, como que tentando se lembrar dos nomes das ruas.

— Tonalá e Campeche — recordou Dameon, sereno, do outro lado de Winter, distribuindo mais carne grelhada por cada um dos pratos.

— E aí você não voltou para o seu quarto — acrescentou Leo com um sorriso malicioso.

— Voltei, sim — rebateu Winter.

— Não voltou, não — insistiu Leo, olhando o amigo por trás dos grossos cachos bagunçados. — Porque levaram uma máscara de dormir para você no meu quarto por engano, então fui deixar no seu quarto. Mas você não estava lá.

— Eu devia estar desmaiado na cama — replicou ele.

— Impossível, porque eu esmurrei sua porta — disse Leo, apontando um dedo para Winter. — Você foi pra casa daquela garota. Mercedes. Que fez o show de abertura. Cinco da manhã, você saiu do hotel sozinho e voltou num táxi. Eu *sabia* que você ainda estava saindo com ela naquela época. Sempre que você vai pra Cidade do México, não é?

— Eu não fui pra casa dela — resmungou Winter, fuzilando o amigo com o olhar. Uma pausa. — Não queria que as pessoas descobrissem onde ela morava.

Leo bateu palmas, deliciando-se com a confissão, como um irmão mais novo que acabou de decifrar um mistério.

— Então você alugou uma casa pra ficar com ela — chutou ele.

— E o que a situação de agora tem a ver com o que aconteceu no México? — protestou Winter.

— Porque você também não suportava a Mercedes durante os ensaios. Vocês dois ficavam praticamente gritando um com o outro. E de repente estavam enfiando a língua na boca um do outro.

Dameon riu um pouco, mas seus olhos continuaram seguindo Winter, examinando-o de seu jeito quieto. Winter tentou ignorá--lo, mas podia sentir o calor na nuca. Dameon sempre fora daquele jeito; era parte do motivo de os dois terem se aproximado tão rápido. Ele sentia todas as pequenas alterações no humor de Winter — quando ele tinha uma conversa ruim com a mãe, quando não descansava o suficiente durante uma turnê, quando não estava a fim falar com a imprensa. Aquilo o inquietava e o tranquilizava ao mesmo tempo, fazia Winter querer confessar seus segredos.

Winter também sabia que Dameon estava sentindo que havia algo de errado com ele agora.

Quando o amigo falou, porém, só seguiu a linha de raciocínio de Leo:

— Nossa, cara. Você estava caidinho por ela. Mas não dá pra julgar.

Daemon cutucou Winter, fazendo ele cuspir um pouco do *soju* que estava bebendo.

— Igual em Nova Orleans — continuou Dameon. — Quem era aquela garota que você levou na churrascaria da minha mãe?

— Aleksa — respondeu Winter, colocando o copo na mesa e esfregando a camisa.

Dameon estalou os dedos.

— Aleksa — repetiu ele. — A pessoa mais gata que eu já vi na vida.

— Sério? — indagou Winter, cutucando Dameon com força nas costelas. — E aquele garoto que foi com a gente pra Itália?

Dameon ergueu uma sobrancelha para ele.

— Jinhai? É, acho que sim. Quase tão bonito quanto você.

Winter revirou os olhos diante da forma como o amigo comentava sobre o passado deles na frente de Leo. Ele ainda se lembrava da primeira noite em que visitara Dameon em seu quarto de hotel. Foi na segunda turnê que fizeram juntos, quando a pressão que Winter sentia o mantinha acordado o tempo todo. Antes de Dameon abrir a porta naquela noite de insônia, a intenção de Winter fora apenas desabafar, abrir o coração para alguém querido ou, pelo menos, arranjar um remédio para dormir. Em vez disso, bastara um olhar para Dameon, ainda com uma camisa de botão amassada e fechada até a metade e a calça jeans rasgada, os dreads presos num estilo despojado, a expressão trivial como se já esperasse por Winter… Bem, no fim das contas, eles acabaram juntos na cama. Fizeram o mesmo todas as noites por várias semanas antes de colocarem um fim naquilo, ambos estressados demais com o peso de um relacionamento secreto interferindo no trabalho. Desde então, haviam se tornado amigos, o tipo de amizade que só se pode ter com alguém que conhece você como mais ninguém.

Winter podia sentir que Dameon continuava examinando-o, tentando decifrar seu humor.

— Você ainda fala com ele? — perguntou Winter, mudando de assunto. — Já faz anos.

Dameon balançou a cabeça.

— Não. É uma pena. Minha mãe gostava dele — declarou ele.

— Sabe por que vocês não têm relacionamentos longos? — indagou Leo, indiferente aos segredos trocados entre os dois amigos.

— Talvez porque nunca passamos mais de um mês na mesma cidade? — sugeriu Dameon.

— Não, porque vocês não sabem cozinhar — declarou Leo.

— Você também não está namorando — observou Winter.

Leo o ignorou, displicente.

— Você não sabe fazer nem uma torrada — rebateu ele.

Winter apontou um dedo para Leo e protestou:

— Aquilo foi só porque eu não tinha uma torradeira e estava usando uma frigideira.

— Mas você fez os alarmes de incêndio do hotel dispararem — lembrou Dameon.

Leo balançou a cabeça.

— Todas as minhas *tías* ficariam decepcionadas com vocês — soltou Leo.

Winter abriu um sorriso charmoso.

— Suas tias adorariam o fato de que a gente não sabe cozinhar — disse ele.

— Mais do que gostam de mim, com certeza — retrucou Leo, embora houvesse um pequeno sorriso em seus lábios, consciente de que aquilo não era verdade.

O próprio Winter já havia visto como a família de Leo o paparicava, e as malas cheias de presentes que o amigo levava para casa.

— Na nossa próxima turnê, vou ensinar vocês dois a fazer um bom guisado — continuou Leo, arrancando grunhidos dos outros dois como se aquela conversa já tivesse acontecido antes. — Não, sério. Minha mãe sempre diz "quem faz um bom *pozole* consegue fisgar qualquer pessoa".

Quando Leo e Dameon começaram uma discussão sobre *pozole*, Winter se permitiu respirar com calma. Pelo menos o breve interesse dos amigos em sua relação com Sydney havia sido deixado de lado; pelo menos Dameon finalmente o poupara e desviara os olhos curiosos. E pelo menos Sydney não estava ali — não começaria a trabalhar para Winter até o dia seguinte, quando os dois fossem para Londres. Mas Winter ficara incomodado com a facilidade com que Leo fora capaz de decifrá-lo, como Dameon soubera de imediato que havia algo de diferente, ainda que não conseguisse adivinhar exatamente o quê.

Mas fato de Sydney não estar fisicamente presente não parecia importar. Winter não conseguia tirar a garota da cabeça, seu olhar penetrante e os lábios comprimidos, a língua afiada e o sutil estremecimento de medo que ele sentia sempre que estava perto dela.

Como uma garota como ela havia encontrado o Grupo Panaceia, afinal?

Por instinto, os olhos de Winter encontraram Claire, que já estava olhando na direção dele na mesa ao lado. A empresária inclinou a cabeça, inquisitiva, depois moveu os lábios como se dissesse "*pode sair*".

Cansado, ele assentiu, sentindo-se grato por ela conseguir ler sua mente. Por um instante, ele se lembrou de quando foi esfaqueado. Estava tão determinado a sair do meio da multidão e entrar no carro que o esperava que nem sentiu a dor. Foi Claire quem, dentro do veículo, apontou para o sangue que encharcava sua camisa. Ele ainda conseguia ouvir o arquejo horrorizado da empresária, ainda se lembrava de desmaiar nos braços dela, sem forças, enquanto sangrava sobre as mãos dela.

"Não", implorara ele. "Nada de hospital."

Ele tomara aquela decisão não porque não queria ser tratado; mas porque estava com medo de o incidente se espalhar pela mídia e, mesmo assim, a mãe não se dar ao trabalho de ler sobre o que acontecera nem aparecer para visitá-lo.

Winter olhou para as janelas, na direção das ruas escuras. Por um momento, os sons ao seu redor pareceram abafados, e as imagens daqueles que ele conhecia — Leo e Dameon conversando, Claire debatendo estratégias com sua equipe — pareceram distantes. Todos pareciam estar em um lugar seguro que ele, por algum motivo, não conseguia alcançar.

Àquela hora no dia seguinte, Winter estaria em Londres. Dali em diante, estaria na escuridão e não poderia confiar em ninguém além de uma garota que parecia não querer nada com ele. Ele sequer tinha certeza de que voltaria com vida.

As palavras de Sydney da semana de treinamento ecoavam em sua mente.

É um trabalho solitário, mas ninguém realmente percebe até começar.

Ele já sentia isso. E, de alguma forma, o sentimento era familiar.

REGISTRO DA MISSÃO

AGENTE B: Só fique feliz por eles estarem cooperando um com o outro.

AGENTE A: Eu *estou* feliz.

AGENTE B: Ah. Meio estranho demonstrar isso com uma careta.

AGENTE A: Só tenho algumas preocupações.

AGENTE B: Com medo de eles não se entenderem?

AGENTE A: Com o alerta laranja.

AGENTE B: Recebemos um alerta laranja todo ano por uma coisa ou outra. O funcionário da cafeteria já foi detido e interrogado. Nada foi tirado de nossos servidores.

AGENTE A: Olha, não estou dizendo para cancelar todas as missões por causa de um alerta laranja.

AGENTE B: Você está preocupado com ▮▮▮▮▮▮.

AGENTE A: Sei que já a enviamos para situações complicadas antes. Mas uma coisa é seguir ▮▮▮▮▮ ▮▮▮▮▮▮, outra é fazer isso depois de uma falha de segurança na sede.

AGENTE B: Devo retirá-los da missão?

AGENTE A: Não. Só estou desabafando.

AGENTE B: Vou ligar para ▮▮▮▮▮▮ em Londres, pedir que fique de olhos atentos na dupla quando eles chegarem. Não se preocupe. Vamos receber um relatório completo sobre a falha mais tarde.

AGENTE A: Ótimo. Obrigado.

AGENTE B: Está tudo bem?

AGENTE A: Sim.

AGENTE B: Eu conheço essa cara, e digo isso com carinho: ela não é sua filha.

AGENTE A: Acredite em mim, nunca fiquei tão aliviado na minha vida.

10

LOBO EM PELE DE CORDEIRO

Sydney nunca deixava de se surpreender com as diferentes maneiras com que o Grupo Panaceia buscava seus agentes em cada missão. Um ano antes, ela subira num jipe às quatro da manhã, disfarçada de funcionária de uma equipe de limpeza numa base militar com vista para os escuros mares tropicais que rodeavam o Atol Kwajalein nas Ilhas Marshall. Sete meses antes, subira na parte de trás de um riquixá enquanto discutia em francês com o motorista conforme deixavam as margens do rio Congo em Kinshasa, na República Democrática do Congo, e ao mesmo tempo um protesto acontecia ao redor deles entre os seguranças de um condomínio de luxo em construção e a população de um vilarejo de pescadores de uma região próxima.

Naquele momento, Sydney vestia um terno preto que custava mais que seu aluguel e desembarcava de um jatinho particular no Aeroporto de Heathrow com o astro do pop Winter Young; sua empresária, Claire; dois de seus dançarinos de apoio; e mais quatro seguranças.

Já era quase noite, e indícios de uma tempestade começavam a dar as caras. O céu estava tomado por tons de roxo e azul-escuro. Funcionários estavam enfileirados ao fim da escadaria da aeronave e, quando Winter emergiu do jatinho com sua comitiva, pegaram suas bagagens e os levaram a um carro preto. Lenços umedecidos foram entregues ao grupo, junto de bebidas refrescantes e um kit de cuidados básicos de luxo. Havia até um engraxate na porta do veículo, polindo cada uma de suas botas depressa antes que entrassem.

Enquanto esperavam para entrar no carro, Sydney viu Winter levantar a cabeça e desfrutar a sensação de pequenas gotas de chuva pingando em seu rosto. O gesto era encantador, o que a fez sorrir. Os óculos de Winter tingiam a pele ao redor de seus olhos fechados com um verde sutil. Debaixo de um sobretudo drapeado, a camisa dele estava amassada como se ele tivesse dormido com ela, os botões da gola ainda abertos — as mangas da camisa e do casaco estavam dobradas de um jeito displicente até os cotovelos, expondo as linhas geométricas de suas tatuagens. Seu cabelo estava bagunçado de um jeito perfeito, e dava para ver que sua calça era de marca, ajustada para ter o comprimento perfeito logo acima dos tornozelos. Ele parecia ter acabado de sair da cama e, de alguma forma, estava mais bem-vestido do que em qualquer momento da semana anterior, coisa que Sydney achava impossível depois de um voo de dez horas.

Ele reparou na expressão dela.

— Que foi? — indagou ele.

O sorriso de Sydney se desfez. Ela voltou a si.

— Nada — respondeu ela.

Todos se enfiaram no carro, deslizando sobre os bancos de camurça.

Leo assoviou, apreciando o material dos bancos, e em seguida disse para Claire:

— Minhas tias querem que eu leve uns chocolates pra elas. Será que dá pra gente fazer uma parada?

Claire ergueu uma sobrancelha.

— Anotado. Algum pedido especial? — perguntou ela.

— Elas gostam da marca Cadbury Twirls — respondeu Leo.

— Mais alguém? — questionou Claire, digitando no celular.

— Barrinhas de chocolate ao leite — pediu Dameon.

— Barras de Galaxy. E Kinder Buenos — pediu Winter.

— Só aquelas pastilhas de açúcar — disse Sydney. — Se tiver isso aqui.

Todos olharam para ela.

— Pastilhas de açúcar? — indagou Dameon, incrédulo.

— Aham.

— Você é a única pessoa que eu conheço que come isso — comentou Leo. — Não tem gosto de giz?

— Eu gosto — declarou Sydney.

Winter deu de ombros.

— Deixem ela em paz — disse ele, se concentrando em suas anotações.

Sydney sorriu um pouco com a reação deles. Como se quisesse provar que gostava, tirou um pacote de pastilhas de açúcar que guardava no bolso e as ofereceu.

Todos negaram educadamente com a cabeça.

Sydney jogou uma pastilha na boca, mastigando a balinha.

— Sobra mais pra mim, então.

Leo e Dameon começaram a conversar baixinho sobre alguma coisa, e os outros seguranças permaneceram em silêncio, ignorando-a. Sydney também ficou quieta, mexendo no papel do pacote de pastilhas. Seus olhos voltaram a focar Winter, que estava recostado no banco, a perna esquerda repousando sobre o joelho direito, concentrado ao rabiscar num caderno bastante gasto. Devia estar compondo, presumiu ela. Isso ela tinha que admitir — o garoto trabalhava com uma intensidade que a surpreendia; treinara com ela com a determinação de alguém acostumado a se dedicar de corpo e alma ao que fazia. Talvez ele até fosse se lembrar de tudo que ela lhe ensinara.

Sydney ficou tentada a roubar alguma coisa, e seus olhos se demoraram sobre o caderno dele.

Winter olhou para ela, como se tivesse ouvido seus pensamentos. Ela logo desviou o olhar, reprimiu sua tentação e colocou outra pastilha na boca.

— Assim que chegarmos — começou Claire, sem olhar para nenhum deles enquanto vasculhava o celular —, vamos ser levados para o lugar que Eli Morrison reservou para vocês e depois sairemos para jantar às seis.

Sydney analisava Claire conforme a mulher prosseguia. Por melhor que fosse sua dicção, dava para ver que a oratória de Claire não era natural. Também não devia ser uma pessoa extrovertida. Ela notava isso na forma como a empresária parecia não saber o que fazer com as mãos quando falava com as pessoas, então, em vez disso, agarrava o celular o tempo todo como se o aparelho lhe oferecesse um conforto inconsciente.

Ela olhou para os dois dançarinos de apoio sentados ao lado de Winter. Era atordoante ver tantos garotos atraentes por metro quadrado. Ela fizera uma pesquisa sobre a equipe e sabia que aquele sentado à esquerda de Winter se chamava Leonardo Medina Santiago. Charmoso e alegre, era o mais novo de uma família de quatro pessoas e desistira de uma oportunidade de estudar na Universidade de Stanford para ir atrás do sonho de brilhar nos palcos, para grande angústia dos pais. Sydney examinou como seu corpo vibrava com uma energia incansável, como ele se debruçava sobre Winter. Era muito confiante, o tipo que vinha de uma família estruturada.

O outro era Dameon Carter, de olhos cor de mel, alto e esguio com dreads, de uma beleza mais delicada, um garoto negro de Nova Orleans que tinha cinco irmãos mais novos — o que talvez explicasse a paciência infindável que ele parecia ter. Em silêncio, Dameon ocupava o outro lado de Winter. Estava de olhos fechados, com uma expressão satisfeita enquanto Leo tagarelava. Sempre que Winter ria ou respondia, seus olhos se abriam de súbito, como que atraídos pela presença dele. Era perceptível que Dameon tinha algum tipo de passado com Winter, e algo de sereno que intrigava Sydney, em particular porque ele também parecia ser muito observador.

Por fim, Dameon olhou para ela.

— Peço desculpas em nome desses cabeças de vento, Ashley — disse Dameon, inclinando a cabeça na direção dos outros dois rapazes. — E lamento que você tenha que aguentar o Winter de agora em diante.

Ashley, o nome de sua personagem. Sydney sorriu para Dameon.

— Vai por mim, já vi de tudo nesse ramo — declarou ela.

Leo se inclinou na direção dela, curioso.

— Você deve ter umas histórias pra dividir com a gente, não tem? — murmurou ele, dando uma piscadela. — Alguma aventura que você passou pra proteger uma galera?

— Ah, com certeza — respondeu Sydney.

— Nunca fiquei tão animado por estar viajando com vocês — disse Leo, dando risada.

Dameon olhou para ela, curioso.

— Quantos anos você tem, afinal? — indagou ele. — Quanta experiência você tem?

Sydney sorriu de leve.

— Você ficaria surpreso.

Ainda olhando para o celular, Claire ergueu uma sobrancelha para eles.

— Ashley foi uma recomendação da Elite Securities. Acho bom vocês se comportarem perto dela, gente. Estou falando sério — disse ela, lançando um olhar rápido para Ashley, ela própria desconfiada. — Me disseram que ela é uma das melhores guarda-costas da empresa. E está aqui para garantir que todos vocês fiquem seguros.

Leo assobiou.

— Elite Securities. Os melhores do ramo — disse ele.

— E são mesmo. Ouvi dizer que todos os funcionários treinaram com os fuzileiros navais — acrescentou Dameon, parecendo impressionado.

Winter se debruçou sobre os joelhos.

— Então é melhor vocês tomarem cuidado com o que falam. Ela repara em tudo — disse ele.

Sydney estreitou os olhos. Winter ainda não havia a perdoado por completo pelas sessões de treinamento.

— Eu diria que prestar atenção em vocês é parte do meu trabalho, sr. Young — replicou ela.

Winter abriu um sorriso inocente e disse:

— E...?

E você é a pessoa mais atraente que já existiu. A resposta honesta surgiu de repente em sua cabeça.

Sydney odiava que suas bochechas estivessem corando de leve, ainda mais porque sabia que ele estava tentando provocá-la.

Então, em vez disso, respondeu de um jeito inexpressivo:

— E você deveria trocar de perfume. Esse é bem ruim.

Não era. A fragrância dava a Winter um aroma divino. Mas Dameon soltou um assobio baixo e trocou um olhar significativo com Leo, depois encarou Winter.

Winter apenas voltou a se recostar no banco e desviou o olhar com uma careta.

O resto do trajeto foi tranquilo. As janelas fumês distorciam as ruas molhadas de Londres, a cacofonia de ônibus vermelhos, motocicletas e ambulâncias e o fluxo de pessoas. Sydney brincava com os doces no bolso enquanto repassava o plano da missão na cabeça.

Uma hora depois, eles estacionaram num lugar encharcado em Kensington. O carro deixou Leo e Dameon num complexo reservado para ambos e outras pessoas da equipe. Depois, parou diante de uma elegante propriedade em estilo Georgiano, os galhos nus de uma glicínia adornando a fachada de pedra branca.

Dois homens com ternos pretos estavam à espera deles. Quando Winter, Claire e Sydney saíram, um dos seguranças se aproximou e estendeu uma das mãos para o grupo.

— Por aqui, por favor — disse ele.

Os três o seguiram através de portões de ferro forjado até a entrada da frente, um retângulo preto com o dobro da altura de Sydney. O homem abriu a porta, revelando o que parecia um sonho.

Por mais que Sydney fizesse missões em bairros ricos para a agência, nunca se acostumaria a pôr os pés em casas tão glamourosas como aquela. Ela crescera em uma casa simples de dois quartos, as cortinas todas esburacadas por traças, o carpete manchado de mofo escuro por causa de uma tempestade de inverno que inundara o lugar.

Mas a casa em que estavam era maior do que qualquer residência de Londres deveria ser. O hall de entrada dava para um cômodo cuja parede dos fundos era toda feita de vidro e se estendia até o terceiro andar. Do outro lado do vidro, Sydney podia ver um enorme jardim muito bem cuidado. Uma cascata de água cobria uma seção da parede de vidro, jorrando numa piscina infinita interna que percorria os fundos do lugar. A piscina fora projetada de forma que o morador pudesse nadar no calor acolhedor da construção enquanto observava a chuva lá fora. Diante da parede de vidro e da piscina, havia uma escadaria dramática de pedra branca e lisa, formando uma espiral ao redor de um lustre moderno de cristais.

Ao lado de Sydney, Claire fez um ruído de aprovação ao ver o espaço. Winter examinava a casa com um olhar cuidadoso. Sydney percebeu, irritada, que um espaço como aquele deveria ser corriqueiro para ele, que sua própria casa deveria ser luxuosa assim.

Eles escutaram a voz de um homem, vinda de algum lugar que não conseguiam ver, pedindo que entrassem. Sydney sentiu os pelos da nuca se arrepiarem. Quando atravessaram o restante do hall e adentraram a sala de estar, ela se viu olhando diretamente para duas figuras sentadas num sofá curvo à direita de uma lareira.

Eli Morrison e Penelope já estavam lá. Diante deles, sobre uma mesa baixa, havia um elegante banquete — travessas de caviar fresco, fatias de frutas, frios cuidadosamente cortados e refeições de filé mignon e lagosta, tudo disposto com refinamento. Taças de champanhe que pareciam ter acabado de ser servidas.

Claire se aproximou de Winter e Sydney.

— Esquece o jantar às seis — sussurrou ela. — Acho que vamos comer agora.

Sydney sentiu um solavanco no peito. Eli Morrison não esperava por ninguém. Era um bilionário, e tinha muitos funcionários para receber convidados em seu nome para que ele não precisasse se dar ao trabalho.

Mas lá estava ele, em carne e osso, pronto e à espera junto da filha. O homem era alto e atlético, com um bronzeado intenso, o cabelo grisalho e algumas rugas que surgiam quando sorria. Trajava uma luxuosa camisa de linho por baixo de um terno perfeitamente ajustado, e suas mãos descansavam com tranquilidade nos bolsos, dando-lhe um ar de confiança. Atrás dos óculos via-se um brilho nos olhos e uma afabilidade que, se Sydney não soubesse nada sobre ele, teria julgado verdadeira.

Naquele momento, tudo que Sydney conseguia fazer era imaginar aquele brilho no olhar quando ele supervisionava a tortura de um refém. Quando estalava os dedos e ordenava a execução de uma família inteira.

Ela notou um funcionário sentado a um canto, pronto para atender a qualquer pedido. Outros dois aguardavam perto de uma grande porta de vidro que levava aos jardins. Sydney não tinha dúvidas de que havia guardas posicionados em cada canto da casa.

Eli Morrison abriu um sorriso para o grupo e se levantou. Penelope fez o mesmo, segurando suas próprias mãos com nervosismo.

— Veja só! — exclamou Eli Morrison.

A voz dele era baixa e gentil, diferente do que Sydney estava esperando. Ela sentiu um frio na espinha.

— Imagino que o trânsito da cidade deva ter aborrecido vocês — continuou ele. — Por sorte, sua casa temporária compensará isso.

Winter sorriu para ele.

— Com certeza.

Sydney se permitiu ficar um pouco mais perto de Winter. Deixar que Eli pensasse que ela estava fazendo o papel de uma boa segurança. Ao lado do pai, Penelope Morrison soltou as mãos conforme os dois se aproximavam. Sydney podia ver que a garota tremia, o sorriso oscilando entre entusiasmo e pavor. Ela não parava de colocar uma mecha de cabelo atrás da orelha, embora não houvesse nenhuma porção do cabelo solta. Seus olhos pareciam brilhar com lágrimas de alegria, o olhar fixo em Winter como se ela fosse fisicamente incapaz de parar de encará-lo.

Ela era mesmo sua maior fã.

Quando Sydney olhou para Winter, ele parecia tranquilo, completamente confortável. Sem dúvidas, estava acostumado àquele tipo de reação.

Eli sorriu para o astro do pop.

— Winter Young — disse ele, oferecendo-lhe uma das mãos. — Gostaria de dizer a você e a sua equipe meu mais profundo agradecimento por nos encaixar em sua agenda tão cheia. Faço questão de conhecer pessoalmente todas as pessoas dignas de serem conhecidas neste mundo, e diria que você está no topo dessa lista para muitas pessoas.

Para o alívio de Sydney, Winter não perdeu tempo. Ele deu um passo à frente, retribuiu o sorriso do homem e apertou sua mão estendida.

— A honra é minha, senhor — respondeu ele. — Se eu soubesse que nos receberia em pessoa, teria escolhido trajes mais apropriados.

Eli soltou uma risada, recusando a deferência de Winter com um gesto das mãos.

— E como seria isso, sr. Young?

Winter olhou para o lado de Eli e encontrou os olhos de Penelope pela primeira vez. Ela levou um susto.

— Um cara que tenta causar uma boa primeira impressão — explicou ele, lançando para ela um sorriso educado e confidente.

Penelope desviou os olhos dos dele de imediato, como se não conseguisse aguentar. Em vez disso, focou-os em Sydney, que ofereceu um aceno cortês de cabeça.

— Esta é minha filha, Penelope Morrison — disse Eli, apertando o ombro da garota com delicadeza. — Ela aluga meu ouvido há anos para falar de você.

Sydney notou que Penelope não reagiu ao gesto.

Winter abaixou de leve a cabeça para ela.

— É uma honra, senhorita Morrison — cumprimentou Winter.

Penelope suspirou e, por um momento, pareceu ficar sem palavras.

— A honra é minha — soltou ela, em seguida voltando a abrir um sorriso nervoso. Sua voz estava um pouco trêmula, mas, fora isso, era alta e clara. — Sou sua fã desde o seu primeiro single. Amo tudo que você já lançou.

Winter riu um pouco, surpreso, como se aquela fosse a primeira vez que ouvia um elogio do tipo.

— Isso significa muito, vindo de você — replicou ele.

A garota ficou tão vermelha que Sydney achou que ela fosse desmaiar. Em seguida, Winter lançou um olhar para Sydney.

— Esta é Ashley Miller, uma de minhas melhores seguranças. — Então apontou para Claire, que ofereceu aos dois um sorriso educado. — E esta é Claire Richardson, minha empresária.

— Que maravilha — declarou Eli Morrison, acenando para Claire com um gesto respeitoso de cabeça. — Por favor, sentem-se. Comam. Sintam-se em casa.

— Esta será a maior comemoração de que participaremos este ano — comentou Claire, deslizando as mãos diante do corpo num gesto elaborado. — O entusiasmo de Winter quando recebeu o convite foi indescritível.

Claire pegou uma colherada de caviar e o passou numa torradinha.

— Sabe, já fomos a vários dos seus shows. Suas apresentações são impressionantes — contou Eli a Winter ao se sentarem.

— Obrigado — respondeu Winter, tímido. — Eu dou o meu melhor.

— Acho que gostei de suas apresentações quase tanto quanto ela — confessou Eli com um riso. — Você é uma das poucas coisas nas quais concordamos, sr. Young.

Penelope mexia na barra do vestido.

— Fico lisonjeado — disse Winter.

— E quando devemos esperar vê-los novamente? — perguntou Claire. — Quero me certificar de que estaremos prontos para nosso próximo encontro.

Sydney sentiu uma onda de afeto pela mulher. Claire parecia não dar a mínima por estar falando com um bilionário; era descolada e despreocupada na mesma medida.

— Estou ansioso pela presença de vocês no show — respondeu Eli.

Penelope tirou um pequeno cartão amarelo e uma caneta do bolso. Quando virou o cartão, Sydney viu que era uma foto de Winter.

— Será que você poderia me dar um autógrafo? — perguntou ela, hesitante. — Talvez uma foto?

Quando Winter se levantou para autografar o cartão e tirar uma foto com ela, os olhos de Sydney se voltaram para Eli. O homem a encarava. Ele lhe ofereceu um sorriso gentil.

— Você deve ser muito boa no seu trabalho — comentou Eli —, para ser a única segurança que Winter Young escolheu para acompanhá-lo.

Sydney examinou a expressão do homem. Ele esperaria que ela, uma mera funcionária de segurança, acatasse sua autoridade sem hesitar. Então, ela abaixou o olhar e disse:

— Garanto ao senhor que o manterei seguro.

— E quantos anos você tem? — perguntou ele.

— Dezenove, senhor.

— Dezenove — repetiu ele, reflexivo. — Quase a mesma idade que Penny. — Ele voltou os olhos brevemente para a filha, que arrumava o cabelo enquanto se apertava contra Winter para uma foto. — É estadunidense?

— Nascida e criada em Houston, no Texas.

— Ah, texana. Dos subúrbios?

Ele estava a testando, procurando por mentiras, percebeu Sydney. Procurando inconsistências em suas respostas. Por trás da fachada gentil estava o homem que ela buscava, o que transportava toneladas de armas químicas ilegais. Mas Sydney apenas respondeu, obediente, seguindo seu disfarce, tomando cuidado para parecer lisonjeada pela atenção dele.

— De Pearland. Estudei na Shadow Creek High School.

Ele assentiu.

— Pearland... Um de meus diretores cresceu lá. O que a levou para o ramo da segurança?

Por perto, Winter disse algo no ouvido de Penelope, que levou a mão à boca e arquejou. Os dois riram baixinho. Pelo menos até ali ele estava cumprindo bem seu papel.

— Na verdade, eu queria entrar para a marinha — respondeu Sydney —, mas fui expulsa do acampamento por... há, mau comportamento. Trabalhei como segurança num estacionamento por um tempo até ser aceita em um programa de treinamento para guarda-costas.

— Em Houston? — indagou ele.

Ele estava mapeando o passado dela e armazenando as informações para referência no futuro, caso ela dissesse algo que não batia com a história original.

— Em San Diego, na Califórnia, senhor — respondeu ela.

O homem ergueu uma sobrancelha, intrigado.

— A marinha te expulsou por se meter em brigas? — questionou ele.

Sydney fingiu corar de vergonha.

— Sim, senhor.

— Claire me disse que você veio da Elite Securities — prosseguiu Eli, ainda esquadrinhando Sydney com os olhos. — Tão nova… É impressionante.

— Isso mesmo — confirmou Claire, soando quase na defensiva.

— E o que a levou até eles? — indagou Eli para Sydney.

Mesmo sendo uma agente treinada, ela sentia a pressão daquele sutil interrogatório. Winter olhou para Sydney pela primeira vez desde que se juntara a Penelope. Por trás da aparência animada, ela podia vê-lo dirigir um olhar cauteloso para Eli. Então Winter também sentia uma ameaça sutil no tom de voz do homem.

— Eles estavam interessados em recrutar pessoas como eu — respondeu Sydney.

— Pessoas como você…?

— Jovens mulheres, senhor — explicou ela. — É uma tendência no ramo da segurança este ano, já que costumamos nos misturar mais facilmente em eventos formais.

Eli assentiu.

— Sim, eu sei — disse ele. — Também já contratei algumas funcionárias como você, e todas se provaram muito eficientes em seus trabalhos.

Havia uma leve cadência no final da frase.

Sydney teve uma epifania. Eli estava sugerindo que ela era a única segurança ali porque Winter estava tendo um caso com ela. Na cabeça dele, aquele seria um arranjo conveniente.

Os olhos de Winter se dirigiram para ela na mesma hora que Sydney o fitou.

É bom que Eli ache isso, pensou ela, tentando transmitir o mesmo para Winter por meio do olhar. Era melhor para a missão que o homem pensasse que ela havia sido escolhida porque Winter queria levar sua ficante consigo. Seria o disfarce perfeito, faria com que o magnata não a levasse a sério.

O que não impedia que suas bochechas ficassem vermelhas. Isso também era bom, uma reação sincera à insinuação do homem. Então ela deixou que sua expressão se tornasse atordoada, e abriu a boca para protestar.

Ao seu lado, Winter acenou com a cabeça como se não tivesse pegado a referência sutil. Isso também era o que uma estrela faria naquela situação, pensou ela, se fosse mesmo verdade. Fingir que não sabia de nada.

— Ashley não poderia ser mais profissional — declarou Winter.

— Não tenho dúvidas disso — disse Eli.

A insinuação desapareceu, como se nunca tivesse existido. Sydney fechou a boca e deixou o momento se arrastar.

Por um breve instante, ela olhou para Penelope. A garota também não parecia ter percebido a insinuação do pai — seu sorriso ainda estava fixo em Winter, que voltara a sentar na frente dela.

Para o alívio de Sydney, Claire se intrometeu e ofereceu a Penelope um sorriso gracioso.

— É um prazer para nós estar aqui para celebrar seu aniversário, senhorita Morrison — comentou Claire. — Vamos fazer com que ele entre para a história.

— Ou receba seu dinheiro de volta — brincou Winter, piscando para Penelope.

A garota riu outra vez, passando a mão pelo cabelo, nervosa.

O restante do jantar correu de um jeito satisfatório, e não houve mais interrogatórios. Eli parecia não ter interesse em fazer o mesmo com Winter. Mais um ponto para Sauda, admitiu Sydney com certa relutância; escolher uma pessoa como Winter para aquele trabalho acabou sendo uma decisão acertada. Eli provavelmente não tinha suspeita nenhuma sobre a história bastante pública de

Winter. Afinal, que segredos perigosos um astro do pop poderia guardar?

Por fim, eles se levantaram. Sydney observou Winter apertar a mão do homem uma última vez.

— Se precisarem de qualquer coisa — disse Eli —, garanto que serão atendidos. Há uma equipe inteira à disposição de vocês nesta propriedade. E, se algo causar incômodo, é só falar. Posso fazer quase tudo acontecer.

O homem abriu um sorriso.

Ele disse aquilo com a voz baixa e atenciosa, mas as palavras não soaram reconfortantes para Sydney. Pareciam uma ameaça. Era como se Eli tivesse amarrado a ambos e pressionado uma faca contra suas gargantas. Ele podia fazer quase tudo acontecer — ele tinha o dinheiro e os recursos para se certificar de que tivessem uma estadia confortável, ou de que desaparecessem para sempre.

O sorriso de Eli aumentou e, satisfeito, ele deu as costas para Sydney a fim de conduzir a filha até a porta principal. Penelope olhava para Winter por cima do ombro, um sorrisinho bobo no rosto, e o garoto acenou com a cabeça.

Na entrada, dois seguranças cumprimentaram pai e filha e os acomodaram nos carros que os aguardavam. Então os veículos partiram, e os três enfim ficaram sozinhos.

Só então Winter lançou para Sydney um olhar significativo.

— Então a gente está ficando, né? — murmurou ele.

Sydney fez uma careta, depois enterrou o rosto em uma das mãos. Claire soltou um suspiro.

— Uau! — exclamou Claire, num tom descontraído. — Que babaca colossal.

11

VIGILÂNCIA CONSTANTE

Depois que Claire foi embora e Winter começou a desfazer suas várias malas, Sydney começou a fazer uma vistoria pela casa.

Era um espaço ainda mais impressionante do que ela imaginava. Num andar subterrâneo logo abaixo da sala de estar e da sala de jantar, havia um cinema particular e uma pista de boliche. O segundo andar tinha um salão de beleza particular e closets do tamanho de seu apartamento inteiro em Seattle. Do lado de fora, na extremidade oposta dos jardins, havia uma casa de dois andares destinada aos funcionários. Acima dos quartos no terceiro andar havia um gigantesco terraço com um deque e um jardim, de onde Sydney podia ver a paisagem noturna de Londres diante de si, uma cintilante terra de encantos coberta por uma cortina de chuva e neblina.

Sydney vagou por cada andar, tirando uma pastilha de açúcar do bolso de vez em quando e colocando-a na boca. A cada novo cômodo, ela pressionava um pequeno botão em seu chaveiro. A varredura corria em silêncio. Enquanto isso, ela via o desenho de uma grade vermelha aparecer em seu celular, mapeando os cômodos da casa e procurando por escutas instaladas sob as paredes de *drywall*.

Como ela suspeitava, vários pontinhos se acenderam nas áreas comuns.

Bom saber, pensou ela, taciturna. Não que ela fosse fazer algo a respeito. Desativar as escutas alertaria a equipe de Morrison para o fato de que a segurança de Winter talvez fosse mais competente do que o normal. Mas ao menos ela sabia onde eles poderiam sussurrar com mais liberdade e onde precisariam disfarçar as conversas com algum barulho ou ficar completamente em silêncio.

Ela checou os espelhos dos banheiros, fingindo estar limpando o vidro ao passar um dedo pela superfície, certificando-se de que não eram falsos ou continham uma camada extra que servia para gravar alguma coisa. Um pequeno espaço entre o dedo e seu reflexo significava que o espelho era seguro — caso contrário, seria indicativo de que havia algo de errado.

Os banheiros passaram nos testes.

Quando ela saiu do último banheiro e foi para as escadas, viu Winter subindo em sua direção. Ele a observava com os olhos escuros, cheios de curiosidade. Sua graciosidade de dançarino era perfeita para a missão, mas Sydney se incomodava com o fato de que ele se movia tão silenciosamente que nem ela o ouvira se aproximar.

— Também está fascinada por este lugar? — perguntou ele, sorrindo de leve.

Ela sabia pela expressão no rosto de Winter o que ele estava perguntando de verdade. *Encontrou alguma coisa incomum?*

Sydney balançou a cabeça de um jeito incisivo.

— Nada *muito* surpreendente — respondeu ela.

Com isso, ela queria dizer: *Tenha cuidado com o que faz aqui. Estamos sendo vigiados.*

Ele entendeu, mas só moveu a mão, concordando.

— Bem, eu com certeza não tenho uma piscina interna aquecida na minha sala de estar — comentou ele, olhando para o piso inferior.

Sydney sabia que aquela era uma oportunidade para eles flertarem ao alcance das escutas da casa, para reforçar a suposição de

Eli sobre os dois. Ela desceu as escadas até ficar apenas um degrau acima dele.

— Então é melhor a gente aproveitar — disse ela, de um jeito tímido.

Winter franziu a testa e se aproximou do ouvido dela.

— O que raios você está fazendo? — sussurrou ele.

Ela sentiu o cheiro dele; roupas limpas, xampu e o delicado aroma almiscarado de seu perfume. Seu corpo era quente, parado assim tão perto dela. Sydney sorriu de leve para si mesma. Flerte era uma disciplina que ela dominara durante o treinamento.

— Como assim? — replicou ela, repousando uma das mãos sobre o braço dele, como se precisasse se equilibrar. — Vai me dizer que não quer usar a piscina? Ah, fala sério!

Winter ergueu uma sobrancelha para ela, cético.

— Beleza. — Ela fungou. — Então eu vou entrar sozinha. Mas, só pra você saber — acrescentou ela, lançando um olhar de soslaio para ele —, eu não trouxe biquíni.

Sydney sentiu uma onda eletrizante de satisfação ao notar a respiração de Winter falhar por um segundo, suas pupilas se dilatando. Pelo menos ele não era imune ao charme dela.

Então a ficha dele caiu. Um pequeno sorriso apareceu em seus lábios. Winter se recostou no corrimão da escada, as mãos nos bolsos, e a encarou de modo provocante.

— Parece que está me desafiando, senhorita Miller — disse ele.

— Ah, é? — rebateu ela. — E o que você acha que estou te desafiando a fazer?

Ele se inclinou para a frente de modo que o braço roçasse no dela.

— Me diz você. Curtir a piscina com você?

Sydney sentiu a pele se arrepiar ao toque dele.

— Por acaso você tem experiência nisso? — indagou ela.

— Bem, meu trabalho *é* deixar as pessoas felizes.

— E seus clientes estão satisfeitos?

Winter a encarou.

— Eu sou muito, muito bom no que faço — declarou ele, com um tom suave o bastante para parecer destinado apenas a ela.

Apesar de ser um jogo, Sydney se pegou hesitando por um instante.

A pausa em sua resposta não durou mais do que uma fração de segundo, mas Winter percebeu. Ele riu — um riso discreto e alegre. Havia um lampejo de satisfação em seus olhos, como se ele tivesse vencido, e o peito de Sydney se encheu de irritação.

Ah, mas não venceu mesmo.

Sem avisar, ela se inclinou para perto do ouvido dele de modo que seus lábios roçaram na pele de Winter. Ela o sentiu estremecer um pouco.

— Fala mais alto — sussurrou ela. — Isso aqui é uma encenação, lembra?

A expressão convencida no rosto dele desapareceu, dando lugar a uma careta. Ele virou a cabeça para sussurrar:

— Você é muito sem graça.

Insuportável. O coração de Sydney continuava acelerado. Ela torceu para que ele não percebesse.

— Vai por mim — murmurou ela, ríspida, com a bochecha perto da dele —, eu prefiro ter que flertar com uma árvore.

Winter ergueu uma sobrancelha para ela.

— Olha, eu *sei* que isso é mentira.

E era. Mas a última coisa que Sydney queria era deixá-lo ganhar aquele jogo de flerte, então ela retraiu completamente o corpo e abriu um sorriso forçado.

— Uma árvore não seria tão irritante — retrucou ela, baixinho.

O sorriso de Winter aumentou.

— Que pena — murmurou ele, a respiração fazendo cócegas no ouvido dela. — Eu estava me divertindo.

Ele sussurrou aquilo de um jeito tão natural que era como se estivesse apenas comentando sobre a chuva lá fora. *Eu estava me divertindo.*

Ela fazia bem em permanecer no personagem. Não havia nenhuma surpresa nisso, obviamente. Afinal de contas, Winter era uma celebridade, uma pessoa que devia flertar todos os dias de sua vida. Ou será que estava debochando da habilidade dela de ser uma espiã competente? A menos que quisesse mesmo dizer…

Então ele retraiu o corpo, desviando o olhar dela em aparente desinteresse.

Era óbvio que Winter só estava tirando sarro dela, ainda sob disfarce, e com mais sucesso do que Sydney poderia ter esperado. Ela queria dar um soco em si mesma por ter sido arrastada para dentro daquela encenação.

Sydney se recompôs num instante.

— Alguma tarefa para mim, sr. Young? — perguntou ela, deixando que a voz assumisse um tom profissional.

Ele foi para o outro lado da escadaria, depois ultrapassou Sydney.

— Só mande um cartão-postal para minha mãe — respondeu ele.

— Não durma até eu voltar — aconselhou ela por cima do ombro. — Só vai piorar o *jet lag*.

— Então quero um *latte* também — disse ele. — Obrigado.

Era um diálogo ensaiado: uma forma de Winter mandar Sydney para fora de casa logo num primeiro momento. Ela se encontraria com um colaborador nacional do Grupo Panaceia, que lhe entregaria um pacote com itens de que os dois precisavam.

Winter subiu as escadas e foi até seu quarto. Sydney deu meia-volta, recusando-se a olhar para trás e verificar se ele faria o mesmo. Então desceu as escadas e saiu pela porta da frente. Se havia mesmo alguém da equipe de Morrison os vigiando, a cena deveria ter parecido um momento genuíno e supostamente secreto entre uma estrela e sua guarda-costas que viviam flertando, na tentativa de manter um caso secreto e ardente. Coisa boba de celebridade.

Era uma noite fria, e o sereno era persistente. O ar gelado ajudava Sydney a espairecer. Não que ela nunca tivesse flertado durante uma operação disfarçada com outro agente; já tivera casos no trabalho antes. Sydney só não esperava que aquele agente em particular mexesse tanto com ela.

Que pena. Eu estava me divertindo.

Sydney ainda podia sentir o calor que emanava dele ao dizer aquilo, ver a intensidade daquele olhar. Winter estava apenas debochando dela, lembrou a si mesma. E por que importava, afinal? Não que *ela* se importasse.

Fechando mais a cara, Sydney arrancou Winter dos pensamentos e enfiou uma pastilha de açúcar na boca, chupando o doce para se distrair.

Ela caminhou na direção da cafeteria a várias quadras de distância, sem nenhuma pressa, tentando gravar a disposição do mundo ao seu redor. Um açougue, uma loja de vinhos, uma clínica odontológica, um mercadinho minúsculo. Cestos com laranjas e maçãs maduras repousavam sob um toldo. De uma confeitaria francesa vinha um aroma de chocolate e manteiga, seguido pelo de coentro e cominho de uma cafeteria indiana. Pétalas cobriam uma parte da calçada sob alguns cestos de flores que pendiam de um barzinho. Cortes de mortadela e linguiças suspensos numa janela. Pessoas entravam e saíam aos montes de uma estação de metrô, pisando em poças rasas com suas botas, suas vozes em um coral de meia dúzia de línguas diferentes.

Sydney prestava atenção especial a essas pessoas: mulheres de meia-idade com acessórios de exercício debaixo dos casacos grossos, um grupo barulhento de torcedores de futebol com camisas do Chelsea, executivos correndo com as pastas acima das cabeças, turistas puxando malas e examinando mapas nos celulares, adolescentes aos risos encolhidos debaixo de guarda-chuvas transparentes, alguns ainda com os uniformes da escola. Então ela virou uma esquina e aguardou até que as mesmas pessoas reaparecessem. Se visse o mesmo executivo apressado numa rua diferente na direção oposta quinze minutos depois, talvez estivesse sendo seguida.

Por fim, ela entrou numa cafeteria chamada Caffè Nero. Lá, pediu um *latte* para Winter e outro para si mesma, tomando o cuidado de usar um cartão de crédito específico para pagar. Quando o agente designado para lhe entregar o pacote recebesse no celular a notificação de que o saldo do cartão havia mudado, reconheceria o sinal de Sydney de que já estava a caminho do ponto de encontro.

Assim que ela se virou para a saída, mandou uma mensagem para Winter.

Sydney: Tô aí em 20 min.

Ele respondeu quase no mesmo segundo:

Winter: Vem logo. Estou com saudade.

Sydney quase gargalhou ao ler a mensagem, sem saber se deveria se sentir exasperada ou entretida.

Sydney: NPE.
Winter: O quê?

As letras significavam "não precisa esperar", mas ela não se deu ao trabalho de explicar ao sair da cafeteria e ir até os correios. Enquanto caminhava, recebeu outra mensagem:

Winter: Você sabe escrever palavras completas?
Sydney: ST.

Aquilo significava "sem tempo", mas naquele momento ela só estava debochando dele. Ela o imaginou revirando os olhos, sorriu de leve e depois guardou o celular no bolso, focando na rua.

De acordo com o celular, seria uma caminhada de dez minutos — tempo suficiente para o colaborador verificar a localização dela e deixar o que precisava no local combinado.

Aquela agência de correios específica também fora uma proposta de Sydney para Sauda como um lugar seguro. Era um estabelecimento desinteressante, que ela havia checado para se certificar de que estava livre de câmeras de segurança, um ponto com tráfego relativamente baixo e, mais importante, acessível em qualquer horário. Se tudo corresse bem, ela colocaria o cartão-postal de Winter na caixa de correio e veria um pequeno pacote debaixo dela à sua espera.

Então Sydney usaria uma pastilha de açúcar — seu substituto secreto para giz — do bolso para marcar a parte de baixo da caixa de correio e anunciar ao colaborador que havia conseguido retirar o pacote quando ele fosse checar mais tarde.

Ela sorriu ao se lembrar de quando Niall colocara um pacote do doce na escrivaninha dela durante seu primeiro dia de treinamento na agência.

"Isso é para você, garota", dissera ele para Sydney, resmungando como sempre. "Guarde sempre um desses no bolso. Você nunca sabe quando vai precisar."

Sydney guardara o pacote na hora. Só então ela se dera conta de que ninguém jamais lhe comprara doces antes.

"Sim, senhor", respondera ela.

A lembrança desapareceu. A chuva ficou mais forte, passando de garoa a um aguaceiro. Quando Sydney chegou aos correios, a chuva atingia seu guarda-chuva numa sinfonia alta. Debaixo do dilúvio havia uma fileira de caixas de correio vermelhas e cilíndricas, molhadas sob a luz dos postes, as laterais arredondadas gravadas com o brasão real.

De imediato, ela soube que alguma coisa havia dado errado.

A caixa de correio que haviam combinado de usar, a última da fileira, não tinha nenhuma marca sutil de giz na abertura. Isso significava que o colaborador não chegara. Que não havia nenhum pacote para Sydney pegar.

Significava que a entrega fora abortada, provavelmente porque alguém os observava.

Sempre presuma que está sendo seguida. Era o que Sauda lhe dizia sempre que tinha oportunidade.

Então foi o que ela fez, e não olhou para trás. Não demonstrou preocupação. Em vez disso, simplesmente foi até a caixa de correio e depositou o cartão-postal de Winter sem hesitar. Ao fazer isso, vasculhou as ruas com a visão periférica.

Ali. Sydney encontrou o que devia ter alertado o colaborador.

Um carro preto do outro lado da rua, ocupado por uma silhueta, com vista para onde Sydney estava.

Ela não olhou duas vezes. A primeira já lhe disse o bastante. Alguém a observava, afinal.

Ela soltou um palavrão mentalmente. Entrega abortada. Eles teriam que tentar de novo dentro das vinte quatro horas seguintes, antes do show de Winter. Mas pelo menos a pequena viagem perdida já lhe assegurara que Eli Morrison estava de olho nela. Ele provavelmente ficaria de olho em dezenas de pessoas na cidade durante os próximos dias.

O objetivo de Sydney era parecer tão desinteressante quanto possível. Uma segurança e nada mais.

Ela deu as costas para a caixa de correio sem olhar duas vezes e ajustou os dois *lattes* nas mãos. Então se virou para voltar para a casa.

Apenas naquele instante a enormidade da missão a atingiu. Eli Morrison não era bobo; era um homem que se esbaldava na brutalidade. Se fossem pegos, ela sabia que não havia nada que Sauda e Niall poderiam fazer para salvá-los. Isso era parte do trabalho, no fim das contas.

Londres seria um lugar interessante para morrer. Será que aconteceria ali?

Sydney nunca tivera medo da morte, pelo simples fato de que acreditava que os mortos não sentiam nada. Mas *morrer*? Aí era outra história. Ela vivenciara momentos de quase morte muitas vezes antes, fosse durante uma missão da qual escapara por um fio, fosse quando ainda era uma criança presa numa casa que odiava. Então aquela era uma reflexão comum para ela, algo que surgia em sua mente no começo de toda missão.

Onde ela morreria? Seria ali?

Ela não sabia a resposta, obviamente. Sabia apenas que, quando acontecesse, estaria sozinha em algum lugar, sem ninguém para resgatá-la além de si mesma. Essa ideia a acompanhara durante toda a vida. Talvez tivesse sido por isso que ela se adaptara com tanta facilidade àquele tipo de trabalho. Todos morriam sozinhos. Sua mãe morrera, afinal.

Isso a fez lembrar de seus pulmões, e ela sentiu um espasmo desconfortável de dor atravessando seu peito.

Ela puxou o ar por instinto, depois o soltou num exercício lento e apressou o passo. Até parece que morreria ali, que sua última missão seria estar presa a uma celebridade irritante.

Ainda com esse pensamento, ela se apressou pela rua, sem se dar ao trabalho de se perguntar se haveria mais alguém a observando.

12

SUSPEITAS

A piscina interna da casa que Winter estava hospedado era refrescante e relaxante, e o som da água se misturava ao tamborilar da chuva contra as janelas e o ritmo constante de vozes. Winter descansava na água e encarava a escadaria em espiral que levava ao andar de cima. A vários passos de distância, Leo e Dameon estavam largados nos sofás, comendo uma pilha de doces e outros petiscos que Claire deixara para eles.

— Não vamos ver você porque não vai ter um intervalo — explicava Leo para Winter, abrindo uma embalagem de chocolate. — Claire disse que você vai sair do show e ir direto para a festa como convidado de honra de Penelope.

— E para onde vocês vão? — perguntou Winter.

— Para alguma boate — respondeu Dameon, dando de ombros.

— Então vê se não se mete em encrenca.

— Eu nunca me meto em encrenca — protestou Winter.

— Ele quis dizer para não se meter em encrenca *sem a gente* — explicou Leo com um sorriso travesso.

Agora que a noite havia se instalado nos cantos da casa, o espaço parecia mais sinistro do que elegante. Winter pensava ver sombras em sua visão periférica, formas nas silhuetas das árvores no jardim que balançavam com a brisa. De vez em quando, ouvia o ressoar de um trovão ao longe. A eletricidade inquietante do ar combinava com seu humor, e ele se viu compondo melodias mentalmente para reproduzir a energia, como se tentasse se distrair da verdadeira razão pela qual estava ali.

— Claire falou se ela vai poder entrar na festa? — indagou Winter.

— Não vai. Só você e Ashley — respondeu Dameon.

Winter já sabia disso, mas também sabia que eles esperariam que ele perguntasse. Ele ajustou sua postura e apoiou os braços na borda da piscina.

— Ótimo — murmurou ele.

Dameon sorriu, ajustando o grande coque de dreadlocks preso no alto da cabeça.

— Não esquenta. Você vai sentir a presença da Claire mesmo assim — brincou Dameon.

Como se tivesse evocado a empresária, Winter ouviu uma notificação do celular na beira da piscina. A tela se acendeu e exibiu uma longa mensagem de Claire.

> **Claire:** Seu carro para amanhã à noite está confirmado! Vai estar à sua espera na entrada principal, não na lateral. Então esteja preparado para uma multidão de fãs. Se você sair em qualquer veículo que não seja esse carro, com qualquer pessoa que eu não conheça, não se esqueça de ME INFORMAR, entendido? Vou entender o silêncio como um sim!

Ele se perguntou o que Claire acharia das curtas mensagens de Sydney.

— Além disso — disse Leo —, acho que concordamos que você gosta mais da companhia de Ashley do que está disposto a admitir.

Dameon olhou ao redor e perguntou:

— Cadê ela, aliás?

Lembre-se de que a casa está de olho, Winter disse a si mesmo.

— Pedi para ela levar umas coisas no correio para mim — respondeu ele.

Dameon ergueu uma sobrancelha.

— Você mandou sua guarda-costas sair? — questionou ele.

Winter se arrepiou com a suspeita do amigo.

— Vou ficar bem — disse Winter com um bocejo, gesticulando ao redor. — A rua é vigiada pelos guardas de Eli Morrison, e esta casa é toda equipada com alarmes. Além do mais, logo ela vai estar de volta.

Dameon o encarou.

— Você está preocupado — declarou ele.

— Não estou — murmurou Winter.

O amigo cruzou os braços.

— Eu sei quando você está mentindo — retrucou ele.

Winter desviou o olhar, temendo que os amigos vissem a verdade em seus olhos. Trazer as pessoas que mais o conheciam talvez não tivesse sido a melhor ideia.

— Talvez seja só nervosismo antes do show — disse Winter.

— Não é nada que você não tenha enfrentado antes — rebateu Dameon.

O olhar dele era penetrante.

— Bem, é uma lista de convidados muito diferenciada — argumentou Winter.

Leo também encarava Winter com uma expressão pensativa. Seu sorriso alegre de sempre agora estava mais sóbrio.

— Deixa ele em paz — disse Leo, de repente, cutucando Dameon e apoiando as pernas cruzadas no sofá. — Ele vai ficar bem. Lembra do nosso primeiro show num estádio?

O olhar questionador de Dameon desapareceu.

— Los Angeles? — perguntou Dameon.

Leo assentiu.

— Todo mundo estava apavorado. Mas Winter tirou de letra.

Winter também se lembrava — e Leo não estava falando a verdade.

O show acontecera dois anos depois de o fatídico vídeo de uma fã viralizar e ele ser lançado ao estrelato. Na época, Winter sentira a expectativa das pessoas para aquele primeiro grande show; ele arrebatara cada vez mais manchetes, números de vendas, recordes e entrevistas. A sensação desorientadora de que estava prestes a decolar tão rápido que não haveria chão para se apoiar. Então, dez minutos antes do início do show, Winter perdera a cabeça e se escondera num armário. Fora Leo quem o encontrara. Ele ainda se lembrava do amigo espiando por uma fresta na porta, hesitante, depois entrando para se sentar ao lado dele sem dizer uma palavra.

Depois de vários longos segundos, Winter suspirara.

"Não consigo", declarara ele, com a voz trêmula.

Leo o fitara em silêncio, depois desviara os olhos. Quando Winter começara a gaguejar uma explicação, o amigo balançara a cabeça.

"Você não precisa se explicar para mim", dissera Leo, suave e tranquilo.

Winter ficara com vergonha de confessar que só pensava nas pessoas que não estariam lá fora na plateia. A mãe. O irmão. Ele sabia que estava prestes a navegar por águas desconhecidas, e teria que fazer isso sozinho.

"Todo mundo vai me ver", murmurara ele. "E se não gostarem?"

Leo examinara o rosto de Winter por um momento. Ali, ele não era o amigo tagarela, entusiasmado e veemente; tinha uma expressão pensativa e séria, o olhar penetrante.

"Ei, olha pra mim", pedira Leo, por fim.

Relutante, Winter erguera os olhos para o amigo. Ele torcera para que a escuridão do armário escondesse as lágrimas em seus olhos.

"Winter", dissera Leo, "todas essas pessoas estão aqui por você".

Winter o encarara, cético.

Leo abrira um sorriso e continuara:

"O mundo inteiro está prestes a se apaixonar por você. Prometo."

Alguns minutos depois, Leo se levantara e estendera uma das mãos para ele. Winter a segurara, deixando que o amigo o ajudasse a ficar de pé. Quando os dois subiram no palco, Leo já havia retornado ao seu eu de sempre, explicando para uma Claire desesperada que ajudara Winter a dar um jeito num problema no figurino e depois compartilhando com todos uma série de conselhos sobre como consertar roupas num instante.

A lembrança desapareceu, e o som da água da piscina ao redor de Winter retornou. Perto dos sofás, Leo lhe lançava um sorriso encorajador, e Winter sentiu uma onda de gratidão.

— Só seja você mesmo — aconselhou Leo. — Não tem segredo.

Para o alívio de Winter, Dameon também pareceu esquecer suas suspeitas e se concentrou em pegar outro cubinho de queijo.

A agência lhe dissera o mesmo. Então Winter tentou achar conforto nisso. Se ele se permitisse, poderia até se esquecer de que estava ali pelo Grupo Panaceia. Poderia pensar que aquilo era só mais um show, e só mais uma noite insone durante uma turnê.

O sorriso no rosto de Eli Morrison apareceu em seus pensamentos, e seu estômago embrulhou.

Um clique sutil veio do outro lado da casa.

As melodias que Winter vinha compondo mentalmente foram interrompidas. Ele se empertigou, provocando ondas nas laterais da piscina, ao mesmo tempo que as cabeças de Leo e Dameon se viraram em sincronia na direção da porta.

A figura de Sydney se materializou na escuridão do hall de entrada, os cabelos loiros molhados de chuva.

— Oi, Ashley — cumprimentou Leo, acenando.

Winter sentiu a tensão abandonar seu corpo ao vê-la. Então percebeu a expressão dela.

Algo havia dado errado.

Ele tomou cuidado para não demonstrar nada. Em vez disso, fingiu esfregar os olhos enquanto os amigos a cumprimentavam. Sydney foi até ele, depois parou perto das escadas e colocou as mãos nos bolsos, esperando, hesitante.

— Não queria incomodar vocês, meninos — disse ela.

Dameon lançou um olhar para Leo, e os dois trocaram sutis acenos de cabeça. Então Dameon se levantou e se alongou.

— A gente já precisa ir mesmo. Temos um ensaio bem cedo — anunciou ele.

— Oito da manhã — acrescentou Leo. — Sem descanso para o *jet lag.*

Leo se levantou e seguiu Dameon, acenando uma vez com a cabeça na direção de Winter.

— Você também — disse Leo para Winter. — Se chegar atrasado amanhã, vai ter que usar um *collant* branco para a festa.

Winter não conseguiu conter um sorriso.

— Fechado.

Ele observou os amigos saírem. Quando a porta da frente enfim se fechou atrás deles, Sydney caminhou até Winter para se sentar ao lado dele na beira da piscina. De repente, ele se deu conta de que estava quase nu na frente dela.

E daí? Era só Sydney. Mesmo assim, ele percebeu que o olhar dela se deteve por um instante no peito dele, desviando-se logo depois.

Ela inclinou a cabeça na direção dele.

— Ei, o que aconteceu? — sussurrou ele.

A voz de Sydney era quase inaudível.

— Temos um problema — respondeu ela.

13

O QUE ASSOMBRA O CORAÇÃO

Sydney tinha a estranha habilidade de saber quando estava sonhando, mas não o poder de acordar sozinha de um sonho.

Naquela noite, estava de volta ao hospital em Havenville, sentada no quarto da mãe. Podia ouvir o bipe constante do monitor cardíaco zumbindo em seus ouvidos, inspirar o cheiro de antisséptico no ar, sentir os lençóis duros da cama do hospital ao repousar os cotovelos sobre eles. Quando olhou para os pés, percebeu que estava usando as velhas botas surradas de quando tinha catorze anos.

Tudo nela queria se encolher. Ela odiava, odiava, *odiava* se lembrar. Odiava não poder impedir o cérebro de acessar essas lembranças. Odiava que pequenas coisas numa missão pudessem ser gatilhos para aqueles pesadelos. Odiava não poder fugir para longe o bastante deles. Odiava não poder se livrar deles.

Qual havia sido o gatilho dessa vez? O repentino lembrete de que poderia morrer quando sua ida ao correio fracassou? A conversa tensa que tivera com Winter quando voltou para casa, enquanto eles pensavam no que fazer em seguida? Planejar uma nova entrega logo antes de ir se deitar?

O mundo dos sonhos ao redor dela era tão visceral que Sydney não conseguia se livrar da possibilidade de que fosse real. Ela podia sentir a mãe se remexendo na cama, podia ouvir o grunhido suave deixar os lábios da mulher, podia ver o rosto da mãe, as rugas, a pele pálida e trêmula, a linha franzida entre as sobrancelhas. Ela ainda era tão jovem, mas a doença a fizera envelhecer vinte anos.

— Ah, Syd — sussurrou a mãe.

O nome de Sydney saiu fragmentado, como o sal saído de um moedor. A garota ajustou a própria postura, estremecendo diante da rigidez do corpo da mãe.

— Sim, mamãe? — indagou ela. — Você precisa de alguma coisa?

A mãe não respondeu de imediato.

— Por quanto tempo você pretende ficar? — perguntou ela.

Sydney já estava ali sozinha havia três dias e três noites. Estava exausta, e tinha tarefas de casa para fazer.

— Não sei. Mas por enquanto vou continuar aqui — respondeu Sydney.

Os olhos azul-escuros da mãe se abriram de leve, e Sydney teve um vislumbre deles. A mãe balançou a cabeça.

— Não é isso. Por quanto tempo você pretende ficar aqui, nesta cidade?

Sydney não sabia como responder, porque não entendia a pergunta.

— Como assim? Por quantos anos? — indagou ela.

A mãe suspirou e fechou os olhos.

— Saia assim que puder. Não tem nada para você aqui — sussurrou a mulher.

Sydney quis gritar com ela. Como ela poderia ir embora? Sua *mãe* estava ali. Para onde ela iria? Se Sydney fosse embora, isso significaria que a mãe não estava mais por perto, que ela teria morrido. E Sydney não queria pensar nisso.

— E o papai, o Matt? — perguntou ela.

A mãe fez um som discreto com a garganta.

— Não fique por eles — murmurou ela.

Sydney podia sentir a frustração crescendo em seu peito cansado. Ela não entendia qual era o rumo daquela conversa. Em geral, seu pai existia apenas na periferia da vida dela; era um homem de quem tinha vislumbres sempre que ele cambaleava para casa depois de um turno de doze horas, o cheiro de sangue de porco impregnado em seu corpo. As vezes em que ele a notava em geral envolviam uma fúria causada pelo álcool — certa vez, ele gritou com Sydney por assistir *baboseiras* e deixar a TV num canal de língua estrangeira; outra vez, avançou para cima dela com uma faca quando Sydney derrubou sua cerveja; numa terceira, lhe deu um tapa durante o jantar quando ela disse que queria saber o que havia lá fora, para além da cidade em que viviam.

"Por quê?", perguntara ele, se debruçando sobre a mesa e apontando o garfo para ela. "Você é boa demais para nós?"

Sydney segurara a bochecha quente. O irmão, Matt, achara graça.

"Que boca inútil eu tenho que alimentar. Igual a sua mãe", dissera o pai.

Às vezes, existir naquela cidade lhe dava a sensação de estar presa. Mas às vezes, no verão, quando o pai e Matt estavam fora de casa e a mãe voltava cedo do trabalho, ela levava Sydney para tomar sorvete e escolher um ponto perto do rio onde pudessem ver trens de carga atravessando a ponte. Era a memória favorita de Sydney, aqueles dias quentes com o som dos insetos ao redor das duas, a pele pegajosa de repelente. A ideia de deixar aquilo para trás, de nunca mais se sentar perto do rio com a mãe, com uma colher cheia de sorvete de chocolate na boca, era insuportável para ela.

Por isso, ouvir a mãe dizer a ela para ir embora e abandonar a família era um pouco como rejeitar sua vida. Como se nada naquela cidade tivesse tido alguma importância para Sydney. Como se viver com o pai e o irmão não valesse a pena. Como se a mãe estivesse reconhecendo algo que ela nunca havia admitido antes.

Sydney engoliu em seco e se remexeu contra os lençóis do hospital.

— Certo, mamãe — disse ela, porque era a única coisa boa a dizer.

A mãe assentiu. Sydney não tinha certeza de que ela sequer fosse se lembrar daquela conversa, ou se a medicação a estava induzindo ao sono.

— Que bom — sussurrou a mãe. — Fique um pouquinho mais comigo agora. Estou com frio hoje.

Sydney concordou, sentindo as pálpebras pesadas. Nossa, ela estava tão cansada. Sabia que o pai e Matt não apareceriam no hospital tão cedo; Matt estava passando o fim de semana com os amigos, e o pai tinha turnos extras. Mas ela não podia ficar mais tempo sem ir para casa.

— Vou ficar fora só por um tempinho, mãe — avisou ela. — Depois eu volto. Prometo.

A mãe não respondeu. Depois de um tempo, quando ela parecia ter adormecido, Sydney saiu de fininho.

Estava nevando naquela noite, e as botas de Sydney faziam um ruído suave pela rua. O ar beliscava suas bochechas e fazia seu peito arder. Ela havia começado a sentir espasmos esporádicos nos pulmões ao longo do ano anterior, embora nunca tivesse falado sobre isso com a mãe. Não falava com ninguém. Talvez, se o segredo permanecesse consigo, o provável diagnóstico não se concretizasse. Se ela fingisse que não estava acontecendo, então talvez nada mudasse; talvez ela não tivesse herdado a doença.

Sydney chegara em casa fazia apenas uma hora quando recebeu a ligação do hospital. Ela sentiu os tacos do piso rangerem, como se a casa estivesse compartilhando de seu pesar.

— Lamento muito informá-la de que sua mãe faleceu…

O sonho pulou várias semanas para o futuro, depois do funeral. Estava tão frio que as aulas haviam sido canceladas, então Sydney saiu para caminhar pela rua principal a várias quadras de sua casa. Sua cabeça estava encolhida como a de uma tartaruga dentro do cachecol que ela enrolara firmemente ao redor do pescoço. Uma forte tempestade havia deixado o lugar congelante, envolvendo a cidade numa crisálida de gelo.

Sydney não sabia de fato para onde estava indo. O vento implacável atravessava sua calça jeans e provocava pontadas de dor em seus pulmões.

Por fim, ela entrou numa farmácia para se aquecer. Um grupo de pessoas em situação de rua estava amontoado diante das portas de vidro deslizantes, saboreando o calor que vinha sempre que as portas se abriam. Elas se mexeram quando Sydney entrou.

Ela vagou pelos corredores por um tempo, sem nenhum dinheiro no bolso, sem saber ao certo por quanto tempo poderia ficar lá dentro até que lhe pedissem para sair. Seu coração vivia num estado constante de luto, e sua mente estava em outro lugar, bem longe daquela cidade. Sydney podia sentir a dor se espalhar pelo peito, os pulmões ainda doloridos por causa do frio lá fora.

Perto do caixa, ela ouviu uma família conversando. Sydney espiou por entre os corredores e viu um adolescente parado com os pais. O pai colocou uma mão protetora sobre o ombro dele. A mãe se inclinou para aninhar o rosto do garoto nas mãos, exibindo um sorriso, uma expressão radiante.

Ao observá-los, Sydney sentia a própria raiva crescendo, superando sua tristeza. Ela não sabia bem por quê. A família não havia feito nada de errado. A fúria fez as paredes se fecharem em volta dela. Ela podia ver os corredores da farmácia se estreitando, os caixas se fundindo, tudo ao seu redor se aproximando até ela sentir que estava sendo enterrada viva.

Lágrimas ardiam em seus olhos. Talvez o garoto tivesse suas próprias dores secretas. Mas talvez também nunca tivesse visto o pai brandindo uma faca em seu rosto, nunca tivesse feito companhia para a mãe num quarto de hospital. Talvez já tivesse planos para o futuro, enquanto Sydney murchava aos poucos naquele lugar, se encolhendo sempre que ouvia o pai cruzar a porta, se escondendo do irmão para não ter que lidar com seus insultos.

"Saia assim que puder", sussurrara a mãe para ela.

Mas para onde Sydney poderia ir? Como arranjaria dinheiro para ir embora?

E o que as outras pessoas faziam para merecer amor, uma boa vida?

Será que sua vida ainda valia de alguma coisa? Será que ainda valia a pena sonhar alto?

Sydney sentiu a injustiça da coisa toda inundar seus membros até os dedos formigarem. Ela voltou a olhar para a família no caixa. Então, por trás das lágrimas, ela olhou para os itens no corredor diante de si. Vitaminas. Remédio para resfriado. Antialérgicos.

Ela não sabia exatamente por que a urgência surgiu, ou por que não se deu ao trabalho de contê-la. Talvez só estivesse cansada de todos os outros poderem ter o que queriam. Talvez estivesse cansada de sofrer, de ficar para trás, de se sentir encurralada.

Talvez estivesse tentando compensar a injustiça.

Independentemente do motivo, Sydney pegou um dos frascos de antialérgico e o enfiou no bolso interno do casaco.

Sua mão apareceu e desapareceu em menos de um segundo.

Ela podia sentir o objeto contra a lateral do corpo. A sensação era incrível. Seu coração acelerou quando ela olhou para os funcionários, que pareciam nem ter notado sua presença.

Ela pegou uma caixa de aspirina.

Pegou duas caixas de spray nasal.

Então enfiou as mãos nos bolsos e se dirigiu à entrada.

Ficou esperando os alarmes dispararem. As portas de vidro se abriram para ela. Sydney saiu, e as pessoas em situação de rua se mexeram nos dois lados da entrada. Nenhum alarme.

Ela caminhava firme, o medo alojado na garganta, aguardando o som de um funcionário gritando para que parasse. Dentro dos bolsos, suas mãos estavam úmidas de suor. Sua mandíbula tensa.

Mas ninguém veio correndo atrás dela. Sydney virou a esquina e ninguém apareceu. Atravessou a rua e andou mais uma quadra, e ninguém veio.

A angústia esmagadora que apertava seu coração de repente deu lugar a uma onda de euforia. Os remédios roubados dentro de seu casaco pesado balançavam contra a lateral de seu corpo, as pílulas tilintando dentro dos frascos.

Nossa, era uma sensação boa *demais*.

Seus dentes trincavam de adrenalina. Ela se odiou.

Porém, mais do que isso, Sydney sabia que preferia odiar a si mesma a suportar a dor por mais um segundo.

E ela sabia que faria tudo que pudesse para roubar de novo.

Sydney acordou com um sobressalto, arfando, o corpo coberto de suor, as mãos ainda formigando com a adrenalina do roubo. Lágrimas borravam sua visão. Ela olhou ao redor, desesperada, se perguntando se havia ouvido um barulho, se a polícia estava lá fora à sua espera. Se veria o clarão ritmado das luzes azuis e vermelhas à janela. Mas seu quarto continuava vazio.

Ela não estava em Havenville. Não estava revivendo a morte da mãe e o início de sua cleptomania. Estava apenas em Kensington, em Londres, na noite anterior ao início da missão.

Mas ainda sentia o estômago revirar com uma terrível mistura de pesar e raiva.

Após um longo momento, Sydney ficou sentada na cama e enterrou o rosto nas mãos, depois enxugou as lágrimas. A luz da lua banhava sua cama numa faixa diagonal, delineando sua figura e o cabelo bagunçado numa fraca luz azul. Ela desejou poder ligar para Sauda ou Niall, como se a orientação dos dois pudesse mais uma vez guiá-la para longe do tormento de sua própria mente.

O rangido de uma das tábuas do chão arrancou Sydney de seu devaneio. Ela virou a cabeça na direção da parede num gesto automático. Havia ouvido aquele som em seu sonho; o grunhido do piso. Provavelmente fora isso que a despertara.

Após um momento vieram barulhos abafados de passos no andar inferior. Winter estava acordado.

Sydney se levantou da cama em silêncio, depois se moveu como um gato pelo quarto até a porta, da qual ela abriu apenas uma fresta. Através da escadaria, ela viu Winter caminhando no andar de baixo, os pés descalços. Ele ainda estava de pijama, uma camisa branca simples e calça cinza de cintura baixa, de modo que, quando ele erguia o braço para passar a mão pelo cabelo, revelava um pouco de sua pele do quadril.

Irritação e desejo percorreram o corpo de Sydney. Ela se viu observando Winter lá de cima, em silêncio. O que ele estava fazendo acordado, afinal? Winter parou para olhar pela janela por um longo tempo, o luar projetando uma sombra atrás dele. Então ele se virou, as mãos enfiadas nos bolsos da calça, e deslizou os pés em pequenos semicírculos como se estivesse dançando uma valsa consigo mesmo.

Ela continuou olhando, hipnotizada pela graciosidade silenciosa do corpo dele. Winter se moveu, ergueu a cabeça de leve e, com os olhos fechados, deu uma pirueta sem esforço, girando em silêncio sobre a ponta do pé, as mãos ainda nos bolsos. Seus lábios se abriram e, naquele momento, Sydney esqueceu de si mesma. *Ele tem formação em balé*, ela se lembrou. Então Winter voltou a caminhar com naturalidade.

Havia uma tristeza gravada nas linhas do corpo dele naquela noite, algo que Sydney às vezes reconhecia de suas apresentações. Era o que dava a Winter aquela atração secreta, uma vulnerabilidade dolorida escondida por trás da piscadela e do sorriso de soslaio. Como se ele precisasse desesperadamente dos holofotes e, ao mesmo tempo, não conseguisse suportar a atenção. Não havia mais ninguém ali e, mesmo assim, mesmo naquele momento, Winter parecia uma estrela, como se não pudesse deixar de brilhar tanto que até o ar era atraído para ele, que até a lua ansiava por iluminá-lo.

Sydney não sabia por quanto tempo o havia observado. E, quando ele por fim subiu as escadas e ela voltou a se acomodar na cama, ela ainda podia visualizar a dança solitária e hipnotizante de Winter em sua mente, a figura dele brilhando na escuridão.

Talvez ele também tivesse sido assombrado pelos próprios sonhos.

14

ANTES DO PALCO

Sydney Cossette já desempenhara muitos papéis e usara muitos disfarces. Entretanto, fingir ser uma pessoa que precisa se camuflar significava usar peças que a tornariam invisível: um uniforme de funcionária num estacionamento, uma garota esquecível no metrô, ou o traje preto simples de uma segurança.

Não a guarda-costas de uma celebridade que precisava se vestir para um baile à fantasia.

Naquele momento, Sydney encarava o próprio reflexo no espelho do quarto, sem saber como reagir. Sua fantasia para a noite do show de Winter era a de uma corça, então estava vestida num conjunto de lamê prateado Oscar de la Renta. A parte superior deixava suas costas expostas até o final da espinha, e a inferior consistia em calças cintilantes tão soltas que pareciam uma saia longa. Os sapatos eram iguais: botas confeccionadas num luxuoso suede cinza-escuro, com saltos baixos o suficiente para serem práticos. Seus chifres eram elegantes, revestidos por contas de cristais Swarovski, com chips de vigilância embutidos. Ela não sabia se o acessório a irritava ou a agradava. Tinha um tamanho prático, fixo numa faixa que a estilista de Winter prendera a seu cabelo de modo que ela pudesse retirá-lo com um único gesto se precisasse — mas a peça ainda fazia Sydney se sentir esquisita, menos uma agente secreta e mais um Bambi.

Mesmo assim, ela estava deslumbrante. Era com certeza o melhor traje que já usara como espiã. Sem se dar conta, ela fez uma pose sutil, jogando o quadril para o lado e inclinando a cabeça para ver a mudança da luz contra a saia falsa.

Sydney ouviu uma leve batida à porta e, antes que pudesse reagir, Winter enfiou a cabeça dentro do quarto.

— Nosso carro acabou de chegar — avisou ele. — Claire disse que...

Então ele pôs os olhos nela, vislumbrando a parte final da pose, e deixou as palavras morrerem no meio da frase. A luz em seus olhos mudou, exibindo emoções diferentes ao mesmo tempo que ele lutava para escondê-las. Winter abriu os lábios de leve. Assimilou a figura dela com um único e longo olhar, o traje fluido, os braços pálidos e o pescoço arqueado, as costas expostas.

Não era a primeira vez que Sydney usava algo que chamava atenção — mas a garota também não se importava. Pelo menos não como se importava naquele momento, sentindo um formigamento agradável na pele nua sob a intensidade do olhar de Winter.

Sydney também não antecipara a própria reação às roupas dele.

Winter vestia apenas um dos vários figurinos que usaria naquela noite — mas isso não significava que ele não estava deslumbrante. Sua camisa social e gravata fina eram de um preto sedoso, e o terno em si tinha uma capa ajustada e unida às mangas, num majestoso tom escuro de verde-floresta com bordados prateados nas barras.

O tema de sua primeira fantasia era "meia-noite".

Por um segundo, os dois apenas se encararam.

Então ela tirou os olhos de Winter e encontrou o olhar dele no espelho.

— Por acaso eu te dei permissão pra entrar? — questionou ela.

A expressão hipnotizada desapareceu dos olhos dele, que pareceu voltar a si ao erguer os braços.

— A porta estava aberta — argumentou ele. — Achei que isso significava que não precisava bater. Ou você só ficou com vergonha de eu te ver fazendo pose?

Então um sorriso intrigado apareceu em seu rosto. Sydney fechou ainda mais a cara e se afastou do espelho, indo até ele.

— Esquece — resmungou ela. — Vamos nos atrasar.

No corredor, ela ainda podia ouvir a equipe de Winter arrumando seus equipamentos no outro quarto, transformado em salão de beleza. Diante de Winter, naquele momento Sydney podia ver a leve maquiagem em seus traços: uma base sutil, as sobrancelhas já escuras ligeiramente desenhadas e um tênue brilho nas pálpebras, como se tivessem sido pintadas com a luz da lua.

Winter, obviamente, estava tentando não a encarar por muito tempo. Os dois caminhavam pelo corredor.

— Se serve de consolo — disse ele, inclinando-se de modo que as palavras aquecessem o ouvido dela —, você está linda.

Sydney não sabia se Winter estava sendo sincero ou debochando, mas ficou feliz por ele ter desviado os olhos antes que suas bochechas corassem.

Os dois se dirigiram às escadas.

— Como está se sentindo? — perguntou Sydney.

Winter deu de ombros, mas ela notou a forma como os olhos dele passearam pelo corredor, como se temessem se fixar num único ponto.

— Igual a qualquer outro show.

Sydney assentiu. Ela podia ouvir as palavras não ditas, de que aquilo não era um show qualquer. Mas, de alguma forma, ela sabia que Winter faria sua parte do trabalho facilmente. Ela, por outro lado, tinha que entrar em contato com um agente naquela noite, em um recém-aprovado ponto de entrega bem do lado de fora do local do show. Não era o lugar ideal — mais movimentado e arriscado, mas talvez o caos do evento trabalhasse a favor dela.

Eles chegaram ao topo das escadas. Ao seu lado, Winter lhe ofereceu o braço. Ela o encarou por um segundo, apalermada, sem saber o que fazer.

— Sou sua segurança — disse ela.

— Sim, e daí?

— Você ajuda todos os seus seguranças a descer escadas? — questionou ela, lançando um olhar cético para Winter.

Winter abriu um sorriso discreto para ela.

— Essa, eu ajudo. Olha, você não pode se vestir desse jeito e esperar que eu não te leve até o carro. Não quero que surjam boatos de que eu sou um babaca.

— Se acha que isso é um elogio, me surpreende ter dado certo para você por tanto tempo.

Winter lhe lançou um olhar fulminante.

— Só segura o meu braço, antes que a Claire exploda de impaciência.

Eli Morrison havia alugado o Alexandra Palace para o show particular de aniversário da filha, um complexo de entretenimento de quase oitocentos mil metros quadrados no norte de Londres. Sob a glória de um pôr do sol espetacular que lançava faixas de roxo e rosa por entre as várias nuvens cinzentas no céu. Até Sydney teve que deixar seu cinismo de lado e admirar o espaço.

Ela havia pesquisado sobre o palácio, obviamente; fora construído em 1873, depois destruído por um incêndio e reconstruído duas vezes ao longo dos séculos, servindo a todo tipo de propósito, de museu a centro de refugiados durante a Primeira Guerra Mundial, estação de notícias e espaço para shows.

Sydney saiu primeiro do carro, preparando-se para escoltar Winter até o interior. A seu lado, Claire saiu e lançou um olhar rápido à propriedade antes de voltar sua atenção à multidão de fãs que havia se reunido nos gramados do palácio. Ela trajava branco e dourado como uma rainha grega, a maquiagem dourada cintilando contra as pálpebras escuras.

— Nunca vou entender como eles sempre descobrem — murmurou ela, olhando para os fãs.

Mesmo assim, Claire sorriu e cutucou Sydney, com um brilho satisfeito nos olhos.

— Não existe publicidade negativa, certo? — indagou Claire.

— Pois é — respondeu Sydney, encarando a cena.

Devia haver mais de mil pessoas esperando na entrada principal do palácio, todas avidamente amontoadas com suas placas e pôsteres enquanto policiais e seguranças particulares formavam uma corrente para isolá-las, esforçando-se para impedir a multidão alvoroçada de avançar por sobre os bloqueios. A vibração do público ficou mais alta e ritmada.

Uma dúzia de seguranças de Morrison já estava ali, alinhados em duas fileiras nos dois lados dos carros, prontos para escoltá-los por um tapete vermelho que levava aos degraus da entrada do palácio.

Sydney notou o fluxo de carros pretos em fila atrás deles, carregando um grupo variado de outras celebridades, membros da elite e convidados pessoais. Aquela noite arrebataria o noticiário apenas com a importância da lista de convidados.

Um segundo depois, Winter enfim emergiu do carro, a capa esvoaçante atrás de si, e acenou para os fãs. A multidão explodiu, indo para a frente como uma onda. Os policiais ondulavam conforme os empurravam para trás.

— Você vai causar uma verdadeira rebelião aqui — comentou Sydney para Winter quando ele lhe ofereceu o braço.

Se a visão da multidão por pouco contida o assustava, Winter não o demonstrava. Em vez disso, piscou para Sydney e depois a conduziu pelos degraus em direção à entrada.

— E você vai ser o assunto das fofocas amanhã — replicou ele.

— Espero que esteja preparada.

Enquanto os berros ecoavam noite adentro, Leo e Dameon se juntaram aos dois conforme atravessavam o tapete vermelho. Cada passo era acompanhado pelos flashes das câmeras. Sydney manteve uma expressão neutra durante todo o trajeto, varrendo o espaço com os olhos para aparentar estar protegendo Winter. Uma desculpa perfeita para notar o fluxo de convidados que adentrava o local, assim como o interior do palácio.

A checagem de segurança para o evento em si começou no átrio interno. Quando entraram no salão principal, Sydney viu uma corda de veludo vermelho atravessando o espaço, onde uma fileira de funcionários da segurança checava se os convidados estavam na lista. Havia também um detector de metal, além de uma equipe de guardas que escaneava bolsas e apalpava corpos.

Os olhos de Sydney foram até os corredores menores que se desdobravam antes da fila de segurança. Ela precisava ir para um banheiro no fim do corredor esquerdo a fim de tentar, mais uma vez, pegar o pacote da agência. A caixa de correio teria sido um local muito mais discreto, mas pelo menos o evento estava tão repleto de pessoas importantes que ninguém prestaria atenção nela. Ela poderia buscar o pacote e retornar sem levantar muitas suspeitas.

Além disso, o Grupo Panaceia não enviava agentes medíocres para entregar coisas.

O ritmo no tapete vermelho era irritantemente lento. Eli Morrison havia convidado vários repórteres para o local, determinado a registrar a magnitude do evento. Naquele momento, Winter se via desviando dos microfones enfiados em sua direção e sendo parado para responder uma série de perguntas.

Por fim, os dois chegaram a um corredor silencioso, onde pegaram um elevador para uma série de cômodos subterrâneos que deveriam servir como áreas de ensaio e descanso particulares para os artistas.

— Ashley, acompanhe Winter nos camarins até ele ser escoltado para o palco — ordenou Claire, caminhando apressada ao lado deles. Ela acenou para Leo e Dameon com a cabeça. — Vocês também, meninos. Comportem-se. Vou voltar lá pra cima pra pegar meu lugar.

— Espero que você se sente do lado de uma linda herdeira. E que ela te convide para um encontro muito sofisticado — brincou Winter.

Claire mostrou o dedo do meio para Winter, depois desapareceu em meio ao fluxo de pessoas.

Nas salas de ensaio, Dameon e Leo já estavam passando uma parte da coreografia quando os dois chegaram. Sydney apenas observou Winter cumprimentar os amigos, rindo de uma piada interna ao mesmo tempo em que sua equipe ia até ele.

Ela levou um segundo para perceber que a equipe dele estava começando a despi-lo, retirando sua capa e desabotoando sua camisa para vesti-lo com o primeiro de seus figurinos de palco.

Despindo.

Sydney desviou os olhos, mas não a tempo de evitar um vislumbre do corpo de Winter. Ele tinha o porte de um dançarino, esguio e forte, com músculos que se moviam sob a luz ao esticar os braços para os dois lados.

Então um dos estilistas começou a tirar seu cinto, preparando-se para trocar as calças de Winter. Sydney decidiu que era hora de sair e ir até o banheiro.

Dois dos homens de Morrison estavam plantados na entrada da sala, observando-a quando ela saiu. Então ela murmurou "banheiro" para eles e os homens pareceram perder o interesse, voltando a atenção para as mil outras pequenas coisas que aconteciam no caos ao redor. Sydney notou isso com certa satisfação; no fim das contas, as suspeitas iniciais de Eli em relação a ela não haviam passado de arrogância. Talvez ele tivesse enfim a reduzido a uma mera segurança com benefícios.

Sydney passou pelos seguranças e atravessou o corredor. Uma vez dentro do banheiro, notou com alívio a marca deixada pelo colaborador da agência — uma mancha de batom vermelho na porta da última cabine. Ela limpou o batom com um papel, se trancou lá dentro e ergueu a tampa da caixa acoplada.

O pacote era tão fino que uma pessoa que não soubesse onde olhar talvez não notasse o plástico cinza fixado na parede interna da caixa. Sydney apalpou à procura da ondulação, então retirou discretamente o pacote e o rasgou com a unha. O embrulho se desfez sem qualquer ruído.

Lá dentro estavam os itens enviados por Niall. Os brincos de Winter, idênticos aos que ele usaria no palco. O anel de serpente. Além de algumas outras coisas — uma caneta com uma luz ofuscante instalada na ponta, seu broche do hotel equipado com a agulha escondida e novo celular e chip preparados com o software da agência para rastreio.

Por fim, Sydney reparou num pequeno símbolo rabiscado com delicadeza no forro interno do pacote. Ela parou por um momento, depois olhou mais de perto.

Era o desenho de um coração com uma cruz atravessada feito uma adaga.

Ela revirou os olhos, um leve sorriso nos lábios. A pessoa da agência que lhe deixara o pacote era alguém com quem ela trabalhara certa vez e tivera um breve caso.

Sydney balançou a cabeça. Talvez fosse um bom presságio, receber um sinal do passado. Talvez a missão fosse começar a dar certo dali em diante. Ela trocou de celular e depois abriu um pequeno bolso oculto costurado no interior da cintura da calça, onde guardou os itens do pacote. Quando ela o fechou, o compartimento pareceu desaparecer dentro do tecido largo, indetectável na malha antivigilância do interior.

Outra pessoa entrou no banheiro. O som dos saltos contra os azulejos ecoou pelo cômodo. Sydney acionou a descarga para o barulho encobrir o som do pacote sendo rasgado em pedacinhos.

Então ela saiu da cabine.

E deu de cara com Penelope Morrison.

15

MAIS SEMELHANÇAS DO QUE DIFERENÇAS

Perto das pias do banheiro, Penelope levou um susto ao ver Sydney. A garota estava fantasiada — um vestido preto e branco que reluzia sob a luz, junto de um elegante adereço de cabeça em prata e ouro que combinava um sol e uma lua crescente. Um grampo adornado com joias cintilava em um dos lados de seu cabelo.

O banheiro ficava fora da área de segurança de Eli Morrison; Sydney escolhera o local de propósito, preparada para explicar a quem quer que a questionasse que estava apenas procurando um espaço mais reservado do que os salões e as demais salas tumultuadas.

Mas o que Penelope estaria fazendo ali?

A garota olhou para Sydney e logo desviou o rosto. No mesmo instante, Sydney pôde ver que ela estivera chorando; seus olhos grandes ainda estavam vermelhos, e sua maquiagem estava um pouco borrada nos cantos.

Sydney abriu um sorriso reconfortante para a garota e fingiu não ter notado nada.

— Você é a segurança de Winter, certo? Ashley? — perguntou Penelope depois de um momento de hesitação, fitando Sydney através do espelho.

— Isso mesmo, srta. Morrison — respondeu ela enquanto lavava as mãos ao lado da garota.

— Você não vai contar para a equipe do meu pai que estou aqui, vai? — indagou Penelope.

Sydney balançou a cabeça.

— Estou aqui para cuidar do sr. Young, não da senhorita.

Ao ouvir isso, Penelope pareceu relaxar de alívio. Ela soltou um suspiro discreto.

— Obrigada — disse ela com uma risada tristonha, depois passou a consertar os cantos da maquiagem. — Só estou tentando escapar deles. — Ela fez uma pausa, e em seguida sorriu ao ver o traje de Ashley. — Você está incrível, aliás. Amei o adereço de cabeça.

Sydney teve o cuidado de manter os olhos baixos, numa postura quase subserviente, enquanto lavava as mãos.

— Obrigada. Estou apenas seguindo as instruções do sr. Morrison de que os seguranças estejam bem-vestidos para a ocasião.

Penelope abriu um sorriso acanhado.

— Na verdade, as instruções foram minhas. Não queria que centenas de funcionários do meu pai com ternos pretos estragassem o visual da minha festa. Eles me deixam nervosa. Sinto muito ter te envolvido nisso. Sei que é meio irritante.

Sydney riu um pouco.

— Não precisa pedir desculpas por me dar um motivo para me vestir bem — retrucou Sydney.

Ao ouvir isso, um lampejo apareceu nos olhos de Penelope, dissipando a tristeza de um momento antes.

— Winter também já está pronto? — indagou ela.

— Está se arrumando agora — informou Sydney, dando uma piscadela para a garota. — Você deve estar animada.

Penelope inspirou fundo e baixou os olhos, acanhada, incapaz de conter um sorriso.

— Ele é a melhor parte desse aniversário — admitiu ela.

De certa forma, Sydney sentiu uma pontada de pena pela garota. Para a estrela da grande comemoração, ela não parecia muito entusiasmada. Algo na forma como Penelope olhava de um lado para o outro como um pássaro enjaulado, nervosa, lembrava Sydney do próprio passado, de sentir que estava vivendo uma vida da qual não podia escapar.

Ao menos Sydney sabia a verdade sobre o próprio pai.

Pobres ricos, pensou ela, achando a coisa toda irônica. Ela observou a garota prender uma mecha solta do cabelo, depois olhou para a porta.

— Olha… — começou Sydney. — Se eu encontrar um dos seguranças do seu pai, posso dizer para eles que você está em outro lugar. Assim você ganha um tempinho extra.

Penelope secou as mãos.

— É muita gentileza sua — disse ela, lançando para Sydney um olhar agradecido.

Sydney deu de ombros.

— Sei bem como é se esconder do pai — comentou Sydney.

Ela havia dividido aquela pequena parte de si com Penelope como uma tática — era um jeito de ganhar a confiança da garota. Mas a forma sincera como os olhos grandes da garota se viraram para ela, cheios de simpatia, fez Sydney sentir uma pontada de vergonha.

Penelope abriu um sorriso fraco e tristonho.

— Somos iguais, então — declarou ela.

Sydney assentiu. Elas não eram, obviamente, não de verdade. O pai de Penelope era um bilionário. O de Sydney recebia sete dólares por hora num abatedouro. Mas ela assentiu mesmo assim, tirando vantagem da oportunidade de se aproximar.

Penelope balançou a cabeça.

— Obrigada — disse ela, educada, a voz ainda mais baixa e acanhada do que antes. — Mas não é necessário. Tenho que dar um presente para o meu pai antes do show começar, de qualquer forma. Ele não vai estar aqui depois. Eu só... precisava de um tempo.

Sydney assentiu. Então ainda havia algum sentimento afetuoso por trás da tensão entre os dois, por menor que fosse. Isso era nítido na hesitação de Penelope, como se nem ela quisesse admitir aquilo.

— Espero que aproveite o resto da sua festa, srta. Morrison — disse Sydney.

— Por favor, me chame de Penelope — pediu ela, abrindo um sorriso. — Só os seguranças do meu pai me chamam de *srta. Morrison*.

Sydney sorriu de volta.

— Penelope, então.

Quando Penelope se virou para a saída do banheiro, Sydney notou uma pequena tatuagem no pulso da garota. À primeira vista, parecia um rabisco. Ela levou um segundo para reconhecer as palavras em italiano.

O coração é vasto e profundo.

Sydney vasculhou em sua mente tudo o que sabia sobre Penelope. A linhagem de Eli era inglesa havia várias gerações. Mas a mãe da garota era uma italiana que tivera um breve casamento com Eli e se divorciara quando a filha tinha três anos. Entretanto, as informações sobre a mulher eram escassas, especialmente após o divórcio — dizia-se que ela havia voltado para a Itália, onde falecera anos depois por conta de uma doença.

De um jeito ou de outro, Sydney não sabia o que pensar da frase. Talvez fosse algo que a mãe falava com frequência. Talvez fosse um ditado italiano que Sydney não conhecia.

Então Penelope saiu do banheiro, deixando Sydney sozinha.

Ela passou a mão pela cintura, se certificando que os itens do pacote ainda estavam no bolso secreto. Saiu em seguida, mantendo a cabeça baixa ao atravessar a linha de segurança outra vez. A tristeza estampada no rosto de Penelope permanecia gravada em sua mente.

Afinal, qual era o grau de controle de Eli Morrison sobre a vida da filha?

Independentemente de qual fosse, era o suficiente para Winter investigar. E, com sorte, Penelope seria a lâmina que rasgaria o império clandestino do pai.

16

O ASTRO DO POP E O MAGNATA

Quando receberam o sinal para sair do camarim, Sydney ficou ao lado de Winter conforme ele e os dançarinos eram conduzidos por um corredor exclusivo em direção à porta dos bastidores do teatro.

Àquela altura, Winter já havia se transformado por completo em sua persona de palco; seu primeiro figurino era de um tecido prata esvoaçante que parecia mudar de cor sob a luz. Um brilho tênue de maquiagem em seu rosto lhe dava um resplendor hipnotizante. Havia uma nova suavidade em seu caminhar, uma confiança ainda maior em seus passos, uma cadência maliciosa em sua voz quando ele contou uma piada para Leo, que respondeu com uma risada. Sydney não pôde deixar de ficar impressionada. Era como se a pessoa que ela conhecera tivesse desaparecido.

Eles chegaram ao fim do corredor estreito, onde um elevador os aguardava, assim como uma fileira de seguranças de Eli, que entraram na frente de Sydney. Ela sentiu o corpo enrijecer por instinto.

— Nossos próprios seguranças — comentou Leo, entusiasmado. — Isso que é tratamento de realeza.

Um dos seguranças balançou a cabeça para Sydney.

— Nós os escoltaremos individualmente a partir daqui — avisou ele. — Pode se dirigir a seu lugar na plateia agora, srta. Miller.

Sydney lançou um breve olhar para Winter. Ele, Leo e Damcon já estavam acompanhados cada um com um dos guardas de Eli.

Leo olhou para seu segurança.

— Você vai dançar com a gente também? — brincou ele.

O homem apenas o encarou, inexpressivo, e o garoto desviou o olhar, desconfortável.

— Você parece gente fina — murmurou Leo.

Sydney hesitou. Não poderia ir mais longe do que aquilo.

Ela assentiu para os seguranças e se afastou de Winter. Ele assentiu para ela. Quando Sydney o fitou, aquela persona dos palcos deu lugar a um vislumbre do verdadeiro Winter.

Vou ficar bem, seus olhos pareciam dizer.

Ela cerrou os lábios, depois voltou a encarar o segurança.

— Certo — disse ela.

Leo foi o primeiro a entrar no pequeno elevador, acompanhado pelo segurança. Ele abriu um sorriso tenso para os amigos.

— Vejo vocês lá em cima — falou ele.

Então as portas se fecharam.

Dameon foi em seguida. Por fim, Winter entrou no elevador com seu novo segurança. Enquanto as portas se fechavam, Sydney encontrou seus olhos uma última vez.

Winter abriu um sorriso rápido.

— Aproveite o show — disse ele.

Então ele se foi.

Sydney se dirigiu à entrada principal do teatro, através da qual passava o restante dos convidados.

Ela reconhecia muitos deles, fosse das notícias ou de conhecimento geral dos ricos e poderosos. Havia outros jovens, provavelmente amigos e conhecidos de Penelope, todos herdeiros. Outros eram pessoas que ela conhecia com base em seu tempo no Grupo Panaceia — pessoas que trabalhavam com Eli, diretores da agência de inteligência britânica e diplomatas de outros países europeus. Sydney sentiu a pele formigar diante da proximidade de toda aquela gente.

O perigo deixava o ar pesado.

Na entrada do teatro, um segurança perguntou seu nome, depois escaneou seu documento de identificação com um leitor. A tela ficou verde, indicando que ela estava na lista de convidados.

Lá dentro, o espaço era monumental, sutilmente iluminado por holofotes de várias cores. Para a surpresa de Sydney, o palco de Winter não fora montado na estrutura original na extremidade oposta do teatro — em vez disso, havia uma estrutura no centro do gigantesco cômodo, numa plataforma elevada e circular. Dessa forma, todos poderiam vê-lo de todos os ângulos.

Sydney olhou para cima. Um sistema de ganchos e balanços havia sido instalado sobre a plataforma, junto de uma série de pequenas máquinas pretas distribuídas ao redor do palco circular.

A garota abriu caminho até as pessoas reunidas ao redor da plataforma, então encontrou seu lugar. Ela olhou em volta, examinando o público.

Lá estava Claire, parada na fileira da frente, onde conversava animada com Penelope, que assentia com educação. Sydney notou outros dois seguranças de Penelope que reconheceu de quando foram recebidos na casa.

Então ela viu Eli Morrison sentado entre os dois, quase diretamente na frente de Sydney, como se estivesse escondido. Entretanto, pouco importava que ele se misturasse às pessoas. Eli tinha o tipo de presença que disparava os alarmes na mente de Sydney. Era a forma como os outros agiam perto dele, percebeu ela — a maneira como dois de seus funcionários, sentados a certa distância, assentiam depressa quando ele se virava para lhes fazer uma pergunta, e como seus corpos se inclinavam na direção dele mesmo quando ele não falava, como se temessem perder um sinal. Quando Eli ria, fazia um som cálido e generoso; mas os seguranças soltavam risos nervosos, com uma postura tensa, como se o som não alcançasse o resto do corpo. Como se o homem pudesse dividir uma piada com eles num momento e, no outro, planejar seu desaparecimento. Talvez já tivessem até testemunhado isso alguma vez.

De vez em quando, Sydney escutava fragmentos dos murmúrios em meio ao barulho ao seu redor. Transações em um dos fundos de investimento de Eli. Nada fora do comum.

Então Sydney reconheceu a terceira pessoa sentada quase diretamente na frente dela. Era Connor Doherty.

Connor Doherty, o homem que, segundo Niall, cuidava de todos os negócios de Eli. Alguém em geral ausente em quase todas as reuniões públicas do patrão. Que parecia estar tendo um caso com Penelope. Que era seu passaporte para derrubar Eli.

Todos os instintos de Sydney se fixaram no homem, como se ela tivesse acabado de avistar um animal raro. Ele era discreto à primeira vista, esguio e delicado, a postura um pouco mais cansada do que alguém de vinte e tantos anos deveria ter e usava a fantasia mais sem graça possível — um terno preto comum e gravata, com uma máscara preta sem adornos ao longo do rosto pequeno e estreito. O tipo de pessoa que se misturava a uma multidão.

Sydney olhou para as mãos dele, reparando nas únicas evidências do gosto refinado que a agência investigara; um relógio Rolex com o grosso bracelete em platina e anéis cravejados de diamantes. Ele se inclinou na direção de Eli e falou com o homem numa voz baixa que ela não conseguiu distinguir.

Estava no meio da tentativa de ler os lábios dele quando a luz começou a diminuir e tudo ficou completamente escuro. A fumaça que era expelida pelas máquinas ao redor da plataforma havia começado a se espalhar pelos assentos, e as primeiras notas musicais começaram a sair dos alto-falantes embutidos em cada fileira dos assentos da arena. Quando Sydney olhou para cima, viu uma série de estrelas cintilantes.

Luzes azuis iluminaram o palco inteiro, destacando uma silhueta que emergia de baixo do palco, agachada de joelhos. A plateia vibrou quando Winter apareceu.

Winter estava amarrado, usando um adereço de cabeça cintilante com galhos entrelaçados e longas penas de garça, dando a ilusão de que ele era um pássaro. Seu cabelo preto estava salpicado de glitter prateado, e anéis finos reluziam em seus dedos. Um lenço de seda branca cobria seus olhos, e seus braços e pernas estavam presos na frente de seu corpo com metal e couro. De repente, surgiu uma jaula que o enclausurou.

A música começou, e a plateia estava entusiasmada. Perto do palco, Penelope inspirou fundo e se inclinou para a frente, os olhos completamente fixos em Winter.

Eles prenderam o pássaro,
prenderam-no lá no fundo.

As letras perturbadoras encheram o teatro, e Winter começou a coreografia. A cada batida pesada, ele se movia para romper uma das amarras. Retorcia e forçava os punhos contra as faixas. Uma de suas mãos fez um floreio e, inexplicavelmente, se soltou da faixa, como se tivesse atravessado o material.

Sydney piscou. Na agência, ela havia aprendido várias formas diferentes de se livrar de amarras. Com apenas um olhar para as mãos de Winter, ela soube, *soube mesmo*, que não havia como ele se livrar das amarras sozinho. Ainda assim, lá estava ela, testemunhando o garoto fazer exatamente isso. Era como se a mão dele fosse feita de ar, pela forma como se soltou com facilidade de uma algema.

As amarras deviam ter sido feitas especificamente para aquela performance, Sydney lembrou a si mesma. Era apenas uma ilusão de ótica.

Winter arqueou o corpo até a parte de trás da cabeça tocar o chão do palco. Ele libertou o outro braço num único movimento, fazendo todas as algemas de metal ficarem visíveis sob a luz. Quando veio outra batida, ele torceu o pulso e, mais uma vez, Sydney, incrédula, o assistiu se soltar. As algemas tilintaram contra o chão. Em outro gesto fluido, ele removeu a venda. O público arquejou, aprovando o movimento.

Eles me prenderam,
Mas eu me libertei, me libertei.

Winter se pôs de pé com um giro. Em sincronia com a música, ele girou e inclinou o corpo para trás. Removeu uma perna das amarras. Depois a outra. Em seguida, arrancou a camisa, expondo o torso nu por um segundo chocante antes de virar a camisa do avesso e voltar a vesti-la num único movimento, revelando uma seda azul-cobalto. Ao mesmo tempo, sua calça se desprendeu, formando uma camada no mesmo tom forte de azul. Naquele momento, ele se parecia menos com um pássaro e mais com um oceano. A plateia suspirou em admiração.

Winter olhou para o público, um sorriso sutil e provocante nos lábios, enquanto seu adereço de cabeça reluzia sob o efeito da iluminação.

Sydney assistira a algumas das performances de Winter antes de começarem a missão, estudara a forma como ele se movia e fizera uma pesquisa completa a respeito dele. Mas ela nunca o havia visto se apresentar ao vivo. E, naquele momento, todos os pensamentos desdenhosos que já tivera a respeito dele desapareceram de sua mente.

Aquele não era o garoto de sorriso sarcástico e língua afiada com quem Sydney não conseguia parar de discutir.

Aquele era o astro do pop.

Eles tentaram pegá-lo,
Mas ele se tornou ar,
Se transformou em água,
Virou o mar entre eu e você.

Então entraram os dançarinos de apoio, atravessando o palco até alcançarem Winter. Sydney identificou Dameon e Leo de imediato. Quando uma batida estrondosa introduziu o refrão, os dançarinos se posicionaram numa formação ao redor de Winter e se puseram a dançar em sincronia.

Contrariada, Sydney sentia o coração acelerar.

Eles tentaram me impedir,
Mas eu cheguei até aqui, até aqui.

Leo lançou para Winter um buquê de flores amarelas e brancas. Ele o agarrou, depois saltou do palco num movimento ágil. A plateia se alvoroçou, encantada, abrindo caminho e se debruçando para a frente conforme Winter se dirigia até a aniversariante. Os holofotes o seguiam.

Vim até aqui
Só para te desejar...

Ele parou bem à frente de Penelope. Sob a luz, Sydney viu a garota inspirar fundo e soltar uma risadinha.

Só para te desejar
Um feliz aniversário.

Todos explodiram em risos e gritos ao ouvir a mudança na letra que Winter fizera para Penelope. Ele lhe ofereceu as flores. A garota cobriu a boca com as duas mãos, trêmula, enquanto as amigas ao seu redor gritavam e a cutucavam, fascinadas. Então Penelope pegou o buquê sem tirar os olhos de Winter. Ele lançou um pequeno sorriso para ela e voltou para o palco, e a música mudou outra vez.

Quando Winter se virou, seu olhar se fixou em Sydney.

Involuntariamente, Sydney sentiu a respiração falhar diante do calor da atenção dele. Winter nunca havia olhado para ela daquele jeito antes — totalmente imerso em sua persona dos palcos, um brilho flamejante cintilando em seus olhos. Por um instante, Sydney se sentiu acorrentada ao assento.

Então, num instante, ele voltou para o palco e se juntou aos dançarinos para uma música rápida e agitada. A batida sacudia o chão. As luzes ficaram vermelhas, banhando o espaço inteiro em escarlate — e então um gancho invisível ergueu Winter bem alto. A plateia gritou.

Sydney soltou o ar lentamente. Que galanteador sem-vergonha. Se aquilo não animasse Penelope, então mais nada no mundo a faria perder o chão.

Um movimento sutil na escuridão da plateia a trouxe de volta a si. Ela olhou para onde Eli Morrison estava sentado. Ele havia se levantado, junto de Connor Doherty e um terceiro homem. Eles trocaram mais algumas palavras.

Sydney estava se coçando para chegar mais perto. Mas seria óbvio demais se ela, a guarda-costas de Winter, saísse naquele instante. Ela não tinha dúvidas de que os seguranças de Eli a observavam de vários pontos diferentes no salão. Por isso, tudo o que podia fazer era se permitir lançar olhares furtivos na direção de Eli e dos outros.

Então ela viu Connor se inclinar na direção de Eli e, enquanto Winter começava a última coreografia, o jovem murmurou alguma coisa para o homem. Sydney aguçou o olhar, lendo os lábios do rapaz para decifrar as palavras.

— Tem que ser hoje, senhor — disse Connor.

Eli franziu o cenho para ele. Ao mesmo tempo, o teatro tremia com as notas de abertura do baixo.

— Não. A reunião é amanhã — replicou Eli.

Depois vieram palavras que Sydney não conseguiu distinguir.

— Receio que não será possível, senhor — insistiu Connor.

Eli era um dos homens mais intimidadores que Sydney já havia visto, mas algo no olhar discreto e suplicante de Connor pareceu fazer o magnata pensar. Ele não respondeu de imediato. Seus olhos seguiram os movimentos de Winter no palco, depois se voltaram para a silhueta da filha.

Sydney contava os segundos mentalmente. *Oito, nove, dez, onze.*

Por fim, Eli disse:

— Hoje, então.

Havia uma urgência nas palavras dele, uma tensão em seu corpo que fez o coração de Sydney bater um pouco mais rápido. Parecia que algo estava dando errado no plano de Eli. A expressão de Sydney continuou a mesma, assim como seu olhar, mas as palavras de Eli Morrison ecoavam em sua mente, firmes e sinistras.

"Hoje, então."

Era hora de agir.

17

PERSONAGENS NUM PALCO

Winter Young já frequentara várias festas depois de shows, mas ele tinha certeza de que nunca estivera em uma como a daquele momento.

Poucas horas após o fim da apresentação, ele se viu ao lado de Penelope, descendo uma escada caracol que levava ao subsolo. Lá em baixo, havia um lugar privado e protegido ao longo do rio Tâmisa.

— Na verdade, aqui se chamava Túnel do Tâmisa de Brunel — explicou Penelope conforme caminhava.

As mãos da garota estavam inquietas, sempre colocando uma mecha de cabelo atrás das orelhas. Seu grampo de cabelo adornado com joias reluzia quando ela passava os dedos por ele.

— Um cara chamado Brunel e o filho construíram o primeiro túnel para unir o subsolo debaixo de um grande rio — continuou ela. No início era para carruagens, depois passou a ser usado para trens. Meu pai financiou a restauração alguns anos atrás para transformar os túneis num espaço para exposições.

Nervosa, Penelope apertava o braço de Winter com força, e, de vez em quando, ele a sentia tremer. Eli Morrison não estava ali, mas sua presença ainda pairava em cada detalhe da festa. Mesmo assim, Winter nunca vira a garota tão falante desde que a conhecera.

Ele lançou um olhar rápido por cima do ombro para se certificar de que Sydney estava atrás dele. Era estranho saber que nenhum de seus amigos estaria lá. Dameon parecera não se importar, satisfeito em procurar uma boate na cidade para curtir sozinho, mas Leo ficara quieto depois da apresentação; observara Winter se arrumar para a festa sem uma única palavra.

"Leo está bem?", perguntara Winter para Claire, baixinho, parado diante de um dos carros de Eli.

"Não se preocupe com os garotos", respondera Claire. "Eles vão se divertir sozinhos."

Então ela fizera uma expressão encorajadora e se despedira.

Naquele momento, apenas Sydney o acompanhava, a dois passos de distância, sua calça prateada balançando contra as pernas. O tecido cintilava a cada movimento.

A imagem fazia o coração de Winter disparar. O brilho daquele traje o distraíra mais do que algumas vezes durante a apresentação. Talvez a agência tivesse exagerado no visual dela. Quando Sydney o encontrara depois do show e deixara o broche do hotel no bolso dele, Winter se pegou hesitando para responder, todo atrapalhado com as palavras.

"É para sua segurança", dissera ela.

Significava que Sydney recebera o pacote com sucesso.

Então ela lhe lançara um breve sorriso e começara a andar ao seu lado.

"Bela apresentação", acrescentara ela, desviando os olhos em seguida.

O olhar de Winter se voltara para ela, depois para o brilho do tecido esvoaçante de sua calça. Ele abrira a boca, percebera que não tinha nada de coerente para dizer, e a fechou de imediato. Ela nem se deu ao trabalho de olhar para ele — melhor assim. Winter não queria que ela visse o constrangimento em seu rosto.

Naquele momento, ele se forçava a prestar atenção em Penelope.

— E o Brunel sabia como transformar o túnel dele numa festa tão boa quanto esta? — indagou.

— Quase — respondeu Penelope, levando uma das mãos à boca para esconder um sorriso acanhado. — Parece que o túnel funcionou melhor como salão de festas do que como sistema de transporte. Fiquei sabendo que a grande inauguração teve barracas com macacos dançantes e acrobatas.

Winter olhava para baixo ao descerem as escadas. Bem, os acrobatas com certeza continuavam ali. Faixas de seda em amarelo vibrante pendiam do teto do túnel e, entre elas, jovens flexíveis se retorciam e rodopiavam em alturas variadas ao longo dos dois lados da escadaria de metal. Com elas pendiam longos lustres baixos que projetavam um caleidoscópio de luzes e sombras nas paredes do túnel. A batida da música ressoava no espaço e, quando Winter olhou para cima, reparou que lâmpadas de cristal cintilavam no teto; parecia um céu estrelado.

Ao pé das escadas, eles passaram por um engolidor de fogo que soprava uma linha de chamas através de uma argola, surpreendendo um amontoado de espectadores. Lojas e tendas acompanhavam as margens da galeria que levavam aos antigos túneis ferroviários; havia carrinhos de bebidas, quiosques de comida e mesas dispostas com sacolas douradas de presentes. Garçons percorriam o espaço com bandejas de prata que continham *samosas* e tortinhas salgadas, pequenas porções de batata frita e pratinhos com *jiaozi* regados a molho de pimenta.

Quando Winter voltou a olhar para Sydney, percebeu que ela estava analisando o espaço, observando cada lugar com uma careta de preocupação no rosto. Como se estivesse apenas sendo uma segurança comum.

Winter mexeu no anel de serpente que estava em seu dedo, distraído. Ele passara o dia todo procurando Sydney com os olhos. Quando voltou a repousar o braço ao lado do corpo, sua mão bateu no pequeno frasco costurado em uma parte escondida de seu bolso. A bebida suicida, um lembrete da missão. Sua respiração falhou, e ele tentou afastar a ideia da mente.

Penelope e Winter causaram uma comoção assim que pisaram no chão do lugar. Segundos depois, uma multidão havia se reunido ao redor deles, repleta de rostos ávidos e mãos estendidas na esperança de desejar parabéns para a garota. Ele aguardou ao lado da aniversariante, que lançava sorrisos graciosos para cada um dos admiradores, e o movimento ao redor dos dois ficou maior.

— Winter Young! — exclamou alguém.

Outra pessoa abriu um sorriso largo e declarou:

— Nunca vi uma performance assim. Você precisa nos ensinar aquela coreografia.

Penelope apertou o braço de Winter com mais força e fez uma careta de brincadeira para a garota.

— Arranje sua própria estrela do pop — brincou ela.

— Winter! Winter Young!

Seu nome ecoava ao redor dele. Entre os convidados estavam alguns dos seguranças de Eli Morrison, que calmamente redirecionavam a multidão que crescia com sua presença imponente.

Ele sentiu a presença de Sydney mais perto de si. Quando olhou para ela, a garota estava quase encostada nele, observando com atenção as pessoas que se aproximavam. Ela encarou um garoto que chegou perto demais; em seguida, Sydney se colocou entre os dois e fez o convidado recuar só de caminhar na direção dele. Ele se afastou com uma expressão confusa e ofendida.

Winter quis rir diante da cena. Se ela não tivesse se tornado uma espiã, poderia mesmo ter feito carreira como uma competente segurança.

Eles abriram caminho através das pessoas, com a ajuda dos seguranças que se moviam ao redor dos dois como uma onda no oceano.

— Sua guarda-costas acabou de enxotar o príncipe de Orange-Nassau — comentou Penelope com um sorriso escandalizado.

— Oferecerei minhas desculpas para Sua Alteza mais tarde — replicou Winter, erguendo uma sobrancelha.

Olhando por cima da cabeça de Penelope, ele encontrou Sydney. Os dois trocaram olhares. Ainda não havia nenhum sinal da pessoa que precisavam ver — Connor Doherty. Talvez ele não frequentasse festas como aquela. Winter teria que dar um jeito de mencionar o nome do rapaz.

Eles encontraram alguns dos amigos de Penelope em seguida. A música mudou, passando para um ritmo mais lento e sedutor, e, quando uma área aberta da pista se encheu de casais, Winter puxou Penelope para uma dança. Ali a multidão ao redor deles enfim se dispersou um pouco, embora algumas pessoas ainda lançassem olhares de todas as direções. Nada com o que Winter não estivesse acostumado.

Sydney ficou num canto perto da parede para lhes dar espaço, mas continuou acompanhando os dois com os olhos. Winter se via encontrando o olhar dela a cada giro.

— Então, srta. Morrison — disse ele quando entraram no ritmo da música. — Me dê uma nota. De um a dez, o que você achou da sua apresentação de aniversário?

Penelope corou tanto que ele conseguiu reparar mesmo na iluminação baixa.

— Dez é a maior ou menor nota?

— Dez seria tipo ter as melhores férias da sua vida.

O sorriso da garota deu lugar a uma risadinha.

— Nesse caso, eu te dou um nove — declarou ela.

Winter se afastou com uma expressão de choque e orgulho ferido no rosto.

— Nove! — repetiu ele. — Então não fui tão bom quanto as melhores férias da sua vida?

Penelope cobriu a boca com uma das mãos enquanto ria. Ela olhou para baixo, acanhada.

— Tirei um ponto só porque foi rápida demais — explicou ela.

Ele repousou uma das mãos na base da coluna de Penelope.

— Justo.

Os dois dançaram por mais um tempo num silêncio agradável. Winter se permitiu contemplar o ambiente. Porém, em vez de aparentar satisfação com o deslumbramento dele, Penelope pareceu se retrair de novo, seus passos se tornando tensos. Ele voltou a olhar para ela e se aproximou um pouco.

— Não me entenda mal — começou ele, baixinho —, mas você se importaria se eu fizesse um pequeno comentário?

— Comentário?

— Notei uma coisa.

— O quê?

— Seus passos estão tensos. — Ele a afastou um pouco e girou com ela. — Quando você vai para o lado, viu? É como se você estivesse resistindo.

Ela corou de novo, dessa vez envergonhada.

— Desculpa. É que... Eu fico, ah... meio nervosa perto de você.

Winter podia sentir a garota tremendo de leve em seus braços.

— Eu fazia a mesma coisa no começo da minha carreira — disse ele, tentando reconfortá-la. — Foi só por isso que reparei. Minha coreógrafa vivia pegando no meu pé por causa disso.

Ao ouvir isso, Penelope o encarou.

— Não me diga que Winter Young tinha medo do palco.

— Ah, eu morria de medo. Sempre tremia antes de entrar num estádio lotado. Minha coreógrafa ficava enlouquecida. Então a primeira coisa que aprendi foi fingir tranquilidade. Para quase todo mundo, eu parecia calmo. Mas eu sabia que estava tenso. — Ele fez uma pausa, depois a examinou. — Às vezes, só uma pessoa nervosa reconhece outra.

O sorriso de Penelope assumiu um ar tristonho, e ele sentiu a garota relaxar um pouco contra seu corpo, como se estivesse grata pelo reconhecimento.

— Me desculpa — disse ela, hesitante. — Eu não queria…

— Ninguém deveria pedir desculpa no próprio aniversário — interrompeu Winter.

Penelope voltou a rir. Os ensinamentos de Sydney durante o treinamento percorreram a mente do rapaz. "Sempre ganhe a confiança das pessoas."

— Nunca pensei que você fosse alguém que também se sente tão inseguro perto das pessoas — confessou ela.

Pela forma como Penelope falou aquilo, a garota parecia não se referir à multidão ao redor dos dois, mas a uma única, invisível e onipresente pessoa.

— Você está falando do seu pai, não está? — perguntou ele.

Ela abriu um sorriso fraco e girou com Winter de modo que ele pudesse ver os vários seguranças de Eli que os observavam, encostados nas paredes.

— Não é cansativo ser observado o tempo todo? — indagou ela, baixinho.

Winter lançou um olhar significativo na direção de Sydney e se pegou distraído pela forma como a roupa prateada dela refletia a luz baixa.

— Por aquela ali? — retrucou Winter, apontando na direção de Sydney. — É muito cansativo. Mas pelo menos agora estou bem acompanhado.

Penelope o encarou com uma nova expressão. Algo naquela conversa tinha feito a garota relaxar os ombros e suavizar os passos. Como se ela tivesse encontrado um irmão de alma.

— Então vamos para um lugar mais reservado. — Ela fez uma pequena pausa e pegou a mão dele. — Vem comigo.

— Para onde vamos?

Penelope o puxou gentilmente consigo, mordendo os lábios para conter um sorriso.

— Prometo que sua segurança vai te perdoar — disse ela.

Winter lançou um olhar instintivo na direção de Sydney, que o observava partir, e inclinou a cabeça num gesto breve para lhe pedir que ficasse onde estava. Ela respondeu com um aceno de cabeça, entendendo a mensagem de imediato. Porém, quando Winter desviou os olhos, notou que alguém tentava falar com Sydney, um homem bem-vestido num terno branco e um chapéu chamativo. Winter teve um vislumbre dela lhe dando um sorriso cauteloso e uma breve resposta antes que ele e Penelope chegassem ao outro lado do lugar.

Penelope não o levou na direção das mesas principais da festa, nem dos convidados que acenavam conforme ambos passavam. Em vez disso, ela o levou para além das escadas, numa parte escura do espaço, cruzando um túnel que anteriormente fora bloqueado. Os seguranças deram passagem sem hesitar.

Winter começou a se sentir em alerta ao perceber que estava deixando Sydney para trás. Quase podia ouvir Claire falando, como se aquela fosse a primeira vez que ele participava de uma cerimônia de premiação sem ela; podia sentir os tapinhas animados da empresária nas suas costas.

"Você pode sentir todo o medo que quiser. Só não ouse demonstrar isso para as câmeras."

Então Winter relaxou os músculos e abriu um sorriso tranquilo, focando a atenção na curiosidade a respeito do túnel.

— Há vários túneis abandonados debaixo das ruas de Londres — disse Penelope conforme os dois avançavam. — Mas isso não significa que não estejam ocupados.

Então ela chegou à outra extremidade da passagem, onde um guarda deu um passo para o lado e abriu a porta para os dois.

Uma explosão de barulho e luzes atingiu Winter.

Lá dentro, havia mais mesas e cadeiras dispostas, o ar carregado de fumaça e música. As pessoas não se pareciam muito com os amigos de Penelope, jovens herdeiros se exibindo no salão principal da festa, forçando a barra; estava mais para uma multidão que não dava a mínima para tudo aquilo. Alguns ergueram a cabeça, reconhecendo-o, e ele ouviu murmúrios ávidos do próprio nome. Mas ninguém foi para cima dele e, depois de um momento, todos retomaram o que estavam fazendo.

Winter não viu nenhum dos seguranças de Eli ali, para o provável alívio de Penelope. Embora ele não visse Morrison em pessoa ao redor, ainda podia sentir a ameaça do homem.

Penelope olhou para Winter com um ar questionador no rosto, como se estivesse ansiosa para mostrar todos os cantos descolados da festa para ele.

Winter viu o homem no mesmo instante. Estava perto de uma mesa de apostas, aplaudindo o vencedor da rodada. Diferente de todos os outros no salão, ele não usava uma fantasia extravagante. Estava com um colete simples e apropriado, um paletó e uma calça preta, os olhos cobertos por uma máscara preta sem adornos. O cabelo era curto dos dois lados e penteado para trás no topo.

Connor Doherty enfim dera as caras.

18

JOGOS PERIGOSOS

Connor era um rapaz esguio e franzino, com traços comuns. Porém, assim como Sauda observara, era possível notar que as poucas joias que o homem usava eram caras. Um colar delicado, anéis elegantes nos dedos e um Rolex de platina e ouro de edição limitada. Suas roupas não eram chamativas, mas ele com certeza apreciava acessórios sofisticados. E agora Winter finalmente tinha a chance de se aproximar dele.

O broche do hotel que Sydney lhe entregara pesava em seu bolso. Winter ficou feliz por ter uma arma secreta consigo.

"Seja você mesmo", dissera Sauda. Então, como sabia o que diria se não estivesse disfarçado, Winter caprichou no carisma e se aproximou do ouvido de Penelope.

— Quem é aquele? — perguntou ele, baixinho.

Penelope estremeceu ao sentir a respiração de Winter ao pé do ouvido. Ela lançou um sorriso para a mesa de apostas.

— O sr. Doherty cuida das minhas finanças. Por que a pergunta?

Identidade confirmada, pensou Winter.

— Ele tem bom gosto para joias — comentou ele, sincero.

Ela sorriu, como se estivesse feliz por ele ter notado.

— Tem mesmo — concordou ela. — Às vezes, peço para ele escolher joias para mim.

Winter abriu um sorriso brincalhão.

— Será que ele pode escolher para mim também?

Penelope riu, as bochechas coradas.

— Não custa perguntar.

Connor devia ter percebido os dois se aproximarem, mas não tirou os olhos do jogo.

— Já está entediada com a sua festa, srta. Morrison? — indagou Connor.

— Não posso mais visitar as salas privativas? — rebateu ela, lançando um sorriso conspiratório para Winter. — Nós só queríamos dar um tempo dos olhares curiosos.

Estar naquele lugar, longe dos seguranças do pai, parecia aumentar a confiança de Penelope, como se ela estivesse desfrutando de algo secreto e completamente seu. Winter podia sentir a garota mais segura de si e a tensão desaparecer, a altivez em sua postura ao mostrar aquele seu lado para ele.

Connor assentiu e ofereceu um sorriso divertido para a garota. Seus olhos se voltaram para o grampo adornado com joias no cabelo dela.

— Fico feliz de ver que está usando o grampo — disse Connor.

Ela baixou o olhar, contente, e deu tapinhas no acessório.

— É perfeito — elogiou ela.

Winter os observava com atenção. Podia sentir uma tensão entre eles, uma faísca que não existia entre parceiros de negócios comuns. Mas também havia algo de estranho que ele não conseguia explicar. Será que o Grupo Panaceia realmente tinha a história completa sobre os dois?

Winter reparou nas outras pessoas ao redor do jogo conforme cada um cumprimentava Penelope com sorrisos e felicitações.

Connor estava conversando com Penelope, e olhou ao redor pela primeira vez; ele notou a presença de Winter e voltou a encarar a mesa com desinteresse. Seus olhos eram azul-claros.

— Você trouxe um amigo — comentou Connor para Penelope.

Então ele não era um grande fã. Talvez não fosse fã de conhecer pessoas em geral.

Penelope lançou um olhar para Connor, um gesto que Winter interpretou como uma súplica silenciosa para que fosse gentil.

— Este é Winter Young — apresentou ela.

— Sei, o *entretenimento* — replicou Connor.

Um dos jogadores lançou o dado, e alguém vibrou.

— O sr. Young queria te fazer um elogio — disse Penelope.

Winter assentiu, respeitoso.

— Senhor… — começou ele por cima do barulho.

— Connor Doherty — interveio o homem, mas não estendeu a mão.

Ótimo, pensou Winter. Estava sendo subestimado. Ele já havia recebido aquele tipo de olhar antes, de pessoas que achavam que não deveria haver muita coisa no cérebro de um cantor.

— Não pude deixar de notar sua bela coleção — comentou Winter, imperturbável, apontando com a cabeça para as joias de Connor.

O homem ergueu a cabeça e fitou Winter. Como esperado, Connor imediatamente olhou para o anel de serpente na mão esquerda dele.

Pela primeira vez, os olhos do homem se arregalaram de leve, interessados, depois se estreitaram antes de ele olhar mais de perto.

— É um meteorito? — perguntou Connor, sorrindo.

Então Sauda e Niall haviam acertado ao lhe dar o anel. Winter também abriu um sorriso e assentiu.

— Isso aqui? Uma legítima pedra do meteorito de Hierápolis — respondeu ele. — Fez sua estreia num leilão há pouco tempo.

Connor emitiu um som de desprezo fingido, depois encarou Winter com novo interesse.

— É, eu sei. Perdi a disputa por ela. Parece que perdi para você — disse ele, rindo.

Winter fingiu surpresa, depois perguntou:

— Quer ficar com ela?

Connor hesitou, incrédulo. Devia ser raro o homem ser pego de surpresa, porque até Penelope pareceu notar a expressão dele.

— Como assim? — indagou ele.

— Mandei fazer esse anel com parte do meteorito — explicou Winter com uma piscadela. — Encomendei várias peças feitas com ele.

O homem parecia impressionado. Então ele uniu as palmas e riu.

— Toma — disse Connor para a pessoa a seu lado, entregando-lhe o dado. — Termine o jogo para mim. Preciso dar uma palavrinha.

Winter tirou o anel do dedo e o entregou para Connor, que pegou a joia e a segurou contra a luz para admirar as partículas de olivina que brilhavam na rocha.

— Apenas um homem de bom gosto aprecia um meteorito tão lindo quanto este — comentou Connor.

Winter deu de ombros e respondeu:

— A pedra não me deu escolha.

Connor sorriu para o garoto, depois olhou para Penelope.

— Gostei dele — declarou.

— Ele está falando sério — disse Penelope para Winter, dando um cutucão de brincadeira em Connor. — É a primeira vez que vejo Connor tão contente com algo este ano.

Winter enfiou as mãos nos bolsos para escondê-las, só para o caso de começarem a tremer. Era um hábito das festas após os shows. Podia não ser um gesto suspeito, mas isso não era suficiente para acalmá-lo. Ele se perguntava o que Sydney devia estar pensando lá fora enquanto observava a multidão e aguardava que ele retornasse. Talvez estivesse contando em silêncio quantos minutos ele passara fora e avaliando quando teria que ir atrás dele. Talvez aprovasse o modo como ele se deixara levar para fora do salão. Talvez estivesse de olho nas entradas e saídas do lugar, pensando no melhor plano caso as coisas saíssem do controle.

Talvez ainda estivesse conversando com aquele cara do maldito chapéu. Não que Winter se importasse, de qualquer forma.

A mão de Penelope em seu braço o arrancou de seus pensamentos outra vez. Connor os havia levado para uma das mesas perto da parede do lugar, depois lhes servira bebidas. Winter fez questão de esperar um segundo, fingindo admirar os arredores até Penelope ter tomado um gole. Então devia ser uma bebida segura. Ele fez o mesmo.

Uísque, um dos bons.

— Você é um conhecedor de moda — observou Connor, apontando para ele com o copo. — Então também é um conhecedor de astronomia?

Winter balançou a cabeça.

— Só sei apreciar coisas raras — respondeu Winter. — E eu sei que esse meteorito palasito é um dos objetos mais preciosos a agraciar nosso planeta.

A resposta pareceu agradar Connor.

— E o que é mais precioso nele para você? — indagou ele.

— É que essa pedra existe desde antes de qualquer coisa em nosso sistema solar — explicou Winter. — Surgiu antes de tudo ao nosso redor, antes das civilizações, animais, partículas de poeira. E agora eu posso usar no meu dedo. É um sinal de que estamos vencendo, não é?

Winter abriu um sorriso astuto.

Era o tipo de resposta que ele sabia que refletiria a personalidade de qualquer interlocutor. Entretanto, achava-a muito repugnante. Mesmo assim, Connor sorriu de novo, depois lhe lançou um olhar de aprovação.

— Preciso te mostrar minha coleção pessoal qualquer dia — comentou Connor. — Acho que você ia gostar.

O estômago de Winter revirou. Por fora, ele se deixou chegar mais perto, fingindo interesse.

— Eu adoraria — replicou ele.

Connor parecia satisfeito. Com certeza era o tipo de homem rico que gostava de mostrar para outros homens ricos sua própria fortuna.

— Somos parecidos, sabe — declarou Connor. — Ao encontrar algo de valor, um homem inteligente guarda para si, ou repassa para a pessoa que o deseja mais.

— Muito sábio — disse Winter com um sorriso respeitoso, mesmo sentindo a raiva crescer dentro de si.

Aquele era um homem que comprava e vendia coisas que destruíam vidas, uma pessoa que simplesmente anotava números num livro-caixa enquanto ajudava a encher navios de armas clandestinas.

Através da fumaça ao seu redor, Winter quase podia ver Sauda se inclinando em sua direção, os olhos solenes. *Já viu uma guerra?*

E, naquele momento, tudo mudou. Não era mais apenas um garoto suportando a companhia de gente rica, tolerando-as em meio à própria ambição de escalar até o topo do mundo. Estava ali por um motivo, usando sua experiência em tais círculos para derrubar um de seus piores representantes.

Um ato de bondade sem retribuição. As palavras de Sauda ecoaram em sua mente. De repente, Winter compreendeu o que havia motivado Artie.

— Agora — continuou Connor, voltando a encarar o jogo que acontecia atrás de si —, se quiser, será um prazer convidá-lo para jogar a próxima rodada. Mas fique sabendo, sr. Young, que nem sempre pegamos leve.

— É uma oferta generosa — interveio Penelope, se inclinando de leve contra o braço de Winter. — Mas acho que estou entediada com esta festa. Podemos conversar amanhã?

Ela abriu um sorriso para Connor. Ele lhe lançou uma expressão afetuosa de decepção.

— É difícil agradar você, hein, srta. Morrison — disse ele. Então sorriu e prendeu o olhar dela por um momento. — Não se preocupe. Não vou contar para o seu pai. Vejo você amanhã.

Ela assentiu, tocou o braço dele e depois deu meia-volta com Winter.

O garoto notou o brilho nos olhos dela desaparecer; o sorriso charmoso e sedutor que ela ofereceu a Connor se apagou como uma lâmpada.

Estranho. Outra vez, ele sentiu que havia algo de errado no jeito sutil como aqueles dois flertavam. Sua mente chiava, tentando identificar o que era…

Então ele se deu conta. Estava na forma como aquele lampejo desaparecera tão abruptamente dos olhos dela.

Era a mesma maneira como as celebridades agiam quando fingiam estar num relacionamento, a fim de gerar publicidade e arrebatar manchetes. *Era uma farsa.*

Winter sempre conseguia identificar aquele tipo de falso romance — ele e Claire apostavam toda vez, e ele sempre ganhava. Ele mesmo havia feito isso antes, fingira um namoro com uma cantora popular no começo da carreira. Winter sabia que tipo de emoções deveria exibir e a impressão que causaria no público; sabia como parar de atuar quando sentia que ninguém estava mais prestando atenção.

Connor e Penelope não estavam tendo um caso. Estavam *fingindo* ter um caso.

Mas por que fariam isso? Para irritar Eli? Haveria outro motivo?

Winter não deixou que seus pensamentos confusos transparecessem. Em vez disso, perguntou:

— E agora, para onde vamos?

Penelope abriu um sorriso esperançoso para ele, depois olhou na direção do túnel que levava de volta ao salão principal.

— Quer dar o fora daqui?

Winter ergueu uma sobrancelha. Não era a primeira vez que alguém dava em cima dele, mas, de alguma forma, estar em uma missão o deixava mais ansioso.

Ela mordeu os lábios, parecendo se dar conta do que havia dito.

— Eu não quis… — disse ela, depressa, baixando a cabeça. — Quer dizer, não estou tentando insinuar que… — Ela pausou, o rosto vermelho como um tomate. — Só queria saber se você toparia passar um tempo em algum lugar mais reservado. Só isso.

Winter sorriu.

— Beleza.

Penelope abriu um sorriso acanhado.

— Sério? — indagou ela.

Ele lançou um olhar amplo para o espaço da festa.

— Pode não parecer, mas sou introvertido — disse Winter.

O rosto dela se iluminou.

— Eu também! — Então ela percebeu a própria empolgação e riu um pouquinho. — Minha casa não fica longe daqui. Posso fazer um café pra gente.

Sydney. O nome dela foi a primeira coisa que surgiu na mente de Winter. Ela ia querer que ele cuidasse daquilo sozinho, pouco importava se estava nervoso. Será que ela seguiria o plano? Será que ficaria escondida atrás dos arbustos do lado de fora da casa de Penelope? Ele tentou imaginar como seria a noite, como as missões costumavam transcorrer para Sydney àquela altura.

"Todos os caminhos levam a Penelope", dissera ela.

Então Winter forçou um sorriso. A missão o cercava por todos os lados.

— Então vamos lá — respondeu ele.

19

SEM SAÍDA

Winter e Penelope sumiram por meia hora.

Sydney se pegou vagando pela festa, inquieta, checando o celular à espera de uma mensagem de Winter e monitorando sua localização para se certificar de que ele ainda estava ali. Ela tinha que ser uma segurança atenta, no fim das contas. Talvez estivesse começando a acreditar tanto no próprio disfarce que a ausência dele causava ansiedade. Ela se viu rondando a área das mesas, pegando algumas das colheres douradas e velas decorativas por puro hábito diante do nervosismo, mas em seguida se forçava a devolvê-las para a mesa. Aquele não era o melhor momento para ser pega roubando. Mesmo assim, ela voltava a se aproximar das mesas e, quando tinha certeza de que ninguém estava olhando, guardava várias colheres no bolso secreto da calça. O impulso acalmava seus nervos. Um pouco.

Por fim, Sydney viu os dois ressurgirem de trás das escadas. Winter lhe lançou um olhar bastante significativo. Estava de saída com Penelope, supôs ela quando o garoto foi em sua direção para se despedir.

— Não me espere acordada — avisou ele, Penelope logo atrás.

— Divirta-se — replicou Sydney, aproximando-se o bastante para lhe dar um tapinha no braço.

Num movimento ágil, ela colocou a caneta que recebera no pacote no bolso da calça dele.

— Para se proteger, já que você vai estar sozinho — sussurrou ela.

Winter devia ter sentido o peso da caneta no bolso, mas não falou nada. Em vez disso, deu uma piscadela e se virou.

— Te vejo de manhã — disse ele.

Então os dois seguiram para a saída.

Sydney percebeu que o anel de serpente não estava mais com Winter. Talvez ele já tivesse feito contato com Connor Doherty.

Bem, até que ele estava se saindo bem, no fim das contas. De um jeito discreto, ela tocou um dos diamantes de seu bracelete e sentiu o celular vibrar no bolso secreto. O anel de serpente começou a gravar a partir daquele momento.

Winter parecia tranquilo, a cabeça perto da de Penelope enquanto os dois riam de alguma coisa escadaria acima. Sydney os observava, aprovando a cena, e então enviou uma breve mensagem para Claire.

Sydney: Oi, Winter saiu da festa c/ P. Acho q n fui convidada. Ele tá sozinho.

A resposta chegou quase no mesmo instante.

Claire: Para onde? Por quanto tempo?
Sydney: Slá. Os 2 vão ficar bem.

Claire demorou vários segundos para dizer alguma coisa. Por fim, ela respondeu:

Claire: Vou informar o motorista dele. Só se certifique de que ele esteja de volta pela manhã.
Sydney: Blz.

Sydney subiu as escadas atrás deles.

Acima do túnel, as ruas de pedra estavam escorregadias por causa da chuva, as superfícies brilhantes refletindo várias cores. Um carro já estava esperando por Winter e Penelope. Sydney avistou um grupo de fãs a certa distância, por trás de grades perto da entrada do túnel, com certeza instaladas pela equipe de Morrison. De alguma forma, os fãs sempre sabiam a localização de Winter. Gritaram quando ele passou, e Winter respondeu com um aceno contido, depois entrou no carro com Penelope.

Para qualquer pessoa, ele parecia estar com uma postura relaxada, um sorriso discreto e o vento soprando seu cabelo. Mas Sydney reconheceu os traços sutis do desconforto dele. A mandíbula estava um pouco tensa, e a testa, franzida.

Naquele momento, Winter estava sozinho na missão, e ela não estaria lá para protegê-lo.

Ela se censurou pela preocupação. Aquele era o objetivo. Afinal, o que poderia acontecer com Winter na companhia de Penelope? Certamente nada terrível, não com a filha de Eli a seu lado testemunhando tudo. Ele era um convidado; um astro superfamoso do pop.

Além disso, Sydney tinha outro motivo para ficar para trás naquela noite.

Uma brisa gelada veio acompanhada de dois ônibus de dois andares que passaram em alta velocidade pela rua, e Sydney estremeceu. O cheiro da chuva e o sutil odor do rio Tâmisa, que ficava por perto, deixavam o ar carregado, almiscarado e úmido. O ar frio provocava uma pontada desagradável em seus pulmões, mas Sydney ainda assim desfrutava da sensação na pele. Ela se escondeu nas sombras perto da entrada até ficar completamente imperceptível, depois tirou uma jaqueta preta dobrada da bolsa, vestindo-a por cima da fantasia. Num gesto rápido, ela se livrou das calças e colocou uma calça jeans escura; em seguida, desprendeu os chifres da cabeça e os dividiu em vários pedaços menores, guardando-os dentro da bolsa. Segundos depois, voltou a focar nos convidados que entravam e saíam do local.

Ela vira Eli e sua equipe entrarem na festa, mas ainda não os vira sair. O murmúrio de Connor Doherty se repetiu em sua mente.

Hoje.

O carregamento de Eli partiria em pouco tempo. Se ela pudesse dar um jeito de se aproximar deles, se pudesse ao menos gravar evidências em suas conversas… Mas Winter também não havia cruzado o caminho de Eli naquela noite.

Mais meia hora se passou depois da partida de Winter e Penelope até que Sydney enfim avistou seus alvos saindo do palácio.

Um dos homens era Eli Morrison, com uma expressão amedrontadora no rosto. Ela não reconheceu as duas outras figuras de terno que o acompanhavam.

Sydney continuou relaxada e esparramada contra a parede, mas todos os seus sentidos se aguçaram quando homens entraram em um carro que já estava à espera, partindo sem fazer barulho.

Ela pegou o celular e apontou a câmera para o carro. Então clicou na imagem do veículo na tela.

Um pontinho vermelho apareceu piscando.

— Rastrear — ordenou ela, baixinho.

O ponto vermelho parou de piscar, e a imagem da câmera deu lugar a um ponto no aplicativo de mapeamento.

Ela guardou o celular e se afastou da parede, virando-se na direção do carro.

O veículo parou diante de um semáforo e depois virou à esquerda, o mesmo caminho que Penelope e Winter haviam feito. Enquanto Sydney caminhava até a intersecção e a dobrava, o carro mudou de pista várias vezes. Em seguida, virou à esquerda numa pista com carros estacionados e acelerou, parando de repente ao final da pista e voltando para a pista da direita. O veículo fez uma curva abrupta à esquerda e desapareceu na esquina.

Uma manobra clássica para despistar qualquer um que pudesse estar tentando segui-lo.

Sydney se pôs a correr. Ela atravessou a rua para cortar caminho, ignorando as buzinas de motoristas irritados, e acelerou o passo quando chegou na calçada do outro lado. Ao dobrar a esquina, verificou o celular e notou que o carro virara à esquerda mais uma vez, depois à direita. Ela correu pela rua paralela, em seguida disparou sob uma passagem em arco que levava a uma viela residencial. Ao final da rua, pisou na parede e agarrou a beirada de um cesto de flores pendurado em uma construção para se equilibrar, provocando uma chuva de pétalas ao impulsionar o corpo para agarrar o parapeito da sacada do segundo andar. Ela passou as pernas para o outro lado e saltou para agarrar o teto da sacada. Com dois chutes no ar, agarrou a beirada do telhado.

O movimento repentino fez seus pulmões protestarem. Sydney ficou parada por um segundo, forçando-se a respirar fundo e lentamente, tentando ignorar as leves pontadas de dor que atravessavam seu peito.

Quando a dor diminuiu um pouco, o suficiente para continuar, ela subiu no telhado. Ficou lá agachada por um momento, trêmula. Ao fazê-lo, viu o carro reaparecer, atravessando a rua a toda velocidade.

Caramba. Sydney não conseguiria continuar seguindo o veículo a pé pela cidade daquele jeito. As palavras de Sauda nos seus tempos de recruta voltaram à mente da garota, quando ela estava dando voltas cronometradas na área de treinamento.

"Acelera aí, Cossette!", gritara Sauda.

Sydney apenas assentira, ignorando a dor nos pulmões e se esforçando ainda mais.

Depois, no jantar, Sauda fizera uma visita surpresa, sentando-se ao lado dela enquanto Sydney comia em silêncio, sozinha num dos refeitórios da sede.

Sydney ainda se lembrava de ajeitar a postura em sinal de respeito quando a mulher se aproximou, voltando a relaxar quando Sauda lhe fizera um gesto casual com a mão.

"Posso tentar o circuito outra vez amanhã", dissera Sydney, desculpando-se por seu desempenho na pista.

Sauda a interrompera com um gesto de cabeça.

"Amanhã, você vem comigo", replicara a mulher. "Você não precisa ser a corredora mais rápida para superar seus oponentes. Só precisa ser mais a esperta."

Em seguida, lançara um sorriso para Sydney.

Naquele momento, Sydney ajeitou a postura e respirou fundo. Ela se agachou até ficar completamente escondida por trás das chaminés, depois deu uma olhada na viela.

Sua visão se fixou numa moto estacionada ao lado de uma lata de lixo cercada por sacos pretos.

— Peço desculpa desde já — murmurou ela, como se o proprietário da moto pudesse escutá-la.

Quando o carro passou por ela, Sydney disparou de trás das chaminés e saltou pela lateral do telhado, aterrissou na sacada e depois pulou para a rua. Uma vez lá embaixo, correu até a moto, pegou um pequeno equipamento pendurado em seu chaveiro e deu uma rápida olhada ao redor. Supermercados e escolas, nenhum pedestre.

Ela removeu o painel da moto, deixando à mostra um emaranhado de fios. Ali, ela abriu a trava de ignição e inseriu as duas pontas dos fios nas entradas.

Vruuum.

Sydney sorriu quando o motor fez um ronco satisfatório. Em seguida, montou na moto e acelerou, entrando na estrada com um solavanco.

O vento gelado contra seu rosto fazia suas bochechas arderem. Ela deu uma guinada brusca para a esquerda a fim de seguir o carro, então desacelerou e manteve distância quando o veículo parou em um semáforo. Sydney desligou as luzes da moto. Sua roupa a incorporava à escuridão.

Quando chegaram a um segundo semáforo, o carro acelerou de repente e fez uma curva brusca para a direita antes que o sinal abrisse. Um carro no outro lado do cruzamento freou de repente, fazendo os pneus cantarem. Quando Sydney passou por ele, ouviu o motorista xingando o veículo já distante. Ela acelerou, e os gritos desapareceram.

Adiante, o carro pegou uma ponte, misturando-se a um fluxo agitado de outros carros. Sydney o seguiu. A certa distância, olhando para o reflexo da água, ela observou a silhueta da Ponte de Westminster. Para onde estavam indo?

Assim que o pensamento cruzou a mente de Sydney, o carro fez uma curva rápida no meio da ponte, atingindo com força o divisor de pista com os pneus. Os veículos logo atrás desviaram, os pneus cantando com o movimento abrupto.

O carro passou por cima do divisor e se misturou às pistas que iam na direção oposta.

Sydney mudou de marcha e forçou a moto a fazer uma curva rápida vários metros adiante. As rodas da moto bateram no divisor, ameaçando derrubá-la, mas ela se agarrou corajosamente ao guidão e retomou o controle. Ela entrou na pista oposta e acelerou outra vez.

O carro conseguira aumentar a distância entre eles. Mas isso não era um problema, porque, quando Sydney sincronizou seu relógio digital com o celular, o ponto vermelho ainda aparecia no mapa. Naquele momento, ele saía da ponte e se dirigia ao sul, deixando o centro da cidade e indo na direção oeste do rio Tâmisa.

Sydney manteve o ritmo. Quando alcançou o final da ponte, percebeu que a rua paralela estava engarrafada, um coro de buzinas ressoando. Um segundo depois, percebeu que o carro de Eli havia passado por ali antes que o caminhão de lixo parasse para recolher

pilhas de sacos numa esquina. Sydney xingou baixinho, lembrando-
-se do horário tardio da coleta de lixo no bairro.

Os carros à sua frente paravam, então Sydney saiu bruscamente
da rua e invadiu a calçada. A moto foi direto para uma escadaria de
pedra que levava ao topo da mureta ao longo do rio.

Ela cerrou os dentes, acelerou e tirou a roda dianteira da moto
do chão.

A moto roncou escadaria acima e voou brevemente no ar.

As rodas aterrissaram com um baque e um guincho no topo da
mureta. Ela acelerou ao longo do rio.

A superfície escura e ondulante do Tâmisa refletia a luz do luar.
O mundo passava por Sydney num borrão em meio à escuridão.
Adiante, ela avistou os primeiros traços dos faróis traseiros do carro
em meio à neblina noturna. Então a névoa encobriu os arredores de
Sydney. Ela via apenas as fracas silhuetas dos prédios e o sutil borrão
escarlate dos faróis à frente.

— Mostre os mapas — disse ela para o celular.

A tela se iluminou e, de repente, uma grade virtual da cidade
apareceu diante dela — as ruas, o rio Tâmisa e os prédios do outro
lado da rua, todos passando rapidamente por ela conforme avançava com a moto em meio à neblina.

Mais à frente, o carro dobrou em outra rua.

Sydney levou a moto de volta à rua e o acompanhou numa curva.
Eles já haviam se afastado bastante do centro de Londres e, de acordo com o mapa, haviam chegado a uma eclusa no rio no distrito de
Richmond. Sydney franziu a testa. Se Eli Morrison tinha negócios
ali, coisa boa não era.

Passarelas apareciam e desapareciam repetidas vezes em meio à névoa cada vez mais densa. Foi entre elas que Sydney viu o pontinho
vermelho no mapa parar de repente.

Ela freou, e a moto parou no meio da neblina. Sydney abriu o
painel outra vez e tirou os fios da ignição. O ronco do motor pa-

rou abruptamente. As luzes se apagaram, e Sydney se viu envolta pela noite.

A neblina abafava os sons do rio e das sirenes a distância. Mais adiante, ela podia distinguir os sons vagos de três vozes — nenhuma parecida com a de Eli Morrison — e das botas tocando a calçada. O barulho de um avião acabou com qualquer chance de Sydney escutar o que o grupo dizia.

Em seguida, ela ouviu os passos deixarem a calçada de pedra e chegarem a uma das passarelas do píer. Então uma pessoa, que antes caminhava, passou a ser arrastada. Seus sapatos faziam um ruído áspero sobre a estrutura de madeira.

Sydney sentiu um arrepio. Eles levavam um prisioneiro ou carregavam alguém incapaz ou indisposto a andar. Quem era a pessoa que Eli havia trazido consigo no carro? Quem havia sido mantido preso ali dentro antes do grupo entrar no veículo?

Em silêncio, ela atravessou a neblina em direção ao som, e, ao se aproximar, um iate se materializou na escuridão, balançando serenamente na correnteza suave do rio, a iluminação reduzida de um jeito suspeito. Contra as poucas luzes acesas no interior da embarcação, ela distinguiu quatro silhuetas.

Seus olhos se voltaram para o nome do barco. Invictus. Um dos iates de Eli.

Sydney se aproximou até chegar ao começo do píer, então passou as pernas por cima da lateral da mureta para atingir a grama e a terra ao redor das margens do rio. As sombras debaixo do píer se alongavam, e Sydney se misturou a elas, sua figura perdida em meio à neblina. Quando o declive do terreno aumentou em direção à água, ela saltou no escoramento de madeira debaixo do píer, equilibrando-se nas vigas até chegar ao final da estrutura onde o iate estava ancorado. Ali, nas sombras, ela parou num ponto estratégico em que poderia visualizar parte do que acontecia no deque.

Ela clicou no botão de gravar do celular e seus brincos se ativaram.

— Faça ele acordar — disse um homem.

Sydney detectou um sutil traço de sotaque corcasiano, e viu que um dos homens assentiu para o outro.

Houve apenas um leve ruído de algo sendo arrastado, seguido pelo som de um rosto sendo estapeado. Sydney foi até o outro lado debaixo do píer para conseguir uma visão melhor. Ali, ela enfim vislumbrou o prisioneiro.

Era Eli Morrison.

Todos os pelos da nuca de Sydney se arrepiaram. *Ele era o prisioneiro.*

A cabeça de Eli pendia para um lado, letárgica.

— Ele consegue falar? — perguntou o primeiro homem.

— Ainda não — disse o segundo, cruzando os braços. — Acho que a dose no carro foi muito forte.

Mais alguns murmúrios, seguidos pela voz do primeiro homem outra vez:

— E agora?

Outro grunhido. Então um murmúrio confuso que logo se tornou raivoso.

— Tire suas malditas mãos de mim antes que eu mande alguém cortar elas fora.

— Receio que não mande mais aqui, senhor.

Lá se fora a fachada carismática e fingidamente generosa que Sydney conhecera quando chegou a Londres. A voz de Eli tinha um tom de fúria homicida, como a de alguém que assistiria à tortura de uma família e ordenaria que um inimigo fosse decapitado.

Mas por que ele fora sequestrado e levado até ali?

— Recebi uma amostra de seu carregamento — disse o primeiro homem.

Ele pegou um pequeno cilindro de metal de um de seus comparsas, então caminhou até Eli e abriu a tampa do objeto.

Sydney esticou o pescoço conforme o homem retirava o conteúdo.

Então ela prendeu a respiração. Era um objeto pequeno que lembrava um cubo de gelo. Mesmo na escuridão, era possível perceber que ele emitia um sutil brilho azul. O homem o segurava com cuidado — naquele momento, ela via que ele usava um grosso par de luvas.

Um alerta disparou na mente de Sydney. Aquilo deveria ser uma amostra de paramecium, a arma química que Eli Morrison estava transportando para a África do Sul.

O homem girou o cubo em sua mão.

— Parece bom — refletiu ele, satisfeito. — Seus funcionários falaram que o navio está totalmente carregado e pronto para partir.

— Depois de hoje, duvido que recebam o carregamento — disse Eli, baixinho, de um jeito calmo e ameaçador.

Um suspiro.

— Receio que o senhor não esteja ciente do que está acontecendo aqui — declarou o homem.

A resposta de Eli provocou um arrepio na espinha de Sydney:

— Ninguém rompe um contrato comigo.

— Não, sr. Morrison. Acho que o senhor não entendeu — retrucou o segundo homem, sem qualquer sinal de medo em sua voz. — Não há nada a negociar, porque o senhor ainda está em dívida conosco.

— De que raios você está falando? — perguntou Eli.

— Segundo nossos registros, há algumas inconsistências em suas entregas. Pagamos pela última remessa, mas o que recebemos não corresponde ao que pedimos.

— Ou você está mentindo, ou é um idiota. Conte de novo e me solte — ordenou Eli.

O segundo homem o ignorou. Sydney estremeceu ao perceber que ele não se sentia nem um pouco ameaçado por alguém como Eli.

— Não gostamos de ser enganados — disse ele —, ainda mais por alguém que pensa que não notaríamos anos de fraudes.

Não houve resposta imediata.

— Tenho o poder de matar você e todos que ama. Então pense com muito cuidado no que vai fazer — ameaçou Eli.

A voz do bilionário ainda era baixa, mas, dessa vez, Sydney pôde ouvir um tom de urgência ali. De medo.

— E o que você acha que eu posso fazer com os seus entes queridos? — indagou o segundo homem, baixinho.

O primeiro homem assentiu. Os dois foram até Eli e o prenderam; um deles agarrou a mandíbula de Morrison com firmeza. Enquanto Sydney observava, o primeiro homem forçou o cubo azul para dentro da boca de Eli. Antes que o bilionário pudesse se livrar do objeto, o estranho fechou sua boca com uma tira larga de silver tape.

Sydney umedeceu os lábios e estremeceu, forçando a própria respiração a continuar calma e contida. Aqueles homens iam matar Eli.

Não posso deixar que matem ele, pensou ela. O Grupo Panaceia precisava de Eli Morrison vivo — sua morte inviabilizaria toda a missão, enterraria sua rede de contatos e impediria a agência de acessar o que precisava para conseguir um mandado para apreender a carga.

Sydney subiu no píer, depois se escondeu nas sombras do barco perto da escada, contra o casco.

No deque, ela ouviu uma discussão em corcasiano. Sydney sabia o suficiente do idioma para se virar, aprimorara seus estudos pouco antes da missão. Seus ouvidos filtravam as palavras, e ela sentiu o vasto catálogo de idiomas em sua mente se agitar.

— A ligação é para você — disse um deles.

— Agora não — resmungou o outro.

— É urgente. Eles querem que a gente saia antes das duas da manhã e precisam saber quanto tempo vamos demorar.

Eles. Quem eram *eles*? Ou estaria Sydney confundindo os pronomes do idioma? Ela procurava por dicas enquanto os homens continuavam a murmurar entre si, mas nenhum deles explicou nada.

Houve uma pausa na discussão, interrompida apenas pelos grunhidos abafados de Eli, que tentava não engolir o cubo letal em sua boca. Sydney subiu a escada em silêncio até estar quase na altura da borda do iate.

Dali, ela pôde ver a parte de trás da cabeça de Eli. Sydney se encostou o máximo que conseguiu na lateral da embarcação.

— Venha comigo — disse um dos homens, acenando para que o comparsa o seguisse.

O outro o seguiu sem hesitar, deixando que o terceiro homem vigiasse Eli sozinho.

Sydney esperou até os dois saírem do deque. Então ela subiu pela borda do iate e aterrissou do lado de dentro, atrás do homem, com um baque surdo. Ao mesmo tempo, tirou uma faca da bota e a girou na mão de modo a empunhar o cabo.

O sujeito mal teve tempo de se virar antes de Sydney atacar, enfiando o cabo na parte de trás de seu joelho. Sua perna cedeu; quando ele começou a cair, ela o atingiu com força na nuca. O homem tombou de quatro no chão. Sydney se moveu para atacá-lo outra vez, para deixá-lo inconsciente, mas, para sua surpresa, ele não a atacou. Em vez disso, investiu contra Eli.

Sydney disparou atrás dele. Mas o homem a ignorou, alcançando Eli e esmurrando a mandíbula do homem com força. O golpe produziu um estalo alto.

Não!

Ela teve que conter o grito em sua garganta. Sydney se jogou em cima do homem, agarrando-o pelo lado e o derrubando no chão. Os dois se debateram por um instante até Sydney golpear a têmpora dele com o cabo da faca. Por fim, ele ficou inerte.

Sydney se levantou num pulo e correu até Eli…

Mas era tarde demais.

Eli espumava pela boca, uma espuma ensanguentada escorria das beiradas da fita adesiva. A mão de Sydney congelou ao reconsiderar a ideia de arrancar a fita — de repente, Eli se jogou para cima, tentando escapar da cadeira à qual estava amarrado, braços e pernas se debatendo numa tentativa desesperada de se livrar do paramecium então fragmentado em sua boca. Um soluço abafado saiu de sua garganta.

O soluço deu lugar a uma tosse incontrolável.

Sob o olhar horrorizado de Sydney, o corpo de Eli se contorceu e suas botas rasparam o chão em movimentos frenéticos. A garota deu dois passos para trás.

O som dos grunhidos mudou, transformando-se em gorgolejos. Ela soube na hora que a substância deveria estar corroendo a garganta do homem.

O olhar de Eli encontrou o dela. Os olhos dele estavam vermelhos e cheios de lágrimas, tão arregalados que ela pensou que fossem sair das cavidades. Sydney o encarou de volta. Ele a reconheceu; era possível perceber no brilho agonizante de seus olhos. Eli parecia querer dizer alguma coisa.

Então seu olhar se turvou, e ele ficou inerte na cadeira. Uma espuma ainda escorria por seu queixo.

Sydney já havia testemunhado muitas mortes desde que começara a trabalhar para o Grupo Panaceia, já tivera pesadelos o bastante com o que vira. Ela sabia qual era o som de quase todo tipo de morte — o suspiro ao levar um tiro, o arquejo ao ter a garganta cortada, o debater de membros agonizantes, o baque de um corpo tombando.

Mas aquilo… Aquilo era a morte causada por uma nova arma química.

O bilionário por trás das maiores operações de tráfico do mundo. O magnata dono de museus, iates e extensas propriedades. O homem em que o Grupo Panaceia focara durante anos. O verdadeiro motivo pelo qual Sydney e Winter estavam em Londres.

Ele estava morto.

— Merda — sussurrou Sydney para si mesma. — Merda, *merda!*

Paramecium. Ela não queria imaginar o que a droga havia feito quando se rompeu dentro da boca de Eli, não queria pensar no que aquele pequeno cubo azul poderia fazer se fosse lançado aos milhares no centro de uma cidade. Houvera uma pequena parte de si que queria acreditar que o carregamento era um mito, que talvez não existisse, que eles estavam ali apenas para encontrar um livro-caixa com números. Mas isso foi antes de Sydney ver a substância letal em ação.

Bem, agora ela tinha confirmado.

Do lado de fora do iate, o ar frio soprou contra ela, que estremeceu. Sydney levou uma das mãos ao bolso de trás. Quando atacara o homem, conseguira pegar a carteira dele e guardá-la em sua calça. Ela queria abrir a carteira naquele instante e dar uma olhada em quem eram os criminosos, mas não havia tempo. Sydney tinha que sair dali.

Com um último olhar para Eli, ela correu até o corrimão do deque e pulou para o outro lado. Suas mãos tremiam.

Eli Morrison estava morto.

Assim como a missão.

E, naquele momento, Sydney congelou contra a escada do casco. Em meio à lembrança dos grunhidos agonizantes de Eli estava a última coisa que o líder corcasiano dissera. "E o que você acha que eu posso fazer com os seus entes queridos?"

Os entes queridos de Eli.

Seus pensamentos voltaram a funcionar.

Penelope. Ela poderia ser o próximo alvo. A constatação lançou uma corrente de horror pelas veias de Sydney.

— Winter — soltou ela.

20

IGUAIS SE RECONHECEM

A postura de Penelope Morrison mudou de novo assim que ela saiu do Alexandra Palace e entrou no carro que os aguardava. Ela afundou no banco; seus músculos relaxaram. Winter a observava de canto de olho enquanto fingia contemplar a paisagem noturna de Londres. Até aquele momento, ele tinha conhecido a fã ansiosa de rosto corado, a socialite e a aniversariante.

Mas a Penelope que naquele momento recostava a cabeça no banco do carro com um suspiro era uma garota que só parecia… cansada.

— Para o meu apartamento, por favor — disse ela para o motorista.

Até a voz dela parecia um pouco mais baixa. O homem assentiu em silêncio e deu partida no carro.

— Você acha que vão sentir minha falta na festa? — perguntou ela para Winter.

Era óbvio que Penelope esperava um elogio, então foi isso que Winter lhe ofereceu.

— É seu aniversário — respondeu ele, dando uma piscadela. — Qualquer um que não sinta sua falta deveria ser expulso na hora.

A garota riu e olhou pela janela.

— O que eu devo falar para eles? — indagou ela.

— Que você saiu de fininho comigo? — sugeriu Winter.

Ela deu uma risadinha nervosa. Depois de olhar pela janela uma segunda vez, Penelope voltou a olhar para ele com os olhos arregalados.

— Vi um grupo de fotógrafos naquela esquina! — exclamou ela. — Eles tiraram fotos nossas, né?

Winter abriu um sorriso travesso.

— Peço desculpa desde já. Você provavelmente vai aparecer numas manchetes escandalosas nos tabloides.

Ela deu outra risada, empurrando-o de brincadeira, e depois mordeu os lábios.

Winter arrastou as botas de leve no piso do carro. Ele não sabia até onde queria levar aquilo. E, por alguma razão, não parava de imaginar Sydney no lugar de Penelope, os dois trocando provocações como haviam feito na mansão em que estavam hospedados. Ele imaginou os olhos azuis de Sydney brilhando na escuridão do carro, o cabelo loiro na altura do ombro balançando ao sorrir para ele.

O que ela estaria fazendo naquele momento? Será que estaria, de alguma forma, os seguindo? Será que estaria esperando na mansão, escrevendo um relatório para Sauda com uma careta?

A caneta e o broche do hotel que Sydney lhe dera pesavam em seu bolso. Winter não ousou mexer nos objetos, mas saber que os carregava o lembrava de que não estava sozinho. Sydney ainda estava ali, de certa forma, atenta ao perigo.

Depois de um tempo, eles chegaram a uma rua silenciosa no distrito de Holland Park, onde o carro estacionou diante de uma construção coberta por hera.

Winter fez um ruído apreciativo.

— Belo prédio — comentou ele.

Penelope saiu do carro e assentiu.

— Vem, entra — chamou ela.

Eles entraram e se dirigiram a um elevador nos fundos do saguão. Quando chegaram na cobertura, saíram em um corredor feito de vidro dos dois lados. Através dele, Winter pôde ver uma bela paisagem noturna de árvores e fileiras de telhados com chaminés, tudo delineado sob a luz de uma lua crescente.

— Isso que é vista — elogiou ele.

A garota sorriu para ele por cima do ombro e abriu a porta do apartamento, conduzindo-o para dentro.

O espaço não parecia pertencer a uma jovem herdeira. Nichos de vidro cobriam as paredes, cada um contendo o que parecia ser uma edição clássica de um livro, e no centro da sala havia uma enorme TV cercada por diversos consoles de videogame e sofás aveludados. Parecia um estúdio.

Enquanto Penelope removia o adereço em forma de sol e lua com um suspiro aliviado e desprendia o grampo de joias do cabelo, Winter caminhou até um dos livros cuidadosamente iluminados dentro de uma das caixas de vidro.

— É o *First Folio* do Shakespeare? — perguntou ele, lançando um olhar para Penelope e voltando a admirar o livro. — Você tem um gosto ainda mais caro do que o seu contador.

Ele assobiou baixinho, admirando a primeira coleção de William Shakespeare, avaliada em muitos milhões. Penelope se inclinou e depositou o grampo de cabelo sobre a mesa de centro sorrindo para ele.

— Sério que você reconheceu o livro? — questionou ela, surpresa.

Ele deu de ombros.

— Todo bom musicista deve ter respeito pela literatura — disse ele com um sorriso. — E Shakespeare não era de se jogar fora.

— Qual é a sua obra favorita? — perguntou ela.

— *O mercador de Veneza* — respondeu ele, sem hesitar.

Ela deveria ter feito a pergunta como uma espécie de teste, porque passou a encará-lo com um novo fascínio.

— E qual é o seu verso preferido? — indagou ela.

— "O homem que não tem música em si, que a doce melodia não comove, é feito para traição e para o crime." — murmurou ele.

Penelope recostou a cabeça no batente da porta da cozinha, seu sorriso se suavizando.

— Eu nunca teria imaginado — comentou ela.

— Ah, é? O que você teria imaginado, então?

Winter ajeitou a postura e ergueu o queixo de leve, provocando-a.

— "Não te amedrontes diante da grandeza" — respondeu ela, desviando o olhar, tímida.

Ele riu.

— Quão narcisista eu teria que ser para escolher esse verso? — questionou ele.

— Não é tão ruim! — exclamou ela antes de se virar e ir até a cozinha. — Aceita um chá?

— Aceito, sim, obrigado. Mas só se for de ervas. E você não precisa fazer. É só me dar o saquinho, eu mesmo faço.

Ele ouviu Penelope rir na cozinha.

— Você gosta das coisas do seu jeito, hein? Sem problemas.

Enquanto ela fervia a água, Winter afundou em um dos sofás. O apartamento era peculiar, mas acolhedor, o tipo de espaço que Claire aprovaria. Ele podia visualizar sua empresária se jogando no sofá e se deixando relaxar.

Claire tentaria ligar para ele em breve, tinha certeza disso. Estava começando a se acostumar a mantê-la desatualizada, e isso o deixava inquieto.

Winter olhou para o grampo de cabelo que Penelope deixara sobre a mesa de centro. "Está usando o grampo", dissera Connor ao ver o acessório no cabelo dela durante a festa. Talvez tivesse sido um presente dele.

Winter o encarou por mais um segundo. Se Sydney estivesse ali, ele sabia que ela pegaria o grampo e o guardaria com desenvoltura no bolso, agindo como se nada tivesse acontecido.

Não que ele fosse Sydney, ou um ladrão. Mas seu olhar se demorou sobre a peça, assim como sua constatação a respeito do misterioso relacionamento que Penelope tinha com o contador. Era provável que o grampo não fosse nada, mas quem sabe fosse uma pista útil sobre o que quer que existisse entre Connor e Penelope.

E talvez passar tempo com Sydney estivesse o influenciando das piores formas. Antes que Winter pudesse pensar duas vezes, ele se viu pegando o grampo e o guardando com cuidado no bolso, e depois voltou a se recostar no sofá.

Um minuto depois, Penelope voltou para a sala e lhe passou uma caneca fumegante.

— Espero que você goste de camomila — disse ela, entregando uma embalagem de chá ainda fechada para ele.

— Só não é melhor do que jasmim.

Winter rasgou a embalagem e tirou o saquinho, depois mergulhou-o na água quente. Na outra ponta do sofá, Penelope segurava a própria caneca com cuidado e dobrava as pernas sobre o estofado. Seu cabelo cobria um dos ombros em uma grossa trança, e ela ergueu uma mão para brincar com a ponta.

Talvez a garota esperasse que Winter desse em cima dela. Talvez só quisesse conversar. Seu corpo estava virado na direção dele, mas encolhido de um jeito que a protegia. Se Sydney estivesse ali, Winter sabia que ela provavelmente faria algum tipo de análise sobre a linguagem corporal da garota.

Se Sydney estivesse aqui, se Sydney estivesse aqui… Por que ela não parava de invadir seus pensamentos?

— Prefiro passar o tempo aqui — declarou Penelope depois de uma pausa constrangedora. — Chega uma hora que não dá mais para ficar nas festas do meu pai.

Winter tirou o saquinho de chá da caneca quando a água atingiu a coloração ideal e o colocou no pequeno pires que Penelope deixara sobre a mesa de centro. Ele teria que tomar cuidado com a forma como falaria do pai dela.

— Suas noites costumam ser assim? — perguntou ele.

Ela deu de ombros.

— Quase sempre.

— Parece exaustivo. Por que você vai?

Ela sorriu, os olhos baixos.

— Porque ele fica feliz.

Por um momento, Winter sentiu pena dela. Em outras circunstâncias, conseguia se imaginar sendo amigo dela, conversando sobre poesia, livros e suas composições preferidas, trocando ideias enquanto tomavam chá no sofá. Em vez disso, Winter estava prestes a implodir a vida dela, prestes a derrubar o pai por quem ela se esforçava tanto para agradar.

— E você simplesmente vive para garantir que seu pai seja feliz? — indagou ele.

Ela o encarou com um olhar cético.

— Olha, não me julgue… — protestou ela, hesitante. — Mas eu vi aquele vídeo seu numa festa às quatro da manhã em Ibiza.

Winter lhe lançou um sorriso.

— Não sabia que você me acompanhava tanto assim — retrucou ele.

— Acho que tenho um pouco de inveja da sua vida.

Ele riu.

— Você é filha de um bilionário. Que parte da minha vida faz você ter inveja?

Penelope lhe lançou um olhar significativo.

— Você acha mesmo que eu poderia curtir uma festa em Ibiza de madrugada sem vários seguranças do meu pai me vigiando, informando ele sobre qualquer cara com quem eu possa estar dançando ou com quais amigos eu estou conversando?

Quando ela mencionou o pai outra vez, Winter a observou, procurando por formas de extrair mais informações.

— Mas qual é o problema com um pouco de proteção? Você não é bem uma garota comum — disse ele.

Penelope hesitou por um momento, direcionando os olhos para as janelas com vista para o rio Tâmisa. Do lugar onde estavam no sofá, Winter podia ver as luzes dos navios que flutuavam de um lado para o outro nas águas escuras.

Por fim, ela voltou a encará-lo.

— Como foi para você quando ficou famoso? — questionou ela.

A pergunta o pegou de surpresa, e, por um momento, ele ficou em silêncio. Uma lembrança das semanas caóticas depois que seu vídeo viralizou percorreu sua mente, quando vários repórteres encheram seu celular de ligações e mensagens. Apavorado, ele ignorara todas as tentativas de contato — inclusive Claire, até notar aquele mesmo número aparecendo várias e várias vezes com mensagens cada vez mais persuasivas.

Claire: Por favor. Vamos marcar uma conversa.

Claire: Acabei de descobrir que seu nome completo é Winter Young. Isso é verdade?

Claire: Só uma conversa, Young. E prometo que nunca mais vou te incomodar.

Por fim, ele cedera. E ela vendera seu trabalho tão bem que ele concordara em encontrá-la numa cafeteria, embora com relutância.

— Foi... meio sufocante — confessou ele com um sorriso tristonho. — Acho que eu não teria dado conta de tudo sem uma boa conselheira.

Penelope sorriu.

— Está falando da sua empresária, né? A Claire?

Winter assentiu. Claire fora uma avalanche, mesmo naquela época, e tinha mais ou menos a mesma idade que Artie teria se ainda estivesse vivo, o que ele achava reconfortante. Havia um otimismo nervoso nela que o lembrava de si mesmo, como se a mulher tivesse algo que ansiava para se lançar ao mundo, como se ela tivesse algo a provar. Ele percebeu que queria estar perto dela por causa disso, como se pudesse incorporar um pouco daquela qualidade se ficasse próximo por tempo suficiente.

"Meu trabalho é descobrir novos talentos", dissera Claire naquela primeira reunião. "E posso te garantir que nunca vi alguém com o potencial daquele vídeo."

"E daí?", respondera ele, cauteloso. "O que isso significa?"

"Significa que quero trabalhar com você." Ela abrira um sorriso gentil para ele. "Imagine quem você é quando não há ninguém por perto. Imagine a versão de si mesmo que o faz mais feliz. É essa pessoa que vamos encontrar."

A lembrança se dissipou, e Winter encarou Penelope outra vez.

— Por que a pergunta? — questionou ele.

Penelope olhou para a janela, balançando a caneca.

— Deve ser legal — comentou ela depois de um tempo —, lembrar de um antes e um depois. Construir algo do zero. — Ela lhe lançou um olhar rápido. — Não que eu esteja reclamando. Sei que nasci em berço de ouro. — Então Penelope hesitou um pouco, como se tentasse encontrar as palavras certas. — Mas às vezes eu me pergunto… como é ter um propósito, sabe? Se a minha existência tem algum sentido. Se eu… se *alguém*… merece tudo isso, nascer só para passar a vida indo de uma festa para outra.

Propósito. Winter a entendia, sabia que ela devia ter passado a vida toda à procura de algo maior. Afinal, qual era o sentido da vida se ela já tinha de tudo? Por que ela merecia viver daquele jeito quando tantos outros não podiam? Será que ela tinha como retribuir tudo aquilo? Eram os mesmos pensamentos que o assombravam.

— Talvez você só precise fazer um ato de bondade sem retribuição — sugeriu ele.

Ela encarou a própria caneca de chá.

— Talvez — repetiu ela.

De repente, Winter entendeu que ela não tivera a intenção de levá-lo para casa a fim de dar uns beijos ou ter uma conversa qualquer. Ela via nele uma alma amiga. Penelope precisava conversar com ele porque se sentia sozinha, porque sentia necessidade de desabafar com alguém que ela acreditava que a entenderia.

Uma parte de Winter ficou irritada com essa constatação. Pobre garotinha rica com problemas de gente rica. Ele se lembrava de odiar pessoas como ela antes de alcançar o sucesso, odiava que as únicas coisas que as afligiam eram coisas que o resto do mundo só podia desejar ter.

Mas aquilo não era a única coisa que a atormentava. Winter sabia que havia coisas que Penelope estava escondendo. Ele avaliou por um momento o risco de trazer a questão à tona, então se inclinou um pouco na direção dela. *Ganhe a confiança dela. Faça Penelope acreditar que você está caindo na conversa dela.*

— É por isso que você está saindo escondido com seu contador? — perguntou ele.

Penelope o encarou como uma presa encurralada.

— Não estou saindo com ele. Quem te disse isso? — sussurrou ela.

Winter riu e ergueu uma das mãos.

— Tudo bem. Já guardei segredo sobre tantos relacionamentos… Pode confiar em mim.

Ela suspirou de alívio, embora seus olhos ainda parecessem assustados. Então ela riu de leve e corou, encarando a caneca.

— Está tão na cara? — indagou ela, tristonha.

— Discreto como uma placa de neon — respondeu Winter, brincalhão. — Brincadeira, vocês disfarçam bem. Se eu não estivesse tão acostumado a analisar outros casais de celebridades, não teria percebido.

Penelope ficou em silêncio por um longo tempo depois disso. Winter se perguntou se havia falado demais, mas a garota suspirou e voltou a encará-lo.

— Não é nada de mais. Só estou me divertindo. Connor é legal — revelou ela.

Não o suficiente, pelo jeito, pensou Winter, refletindo sobre as palavras dela. Por que Penelope estava fingindo ter um caso com uma pessoa com quem não estava ficando de verdade? Qual era a graça disso?

— Ele parece mesmo — concordou Winter.

Ela sorriu de leve.

— Minha mãe teria gostado dele — observou ela.

A mãe? Por dentro, Winter se sobressaltou. Sauda e Niall haviam dito que não sabiam quase nada sobre a mãe de Penelope, e lá estava ela, mencionando a mulher.

— É? — indagou Winter.

— Ela morreu faz um tempo… — contou ela.

O silêncio recaiu sobre eles. Havia uma tristeza verdadeira no tom de voz dela, resquícios do que parecia um amor sincero.

— Sinto muito — murmurou Winter.

Penelope lhe lançou um sorriso tímido ao ouvir isso, e Winter sentiu a confiança crescer entre eles. Ela relaxou os ombros, parecendo estar aliviada por poder confiar nele. Perceber isso encheu Winter de culpa.

— Ela teria gostado de ver que eu tenho algo só meu — acrescentou Penelope.

— Tenho certeza de que ela gostaria que você tivesse tudo o que deseja — comentou Winter, gentil.

— *Você* tem tudo o que deseja? — questionou ela.

Sydney voltou a aparecer em sua mente, seus olhos azuis, a roupa prateada e as costas nuas. Pensar nela naquele momento o surpreendeu, e seu coração disparado deve ter ficado evidente, porque Penelope o encarou, inclinando a cabeça, pensativa.

— Não — respondeu ele, sincero.

Ela voltou a encarar a caneca. A expressão de Penelope se tornou suave e vulnerável, e ela parecia ainda mais frágil do que Winter se lembrava de quando se conheceram.

— Então espero que a gente consiga o que quer de verdade — declarou ela.

Ele repousou a caneca na mesa de centro e a encarou.

— Escuta, eu… — começou ele, procurando pelas palavras certas.

Então, naquele momento de hesitação, Winter notou que ela se virara de leve na direção da janela, como se tivesse visto alguma movimentação na rua. Ele acompanhou seu olhar.

Lá fora, Winter viu uma silhueta parada do outro lado da rua, agachada debaixo de um portão de pedra.

O que chamou sua atenção foi o leve brilho de algo metálico apontado na direção deles. E, de repente, o treinamento que tivera com Sydney veio à tona.

— *Abaixa!* — gritou ele.

Ele se jogou sobre a garota logo antes de ela conseguir responder qualquer coisa. Bem quando colidiu com Penelope, ele ouviu o disparo atravessar o vidro da janela.

Foi um som muito discreto; um *bam* tão pequeno e silencioso que a princípio ele pensou tê-lo imaginado.

Penelope ficou em silêncio. Winter se levantou de imediato — por um segundo apavorante, ele pensou que talvez a bala a tivesse atingido no fim das contas. Então ele a viu se mover, caída no sofá, os olhos arregalados e a pele branca como um fantasma. De uma só vez, algo pareceu ganhar vida dentro dela. A garota rolou para o chão, atingindo o carpete ao mesmo tempo que ele.

Winter viu um buraco nas almofadas do sofá, a poucos centímetros de onde eles estavam sentados. Então dirigiu os olhos para a janela, onde havia um círculo minúsculo e perfeito no vidro.

Então a ficha caiu. Alguém queria a morte de Penelope. As coisas podiam parecer estar dando certo num minuto e, no outro, tudo podia mudar.

E Winter teve a sensação de que a missão tinha acabado de sair do controle.

21

VIRADA

Foi só quando Sydney voltou para as ruas de Londres que a força de tudo a atingiu; a constatação de que Eli Morrison, o homem que haviam sido enviados para incriminar, tinha acabado de ser assassinado a bordo do próprio iate.

Embora não tivesse sido a assassina, ela sentia que o sangue do homem manchava suas mãos, que fora ela quem comprometera a missão. Ainda conseguia ouvir o gorgolejo nojento da garganta destruída dele, ver os olhos arregalados do bilionário ao reconhecê-la.

E o pior de tudo: a possibilidade de que Winter estivesse na linha de fogo.

Sydney enviara a ele várias mensagens sutis, perguntando onde estava e quando voltaria. Mensagens comuns para uma segurança.

Nada. Nenhuma resposta.

A última localização de seu rastreador era a casa de Penelope. Então Sydney foi para lá e ficou de tocaia em meio às sombras de um arbusto na esperança de conseguir enxergar alguma coisa. Mas o apartamento estava escuro, como se Penelope tivesse ido dormir. Ou sequer estivesse lá.

Ela enviou várias outras mensagens para Winter no caminho de volta para a mansão que estava dividindo com ele em Kensington.

Ao cruzar a entrada, manteve uma das mãos sobre o cabo da arma guardada em seu bolso.

A casa estava escura, e os quartos, vazios. Winter ainda não havia voltado.

Depois de várias tentativas, Sydney enfim conseguiu um novo sinal do rastreador. Parecia indicar que Winter estava se movendo pelas ruas de Londres num carro em direção à mansão.

Sydney passou a meia hora seguinte andando de um lado para o outro pelos quartos escuros, com a arma engatilhada, checando cada cômodo. Então subiu as escadas e vasculhou o próprio quarto, depois o de Winter.

O quarto dele estava impecavelmente limpo, mais do que ela esperaria do quarto de um astro do pop. A cama estava muito bem arrumada, as roupas dobradas e guardadas com cuidado como se estivessem à mostra numa loja de departamentos. No banheiro, a toalha estava dobrada e pendurada na porta do chuveiro como se tivesse sido arrumada por um funcionário.

Sobre a mesa de cabeceira havia um copo d'água, uma caneta e um caderno no qual ela o vira escrevendo durante o trajeto do aeroporto até ali. Winter não o levara consigo para o show e a festa.

Sydney tirou os olhos do caderno e checou cada canto do quarto. Quando teve certeza de que nenhum estranho havia mexido nas coisas dele, voltou a se concentrar no caderno. Mais uma vez, sentiu a tentação de roubar crescendo em seu peito diante da presença de algo valioso. Além disso, ela sabia que deveria checá-lo — o caderno era exatamente o tipo de objeto em que alguém deixaria um rastreador ou uma escuta. Certa vez, ela descobrira um chip minúsculo grudado no verso de um cardápio de serviço de quarto em um hotel.

Sydney pegou o caderno e o abriu. A superfície de couro fora amaciada pelo uso, aberta e fechada várias vezes pelas mãos de Winter. Ela folheou as primeiras páginas.

Elas continham centenas de textos — fragmentos de frases, palavras soltas, notas musicais que ela não sabia ler e desenhos rascunhados. Um galho carregado de folhas, um estudo da mão de alguém, uma viela charmosa desenhada com apenas algumas linhas. Ele não era ruim.

Quando ela chegou à última página rabiscada, parou nos versos finais de uma letra que ele havia anotado.

Olho para você e tudo faz sentido
Esse redemoinho de (todo) pensamento
(todo) pesadelo (todo) temor
Você sente medo como eu?
Se odeia como eu?
Se destrói por outra pessoa?
Você sente culpa pelos erros de outras pessoas?
Deseja poder tomar o lugar de outra pessoa?
Você sente vontade de morrer?
Você quer viver para sempre?

E este furacão infindável
Toda vez que olho para você
Você é minha meditação
Será que eu sou a sua também?

Winter havia escrito aquilo fazia pouco tempo, talvez até na noite anterior, depois que ela o viu dançando sozinho no andar de baixo. Sydney se pegou relendo as palavras e as memorizando, saboreando a forma como soavam, se perguntando quem havia as inspirado.

Então ela fechou o caderno. Estava se distraindo. Correu os dedos pela costura interna, depois pelo interior e exterior da capa. Nenhum sinal de adulteração, pelo menos. Sydney havia acabado de colocar o caderno na mesa de cabeceira quando ouviu a porta de entrada se abrir e se fechar, baixinho.

Todos os seus músculos congelaram. Seria Winter? Ou seria a equipe de Eli? Ou os homens que haviam matado Eli? Ela se moveu em passos silenciosos até o próprio quarto, acomodando-se num canto de frente para a porta.

Ali, ela apontou a arma para a porta e aguardou. A quietude sinistra da mansão ameaçava dominá-la. Por fim, Sydney ouviu passos lentos e cautelosos subindo as escadas. Quem quer que fosse, movia-se de um jeito silencioso. O único som que o denunciou foi o rangido sutil de um passo em falso.

A porta do quarto se abriu lentamente. No canto onde estava, Sydney ergueu a arma um pouco mais. A figura emergiu.

Winter.

Ele segurava um guarda-chuva como se fosse uma arma — e, quando Sydney se moveu, ele apontou na direção dela. Por instinto, ela trocou o peso dos pés para um lado. Então Winter arregalou os olhos ao reconhecê-la. Abaixou a mão e se recostou no batente, com a respiração pesada.

— Puta merda! — exclamou ele, assustadoramente pálido, jogando o guarda-chuva no chão. — Eu podia ter te matado.

Sydney se encheu de alívio ao vê-lo, depois de vergonha quando percebeu que seus olhos se encheram de lágrimas. Ela não tinha se dado conta do quanto temera que ele tivesse morrido. Ou encontrá--lo morto.

— Não com isso aí, não mesmo — retrucou ela, guardando sua arma com um floreio. — Você tá bem?

Winter assentiu, cansado. Havia um lampejo de pavor em seus olhos e, com um sobressalto, ela percebeu que ele temera por Sydney.

— Aconteceu alguma coisa com você — observou ele.

Ela o encarou.

— Com você também.

Ele hesitou, depois disse em voz baixa e rouca:

— Um atirador tentou matar Penelope. Atirou direto na janela do apartamento dela. Ela está com Connor agora, na casa dele.

Sydney sentiu a garganta se fechar ao ouvir o relato de Winter. "E o que você acha que eu posso fazer com os seus entes queridos?" A sensação de vertigem a atingiu outra vez, e ela se esforçou para manter a calma. Ela foi até Winter e começou a examiná-lo a procura de sinais de ferimentos. Com os dedos, roçou a pele do braço dele.

— Você se machucou? — indagou ela.

Winter balançou a cabeça. Manteve os olhos firmes nos dela, procurando os segredos por trás de sua expressão assustada.

— Não. E você?

Ela hesitou. Então respirou fundo e contou, baixinho:

— Eli Morrison está morto.

Por um momento, os dois só conseguiram encarar um ao outro.

A missão estava arruinada. Naquele momento, estavam envolvidos numa nova situação, para a qual não tinham nenhum plano.

— Sauda e Niall queriam fazer uma ligação assim que você voltasse. Que bom que você escapou — sussurrou ela.

Eles trancaram a porta e verificaram as persianas na janela. Em seguida, se acomodaram no chão. Sydney pegou uma pequena lente, depois a encaixou na câmera do celular e, com cuidado, colocou o aparelho no carpete entre os dois. A garota deu algumas instruções para configurar o aparelho.

Uma animação discreta e silenciosa apareceu entre eles, exibindo um círculo de carregamento ao redor de um celular verde. Segundos depois, apareceu o busto de Sauda, que pairava no ar como um holograma, a testa franzida de preocupação. A seu lado estava Niall, que se aproximou ao vê-los.

Os olhos de Sauda encontraram os de Sydney de imediato. Embora ela não tivesse dito nada, Sydney sabia que a mulher estava procurando sinais de ferimentos.

— O que aconteceu? — perguntou ela, num tom firme e frio que Sydney conhecia bem.

— Eu segui Eli Morrison e três homens até Teddington Lock — respondeu ela. — Eles arrastaram Eli para um dos iates dele. O Invictus. Não consegui escutar a conversa inteira, mas o que ouvi foi falado em corcasiano. Aqui.

Sydney clicou em outro ponto do celular. Ela reproduziu um vídeo, que Sauda e Niall assistiram. Exibia a escuridão de uma noite enevoada com sons de movimento da água e murmúrios raivosos. Winter prendeu a respiração com força ao assistir; o cubo de paramecium apareceu e Sydney entrou em ação, então o homem acertou Eli, que morreu terrivelmente sufocado na substância química.

Quando a gravação acabou, Niall pediu, baixinho:

— Envie o arquivo.

— Sim, senhor.

Enquanto enviava a gravação, Sydney encarou Winter através do holograma. Havia uma expressão estranha no rosto dele — horror, óbvio, pelo tipo de cena que ele nunca havia testemunhado antes… mas também alguma outra coisa. Ele estava assombrado. Sydney não sabia de que outro jeito chamar aquilo.

Ela acenou para ele com a cabeça.

— Conte para eles o que aconteceu com você agora à noite — disse ela.

Tanto Niall quanto Sauda se voltaram para Winter. Ele pigarreou, clicou no celular e reproduziu um vídeo das escutas em seus brincos, toda a conversa que tivera com Penelope. Terminava com o som dos dois se jogando abruptamente no chão.

— Veio um tiro pela janela — explicou Winter quando o vídeo chegou ao fim. — Deixou um buraco no vidro, mas nenhuma outra rachadura. Atingiu uma das almofadas do sofá entre nós dois, a centímetros de Penelope.

Niall passou uma das mãos pelo rosto e suspirou. Então voltou a olhar para Sydney e perguntou:

— Horário da morte de Eli Morrison?

— 3h16 — respondeu ela.

— Você identificou algum dos homens na cena? — questionou ele.

Sydney tirou do bolso a carteira que roubara do assassino de Eli, depois a abriu para que todos vissem. Lá dentro estava a carteira de motorista desbotada de um homem carrancudo com olhos escuros e barba feita, o documento enfiado no mesmo espaço reservado a um maço amassado de cédulas corcasianas.

Os olhos de Niall brilharam.

— Você roubou isso? — perguntou ele.

Sydney assentiu.

— Todos falavam corcasiano — explicou ela. — Um deles também falava inglês. Outro mancava de leve, provavelmente uma lesão em algum ponto da perna direita.

— Esse é Edward Johanssen. Um dos compradores que estivemos rastreando — declarou Sauda, assentindo.

— E o que isso significa? — indagou Sydney.

— Significa que os corcasianos estão na cidade com autorização expressa do governo, e que o primeiro-ministro deles sancionou o assassinato de Eli Morrison. Não ficaria surpresa se eles também forem os responsáveis por mandar o atirador atrás de Penelope. Eles devem tentar outra vez em breve.

— Por que iam querer ela morta? — perguntou Winter.

— Não importa — respondeu Sauda.

— Como assim, não importa? — questionou Sydney.

— Não importa — repetiu Niall — porque o trabalho de vocês aí acabou.

Sydney encarou o holograma.

— Como assim, acabou? Precisamos pensar em uma nova missão — retrucou ela.

— Vocês vão voltar para casa — replicou Niall. — Não vamos nos envolver em negócios oficiais do governo corcasiano sem antes alinhar com a CIA. As coisas ficaram ainda mais complexas.

Sydney estreitou os olhos.

— Pensava que o Grupo Panaceia operava sem toda a burocracia com que a CIA precisa lidar — disse ela.

Niall a encarou, sério.

— Não seja infantil — resmungou ele. — Podemos tomar certas liberdades, mas o objetivo não é começar uma guerra maior do que a que queremos impedir.

— Mas não resolvemos nada! — sibilou Sydney.

— Vocês não estavam aí para resolver nada — constatou Sauda, fria. — Estavam aí para fazer um trabalho. E agora esse trabalho está morto.

— E toda aquela conversa de tornar o mundo um lugar melhor? De salvar as vidas de meio milhão de pessoas? De poder fazer o que é certo em vez do que é diplomático? Ou isso tudo era só papo de recrutador? — protestou Sydney entredentes. — Aquele navio ainda vai para a Cidade do Cabo. Se não fizermos nada, muitas pessoas vão morrer.

— Então que seja — declarou Sauda.

Sydney ficou quieta na hora. Sauda quase nunca perdia a cabeça, mas, nas raras vezes, parecia roubar todo o ar do mundo, deixando Sydney sem fôlego.

— Qual é a primeira regra? — perguntou a mulher, baixinho.

— Voltar com vida — murmurou Sydney.

Sauda assentiu.

— O efeito dominó da morte de Eli está apenas começando. Nós respondemos a poderes maiores. Faremos o que pudermos, pensaremos num novo caminho, mas também precisamos saber quando devemos recuar. Não dá para salvar o mundo se estiver morta. Entendido?

— Sim, senhora — sussurrou Sydney.

Ela podia sentir lágrimas de fúria enchendo seus olhos.

— Mais alto — pediu Sauda.

— *Sim, senhora.*

Ela podia ver Niall a encarando com as sobrancelhas franzidas, o olhar compreensivo, dizendo-lhe silenciosamente para se comportar. Ele abriu a boca por um momento, mas depois a fechou.

— Ótimo — replicou Sauda.

A mulher olhou para Winter, que continuava em silêncio, assistindo à discussão, o rosto ainda amedrontado.

— Pedimos desculpas por envolvê-lo nessa bagunça, sr. Young — disse Sauda.

— E quanto à aparição de Winter na última festa amanhã? — questionou Sydney. — Penelope tem milhares de convidados na cidade, e suspeito que ela vá continuar com a comemoração para evitar um escândalo. Ela também não sabe sobre o pai ainda. Se Winter for embora agora, vai parecer suspeito demais.

— Deixe que ela resolva a questão dos convidados e do escândalo — retrucou Sauda, e em seguida olhou para Niall. — Horário esperado de chegada do voo?

Niall parecia estar digitando alguma coisa.

— Amanhã cedo, às nove.

Sauda assentiu.

— Não digam nada a ninguém. Quando a última festa de Penelope começar, vocês dois já vão estar de volta aos Estados Unidos. Entendido?

Sydney queria gritar com os dois. Sentia a frustração corroendo seus ossos, queimando a ponta da língua. Sua pele formigava de raiva. Eles tinham acabado de fazer um progresso. E então tudo virara uma perda de tempo.

Quando falou outra vez, porém, sua voz saiu firme e fria:

— Sim, senhora.

— Você sabe que não tem outro jeito — disse Sauda, as palavras solenes.

— Você me ensinou que sempre tem outro jeito — rebateu Sydney.

— No treinamento, sim. Mas no mundo real…

Os olhos da mulher cintilaram e, por um momento, Sydney sentiu o mesmo que sentira quando Sauda descobrira sua cleptomania, quando ficara sentada no escritório dela enquanto a mulher lhe aplicava um exercício atrás do outro para que aprendesse a resistir à tentação de roubar.

"É impossível", dissera Sydney ao falhar num exercício.

"Nada é impossível", replicara Sauda. "Tente de novo."

Mas, naquele momento, a mulher a encarava com um olhar resignado.

— No mundo real — continuou ela —, há forças maiores do que nós mesmos. A sobrevivência depende de saber quando sucumbir a essas forças.

— Mas…

— Sem mais perguntas, Sydney.

O olhar de Sauda era tão penetrante que Sydney enfim desviou os olhos na direção de Winter. Ele continuou em silêncio.

— Vejo vocês dois na imigração — disse Niall.

Então ele e Sauda encerraram a ligação, e suas imagens desapareceram.

Sydney soltou um suspiro longo e arrastado. Seus ombros murcharam com uma exaustão repentina, e ela encarou as mãos abertas sobre o colo. Então ergueu a cabeça outra vez, fitando Winter do outro lado do celular silencioso.

— Sinto muito — disse ela, a voz suave.

Ele deu de ombros e olhou na direção da janela.

— Pelo quê? — perguntou ele.

— Eu sei que não era isso que você esperava.

— Alguma missão já saiu como você esperava?

Sydney balançou a cabeça.

— Quase nunca — admitiu ela.

— Nunca sai — murmurou ele.

A expressão de assombro ainda estampava seu rosto, e, nela, Sydney podia ver um resquício de algo em seu passado distante, lembranças que assolavam sua mente. Isso a lembrou da expressão de Winter durante a primeira visita à sede do Grupo Panaceia, quando ela mencionou o irmão dele com mais insensibilidade do que deveria.

Winter voltou a olhar para ela, e sua expressão de pesar desapareceu. Ele olhou para baixo.

— Não podemos partir assim — comentou ele.

Ela assentiu.

— E não vamos.

Ele a encarou, intrigado. Sydney devolveu o olhar com serenidade. Havia algo de hipnótico e relaxante na presença dele, algo que lhe dava força. Ela queria ficar mais perto dele. Queria fazer alguma coisa a respeito da eletricidade repentina no ar.

— Está pensando em agir por conta própria? — perguntou Winter.

— Talvez.

Uma pausa.

— Sauda e Niall vão ficar furiosos — declarou ele.

Ela deu de ombros.

— Deixa que eu cuido deles. Isso é maior do que qualquer um de nós. Então, se eu tiver que fazer isso sozinha, eu vou.

Winter franziu a testa.

— Como assim, sozinha?

— Quer dizer que eu vou fazer isso, mas você não deveria. Você não concordou com nada disso.

A forma como os olhos dele fitavam os dela fez seu coração disparar. Sydney também franziu a testa.

240

— Eu concordei em ser seu parceiro nesta missão — falou ele.

— E eu estou te dizendo para embarcar naquele voo amanhã de manhã.

— E o que você vai fazer aqui sem minha ajuda? — indagou Winter.

Sydney lhe lançou um olhar fulminante e respondeu:

— Eu trabalho mais rápido sem você.

Ele se inclinou para mais perto dela.

— Você teria descoberto que o suposto caso entre Penelope e Connor Doherty não passa de uma farsa?

— É… o quê?

— Já testemunhei um número suficiente de relacionamentos para reconhecer um falso quando vejo.

Winter colocou a mão no bolso e tirou de lá um grampo adornado com joias. Sydney imediatamente o reconheceu como o acessório de cabelo que Penelope usara no Alexandra Palace.

— Peguei isso no apartamento dela — declarou Winter ao entregá-lo a Sydney.

Ela lhe lançou um olhar cético.

— Você roubou?

— Acho que aprendi mais com você do que deveria — respondeu ele, seco. — Pelo que ouvi na festa, foi um presente de Connor. Achei que pudesse ser uma pista útil para nós sobre o relacionamento dos dois.

— Que você disse que é uma farsa — completou Sydney.

Ela examinou o grampo com cuidado. Os diamantes incrustados na peça cintilaram.

Winter assentiu.

— Eles não estão namorando — disse ele. — Só estão fingindo. Não sei por quê.

Sydney passou os dedos pelo grampo. Eles pararam quando tocaram algo metálico sob os diamantes. Ela olhou mais de perto.

— Isso não é só um grampo de cabelo — murmurou ela, erguendo-o de modo que Winter pudesse ver a entrada instalada sob o objeto. — É uma unidade de disco. Tem dados aqui dentro.

Os dois se encararam por um momento e voltaram a olhar para o acessório.

— Tem coisas acontecendo sob a superfície que não entendemos — declarou Winter, baixinho. — E você vai precisar de ajuda se quiser investigar.

Sydney respirou fundo, os olhos ainda no grampo de cabelo.

— Você não precisa fazer isso. Não precisa se envolver nesse tipo de perigo. Você nem trabalha com isso.

Ele ergueu as mãos.

— Ei. Aonde você for, eu vou. Beleza?

Ela sentiu os braços formigarem ao ouvir aquilo. *Aonde você for, eu vou.*

Ninguém nunca lhe prometera nada parecido. A todo lugar que ia, ela ia sozinha.

Mesmo assim, Sydney podia sentir a sinceridade na voz dele. A proximidade dele.

— É que as pessoas não costumam ficar — disse ela.

Ela levou um momento para perceber que havia revelado algo íntimo para ele, que Winter a encarava com um olhar questionador. A garota baixava a guarda perto de pessoas como Niall e Sauda — e mesmo eles viam uma versão filtrada dela. Mas Winter não era um agente secreto. Era uma celebridade que, de alguma forma, era também uma das pessoas mais comuns que ela já conhecera, e algo nessa combinação a fazia dizer coisas como aquela.

Winter ainda a examinava com olhos estreitos e escuros.

— E agora? — perguntou ele, baixinho. — Não temos muito tempo.

— Precisamos de uma distração — disse ela.

Ele franziu a testa.

— Como assim?

Ela abriu um sorriso discreto.

— Quer me ajudar? Então nós vamos tirar vantagem de quem você é. Vamos causar um tumulto.

22

O CAÇADOR, A CAÇA

WINTER YOUNG SOFRE TENTATIVA DE ASSASSINATO!

SUPOSTO DISPARO CONTRA WINTER YOUNG NA CASA DE HERDEIRA

WINTER YOUNG ATACADO APÓS FESTA PARTICULAR

Vazar rumores sobre o disparo na casa de Penelope Morrison acabou sendo muito fácil. Poucos minutos depois de Sydney fazer uma postagem anônima sobre o incidente em um dos fóruns de fãs de Winter, as pessoas começaram a aparecer do lado de fora da casa. Uma hora depois, uma multidão barulhenta com cartazes já se reunia na frente da mansão.

— O que raios está acontecendo? — gritou Claire pelo celular.

Winter teve que afastar um pouco o celular do ouvido quando os gritos do outro lado da chamada colidiram com os gritos do lado de fora. Ele ergueu uma sobrancelha para Sydney.

Ela levantou as mãos.

— Certo — murmurou Sydney. — Não esperava uma reação tão grande assim.

— Assim você me ofende — disse ele, apenas movendo os lábios.

— *Disparo?* — continuou Claire, com a voz aguda. — Atiraram em você ontem à noite, e os tabloides ficam sabendo antes de mim?

Winter foi até uma das janelas no primeiro andar, que estava com a cortina fechada.

— Penelope Morrison me fez prometer que eu não contaria para ninguém. Não sei como isso vazou — respondeu Winter.

— E você trabalha para ela? — questionou Claire.

— Bem, tecnicamente, enquanto estivermos aqui… Sim.

Claire suspirou, exasperada.

— Esquece. Por que raios ela não queria que isso vazasse?

— Porque Penelope não quer falar com a imprensa sobre como quase morreu. Já passamos por coisa parecida antes. Ela queria que o incidente fosse investigado em particular. Escuta, eu estou bem. Foi uma bala perdida. Não fui atingido.

Ele quase pôde ouvir Claire estreitando os olhos do outro lado.

— Você está bem — disse ela, incrédula.

— Estou.

Com cuidado, Winter abriu a cortina da janela e viu um mar de fãs — mil pessoas, pelo menos. Estavam contidos apenas por uma frágil linha de policiais desesperados. Um traço de preocupação percorria seu corpo. Ele torcia para que nenhum atirador estivesse mirando nele agora — não com toda aquela gente ali.

— Faça o que for — disse Claire enquanto Winter acenava para a multidão —, mas não vá para a janela falar com os fãs. Você vai causar um tumulto.

Dito e feito: no instante em que as palavras saíram da boca de Claire, a multidão irrompeu em gritos mais altos ao ver o gesto de Winter. As pessoas se agitaram e, em alguns pontos, a linha de policiais se rompeu por um momento.

— Eu só queria que os fãs soubessem que eu estou bem — explicou ele. — Não queria alimentar rumores.

Claire soltou um suspiro.

— Esquece. Não ouse sair dessa mansão, Winter Young. Vamos até aí e pensaremos numa estratégia.

Ela desligou. Em seguida, Winter viu o fluxo de mensagens dos amigos:

Leo: O que aconteceu?
Dameon: É sério que alguém tentou te matar ontem à noite?

Winter queria mais do que tudo desabafar com os amigos. Ele colocou o celular de volta no bolso e respirou fundo. Estaria cometendo um erro? Winter ainda mal conseguia processar o que havia acontecido na noite anterior — a festa, o tiro, a discussão com o Grupo Panaceia. O estranho novo acordo que ele parecia ter com Sydney, com quem estava oficialmente bancando o agente rebelde. A solidão o sufocava de um jeito terrível.

As poucas horas de sono que tivera naquela noite com certeza também não ajudaram.

Winter foi para perto da piscina interna, onde Sydney estava sentada lendo uma mensagem no celular. Então ele se inclinou ao pé do ouvido dela, de modo que ninguém pudesse ouvi-los, e sussurrou:

— Eles estão vindo. Como estão as coisas aí?

Sydney assentiu.

— É impossível sairmos de fininho para o aeroporto com esse alvoroço. Sauda ficou sabendo que a notícia vazou. Niall mudou nosso voo. Isso também deve proteger Penelope de uma segunda tentativa. E vai dar à agência tempo para desbloquear as informações que eu extraí do grampo de Penelope.

Ela ergueu o celular.

— Não podemos ler? — perguntou ele.

Sydney balançou a cabeça.

— Está criptografado. Niall acabou de me avisar que recebeu os arquivos. Seja lá o que for, deve ser importante. Enquanto eles decodificam, tenho algumas imagens do anel de serpente de Doherty — disse Sydney, o som da água abafando sua voz. — Olha.

Winter encarou o celular de Sydney e viu um vídeo em preto e branco exibido dentro do que parecia ser um museu, do ponto de vista de um homem com uma voz familiar.

— Quando foi isso? — perguntou ele.

— Hoje de manhã — respondeu ela, baixinho. — Este é o Victoria and Albert Museum, em South Kensington.

Então Winter reconheceu o interior — o espelho d'água no pátio central, a luminescente escultura pendente de Chihuly no saguão principal, a rotunda repleta de modelos da moda ao longo dos séculos. O vídeo tremia bastante, já que era transmitido pelo anel no dedo de Connor.

— Parece que o museu está vazio — comentou Winter.

Sydney assentiu.

— Não abriu ainda.

Eles assistiram a Connor abrir caminho por uma série de portas duplas, depois adentrar o que parecia ser um labirinto de corredores nos fundos.

— Eli financiou a expansão mais recente do museu, dez anos atrás, — explicou Sydney — e, em troca, recebeu uma ala particular lá que fica quase sempre fechada para o público. Parece que Connor está usando uma entrada nos fundos.

Winter estreitou os olhos.

— Bem, imagino que ele não esteja só curtindo um dia de folga para apreciar as artes — murmurou ele.

— Não depois da noite passada. Se Penelope era o alvo, ele deve estar protegendo os recursos de Eli dos inimigos do pai dela.

Connor enfim chegou ao final de uma nova ala, onde quatro seguranças vigiavam cada canto. Ele ergueu a mão numa provável saudação e o vídeo exibiu brevemente o teto da ala, arqueado em um domo elegante. Não havia janelas naquele espaço — e, embora Winter soubesse que estavam dois andares acima, teve a sensação repentina de entrar num sepulcro.

Connor atravessou o pequeno corredor e um dos homens acenou para ele com a cabeça num cumprimento silencioso, depois deu um passo para o lado. Connor abriu uma das portas duplas diante de si e os conduziu a uma sala repleta de pilares brancos com elegantes entalhes.

Winter não conseguiu conter um sutil assobio.

Era a coleção pessoal de Connor que ele havia doado ao museu.

Havia pedras de todo tipo ali, diamantes coloridos, safiras, rubis, jades raras tão pálidas que pareciam translúcidas, blocos de quartzo bruto e fileiras infindáveis de joias, todas protegidas em estojos individuais.

— Olha — sussurrou Sydney.

Ela deu zoom em uma das caixas de joias no interior de um grosso recipiente de vidro. Ao fazê-lo, pressionou outro botão na tela.

A gravação mudou para o que parecia ser um modo infravermelho. Ele viu o tracejado aparecer nitidamente atrás das caixas de vidro. Winter inspirou com força.

— É uma sala secreta — comentou ele.

Sydney assentiu, embora franzisse a testa. Enquanto o garoto analisava a caixa com mais atenção, ele notou a silhueta de um rosto aparecer contra a superfície de vidro da caixa de joias. Ele estremeceu diante da visão sinistra.

Connor parou diante da caixa. Por um segundo, nada aconteceu. Então eles ouviram o som sutil de um *clique*, seguido por uma porta que deslizou em silêncio contra a parede.

O homem entrou na sala. E a imagem do anel de serpente foi interrompida.

Sydney xingou.

— A sala deve ter paredes reforçadas — sussurrou ela. — O anel não consegue transmitir lá de dentro.

Minutos se arrastaram. Bem quando Winter pensou que eles não veriam mais nada, a transmissão voltou. Connor já estava de volta ao lado de fora, no pequeno corredor, passando pelos quatro guardas outra vez.

Winter sentiu a boca seca. Suas mãos se abriam e fechavam ao lado do corpo. Sauda não dissera que os livros-caixa de Eli estavam guardados em algum lugar no centro de Londres?

— Como entramos lá? — murmurou ele.

Sydney franziu as sobrancelhas, os pensamentos agitados.

— O código para abrir aquela sala secreta parece ser feito com reconhecimento de padrões das veias no rosto de Connor — disse ela.

Winter franziu a testa.

— Então, a menos que a gente leve a cabeça decapitada dele para lá, não vamos conseguir entrar? E, antes que você dê essa sugestão, eu realmente prefiro não fazer isso.

— Ninguém precisa ser decapitado. Nós só precisamos de um bom holograma 3D do rosto dele — explicou Sydney, esticando o braço e tocando os brincos de Winter. — Usando a imagem que você conseguiu ontem à noite durante a festa.

O toque da pele fria de Sydney em sua orelha fez Winter sentir um arrepio na espinha. Ele voltou a encarar a imagem com atenção.

— Dá para ver o que tem lá dentro?

Ela balançou a cabeça.

— Não até a gente entrar. Mas só precisamos de uma única evidência. Só uma, e vai ser o suficiente para impedir o transporte daquele carregamento.

O coração de Winter acelerou. *Só uma é o suficiente.* Mas Eli Morrison estava morto, e eles nem sabiam quem era o responsável, nem quem comandava todo aquele império agora e lidava com os corcasianos na ausência dele. Estavam trabalhando sem nenhuma pista, e o tempo estava se esgotando.

— Do que você precisa para entrar lá? — sussurrou ele, pertinho do ouvido de Sydney.

Ela abriu um sorriso contido.

— De mapas do museu — respondeu ela. — E todas as plantas de lá que pudermos arranjar.

Meia hora depois, Claire conseguiu ser escoltada para dentro da mansão com Leo, Dameon e meia dúzia de seguranças. Mesmo assim, seu coque trançado parecia levemente bagunçado, e ela suava um pouco apesar do ar frio lá dentro.

— E aí, qual é o plano? — perguntou Leo.

Todos se reuniram na sala de estar, e Leo ocupou-se de servir copos de uísque. Claire lançou um olhar de reprovação para Winter pelo álcool, mas não recusou a bebida.

— Nem lembro qual foi a última vez que você causou tanto alvoroço — continuou Leo.

— Foi quando ele fez aquela encenação de diabo — comentou Dameon, pegando um dos copos. — Rolaram uns protestos em Orlando. Teve aquele cara que quebrou nosso para-brisas.

Claire estreitou os olhos para Winter ao bebericar o uísque.

— Vou te dizer qual é o plano — começou ela. — A gente deveria estar te tirando de Londres, só que agora tem um circo inteiro lá fora e pegar via expressa até o aeroporto vai ser mais perigoso do que manter você aqui. — Ela digitava no celular, irritada. — Quando é que Eli Morrison vai atender?

A menção do nome embrulhou o estômago de Winter. Sua mente ainda girava com as imagens que Sydney lhe mostrara. Ele balançou a cabeça.

— Não se preocupe comigo. Vou ficar bem — declarou ele. — Mas isso não quer dizer que vocês precisam ficar aqui.

Leo o encarou, incrédulo.

— O quê?

Dameon fez uma careta.

— Espera, você vai ficar aqui sozinho nessa loucura? — indagou ele.

— De que jeito vocês podem ajudar? — rebateu Winter.

— Sei lá — retrucou Dameon. — Impedir as pessoas de arrancarem sua pele? Andar com você?

— Vocês só vão dificultar mais as coisas — argumentou Winter, olhando para Claire. — Mande eles para casa.

Claire olhou para Leo e Dameon.

— Concordo — falou a mulher. — Vocês dois vão para o aeroporto agora. Quanto menos gente para monitorar, mais fácil fica o meu trabalho.

Leo começou a protestar, os olhos quase em pânico.

— Você quase morreu! — exclamou ele para Winter. — E daí que o caminho até o aeroporto vai estar um caos? Qualquer coisa é mais segura do que ficar aqui.

Claire bateu na mesa com o celular, interrompendo a discussão.

— Vou adiantar o voo de vocês. Fim de papo — declarou ela, olhando para Leo e Dameon.

— Você também deveria ir embora — sugeriu Winter para a empresária. — Não tem motivo para ficar quando você pode estar na segurança de um avião.

Um desconforto revirou o estômago dele, a premonição de que as coisas estavam prestes a ficar piores.

Isso fez Claire se virar para ele, sobressaltada.

— E por que eu deveria ir embora? — questionou ela.

— A sua segurança não importa? — perguntou Winter, com um tom irritado.

— Tem alguma coisa que você não está me contando, Winter Young — insistiu Claire, baixando a voz. — Acha que eu não percebo isso, depois de todos os nossos anos juntos?

Maldita Claire e sua intuição, pensou Winter. Mas ele apenas balançou a cabeça.

— Estou dizendo que não tem — assegurou ele. — Por acaso eu preciso ter um segredo para me preocupar com você?

— Não. Mas você tem, não tem?

Winter fez uma careta e olhou para Dameon, suplicando:

— Me ajuda.

Dameon deu de ombros.

— Você é quem manda — replicou o amigo.

Winter voltou a olhar para Claire e disse:

— Não estou pedindo. Estou mandando. Volte para casa agora, ou está demitida.

Claire recuou como se tivesse levado um tapa.

— Como é que é? — indagou ela.

Durante todos os anos trabalhando juntos, Winter nunca havia dito algo do tipo para ela, nunca a havia ameaçado como se ela fosse sua subordinada. A mágoa nos olhos dela fez Winter estremecer. Mas havia pessoas mais perigosas no jogo. Ele imaginou o atirador sem rosto mirando na direção de Claire. Apertando o gatilho.

O Grupo Panaceia havia prometido proteger a equipe de Winter, mas ele não podia mais contar com isso.

— Por favor, Claire. Só faça isso — sussurrou ele.

Ela cerrou os lábios e retraiu o torso, a postura rígida e distante.

— Como quiser, sr. Young — declarou ela, as palavras afiadas.

Winter abriu a boca, tentando formular um pedido de desculpa, mas nenhuma palavra saiu. Tudo que pôde fazer foi assistir Claire se levantar do sofá e lhe dar as costas.

— Claire — chamou ele. — Espera.

Ela não olhou para trás.

Dameon fixou os olhos firmes em Winter, procurando por uma resposta. Mas Winter manteve as mãos nos bolsos, tenso, enquanto Claire pedia à equipe de segurança que se preparassem para partir.

Então Dameon caminhou até ele.

— Winter — murmurou o rapaz ao pé do ouvido dele. — Lembra quando a gente ficava?

Winter congelou ao se lembrar do passado dos dois.

"Uma parte de mim sempre vai ser apaixonada por você", dissera Dameon, logo antes de terminarem o relacionamento.

"Mas não você inteiro", acrescentara Winter.

"Não eu inteiro", admitira Dameon.

Naquele momento, os olhos de ambos se encontravam quando Dameon se aproximou.

— Sei que você sempre preferiu guardar seus segredos — sussurrou ele —, e não vou começar a perguntar sobre eles agora. Mas toma cuidado, beleza? Volta para casa em segurança.

— Tudo bem — murmurou Winter, engolindo em seco.

Dameon sustentou o olhar por mais um instante antes de rompê-lo.

Então Leo se virou para Winter. Havia um medo evidente nos olhos do amigo, e um leve brilho de suor em sua pele. Winter sentiu uma pontada de culpa por colocar todos eles naquela posição. Que belo ato de bondade sem retribuição. Tudo o que fizera fora colocar em risco as pessoas que amava.

— Olha, Winter… — começou Leo. Então ele ficou sem palavras, as sobrancelhas franzidas.

— Vai ficar tudo bem — replicou Winter, tentando oferecer um sorriso ao amigo. — Vamos todos ficar bem.

Ele olhou para Dameon.

— Tá bem — disse Dameon, baixinho.

Quando Claire gesticulou para se prepararem para sair, Dameon acenou com a cabeça para Winter.

— Se cuida, viu? A gente se vê nos Estados Unidos — disse ele.

— Vejo vocês lá — respondeu Winter.

Os três trocaram um aceno silencioso.

Ele fixou os olhos em Claire. Ela ainda parecia distante, o olhar cauteloso, os lábios cerrados. Os dois trocaram um breve aceno.

— Se cuida — disse ele para a amiga.

— Se cuida também — murmurou ela.

Claire olhou para Sydney, que assistia à cena perto das bebidas na mesa de centro.

— Cuide dele — pediu Claire.

Sydney assentiu.

Então a mulher abriu a porta e o ruído estrondoso da multidão lá fora os atingiu como uma onda. Os seguranças gritaram para Claire, que por sua vez gritou de volta.

Conforme os outros corriam para fora, Leo de repente envolveu Winter em um abraço. No pé do seu ouvido, Leo sussurrou, determinado:

— Não toque naquelas bebidas.

Winter piscou, confuso. Leo o soltou, os olhos fixos nos dele por uma fração de segundo. Então ele lhe deu as costas e desapareceu em meio ao grupo de policiais com Claire e Dameon, e a porta se fechou.

Winter ficou lá parado por um segundo, atordoado. O quê? Ele tinha mesmo ouvido aquelas palavras? Será que tinha inventado aquilo?

Não toque naquelas bebidas.

No mesmo instante, ele ouviu um leve tilintar. Ele olhou para trás. Os drinques que Leo havia servido para eles ainda estavam sobre a mesa de centro. Sydney estava lá, os olhos fixos nas imagens no celular, a bebida já tocando seus lábios. Eles trocaram olhares.

Uma onda de pânico atravessou Winter.

— Não... — começou ele.

Mas era tarde demais.

Uma expressão estranha e perplexa cruzou o rosto dela. Imediatamente, Sydney soltou o copo que segurava — ele se estilhaçou no chão. Bem quando Winter se deu conta.

Veneno.

254

23

QUEBRANDO A PAREDE

Não havia sabor algum na borda do copo — mas bastou olhar para Winter, antes mesmo de ele falar, para Sydney perceber que havia algo errado.

Então ela começou a sentir. Calor. Ela esfregou os lábios às pressas na manga da camisa, mas o veneno já descia por sua garganta, deixando um rastro de fogo que ardia lentamente.

Sydney levou outro segundo para perceber que Winter havia agarrado seus ombros e tentava lhe dizer alguma coisa — mas ela não conseguia processar o quê. Estava se concentrando em manter a mente focada. Seus pensamentos disparavam, como se ela tivesse dificuldade para contê-los. Já podia sentir os primeiros traços de fogo no estômago, uma pulsação que corria por suas veias, transformando-a em gelo. Droga, esse veneno agia rápido.

Ela reconheceu a sensação. Já havia ingerido toxinas durante o treinamento e ainda se lembrava da dor em suas entranhas enquanto Sauda lhe oferecia um antídoto para depois os médicos lavarem seu estômago.

Que vergonha, pensou ela ao sentir Winter erguê-la nos braços. O mundo girava.

Sydney nunca fora envenenada antes, não de verdade. Não em campo.

Era uma sensação estranha e, de alguma forma, não era tão desagradável. Não sentia dor, embora se percebesse tomada por um calor intenso que consumia cada parte de seu corpo e pudesse sentir o calor emanando de si e o frio amargo de todo o resto ao seu redor. Mas nada de suor.

Talvez estivesse com febre.

Sua respiração saía em arquejos breves e sibilantes. Seus pulmões estavam se esforçando. Ela podia ouvir seus dentes batendo. O lugar virou um borrão, e a luz do meio-dia pintava faixas tão brilhantes no piso que ofuscavam sua visão. Os padrões na bancada de mármore giravam.

— Me leva para a piscina — balbuciou ela em meio aos arquejos. Precisava resfriar o corpo.

Winter não hesitou. Sydney se apoiou com força nele e viu a superfície cintilante da piscina cada vez mais próxima. A cascata que corria sobre a parede de vidro parecia rugir em seus ouvidos.

Então ela ouviu um *splash* e sentiu Winter a arrastando para dentro da piscina, desesperado, e o frescor abençoado da água ensopando suas roupas.

Winter a segurou, a água na altura da cintura, contra a beirada rasa da piscina perto da cascata.

Sydney escutou Winter pedir para focar nele. Quando teve dificuldade de obedecê-lo, pôde distinguir o rosto dele aproximando-se do seu.

— Foca em mim. *Foca em mim.*

A voz dele soava tão distante. De alguma forma, era um pouco engraçado, já que ele estava obviamente muito perto, e Sydney resistiu à urgência de rir. Sua mente estava exausta. Ela sentia o corpo arquejando, os pulmões lutando por ar. A água batia contra sua pele.

Ela enfim conseguiu dizer o que precisava, as palavras emaranhadas em sua língua:

— Lá em cima.

— Não posso te deixar aqui — protestou ele.

— Lá em cima. Minha bolsa — disse ela, com dificuldade.

Dessa vez ele se mexeu, lançando um olhar para as escadas.

— Fica encostada na borda da piscina — pediu ele. — Volto já.

Então Winter se foi, e sua presença cálida deu lugar ao toque gelado da água ao seu redor. Sua pele estava tão quente que ela podia jurar que devia estar aquecendo a piscina por conta própria.

Por um momento, Sydney pensou que ele havia abandonado a casa de vez, que ela estava totalmente sozinha.

A ideia a encheu de um horror repentino. Sua respiração acelerou. *Assobio. Assobio.* O cabelo molhado grudava nas laterais de seu rosto. O que Sauda lhe dissera para fazer se não conseguisse alcançar os antídotos? Nossa, ela estava tão cansada. Precisou de cada pedacinho de sua força só para se firmar contra a borda da piscina. Sydney ainda podia sentir o cheiro da fumaça residual da bebida envenenada em suas roupas, e o aroma fazia sua cabeça girar, fazia ela limpar os lábios sem parar com a água da piscina para se livrar dele.

Precisava tirar a camisa.

Ela rangeu os dentes enquanto abria os primeiros botões da camisa molhada, depois parou para se concentrar em conseguir oxigênio. *Assobio. Assobio.* Seus pulmões sofriam. Onde estava Winter? Teria ido embora?

Ela estava sozinha.

Não era novidade; Sydney já ficara presa numa solitária durante uma missão, já tivera que escapar de incontáveis lugares por conta própria. Ela o mandara ir embora, afinal. Por que a ausência de Winter a incomodava tanto?

Sydney estremeceu tanto que pensou estar convulsionando bem ali na piscina. Era possível manter a consciência durante uma convulsão? A pergunta atingiu sua mente e desapareceu.

De repente, Sydney viu uma lembrança — o pequeno apartamento que recebera perto da sede da agência durante o treinamento, e Sauda e Niall parados na sala de estar, esperando enquanto dois detetives vasculhavam o lugar.

"Vou te perguntar mais uma vez, srta. Cossette", dissera Sauda, os olhos frios e serenos. "Você já roubou da sede?"

"Pense com cuidado antes de responder", alertara Niall.

Por instinto, Sydney balançara cabeça. Ela sentira uma pressão nos pulmões, a tensão incessante cada vez mais forte com a ansiedade.

"Nunca", respondera ela.

Sauda estreitara os olhos. Sydney não percebera que Sauda já sabia que ela estava mentindo, que a mulher notara os sinais sutis de seu corpo.

Por fim, os detetives encontraram seu esconderijo — uma tábua do chão sob a cama que revelava um compartimento repleto de itens que ela roubara do prédio ao longo dos três meses em que estivera ali. Um jogo de saleiro e pimenteiro. Garfos e facas. Luvas de treino e pesos de papel, lâmpadas e caixas de clipes de papel do armário de utilidades, canetas equipadas com lâminas usadas nas sessões de treinamento, fios de cobre arrancados de dispositivos. A lista só aumentava. Eles colocaram todos os objetos diante dela.

Sydney não conseguira erguer a cabeça e encarar Niall. Bem, não importava. A postura dele indicara que o homem tinha os braços cruzados, que as sobrancelhas deviam estar franzidas de decepção.

Quando Sauda voltara a falar, sua voz fora baixa:

"Acho que nós duas sabemos o que isso significa, Sydney."

Expulsão, obviamente. A agência não permitiria que uma espiã roubasse a sede. Sydney assentira em silêncio.

E ela levara tudo numa boa no dia seguinte, sentada com uma expressão impassível diante de dois agentes. Eles questionaram sobre cada um dos itens que ela roubara. Sydney já esperara por isso.

Ela não servia para um trabalho tão confidencial, um em que vidas estariam em suas mãos. É óbvio que ela seria reprovada no treinamento para recrutas e enviada de volta para a vidinha horrível que levava em sua cidade natal.

Enfim, Sauda se virara para Niall.

"Veredito?", perguntara ela ao colega.

Sydney se preparara, os olhos ainda baixos. Qualquer que tivesse sido a resposta de Niall para Sauda, fora apenas um olhar, porque Sydney não ouvira nada.

Sauda pigarreara, examinando a garota com os olhos semicerrados. Sydney erguera os olhos e ficara tensa, preparando-se para o pior.

"E então, Sydney?", perguntara Sauda. "Tem mais alguma coisa a dizer?"

Sydney engolira em seco. Ela olhara para Niall, que estava com os braços cruzados sobre o peito e a encarava. De alguma forma, a decepção no rosto dele doera mais do que qualquer coisa que o próprio pai já lhe dissera. Sydney só conseguira pensar na forma como o homem a confrontara no corredor de sua antiga escola, como ele lhe oferecera uma oportunidade para uma nova vida. Como ela a desperdiçara com tanta displicência.

"Me desculpem. Eu não mereço ficar", murmurara ela.

Sauda inclinara a cabeça.

"'Merecer' é uma palavra interessante", dissera Sauda. "Sugere valor. E valor é algo que conquistamos pelo que fazemos, não pelo que somos."

Sydney olhou para ela.

"Quer dizer que…"

"Sua compulsão por roubar é um sintoma de trauma", prosseguira Sauda. "Você trabalhará nisso em seu treinamento psicológico. Você é a recruta mais inteligente que temos em anos. Sei que pode aprender a controlar o impulso."

"Mas você precisa ser honesta conosco, Sydney", dissera Niall. "Você precisa tentar. Não podemos te ajudar se não soubermos o que está acontecendo. Entendido?"

Sydney analisara o rosto do homem e encontrara gentileza sob seu olhar rígido. Fora uma expressão tão desconhecida para Sydney que ela não soubera como responder. Não entendera por que ele lhe dera uma segunda chance.

Então ela perguntara:

"Por que você quer que eu fique?"

Nos olhos do homem surgira uma tristeza tão profunda que parecera preencher todo o seu ser. Ele grunhira e olhara para baixo.

"Só não gosto de desperdiçar potencial", respondera ele, dando de ombros.

Ela sentira o aperto nos pulmões, a verdade sobre a doença que um dia surgiria. Sydney poderia ter contado sobre a doença naquele momento; poderia ter sido honesta sobre tudo.

Mas a imagem dos objetos roubados dispostos sobre a mesa tirara sua coragem.

Então ela dissera, baixinho:

"Entendido."

Niall e Sauda trocaram olhares.

Então Niall examinara seu rosto com aqueles olhos gentis.

"Você pode ficar", declarara ele.

Fora o tremor gentil da voz dele que a atingira. Sydney colocara as mãos no rosto e sentira lágrimas, então passara a soluçar como se seu coração fosse se despedaçar.

Niall saíra da sala primeiro. Depois que Sydney se acalmara, Sauda lhe dissera com uma voz suave:

"Ele tem uma filha. Eles não se falam mais. Isso é tudo o que você precisa saber, e recomendo que não faça perguntas a respeito disso."

A lembrança desapareceu, e Sydney voltou a si, tremendo com desespero. Seus pulmões tremulavam, um lembrete do segredo que ela ainda guardava deles, que ainda tinha medo demais para revelar. Algum dia, de um jeito ou de outro, tudo seria descoberto.

Ou talvez ela nem tivesse que se preocupar com isso. Não se morresse ali. Ela sabia que precisava ficar na água fria. Mas estava tão, tão, tão, tão quente... Ela queria entrar numa banheira de gelo.

Ninguém voltaria para buscá-la. Um medo familiar se assentou em seu estômago. Ela morreria ali, sozinha.

Ninguém sentiria sua falta.

E então, bem quando pensou que aquele era seu fim, que seria encontrada afogada na piscina...

Winter voltou correndo, saltando na piscina com tudo.

Ela não sabia se estava sonhando ou não. Pensou que talvez estivesse chorando de alívio. Ou talvez fosse apenas a água. Não sabia dizer. Ela viu Winter lhe estendendo a mão e passando o braço ao redor de suas costas, fazendo-a inclinar o corpo para a frente com delicadeza, para beber alguma coisa. Ele estava ensopado.

Sydney observou com dificuldade Winter abrir a tampa do frasco. Ele coletou o líquido com uma seringa numa só mão, como se tivesse feito aquilo a vida inteira. Outra surpresa no que parecia ser uma lista interminável de surpresas. Então ele prestara atenção ao treinamento, no fim das contas, mesmo que ela só tivesse demonstrado a ação uma vez. Winter devia ter praticado sozinho.

O garoto apontou a seringa para os lábios dela.

— Beba — ordenou ele, com um tom baixo e firme.

Se ele estava com medo, Sydney não sabia dizer. Ela sentiu os dedos dele em sua nuca enquanto ela inclinava a cabeça para trás, o suficiente para ingerir o conteúdo da seringa.

Sydney mal conseguiu engolir. A dor fazia sua garganta arder como se estivesse em chamas. Ela estremeceu, tossindo e engasgando. O antídoto ardia ao cobrir seus lábios.

— Você precisa beber tudo — insistiu ele.

Ela conseguiu fuzilá-lo com os olhos, mas ainda se forçou a obedecê-lo.

Quase que de imediato, ela sentiu a febre dentro de si se dissipar. Então o mundo ao seu redor não parecia mais um frigorífico, mas um deserto ardente, como se todo o calor que sufocava seu corpo tivesse escapado para fora. Ela não suportava a quentura ao seu redor. Seu corpo inteiro começou a suar. Ela não conseguia parar. Podia sentir o líquido jorrando das laterais do rosto e ensopando o colarinho da camisa aberta, escorrendo pelas mechas úmidas de seu cabelo, se misturando à água.

Ela enfim conseguiu inspirar fundo e recuperar o fôlego.

— Está tudo bem. Está tudo bem. Está tudo bem — disse Winter como um mantra. — Está me ouvindo?

Sydney assentiu, entorpecida. O cabelo dele estava molhado, pingando, refletindo a luz forte que entrava pelas janelas. Contas de água escorriam por seu rosto. Ela percebeu vagamente que as mãos dele estavam nos dois lados de seu rosto, segurando-a de um jeito firme e gentil. Winter a encarava como se ela pudesse desaparecer a qualquer momento.

Talvez Sydney estivesse alucinando. A água parecia mais brilhante do que o normal, sua superfície cintilante sob os raios de sol. Ela podia sentir o sono chegando, e perceber isso a encheu de pavor. Ela tentou focar nos olhos do garoto para se manter acordada.

Se ela adormecesse, talvez não acordasse.

— Você estava certo — disse ela, as palavras saindo arrastadas de sua boca.

Winter piscou, surpreso e aliviado por escutá-la.

— Sobre o veneno? — perguntou ele, a urgência evidente na voz.

— Sobre os meus pulmões — sussurrou ela, sentindo um espasmo doloroso nesses órgãos. — Você estava certo… sobre os meus pulmões… Ainda não contei para eles.

Winter assentiu.

— Eu também não vou contar — afirmou ele. — Só fique acordada. Tá bem? Fique acordada.

— Não sai daqui — pediu ela, com dificuldade.

Sydney agarrou as mangas de Winter num desespero febril.

— Não vou a lugar nenhum — garantiu ele.

Ela contou os segundos. Aos pouquinhos, bem lentamente, ela sentia o mundo ao seu redor recuperando o foco, embora sua mente ainda estivesse nebulosa.

— Winter — sussurrou ela.

O garoto assentiu para Sydney, os olhos ainda nela, as mãos ainda nas laterais do rosto da garota. Ela começava a recuperar a sensibilidade nos braços, a força nos músculos. Sentia o calor sutil da pele dele contra a sua. Os calos nas palmas das mãos e a sutil agitação da respiração dele contra seu rosto.

Winter ergueu uma das mãos para enxugar algo nas bochechas dela. Ela percebeu que estava chorando.

— Você está bem — murmurou ele, sua voz delicada e melódica. Era o som mais relaxante do mundo. — Você está bem.

— Eu estou bem — sussurrou ela, se recuperando aos poucos. — Eu estou bem.

Então foi a vez de Winter desabar. Para a surpresa de Sydney, de repente ele tirou as mãos dela e cobriu o próprio rosto com as palmas. E começou a chorar. Chorava como se o coração fosse falhar. Sydney ficou observando com uma fascinação calma; lágrimas escorriam pelo rosto dele. Winter Young era famoso por ser contido em público, por nunca dar uma entrevista considerada ruim ou ser pego desprevenido. Ela não achava que podia imaginá-lo chorando daquele jeito.

Ele parecia tão... humano. Apenas um garoto sufocado e exausto.

Sydney vasculhou em meio ao torpor de sua mente pela história de Winter sobre a mãe, sobre o dia em que ele perdera o irmão, e sentiu pena dele outra vez. Ou talvez não fosse pena. Talvez o que sentisse por ele, fosse o que fosse, era o motivo pelo qual ela parecia estar sempre procurando uma desculpa para olhá-lo, segui-lo ou verificar se ele estava bem.

Talvez ela gostasse mais dele do que queria de admitir.

Talvez estivesse um pouco apaixonada por ele.

Winter esfregou os olhos, então voltou a segurar o rosto dela. Sydney percebeu pela primeira vez que as mãos dele tremiam.

— Descanse um pouco — disse ele, a voz rouca. — Vamos falar com Sauda, descobrir o que exatamente usaram em você.

As lágrimas de Sydney deram lugar a um riso silencioso. Ela não conseguia acreditar naquela cena ridícula. Sydney era uma agente secreta — era ela quem deveria estar confortando Winter. Mesmo assim, estava sendo segurada numa piscina interna, deixando que um astro do pop a consolasse.

Winter sorriu um pouco ao vê-la rir. Ela se pegou admirando as linhas de expressão sutis que se formavam nos cantos dos olhos dele, notando o alívio em seu rosto. A luz da tarde os banhava, delineando a figura dele em dourado.

Aquilo tudo era tão ridículo. Suas inibições pareciam ter evaporado. Será que o veneno fazia isso também? Tudo o que Sydney queria fazer era encarar aquele garoto lindo. Ela sentiu uma fisgada no peito, sentiu o muro entre eles desabando.

— Aquela música no seu caderno… — soltou ela, sem querer.

Ela levou um segundo para perceber que não havia apenas pensado nas palavras, mas as tinha dito em voz alta. Talvez ainda houvesse algum veneno sobrando — Sydney poderia tomá-lo e simplesmente se deixar afundar na água e morrer de vergonha.

Winter ergueu uma sobrancelha, mas não perguntou por que ela havia folheado o caderno.

— Qual delas? — indagou ele.

As palavras dele ressoaram em meio à névoa da mente de Sydney.

— *Você é minha meditação* — respondeu ela. — Sobre quem é?

Winter ficou em silêncio por um momento, e ela mordeu o lábio para impedir que mais palavras escapassem de sua boca. *Minha nossa*, o que havia de errado com ela?

— Você — revelou ele.

Sydney o encarou. O mundo ainda parecia girar ao seu redor. Os olhos dele se voltaram para os dela, como se não quisesse ter admitido aquilo.

— Era só um exercício de escrita — explicou ele.

Você. Você.

Ela deixou que a palavra a envolvesse, sentiu as paredes de seu coração se quebrando.

Sydney não sabia explicar por que fez aquilo.

Mas se inclinou na direção dele e, como se aquele sempre tivesse sido o destino dos dois, encostou os lábios nos dele e o beijou.

24

DESTINO

Foi como se uma corrente elétrica percorresse o corpo dela.

Winter se assustou com o beijo, em choque.

Por fim, ele cedeu. Sydney sentiu as mãos dele puxarem seu rosto para mais perto, deslizando pela água para o pressionar contra o dele. O beijo ficou mais intenso. Os lábios dele eram tão macios... A onda de calor que percorria o corpo de Sydney era diferente dessa vez; viva, acolhedora, boa e absolutamente, totalmente avassaladora. Ela envolveu o pescoço dele com os braços molhados enquanto Winter a puxava para ainda mais perto. Havia desespero nos movimentos deles, uma urgência que vinha da adrenalina e do medo. E talvez de mais alguma coisa também. Um gemido sutil escapou da garganta dele, um som de alívio e prazer e desejo profundo. Era a coisa mais sensual que ela já ouvira.

Sydney já havia beijado garotos o suficiente para o ato perder o sabor de novidade. Mas ali, de alguma forma, tudo parecia diferente. Ela levou as mãos até a camisa ensopada dele e puxou a barra, depois correu os dedos pelo tecido grudado no abdômen molhado de Winter. A pele dele era macia e lisa. Como se estivesse distante de si, Sydney sentiu as próprias coxas pressionadas contra ele, fazendo com que Winter perdesse o equilíbrio de leve e precisasse colocar um braço atrás dela para que não caísse.

Bem, isso não é nada profissional. A voz em sua mente voltou à vida, mas foi abafada pelo desejo que sentia naquele momento. Sydney não dava a mínima para o fato de estarem numa missão ou de suas vidas estarem em perigo. Ela passara tanto tempo focada em nada além de sobreviver, de terminar o trabalho, que se esquecera completamente do próprio coração. Então ela o libertou.

Naquele momento, tudo o que a garota queria era Winter. Cada pedacinho dele. Ela queria ser consumida pelo fogo de Winter e se perder nele.

O antídoto embaçava seus pensamentos. Sydney se afastou por tempo o bastante para suspirar ao sentir a mão dele em suas costas, subindo. Os lábios dele estavam em seu pescoço, passeando por sua clavícula. Os botões de sua camisa ainda estavam abertos por conta de sua tentativa febril de tirá-la antes. A garota fechou os olhos, esperando que ele a tocasse em qualquer lugar, em todo lugar. Esperando que Winter a carregasse para fora da piscina e a levasse até o quarto, que tirasse suas roupas molhadas e a consumisse.

Winter, aquele garoto que — apenas algumas semanas antes — ela desejara que desaparecesse da face da Terra.

Ou talvez ela nunca tivesse acreditado mesmo nisso.

Como será que Winter Young é na cama?, o pensamento surgiu em sua mente e incendiou seu corpo. Sydney não conseguia acreditar naquilo. Uma semana antes, teria balançado a cabeça, enojada pelo pensamento.

Por que ela o desejava?

Por que aquilo parecia tão certo?

Antes que pudesse descobrir, ele se afastou. Sydney suspirou com a perda repentina de contato e a decepção de sentir o ar frio entre eles.

— Espera — disse ele, com as bochechas coradas.

O colarinho da camisa de Winter estava amassado no ponto que ela puxara, os botões abertos até o peito, e ela podia ver o corpo dele por debaixo do tecido molhado. Os olhos dele a encontraram, as pupilas dilatadas, o olhar turvo de desejo.

— Espera — repetiu ele, sacudindo a cabeça. — Para. Você es... A gente está, quer dizer... A gente não está com a cabeça no lugar.

Não estou com a cabeça no lugar?

O calor e o desejo que vinha crescendo em Sydney cessou como se tivesse se partido ao meio. Desapareceu num instante. Ela o encarou, atônita por um momento.

— Eu sei o que estou fazendo — retrucou ela.

Ele a encarou, cético.

— Sabe mesmo? Você acabou de ser envenenada! Você ao menos se lembra do que aconteceu?

— É óbvio que sim! — exclamou ela, furiosa, fechando a cara.

As lembranças do que tinha acabado de acontecer já estavam ficando confusas. Como eles haviam entrado na piscina? Será que Winter a tinha carregado? Será que ele havia lhe dado algo para tomar? Sydney achava que se lembrava, mas naquele momento tinha a sensação de que uma cortina de fumaça havia coberto sua mente, turvando seus pensamentos com dúvidas.

Diante de sua confusão, Winter balançou a cabeça e se afastou ainda mais. Ele abriu um sorriso tristonho.

— Me desculpa. Eu me deixei levar — murmurou ele.

Sydney sabia que ele tinha razão, mas mesmo assim sentia a irritação como um balde de água fria em suas emoções. Na única vez em que ela deu em cima de um garoto e decidiu abrir seu coração, o cara resolveu ser um cavalheiro. Como assim?

Por que Winter não podia simplesmente deixar ela cometer esse erro?

Erro. Exatamente.

Os sentimentos dela haviam sido lançados numa tempestade com o veneno, o antídoto e a pressão da missão, e Sydney perdeu a cabeça. Um erro. Era tudo que aquilo era.

Sua mente se tornou um pouco menos confusa, e a garota sentiu o primeiro traço de sua apatia retornando, seu escudo se recompondo. Ela piscou, de repente exausta.

Aquilo obviamente era um erro.

— Eu também — murmurou ela, ajeitando a postura contra a borda da piscina.

Sydney baixou a cabeça e abotoou a camisa. As sensações do beijo ainda percorriam seu corpo, e, para seu constrangimento, ela ainda sentia suas bochechas coradas.

A mão dele ainda estava ali, a um fio da dela. Tudo nele parecia querer tocá-la de novo, mas Winter continuou imóvel.

— Não podemos fazer isso — sussurrou ele, por fim.

Sydney nunca se sentira tão irritada com ele. Mas reprimiu o sentimento, forçando-se a fingir que não se importava que as mãos de Winter haviam tocado seu corpo fazia poucos segundos, que ela não havia feito o mesmo com ele.

— Vai por mim, eu também não quero. Não é profissional — concordou ela.

Winter balançou a cabeça.

— Não, eu estava falando do resto da missão.

Ela franziu a testa, confusa. Sydney sentiu mais uma vez o calor em suas bochechas, e, por um breve momento, desejou que o veneno voltasse a correr por suas veias para que não sentisse tanta vergonha.

— E por que não? — indagou ela.

— Você acabou de ser envenenada!

Sydney o encarou, indiferente.

— Uma vez, eu roubei a chave de uma cela trancada para libertar um informante no corredor da morte numa prisão de segurança máxima. E eu estava com uma febre de quarenta graus.

Ele a encarou, sem palavras.

— Então isso vai ser fácil — completou ela.

Winter piscou, mas ela não quis dar mais explicações. Em vez disso, voltou a fitar a sala de estar, onde cacos de vidro estavam espalhados sobre chão, depois Winter outra vez. Enquanto a névoa em sua mente se dissipava, Sydney se lembrou do olhar de pânico que ela vira no rosto do garoto logo antes de ela levar os lábios ao copo. Ele ia dizer algo. "Não…"

— Winter, você ia me avisar antes de eu beber aquele uísque, não ia? — perguntou ela, cautelosa.

Ele a encarou, chocado. Então assentiu.

— Por quê? Como você sabia? — indagou Sydney.

Winter não respondeu, apenas olhou para a porta. Ela tentava se lembrar de alguma pista ao examinar a linguagem corporal dele, a rigidez de sua postura, a forma como ele se virou de um jeito inconsciente na direção por onde Claire e os amigos dele haviam saído. Sydney esperou com paciência até que ele voltasse a olhar para ela.

Quando ele a encarou, seu rosto estava aterrorizado.

— Leo sussurrou algo para mim logo antes de sair.

— E o que ele disse?

Winter encontrou os olhos dela.

— "Não toque naquelas bebidas."

Ela ficou em silêncio por um momento. Sua mente girava. Nada relevante sobre Leo aparecera na pesquisa da agência; ele era apenas um amigo leal e colega de trabalho de Winter. Não tinha nenhuma ligação com Eli Morrison. Mas aquilo era inconfundível.

— Eu vi os outros beberem sem problemas — observou ela, devagar, voltando a encará-lo. — Leo serviu o uísque. Ele devia saber qual copo colocou na minha frente. Na *sua* frente.

Os olhos de Winter estavam semicerrados.

— Não.

Ela o fitou com um olhar firme.

— Sim — replicou ela, a voz gentil. — Winter, Leo tentou nos envenenar.

25

AMIGOS E INIMIGOS

Não fazia sentido.

Leo o acompanhava praticamente desde o início da carreira de Winter. Ele participara de todas as turnês, enchera a paciência e o provocara sem piedade, tentara ensiná-lo a cozinhar dezenas de vezes. Escutara com atenção sempre que Winter estivera abatido pelo estresse ou pela exaustão, o confortara por dezenas de corações partidos, celebrara suas conquistas...

Leo estivera ao seu lado por tanto tempo. Era impossível.

Mesmo assim, Winter se viu encarando o vidro quebrado no chão, o uísque ainda espalhado sobre a madeira.

— Isso é coisa de agente novato e nervoso — explicou Sydney, fazendo um teste na borda do copo.

A garota ainda parecia vacilante, os movimentos um pouco mais lentos do que deveriam, mas sua fala e seu raciocínio pareciam ter voltado ao normal. Melhor do que meia hora antes, pelo menos, quando ela arfava na piscina. Ou quando ela o beijava desesperadamente, e ele fazia o mesmo.

Naquele momento, Winter estava olhando para ela, incerto. E se Claire estivesse ciente daquilo? E quanto a Dameon?

De repente, todas as pessoas que ele conhecia se tornaram meras silhuetas em sua mente, caminhando por uma cidade de segredos.

Ele não sabia qual caminho seguir, para quem telefonar. Naquele instante, Winter não conseguia pensar em ninguém com quem pudesse conversar.

Não havia ninguém em quem pudesse confiar.

Ele pensou em Penelope, no olhar distante em seu rosto quando ele lhe perguntou como ela lidava com a solidão.

— Tudo tem uma explicação — comentou Sydney, quebrando o silêncio. — Você só precisa confiar nos seus instintos.

Ainda havia algo nos olhos dela, que, emoldurados por aqueles longos cílios castanhos, faziam-na parecer um pouco perdida. Mas Sydney parecia alerta, a testa franzida de leve e os lábios sutilmente curvados para baixo. Ela agora estava vestindo um suéter grande dele, e Winter não pôde deixar de notar a forma como a peça deixava exposta a pele macia do ombro dela. Havia uma marca de nascença ali, uma manchinha escura que ele beijara mais cedo.

Ele ainda sentia um leve formigamento nos lábios.

Sydney se mexeu e continuou:

— Leo pode ter sido subornado.

— Não existe dinheiro no mundo que faça Leo querer machucar alguém — retrucou Winter.

— Chantagem, então. Aposto que ele não queria fazer isso. Ninguém confessa o crime daquele jeito para a vítima, sabe? Ninguém avisa e se coloca em risco se quer *mesmo* machucar a outra pessoa. Ele foi forçado, de um jeito ou de outro. Com certeza existe alguém no mundo que ele ama mais do que você, que poderia ser usado contra ele. Você notou alguma coisa estranha nele nos últimos dia?

Chantagem. Winter pensou nas irmãs e nos pais de Leo, em suas tias, na casa que estava sempre cheia de parentes carinhosos, alegres e festivos.

— Ele estava bem durante os ensaios — disse ele, devagar.

Mas Leo não parecera quieto demais depois do show? Não. Aquilo era só porque ele não podia ir na festa. Certo?

— Depois do show... Ele não disse uma palavra — sussurrou Winter.

Sydney o encarou com cuidado.

— E quando ele ficou sozinho, sem todos nós, antes do show?

— No elevador — disseram os dois ao mesmo tempo.

As mãos de Winter começaram a tremer. Ele, Leo e Dameon haviam pegado o pequeno elevador para a área dos bastidores, sozinhos, cada um com um segurança de Eli Morrison. E se a pessoa responsável por Leo tivesse lhe dito alguma coisa naquele momento?

Chantagem.

Se a equipe de Morrison tivesse ameaçado a família de Leo, ele teria feito o que lhe fosse ordenado. Winter sabia que tinha sido aquilo, sentia que seu instinto tinha razão, como Sydney lhe dissera. Mesmo assim, Leo devia ter sofrido muito por causa daquilo, já que não seguiu o plano até o fim. Ele temera o suficiente pela vida de Winter a ponto de arriscar a vida da família só para avisá-lo sobre o veneno.

A constatação embrulhou seu estômago. De repente, tudo parecia girar.

Sydney devia ter visto a expressão dele mudar, porque assentiu. Cada minuto trazia consigo mais explicações.

— Não sabemos se nada disso é verdade — murmurou ele.

— Mas é possível. Não é? — retrucou ela.

— Isso significaria que alguém sabe o que estamos fazendo aqui. E que logo vão saber que Leo não cumpriu a parte dele do acordo — concluiu Winter, baixinho.

— Ele vai estar num avião de volta para os Estados Unidos em uma hora — declarou ela. — Mas temos que tirar *você* de Londres.

Winter franziu a testa.

— *O quê?* Foi você que foi envenenada — rebateu ele.

— Mas este é o meu trabalho, não o seu.

— Eu já disse. Aonde você for, eu vou.

— Bem, isso foi antes de alguém colocar veneno no seu copo e tentar te matar.

Ele suspirou.

— Não — disse ele.

— Não estou pedindo, Winter.

— Não posso te deixar aqui.

— Como assim, não pode?

— A agência não está mais te ajudando nessa missão. Você vai estar sozinha em Londres.

Um feixe de luz começara a iluminar o rosto de Sydney, banhando de dourado seus olhos azul-escuros.

— Isso é o que um espião faz. Eu trabalho melhor assim — declarou ela.

— E quanto à enorme distração que você precisava que eu causasse? E quanto...

— A distração era uma boa ideia quando eu achava que ninguém estava atrás de você. — Ela estalou os dedos. — Ninguém precisa que a sua grande distração seja o seu assassinato. Posso entrar no museu sozinha sem problema. Vai ser mais fácil, na verdade.

— Por que você é assim? — perguntou ele.

— Assim como? — retrucou ela.

— Por que você insiste tanto em sofrer sozinha?

— Porque não faz sentido sofrer em conjunto. Não é prático. Você já fez o que precisava fazer. Nos fez chegar perto o bastante de Connor Doherty e Penelope Morrison, nos ajudou a descobrir o que pode ser o cofre secreto onde vamos encontrar a evidência de que precisamos. Eu precisava de você aqui antes. Agora não preciso mais.

Como sempre, as palavras dela o atingiram de um jeito que ele não estava acostumado. Ou talvez estivesse acostumado demais. Desnecessário, indesejado. Talvez Winter merecesse isso, considerando a forma como agira no passado. Há quanto tempo ele não se sentia tão afetado por alguém? Ele achava que não queria se abrir para o amor. Mas então, encarando Sydney, percebia algo único se agitando dentro de si.

Talvez ele não precisasse ficar. Mas queria. A ideia de deixá-la ali…

— Por favor, me diz que você não está falando sério — insistiu ele. — Deve haver dezenas de pessoas perigosas aqui envolvidas com o assassinato de Morrison. Você vai estar no fogo cruzado entre eles e o pessoal de Morrison. E se o avião decolar hoje à noite só com Penelope e eu, como você vai escapar?

— A agência vai mandar outro avião em algum momento.

— Em algum momento — repetiu ele, sem expressão.

— Essa missão não é mais sua, Winter.

De repente, Sydney parecia furiosa. Ela o encarou, depois se afastou. Para o alívio e decepção dele, a garota já conseguia se equilibrar por conta própria, os efeitos do veneno quase que anulados por completo.

— Dá o fora daqui e volta para os Estados Unidos — disse ela.

— E o que vai acontecer depois?

Ela ergueu os braços, exasperada.

— O que você quer que eu diga? Depois, acabou. A gente acabou. O que você achou que ia acontecer a essa altura? Volta pra sua vida e me deixa em paz.

Ele abriu a boca, pronto para responder, mas ela já havia lhe dado as costas e ido para as escadas. Sydney levou só mais alguns segundos para desaparecer escadaria acima.

Winter tensionou os músculos, pronto para correr na direção dela e encontrar outro jeito — qualquer jeito — de impedi-la. Mas ele hesitou.

O breve momento de loucura e desejo absoluto entre eles parecia estar a um milhão de anos de distância.

Por que raios ele estava discutindo sobre a missão? Sydney tinha razão. Ele fizera o que a agência lhe pedira para fazer. Sua parte estava encerrada. Agora Winter havia se tornado um fardo, e Sydney obviamente não tinha o menor interesse em deixar que isso impedisse seu trabalho.

E talvez os sentimentos que ele pensasse ter por ela fossem uma ilusão. Seria uma coisa boa. Que tipo de futuro ele poderia ter com uma garota como Sydney, afinal? Aquela missão fora apenas uma colisão de dois mundos. Ele era um artista. Sua vida acontecia no palco, sob os holofotes. E Sydney, por outro lado, pertencia a um mundo secreto, movendo-se nos espaços que Winter não frequentava nem devia frequentar. Por causa dessa confusão, já havia envolvido um de seus melhores amigos. Talvez tivesse afetado os outros também, de formas que ainda desconhecia.

Winter não podia se dar ao luxo de ter um relacionamento com Sydney. Nem mesmo uma amizade. Era colocar em risco a segurança e a vida deles.

Mas, por enquanto, ainda estava envolvido naquilo — e Sydney lhe ensinara a seguir seus instintos. E seus instintos lhe diziam que, se ele a abandonasse, se ele se afastasse das pessoas com as quais criara um vínculo, se arrependeria pelo resto da vida.

Winter já estava farto de carregar o peso de seus arrependimentos.

Ele deu as costas para as escadas e foi até a porta da frente. Com cuidado, removeu o chip da agência do celular e o colocou debaixo de um porta-copos numa mesa de canto.

Em seguida, pegou o celular e telefonou para um novo contato.

Apenas um toque.

— Alô? — disse Penelope, com um tom baixo e um pouco assustado.

— Sou eu.

— Winter? Minha nossa, eu vi as notícias... Você ainda está preso dentro da casa? — perguntou ela, a voz trêmula e chorosa.

— Não se preocupe comigo. Como *você* está?

— Segurando as pontas. Winter, escuta, preciso te dizer...

Ele olhou por cima do ombro ao chegar à porta.

— Precisamos conversar. Você pode me encontrar de manhã no pavilhão do palácio?

— De manhã? — Ela hesitou por um momento. — Aham.

— Obrigado. Vejo você em breve.

26

APENAS OUTRO TRABALHO

Para o alívio de Sydney, o trem que ela pegou para o Victoria and Albert Museum estava lotado, o que lhe deu a oportunidade de desaparecer em meio ao fluxo de pessoas. Estava pensando melhor, já tinha recuperado os reflexos e a memória. E se lembrava muito bem de como tivera que dispensar Winter.

Talvez tivesse exagerado. Estava tão furiosa, mas nem sabia ao certo com quem. Com ele, provavelmente. Melhor ainda: consigo mesma. Ou com quem quer que tivesse tentado matá-los. Talvez estivesse furiosa com toda aquela situação, a forma como tudo saíra do controle, a forma como ela tivera que sair dos trilhos com Winter. A realidade de que alguém os queria mortos. A constatação de que o relacionamento dos dois era um beco sem saída.

O trem chegou a South Kensington. Sydney saiu do vagão com passos propositalmente despreocupados, invisível em meio aos turistas e moradores, escolhendo a entrada subterrânea do museu em vez da entrada principal na rua. Era melhor arrancar logo o curativo. Ela sabia que o avião que Sauda havia enviado já devia estar em Heathrow, pronto e à espera deles. Winter logo estaria lá também, decolando sem ela.

Com sorte, pela forma como Sydney o deixara, seria a última vez que o veria. E ele sairia com vida por causa disso.

A pontada que atravessou seu peito foi tão intensa que ela precisou inspirar fundo. Sydney pensou nas mãos dele envolvendo seu rosto, puxando-a para perto. As lágrimas nos olhos dele. O calor de sua respiração contra o pescoço dela, os lábios dele em sua pele.

Ela se esforçou para afastar as lembranças e apertou o passo. O som de suas botas se perdia em meio ao eco das vozes ao redor. Conforme caminhava, olhava para o celular e verificava a localização de Winter. De acordo com o rastreador, ele ainda estava na mansão. Logo deveria mostrá-lo a caminho do aeroporto.

Ela fechou o rastreador e seguiu em frente. Já tivera que se separar de muitos colegas agentes no passado sem sequer olhar para trás.

E aquele era apenas outro trabalho.

Ela havia memorizado a planta do Victoria and Albert Museum durante o trajeto de trem. Era uma gigantesca e magnífica construção antiga repleta de câmeras de segurança, sensores acoplados a todas as portas, mesas de segurança nas entradas principais e dezenas de funcionários que percorriam as dependências durante todo o horário de funcionamento.

A entrada subterrânea, porém, era mais tranquila, ainda mais na manhã de um dia de semana. Quando ela se aproximou da porta discreta, o guarda solitário que relaxava numa cadeira ao lado da entrada lhe dirigiu um olhar entediado e simplesmente acenou com a cabeça para que entrasse. Ela lhe respondeu com um doce sorriso.

O museu zumbia com um público moderado. Sydney se forçou a ir devagar, vagando pelo salão de esculturas e admirando a coleção de Rodin como um turista faria, para que os seguranças se esquecessem dela e se concentrassem em observar os outros que entravam no espaço. Então ela atravessou a exposição de moda sem pressa alguma e passou pelo gigantesco lustre de Chihuly na rotunda principal. Um grupo de crianças numa excursão escolar andava ao redor dela.

Ela enfim conseguiu subir as escadas. O público ficava mais esparso a cada piso, até ela estar a vários corredores de distância da ala recém-doada por Eli Morrison, que abrigava a coleção de Connor Doherty. Quando passou pelas escadas que levavam à sala, notou a corda de veludo que bloqueava o caminho.

ÁREA INTERDITADA, dizia a placa. Como esperado.

Ela adentrou um corredor vazio. Ali, ficou parada num canto ao lado de um mostruário de peças de cerâmica e ergueu o celular para o alarme de incêndio mais próximo.

Na tela, surgiu um mapa que mostrava os milhares de alarmes de incêndio no prédio. Ela rolou a tela até escolher um localizado na ponta oposta do museu. Em seguida, clicou no alarme.

Um guincho eletrônico quebrou o silêncio, ecoando através dos corredores de mármore do museu.

O tempo de Sydney estava cronometrado.

Por sobre o som contínuo do alarme, os alto-falantes transmitiam um anúncio:

— Visitantes e funcionários, por favor, dirijam-se à saída mais próxima. Pedimos desculpas pelo transtorno.

Ela abriu um pequeno sorriso. Uma evacuação forçada de toda a equipe.

Dito e feito: ela viu três seguranças saírem da ala fechada que abrigava a coleção pessoal de Connor. Sydney esperou até eles desaparecerem escadaria abaixo. Então passou por baixo da corda de veludo e subiu os degraus às pressas — até se esconder atrás de uma das colunas no corredor lá em cima.

Três dos quatro funcionários que vigiavam a sala haviam saído — mas um segurança permanecia perto das portas da coleção particular, parecendo irritado e um pouco incerto sobre ser obrigado a sair do posto.

Sydney fez uma careta ao vê-lo e ergueu o celular outra vez. Então clicou na tela e esperou até pegar a frequência do rádio do homem.

Momentos depois, ela ouviu o ruído típico de interferência no sinal. O homem baixou os olhos para o aparelho. Sydney digitou rapidamente no celular:

Ainda está aí?

Uma voz grave, masculina e com algum ruído saiu do rádio.

— Ainda está aí? — perguntou a voz, reproduzindo as palavras que Sydney digitara.

O homem encarou o rádio.

— Estou.

— Levanta essa bunda daí e desce — ordenou a voz enquanto Sydney digitava, como se alguém no comando lá embaixo estivesse chamando o homem.

O funcionário guardou o rádio no cinto e resmungou alguma coisa sobre receber ordens. Deu uma olhada nas portas atrás de si. Momentos depois, atravessou o corredor às pressas atrás dos colegas. Sydney se encolheu contra a coluna quando ele passou.

Ele estava quase no fim do corredor quando a voz de um segurança de verdade saiu do rádio, fazendo-o parar onde estava.

— Estão dizendo que foi alarme falso — disse a voz. — Ainda está aí?

O homem hesitou.

— Agora é para eu ficar? — rebateu ele, irritado.

— Por acaso eu te mandei sair? — retrucou a voz.

O peito de Sydney se apertou. *Droga*, pensou ela. *Então vamos de Plano B.* Ela odiava o Plano B. Tão grosseiro.

O segurança olhou ao redor. Ele se virou para a coluna em que ela estava escondida.

Sydney se mexeu antes que o homem pudesse vê-la. Com um único salto, ela mirou no pescoço dele e o acertou em cheio no pomo de Adão.

Ele arregalou os olhos. Levou as mãos à garganta enquanto emitia um som baixo de sufocamento.

Sydney o atingiu com força na mandíbula com a borda do celular. Ele cambaleou, atordoado. A garota o acertou outra vez, e o homem ficou inerte. Ela o pegou antes que ele caísse, vacilando sob o peso dele, depois o arrastou até a lateral do corredor, desajeitada, de modo que ele ficasse parcialmente escondido pelas colunas. Assim, faria com que os outros seguranças procurassem por ele por alguns segundos e ganharia mais algum tempo.

Ela ajeitou o homem, depois correu até as portas duplas que antes estavam sendo vigiadas. Sydney entrou sem fazer ruído, fechando as portas atrás de si como se nunca tivesse estado no corredor.

Ela se viu parada diante da coleção particular de Connor Doherty, rodeada por um conjunto deslumbrante de pedras preciosas.

Os alarmes de incêndio ainda ressoavam, mas Sydney sabia que aquela sala devia ter seu próprio sistema de segurança.

Ela pegou um pacote de pastilhas de açúcar do bolso, jogou um punhado do doce na mão e então usou a borda do celular para esmagá-los num pó mais fino que conseguia com o tempo limitado. Quando terminou, ela o soprou no ar, formando uma nuvem de pó cintilante. Em seguida, viu uma tênue grade de linhas de laser aparecer aqui e ali, visíveis por um momento graças à natureza levemente reflexiva dos aditivos artificiais do doce. Ela tirou uma foto rápida antes de a grade desaparecer.

Então atravessou o espaço com bastante cuidado, os movimentos firmes conforme seguia as linhas da foto.

Winter tiraria isso de letra, pensou Sydney enquanto se movia. O rosto dele surgiu de repente em sua cabeça. Ela imaginou a facilidade com que o corpo gracioso do garoto desviaria das linhas, a rapidez com que conseguiria se mover pela sala.

Pare de se distrair, repreendeu a si mesma. Àquela altura, ele já deveria estar a caminho do aeroporto. Ela estava trabalhando sozinha.

Sydney foi até o mostruário localizado em frente ao ponto em que a tela de infravermelho havia mostrado o desenho da sala secreta. Ela sentia a pele arrepiar enquanto se movia. Por mais que verificasse, sempre se sentia vigiada, como se ainda houvesse uma câmera ali que ela não percebera.

Ela colocou o celular no chão diante do mostruário de vidro, depois deu um passo para o lado. Um holograma perfeito de Connor Doherty apareceu um instante depois, pairando sobre o celular, como se ele estivesse bem ali naquela sala.

O vidro do mostruário pareceu vibrar. Ela se sentiu estremecer contra a parede dos fundos da sala. Então o acesso se abriu, revelando um pequeno espaço secreto que se iluminava com uma suave luz azul.

O coração de Sydney saltou para sua garganta. Ela estava dentro daquela pequena sala.

O lugar parecia um quarto do pânico. Talvez fosse apenas isso. Mas quando Sydney se aproximou de uma parede, viu que, na verdade, eram pilhas de caixas brancas que iam do chão ao teto.

Ela pegou uma delas e abriu.

Cadernos. Livros-caixa escritos à mão. Havia também caixas menores e, quando Sydney abriu uma delas, viu que continha unidades de disco tão pequenas e finas quanto uma unha, empilhadas uma sobre a outra. Mesmo essas não deviam chegar nem perto da quantia total de transações feitas por uma organização tão grande quanto o império de Eli. Aquilo era apenas uma mera fração, talvez um mês de negócios. Deviam ser os registros mais recentes — qualquer coisa mais antiga seria destruída, sem motivo para guardar arquivos como evidências incriminadoras.

Ela não pôde conter um sorriso. Havia tirado a sorte grande.

Sydney não tinha tempo de vasculhar todos os documentos e descobrir do que precisavam. Folheou os arquivos, procurando um critério de organização. Não por data ou ordem alfabética, mas por cliente. Ela reconheceu os nomes de algumas organizações conhecidas por trabalharem com Eli Morrison.

Arquivos. Era do que precisavam.

Ela pegou outra caixa. Conferiu os nomes.

Pegou uma terceira.

Sydney percebeu que havia um padrão; estava organizado das transações mais antigas para as mais recentes. Ela se apressou até o final dos arquivos, onde estava uma última pilha de caixas. Ali, ela pegou a caixa do topo e a abriu.

Cronogramas. Horários de partida de navios, contagens de contêineres.

O tempo era escasso demais. Sydney escaneou os documentos com o celular, o máximo que conseguiu.

Tempo escasso, tempo muito escasso.

Lá fora, Sydney ouviu um sutil estalo e bipes de câmeras de segurança se conectando. Ela escaneou mais alguns documentos, depois guardou a caixa de volta no lugar. Em algum lugar entre os arquivos que havia salvado no celular devia haver evidências das transações mais recentes de Morrison.

Ela clicou na imagem de Sauda em seu celular, para começar a enviar os primeiros arquivos.

A transferência nem tinha começado quando ela ouviu uma voz atrás de si:

— Ocupada?

Sydney se virou e deu de cara com Connor Doherty.

Ela reagiu num instante. Ergueu a perna e deu um chute na direção dele, mirando em sua garganta. Mas ele desviou com uma velocidade surpreendente. Aquele homem não era apenas um contador. Ele fora treinado para matar.

Connor desviou do golpe de Sydney e agarrou seu pulso. Sydney se desvencilhou dele, mas, antes que ela pudesse atacá-lo de novo, ele deu um passo para trás.

284

Não. Sydney se lançou para a frente, mas a porta se fechou num piscar de olhos. Antes que se fechasse completamente, ela teve um vislumbre de Connor sorrindo para ela, o celular dela em suas mãos.

Então a porta se fechou e a luz azul se apagou, aprisionando-a na escuridão.

27

BATIDA SILENCIOSA

Como combinado, Penelope foi a primeira pessoa que Winter viu quando seu carro cruzou os portões do Palácio de Kensington e chegou ao pavilhão.

Tendo como pano de fundo o jardim do palácio, a serenidade das flores de inverno e as decorações de Natal vermelhas e cintilantes nos arbustos ao longo de um espelho d'água retangular, Penelope estava resplandecente. Ela estava com uma jaqueta de couro com aplicações de ouro e um vestido azul esvoaçante com pregas, o cabelo escuro preso num coque elegante. Pronta para sua festa de aniversário.

Não que a garota estivesse no clima para comemorar. Winter logo percebeu que ela estivera chorando; os cantos dos olhos ainda estavam rosados, a pele sob as pálpebras escura por falta de sono. Ela parecia pequena e tensa com os braços cruzados sobre o peito.

Winter sentiu uma pontada de culpa ao pensar no que estava prestes a contar a ela.

Um segurança se aproximou da porta dele e a abriu. Quando saiu, Penelope correu até ele, oferecendo-lhe um sorriso tímido como cumprimento antes de entrelaçar o braço no dele e conduzi-lo ao longo das bordas do espelho d'água do Sunken Garden. Eles obviamente haviam chegado cedo, então o restante do exuberante espaço era ocupado em sua maioria por funcionários que posicionavam enormes arranjos de rosas natalinas diante do pavilhão aquecido. Pássaros cantavam sob o frio sol da manhã, e uma brisa fresca gelava o ar, fazendo os arbustos tremerem.

A serenidade do lugar era menos como um momento de paz e mais como a batida silenciosa numa música logo antes de um ritmo barulhento começar. Era o tipo de silêncio que deixava os músculos de Winter tensos, sabendo que em breve aconteceria algo grandioso. Ele manteve as mãos nos bolsos, mexendo na caneta da agência que ele guardava no forro interno. Não era uma grande arma, mas ao menos a lâmina escondida da caneta lhe dava alguma sensação de segurança.

— Como você está? — perguntou Winter, baixinho.

Penelope não olhou para ele. O braço que ela entrelaçara no dele tremia e, através do tecido da própria roupa, ele percebia que a mão dela estava congelando.

— Bem o suficiente — respondeu ela. — E você?

— Também.

Ela olhou para trás dele e perguntou:

— Cadê a sua guarda-costas?

— Observando à distância — respondeu ele, se aproximando do ouvido dela. — Precisamos conversar.

Ela respirou fundo, trêmula.

— Se é sobre o atirador, eu…

Winter pigarreou.

— Não é sobre o atirador. É sobre o seu pai.

— Meu pai? — perguntou ela, arregalando seus olhos questionadores e esperançosos. — Você viu ele? Estou tentando falar com ele desde ontem à noite.

Winter pausou por um momento, se perguntando se deveria ser a pessoa a dar a notícia. Mas qualquer um que pudesse fazer isso seria parte do terrível círculo de Morrison, e alguém havia tentado matá-la. Então ele chegou mais perto, como se estivesse apenas flertando com a garota. Alguns funcionários os observavam, curiosos.

— Eu sinto muito mesmo por ter que te contar isso — disse ele, baixinho —, mas quando eu falar, preciso que você não demonstre nenhuma emoção.

O medo atravessou os olhos dela, como se estivesse se preparando para uma notícia que já havia adivinhado. Ela examinou o rosto dele, desesperada.

Uma pausa.

— Seu pai foi assassinado ontem à noite.

Eles continuaram andando.

Penelope manteve uma expressão neutra, os olhos baixos. Mas ele sentiu o tremor que atravessou o corpo dela, a repentina rigidez na postura, a forma como ela se agarrou ao braço dele como se fosse cair. Ele firmou o corpo contra ela, puxando seu braço para si. A cor se esvaíra do rosto dela sob a mudança de luz. Então ela não sabia.

— Sinto muito mesmo — sussurrou ele.

— Isso é impossível — murmurou ela.

— Acredite em mim, queria muito dizer que não é verdade — disse ele, a voz suave.

— Ele só está ocupado — retrucou ela, a voz firme e um pouco irritada.

Penelope ergueu os olhos, focando-os no pavilhão e no amontoado de rosas de inverno que cobriam suas laterais.

— Ele deve chegar em uma hora — insistiu ela. — Ele vai fazer um brinde.

A garota encontrou os olhos de Winter outra vez, com uma expressão desafiadora. Tudo o que ele pôde fazer foi responder com um olhar firme.

Ela começou a balançar a cabeça, e ele apertou a mão dela de leve enquanto a garota pressionava a dobra do cotovelo dele. Winter olhou ao redor, para as pessoas que vagavam pelo lugar.

— Eu sei a gravidade do que estou te pedindo — sussurrou ele —, mas tente manter a compostura. Você não está segura aqui.

Penelope se desvencilhou dele.

— Não, você *não entende*. Ele disse... ele me contou...

— Te contou o quê? Quando foi a última vez que vocês se falaram?

— No seu show — disse ela, olhando para Winter. — No Alexandra Palace. Ele me disse que estaria aqui.

Ele lhe lançou um olhar tristonho.

— Sinto muito.

Penelope engoliu em seco e, por trás da descrença, Winter podia ver que ela lutava para conter as lágrimas. Ela voltou a olhar para o chão; era boa nisso, em esconder as próprias emoções. Ele se perguntou quantas vezes no passado precisara fazer isso, e por quais motivos.

— Como é que você sabe disso? *Por que* você sabe? — questionou ela, a voz rouca.

— Ainda não posso te contar tudo — respondeu ele. — Mas a pessoa que tentou te matar ontem à noite, seja lá quem for, também atacou seu pai. E teve sucesso. Isso significa que talvez tentem te atacar de novo.

— Ele morreu quando a gente estava no meu apartamento? — indagou ela, baixinho.

Winter assentiu.

Ela tomou o braço dele outra vez, dessa vez como apoio. Ele podia sentir a mão da garota tremendo de leve sobre seu cotovelo, apertando-o com tanta força que os nós dos dedos ficaram brancos.

— Preciso contar para alguém — disse ela de repente.

— Não.

— Você não tem o direito de me dizer isso — retrucou ela, furiosa.

— Talvez não — replicou ele, suas palavras mais ríspidas do que pretendia. — Mas você precisa me escutar. Por favor. Não pode contar para mais ninguém.

— Mas eu…

Winter interrompeu a caminhada por um momento e se virou para encará-la. Ele se inclinou ao pé do ouvido dela de modo que ninguém mais pudesse ver o movimento de seus lábios.

— Não sabemos quem é o responsável, mas isso significa que qualquer pessoa é suspeita — murmurou ele.

Quando ele se afastou um pouco, Penelope o fuzilava com os olhos, desconfiada.

— Incluindo você.

— Eu não ganho absolutamente nada machucando você.

— Por que eu deveria acreditar nisso?

— Não posso te dar nenhuma evidência convincente, além do alerta de que a sua vida depende disso.

Ela comprimiu os lábios, como se tentasse conciliar a nova informação com a admiração que tinha pelo ídolo, e então voltou a olhar para o local da festa. Mais convidados haviam chegado.

— O que você quer que eu faça? — murmurou ela, por fim.

— Venha comigo.

Ela olhou para ele, confusa.

— O quê? Quando?

— Assim que possível.

— Quer dizer… agora? — Ela olhou ao redor, desamparada. — Não posso. Meus convidados…

Ela engoliu em seco outra vez e se desvencilhou dele.

Penelope parecia estar prestes a entrar em desespero. A mente de Winter girava, tentando pensar no que fazer se ela tivesse um colapso. Como ele explicaria aquilo? Como ele os tiraria dali?

— Eu sei. Mas não temos escolha — declarou Winter.

— Tem… tem mil dignatários e gente da elite aqui, de todos os cantos do mundo. Connor vai querer me ver assim que chegar — explicou ela, suas palavras ficando cada vez mais rápidas, ofegantes, temerosas.

De repente, Winter percebeu que o contador podia ser uma ameaça.

— Connor deve chegar a qualquer momento — continuou ela. — Não vamos estar nem perto do aeroporto quando ele perceber que eu sumi...

Ele não podia deixar o homem levar Penelope.

— Vai ficar tudo bem — garantiu Winter. — Nós vamos aparecer na festa, tirar fotos ao lado do bolo, e você pode fazer um brinde e dizer algumas palavras. Só por uma hora. Consegue fazer isso?

Ela assentiu, entorpecida.

— Ótimo — disse ele. — Vamos entrar, tranquilizar os convidados e partir enquanto todos interagem. Eles não vão notar que você se foi depois de já ter feito o seu discurso.

Penelope parou de andar. Havia um desamparo no rosto dela que lhe era familiar, a solidão de estar acostumada a lidar com as coisas por conta própria. Winter se pegou sentindo medo, se perguntando se podia mesmo mantê-la a salvo, se ele e Sydney conseguiriam dar um jeito naquilo.

Então a garota recuperou a compostura, forçando-se a erguer o queixo. Ele ainda via certa tristeza nos olhos dela. Quando Penelope falou, porém, sua voz se manteve firme o suficiente para mascarar suas emoções.

— Vem comigo — disse ela, evitando contato visual. — Preciso cumprimentar umas pessoas.

Ele assentiu e seguiu atrás dela. No meio do caminho, mandou uma mensagem rápida para Sydney.

Winter: Ela vai com a gente.

Ele encarou o celular por alguns segundos, torcendo para receber uma resposta.

Nada. Winter guardou o celular, relutante, então alcançou Penelope para cumprimentar o primeiro convidado. No fundo, continuava esperando a vibração reconfortante da resposta de Sydney. Ela sempre respondia.

Desta vez, porém, ela não respondeu.

28

ALVO

Foi só quando o sol chegou ao meio do céu e as sombras do jardim desapareceram que Winter enfim recebeu uma resposta de Sydney.

O celular dele vibrou assim que Penelope cortou o bolo, um sorriso forçado ainda estampado no rosto. Enquanto os convidados aplaudiam e tiravam fotos, Winter deu um passo sutil para longe da multidão e olhou para a mensagem que recebera.

Sydney: Onde você está?

Uma onda de alívio. Essa foi a primeira reação de Winter. A mensagem com certeza havia sido enviada do celular de Sydney, e ele sabia que ela devia estar no museu. Era o que o rastreador dizia.

Depois, ficou confuso. Sydney tinha acesso ao chip rastreador que ele deixara na sala de estar da mansão. A garota deveria pensar que ele estava lá.

Além disso, era uma mensagem estranhamente longa vindo dela. Sydney usava abreviações nas mensagens sempre que podia — ela nem digitava uma palavra inteira se não precisasse. O normal seria ela escrever "Cadê vc?" ou até mesmo "Kd vc?", deixando que Winter desvendasse o significado das letras sozinho.

Talvez ela estivesse preocupada com ele e quisesse garantir que ele entenderia a mensagem. Talvez estivesse ditando as palavras para o celular, que transcrevia as palavras adequadamente.

As pessoas ao redor de Winter riam em uníssono de alguma coisa que Penelope dissera. Ele respondeu a mensagem:

Winter: Na festa de aniversário.

Winter se preparou para a bronca dela, por ele ainda estar em Londres ajudando Penelope a escapar consigo em vez de estar num avião.

A resposta veio:

Sydney: Beleza.

Winter congelou, franzindo a testa para o celular.

Sem sarcasmo, sem irritação por ele continuar vagando por Londres. Nenhum comentário sobre o fato de que o rastreador ainda indicava que ele estava em casa.

Mas, acima de tudo, a palavra "beleza" escrita perfeitamente.

Sydney nunca escrevia "beleza". Ela teria apenas enviado "Blz".

Winter sentiu um arrepio na espinha. A imagem de Sydney desapareceu de sua mente como uma nuvem de fumaça. Não havia ninguém mais do outro lado além da escuridão. Ele apertou o celular na mão, e tentou manter a respiração regular.

E se a pessoa que estava enviando as mensagens não fosse Sydney?

Isso só podia significar uma coisa: algo havia acontecido com ela.

Ao redor dele, os convidados vibraram quando Penelope estourou uma garrafa de champanhe e todos riram quando ela despejou a bebida sobre uma elaborada torre de taças. Ainda nenhum sinal de Connor Doherty.

Winter desconfiara do perigo no dia em que Sauda o fizera entrar naquele carro depois do show. Mas, daquela vez, o perigo era real.

A sensação se instalou em seu corpo, fazendo uma onda de calor o percorrer. Alguma coisa estava acontecendo.

Quem quer que estivesse com o celular de Sydney queria que ele ficasse.

Ele precisava sair dali.

Havia uma tempestade se aproximando; Winter olhou para o jardim e percebeu algumas nuvens cinzentas se deslocando, espalhando a escuridão por um lindo céu londrino, anunciando a chuva que viria mais tarde. A sensação que se agitava na cabeça de Winter o lembrava da noite em que ouvira a conversa intermitente da mãe no andar de baixo, quando ficaram sabendo da morte de Artie. Sua cabeça estava coberta por uma fina cortina de fumaça. Ele tinha a estranha sensação de que não estava realmente ali.

Winter não se importava mais com o fracasso da missão.

Só conseguia pensar em Sydney.

Ela devia ter sido pega.

Eu deveria ter ido com ela, pensou ele.

Então, em meio ao borrão de seus pensamentos, viu Penelope olhar em sua direção. A garota ainda parecia abalada, mas gesticulou para que ele se aproximasse.

— … para o cara que me ajudou a fazer essa comemoração entrar para os livros de história! — exclamou ela conforme Winter se aproximava. — E que certamente dispensa apresentações.

Os convidados vibraram. Penelope entregou o microfone para Winter, que o pegou, lutando para manter a compostura. Minutos depois do discurso, ele deveria levar Penelope para longe dali e, enquanto a multidão se aglomerava ao redor do bolo, conduzi-la pelo jardim e pegar um táxi com a garota para o aeroporto.

Mas algo havia acontecido com Sydney.

Winter forçou um sorriso no rosto. Olhou ao redor, encarando mil rostos e se sentindo incapaz de focar em qualquer um deles. Todos pareciam suspeitos.

Então os olhos de Penelope se dirigiram para a multidão, só por um segundo.

Ele olhou na mesma direção. E viu algo reluzir.

Winter não teve tempo de fazer nada.

O estalo foi abafado, o som, tão disfarçado pela vibração dos convidados e o eco da própria voz que Winter não o ouviu.

Num instante, ele estava de pé; no outro, era arremessado para trás. O choque atingiu seu peito antes da dor.

Ele caiu no chão com um baque. O ar saiu de seus pulmões num único suspiro.

Ele ouviu uma comoção confusa ao seu redor. Em seguida, alguns gritos.

Winter lutava para conseguir respirar. Estava deitado no chão? Como havia ido parar ali? Ele tentou se levantar, mas seu peito ardia de dor, e ele gritou.

De repente, havia pessoas correndo em sua direção — seguranças com ternos pretos, convidados gritando para que alguém chamasse a polícia. Um cheiro de algo metálico pairava no ar.

Sangue?

Em algum lugar ao longe, ele pensou ter ouvido alguém chamando seu nome. *Winter. Winter!*

Onde estava Penelope?

Naquele momento, havia mais pessoas ao redor. A dor latejava na região superior do peito, deixando-o congelado. O mundo começou a se fechar ao redor dele, reduzindo sua visão até não enxergar mais nada. Ele teve a vaga sensação de ser erguido nos braços de uma pessoa, do corpo inerte. O último pensamento que atravessou sua mente foi a compreensão do que havia acabado de acontecer.

Ele havia levado um tiro.

29

A BOA FILHA

Durante um bom tempo, Winter só teve consciência da dor. A sensação o atravessava em ondas; a agonia irradiava de seu peito para os braços e se espalhava por seu corpo, uma sensação latejante que o fazia ofegar.

Sua mente parecia nadar em lama. Ele tivera a sensação distante de alguém o colocando numa maca e o carregando para longe, de médicos uniformizados, de estranhos gritando para ele, perguntando-lhe se ele ficaria bem.

Winter se lembrou do interior de um veículo. Os gritos de uma multidão que transbordara para o lado de fora para ver o carro partir com ele dentro. A sirene da ambulância. O tremor da rua. Um murmúrio insistente saía de seus lábios.

"Sydney... Sydney..."

Outra pessoa o acompanhava dentro da ambulância. Penelope Morrison.

Mesmo naquele estado, Winter sabia que algo estava errado. Ela não deveria estar ali com ele. A garota parecia mortalmente calma e indiferente, a voz baixa ao trocar algumas palavras com o motorista. O homem lhe respondeu com educação e virou conforme a orientação dela.

Talvez fosse tudo um pesadelo.

O mundo ao seu redor se iluminava. A escuridão recuou para os cantos de sua mente. Tudo ficava mais nítido.

Winter apertou os olhos, tentando enxergar. Uma luz forte brilhava acima dele, e em volta havia uma série de prateleiras, cada uma cheia de cilindros de metal idênticos presos dentro de caixotes pesados.

Uma parte dele titubeou diante da visão, recordando-se das imagens que vira na sede do Grupo Panaceia.

Paramecium.

Ele fechou os olhos com força. O brilho das luzes persistia por trás de suas pálpebras fechadas. A particularidade onírica daquelas últimas horas... dias, talvez? Ele não tinha certeza, estava à deriva. Um lugar como aquele não tinha nada a ver com o que havia acabado de acontecer na festa — a menos que ele também tivesse alucinado isso.

Houvera *mesmo* uma festa, certo? Ele fora aos jardins e caminhara ao longo do espelho d'água com Penelope, falara com ela numa voz baixa e urgente. Ela o encarara com olhos arregalados, se preparara e seguira adiante até os convidados, ao lado dele. Ele sentira o choque de uma bala o arremessando para trás, fazendo-o atingir o chão com força.

Aquilo não fora um sonho. Ele levara um tiro bem naquele instante e fora carregado até uma ambulância com os gritos da multidão ainda zumbindo em seus ouvidos.

Mas nada daquilo parecia real. Se ele havia mesmo sido carregado até uma ambulância, por que não o haviam levado para um hospital?

Ele gemeu quando a dor atravessou seu corpo outra vez, fazendo-o tremer.

E, com esse movimento, Winter percebeu que estava imobilizado.

De repente, sentiu a presença de outra pessoa ali. Reunindo toda a força do seu corpo, virou o rosto e deu de cara com Penelope Morrison sentada numa cadeira ao seu lado, o corpo rodeado pelo feixe de luz de uma porta ligeiramente aberta atrás dela. Alguns seguranças estavam espalhados pelo lugar. A garota o observava enquanto Winter se debatia mais uma vez contra as amarras que o prendiam.

— Eu não me mexeria muito se fosse você — sugeriu Penelope. — O tiro não foi letal, mas seus músculos estão feridos o suficiente para você sangrar mais do que pode aguentar. Talvez você esteja morto antes mesmo de chegarmos ao mar aberto.

Mar aberto? Estavam no mar?

Sua mente aos poucos recuperava a consciência. Ele sentia a corda áspera que prendia seus punhos e tornozelos, e a sensação de uma mesa dura sob seu corpo. Pela porta aberta, Winter podia ver um deque repleto de contêineres empilhados, uma grade de metal mantendo-os no lugar em oito andares contra o céu azul. Uma gaivota solitária estava na beira da estrutura. O cheiro inconfundível de sal preenchia o cômodo. Ondas quebravam ao longe.

— Você está a bordo do meu navio de carga. O mar do Norte fica bem agitado nessa época do ano. Desculpe pelo balanço — explicou Penelope, adivinhando a pergunta de Winter.

A garota olhou para a porta aberta, os olhos tão grandes e inocentes quanto no dia em que ele a conhecera. O contraste com suas palavras era estarrecedor.

A bordo de um navio de carga. Winter estava a caminho da Cidade do Cabo, junto do carregamento de Morrison.

— Ninguém vai procurar você aqui — acrescentou Penelope.

O garoto lutava para entender o que estava acontecendo em meio aos pensamentos ainda confusos. Não havia nenhuma informação sobre Penelope Morrison. Seus registros eram limpos, uma imagem pública tão esparsa e imaculada que nem mesmo o Grupo Panaceia suspeitara de que ela fosse qualquer coisa além de uma jovem herdeira afligida pelo azar de ter uma mãe falecida e um pai criminoso.

Não era isso, afinal? Uma jovem herdeira desafortunada? Quem era aquela garota sentada ao seu lado, observando-o naquele estado com uma expressão calma e uma voz fria? Não fazia o menor sentido.

A dor voltou a travessar seu corpo, e Winter rangeu os dentes.

— Quem… — começou ele, depois que a dor amenizou um pouco. Sua voz falhou, rouca. Ele tentou outra vez: — Quem é você?

— Penelope Morrison — declarou ela, como se fosse óbvio.

— Você não é a Penelope que eu conheci.

Ela o encarou, quase tímida, como no dia em que se conheceram.

— Sou exatamente a mesma. Você só não percebeu.

A mente de Winter girava com as palavras dela. Aquela versão de Penelope não combinava em nada com a outra. Quem era a garota que era tão apaixonada pelo trabalho dele que mal conseguia encará-lo, que citara Shakespeare, que se encolhera no sofá ao seu lado e confessara suas inseguranças, que lutara contra as lágrimas pela morte do pai? Fora tudo uma farsa?

— Espera — disse ele, piscando forte. — Aquele dia no seu apartamento… A bala perdida…

Ela assentiu.

— A bala que atravessou minha janela era para você, Winter, não para mim.

Obviamente. Penelope só o levara para o apartamento com o objetivo de matá-lo.

Os músculos de Winter tremiam; ele estava imobilizado por horas. Seu peito latejava. Desde quando Penelope sabia sobre o plano da agência? Como ela escondera tudo por tanto tempo? Ele a fitava e se perguntava como pôde acreditar que ela era uma fã tímida e entusiasmada, uma pessoa ansiosa e ingênua. A garota que o encarava tinha a postura serena de uma assassina.

A postura do pai.

Winter voltou a encarar os cilindros de armas químicas ao redor deles. *Paramecium.* Os pelos de sua nuca se arrepiaram.

Winter ainda podia sentir em seu bolso o peso sutil do pequeno frasco suicida que a agência lhe dera. Podia ouvir o eco da voz de Sauda, dizendo-lhe que talvez ele precisasse da substância. Bem… será que aquele era o momento? Se Winter conseguisse torcer o braço o suficiente, poderia pegar o frasco e abri-lo com a boca, beber seu conteúdo. A possibilidade o fez tremer.

— Por que você quer que eu morra? Por que está fazendo isso? — questionou ele.

Ela baixou os olhos e, por um segundo, Winter teve um vislumbre de tristeza em seu semblante.

— Por que você acha que foi convidado para as comemorações do meu aniversário? — perguntou ela, baixinho.

— Só fui fazer um show particular para uma fá — respondeu ele. Penelope lhe lançou um olhar penetrante.

— É mesmo? Porque eu tinha a impressão de que uma agência secreta chamada Grupo Panaceia tinha enviado você e outra espiã para derrubar meu pai.

Winter a encarou de volta, paralisado, descrente. Penelope sabia de tudo. Ela sabia desde o começo.

A garota suspirou.

— Se o Grupo Panaceia fosse o responsável pela morte do meu pai… Então *eu* não seria a responsável, certo?

O tempo todo, fora Penelope quem orquestrara tudo nos bastidores — o convite para a festa, a execução do pai, a apropriação do carregamento… Ela soubera do recrutamento de Winter pela agência secreta antes mesmo dele.

— Você me deixou dar o anel para Connor — comentou ele.

Penelope o fitou inexpressiva — e ele percebeu que ela o levara até a festa particular com Connor de propósito para que os dois se conhecessem, e que provavelmente plantara documentos falsos na sala secreta no museu. Se ele e Sydney fossem silenciados, então o Grupo Panaceia pareceria responsável pelo que acontecera com

Eli Morrison, e a agência continuaria sem evidências para acusá-lo. Penelope se safaria outra vez, a boa filha horrorizada pelo que acontecera com o pai.

Eles acharam que a estavam usando como peão, quando na verdade fora ela quem os usara para acobertar os próprios planos.

Mas como ela sabia de tudo aquilo?

— Por que você ia querer que as notícias sobre o atentado contra mim estivessem ligadas a você? — indagou ele, a voz rouca.

Um segurança perto de Penelope lhe entregou um par de luvas. Ela as pegou e começou a calçá-las.

— Talvez algum fã louco quisesse te matar. Talvez essa pessoa não pudesse suportar a ideia de você estar próximo de alguém, como meu convidado particular. — Ela sorriu, ainda exibindo uma expressão ingênua. — Seja qual for o motivo para uma pessoa aleatória atirar em você numa multidão, sua história vai gerar um alvoroço tão grande que qualquer notícia sobre a morte do meu pai será reduzida a uma nota de rodapé.

Diante da expressão dele, Penelope balançou a cabeça como se lamentasse.

— Sou sua fã de verdade — garantiu ela —, se é isso que você está se perguntando. E sinto muito que tenha que ser desse jeito. Lamento que seja assim que nos despedimos.

Winter havia sido levado até ali para ser assassinado. Ele pensou em suas memórias confusas na ambulância, a forma como o motorista calmamente obedecera às ordens de Penelope. Ela tramara para que ele fosse levado até ali, quando o mundo provavelmente pensava que ele estava num hospital.

— Eu entendo por que outras pessoas iam querer a morte do seu pai — disse ele. — Mas por que *você*? Para que tudo isso?

Penelope continuou em silêncio, calçando a segunda luva.

— Você assassinou ele por causa de algo que ele fez — continuou Winter. — Foi alguma coisa que ele fez com você?

Nenhuma resposta.

— Com alguém que você amava? — insistiu ele.

Houve um levíssimo tremor no rosto dela e, naquela reação, Winter viu uma perda, uma terrível lembrança íntima, que lhe pareceu familiar. Seus instintos se agitaram.

— Sua mãe? — chutou ele.

Dessa vez, Penelope desviou os olhos por uma fração de segundo antes de voltar a encará-lo. Ele acertara.

— Fiquei sabendo que ela morreu por causa de uma doença — comentou Winter.

Os olhos de Penelope brilharam de raiva.

— Minha mãe não morreu por causa de uma doença — rebateu ela, ríspida. — Ela foi morta pelo meu pai.

Winter sentiu um arrepio. Então era isso.

Penelope deu as costas para ele, caminhou até uma das estantes e pegou um dos cilindros com cuidado.

— Ela conheceu meu pai num trabalho que fazia para complementar a renda — contou ela, a voz baixa e suave. — Servindo comida em uma das festas dele. Eu vi ele agredir minha mãe por anos. É minha lembrança mais antiga. Ela sempre me dizia que ele não tinha a intenção. Ele a isolou, fez ela se afastar da família, não deixava ela falar com os parentes, ignorava as súplicas de todo mundo… Eu tinha cinco anos no dia em que ele a assassinou num ataque de fúria. E vou passar o resto da vida tendo pesadelos, revivendo tudo o que ele fazia com ela.

Penelope o encarou, e dessa vez toda a sua inocência havia desaparecido, substituída pela expressão de alguém que já vira horrores demais apesar da idade.

— Eu vi como ele usou o próprio poder para se proteger — continuou ela —, vi como isso permitiu que ele arrumasse uma equipe de detetives e policiais que apagaram as evidências. Então prometi a mim mesma que o mataria algum dia.

As palavras de Penelope giravam na mente de Winter. Então era esse o motivo por trás de tudo aquilo. Ele imaginou o sorriso carismático de Eli Morrison, depois as mãos elegantes manchadas com o sangue da falecida esposa.

Frequentar festas para agradar o pai. Ser uma boa garota. Penelope se escondera tão bem…

— Você lamentou a morte dele, mesmo tendo sido a mandante — observou ele.

Por um momento, Winter teve um vislumbre da garota de coração gentil que ele pensava ter conhecido. Ela desviou os olhos. Passou os dedos de leve sobre a frase em italiano tatuada no pulso.

— Ele ainda era meu pai — replicou ela.

— Mas você não vai interromper os negócios dele — disse ele, olhando ao redor. — Este navio ainda está indo para a Cidade do Cabo com a carga ilegal.

Penelope abriu o cilindro e enfiou a mão em seu interior. De lá, retirou um pequeno cubo que parecia ser feito de vidro, a superfície translúcida levemente tingida de azul.

— Pense, Winter Young. O que alguém como eu tem a perder se você e sua agência conseguirem provar como meu falecido pai construiu o próprio império?

Ele estreitou os olhos.

— Dinheiro.

A parte frágil do coração de Penelope se fechou dentro de uma casca dura. Ela segurou o cubo com cuidado e foi até Winter.

— Sabe o que acontece com a fortuna do meu pai se vocês conseguirem evidências contra ele? — indagou ela. — Vai ser tudo congelado. Confiscado. E nem morta vou deixar tudo aquilo acabar nas mãos de um governo qualquer em vez de ficar comigo, todo aquele dinheiro que deveria ter sido da minha mãe.

— Então você resolveu fazer justiça com as próprias mãos.

Ela deu de ombros.

— Foi o acordo que eu fiz com os corcasianos, em troca da ajuda deles — revelou ela. — É minha herança. Meu direito. Quero que o fantasma do meu pai saiba que todo o dinheiro que ele acumulou com tanto zelo agora vai ser usado para realizar todos os sonhos da minha mãe. Um fundo de investimento no nome dela. Uma propriedade para a família dela.

A herança de Penelope. Fazia sentido. Aquela não era a primeira vez que as autoridades tentavam pegar Eli Morrison, e, mesmo que não conseguissem daquela vez, as evidências contra o homem não paravam de crescer. Era apenas uma questão de tempo até que seus recursos fossem apreendidos.

Mas o nome de Penelope era limpo. Ela fora melhor do que o pai em apagar seus rastros e, se ela chegasse ao dinheiro antes que as autoridades, seria dela — afinal, era um dinheiro herdado. E, de alguma forma, Winter sabia que Penelope sairia daquela situação sem uma única evidência que a conectasse a qualquer um dos crimes do pai ou ao assassinato do pai ou de Winter.

Ou de Sydney.

— Entendo sua motivação — disse ele. — De verdade. Mas, por favor, não faça isso. O dinheiro que você vai dar para a família da sua mãe vai estar manchado de sangue.

— Acho que isso não é escolha sua — retrucou ela, cruel.

— Você não quer ser essa pessoa — insistiu ele. — Eu sei que você estava sendo sincera quando disse que queria que a sua vida tivesse sentido.

— Pra mim, fazer isso é dar um sentido — disse ela.

Winter olhou para o cubo nas mãos dela e sentiu um arrepio.

— Você vai entregar toneladas dessa arma química nas mãos de terroristas — declarou ele.

— Estou trabalhando com Connor Doherty por um motivo — rebateu ela.

Ele estreitou os olhos.

— Então por que ainda estou vivo? Por que estou aqui? — questionou ele.

Ela cruzou os braços.

— Porque você pegou algo que não te pertence no meu apartamento. E eu quero isso de volta.

O grampo de cabelo. Os arquivos criptografados que Sydney extraiu dele e enviou para a agência. Então Winter percebeu que deviam ser as evidências do envolvimento de Penelope em tudo.

— Não está comigo — declarou ele.

— Mas você sabe onde está. Ou com quem.

O som de passos fez Winter virar o rosto. Penelope olhou para trás.

— Até que enfim — murmurou ela.

Um homem saiu de trás da fileira mais próxima de contêineres, caminhando com passos tranquilos e serenos. Vestido com a mesma elegância de sempre, os olhos escondidos por trás de óculos escuros — Connor.

Logo atrás dele estavam dois homens que Winter reconheceu como seguranças de Eli; só que, daquela vez, estavam carregando consigo uma figura esguia e delicada, o cabelo loiro e curto balançando com a cabeça curvada.

Winter não podia ver o rosto da garota, mas a reconheceu na mesma hora. Uma onda de horror percorreu seu corpo.

Sydney.

30

PRESOS

Sydney ergueu os olhos quando foi colocada no cômodo. Cilindros de paramecium por todo canto, presos nas estantes.

Ela olhou para Penelope, depois para o cubo que a garota segurava. Imagens da morte de Eli Morrison cruzaram sua mente, a forma como a espuma com traços de sangue escorrera de sua boca conforme a substância letal destruía o interior de seu corpo. A arma química estava por todo lugar, ao redor deles, como se a morte tivesse sido fabricada, embalada e distribuída pelo mercado — portanto só bastava uma oportunidade de colocá-la em ação. Ela sentiu um arrepio, e seu corpo queria se afastar do cubo.

Sydney olhou para Winter.

Ele tinha sido atingido no peito, a uns bons poucos centímetros do coração, com uma bala de menor calibre que causara apenas uma pequena ferida. Ela sabia disso só de olhar as manchas de sangue que pontilhavam as ataduras brancas ao redor de seu peito nu. A julgar pela forma como ele respirava, o ferimento doía, mas não atravessara a cavidade de seus pulmões — era mais provável que tivesse atravessado o músculo do peito e se alojado ali.

Winter precisaria de cuidados em breve. Perder todo aquele sangue o deixara fraco; seu rosto estava pálido como um fantasma, e sua pele brilhava com o suor. Se ele ficasse transtornado ali, no meio do oceano, morreria antes mesmo que o interrogatório de Penelope pudesse começar.

Sydney precisou de muita determinação para não gritar e atacar, concentrar toda a sua força para não alcançar a garota. Em vez disso, ela tentou se acalmar e baixou a cabeça outra vez. Deixou o corpo mole.

Mostrar as cartas cedo demais poderia comprometer a vitória.

Os homens pararam de súbito diante da mesa. Sydney ouviu Penelope se levantar num movimento suave, depois ergueu a cabeça e viu que a garota estendia o cubo.

— Onde está o grampo de cabelo? — perguntou Penelope para Sydney.

— Perdi — mentiu Sydney, olhando para Connor.

Penelope encarou Winter.

— Talvez você tenha dado para ele. Devo perguntar?

Winter ficou quieto.

Diga alguma coisa! Qualquer mentira!, implorava Sydney para Winter, internamente. Quando Penelope descobrisse, ele poderia já ter pensado numa forma de escapar.

Mas Winter continuou em silêncio.

— Acabe logo com ele — disse Connor para Penelope, suspirando. — Todo mundo ainda acha que ele está no hospital mesmo. Diga para divulgarem a notícia de que ele sucumbiu ao disparo do fã. Podemos arrancar informações da garota.

Sydney encontrou os olhos de Winter, e podia vê-lo tremendo pela pressão das amarras. Como eles podiam ter ignorado as pistas sobre Penelope? Como ela os enganara tão bem?

Penelope voltou o olhar firme para os seguranças, e em seguida gesticulou.

Sydney sentiu os dois homens que a seguravam a empurrarem com violência para a frente. Ela caiu com tudo no chão, curvando o corpo para dentro instintivamente na tentativa de se proteger, e se forçou a continuar com a cabeça abaixada.

Ela ouviu as amarras nos pulsos de Winter se moverem e soube que ele devia ter visto sua queda.

— Vou perguntar de novo. Onde está? — demandou Penelope.

A voz da garota parecia continuar igual, mas Sydney identificou um tom levemente mais ríspido.

A mente de Sydney estava a mil. Àquela altura, Sauda e Niall já saberiam da situação dos dois — seu breve sinal para eles deveria ter garantido isso. Ela sabia que o Grupo Panaceia faria tudo o que podia para tirá-los dali. Mas, naquele momento, não tinham como saber onde Winter e Sydney estavam sendo mantidos, muito menos que era a bordo de um navio em movimento. Os seguranças de Penelope e Connor haviam se apossado de seus celulares e demais dispositivos. Estavam fora do radar, e por conta própria.

A única esperança era o fato de que Winter não estava em hospital algum. As notícias sobre o atentado já deveriam ter se espalhado. Isso significava que todos os fãs do planeta estavam desesperados à procura de atualizações sobre o estado de saúde dele. Se a agência não pudesse encontrá-los, talvez alguém conseguisse.

Ela sabia que Penelope tinha ciência disso. Winter teria que morrer em breve. O som das ondas quebrando contra o navio ecoava na mente de Sydney.

— Continua sem respostas? — questionou Penelope.

Sydney ergueu os olhos. A garota parecia tristonha, como se a estivessem forçando a ser cruel.

— Me poupe, Winter — disse Penelope. — Jurava que você gostava mais dela do que isso.

Os olhos de Sydney se fixaram em Winter. Ele continuava deitado na mesa, a cabeça voltada para ela o máximo que conseguia, e seus olhos estavam arregalados, amedrontados. O charme, seus movimentos graciosos e o sorriso deslumbrante haviam desaparecido.

Ele a fitava como se suplicasse para que Sydney fizesse algo, como se ela pudesse se lembrar de alguma coisa do treinamento da agência para salvá-los.

Ele a olhava da mesma forma que o fizera quando ela fora envenenada.

Antes que Sydney pudesse dizer qualquer coisa, um dos seguranças puxou uma grande mecha do cabelo dela e a forçou a levantar a cabeça. Ela estremeceu quando o homem puxou com força o suficiente para tirá-la momentaneamente do chão.

— Abre a boca dela — ordenou Penelope.

Sydney viu a garota se aproximar, depois erguer o cubo. Tudo nela pareceu se afilar na forma de uma lâmina. O medo transformou sua concentração numa agulha.

— Espera! Espera! — interrompeu Winter, sua voz rouca e angustiada.

Sydney encontrou os olhos dele e viu neles resignação. *Não*, ela quis gritar para ele. *Não, não deixe que atinjam você agora.*

Winter tirou os olhos dela e os voltou para Penelope.

— Estava comigo. Na casa. Está na minha mala. Eu nunca dei o grampo para ela.

Sydney não conseguia acreditar no que estava ouvindo.

A mentira deslizou pelos lábios dele como água, tão livre de hesitação e tão articulada que, por um instante, Sydney esqueceu que o Grupo Panaceia existia. E ela pensando que Winter estava apavorado demais para saber o que fazer ou dizer… Uma lembrança de Winter durante o show lhe veio à mente — a forma como num segundo ele se transformou, de um garoto amarrado a um conquistador de olhos escuros. A forma como ele se libertara das amarras…

Só então Sydney viu que as mãos dele se retorciam de leve contra as amarras, movendo-se tão discretamente que parecia um truque de mágica. Ele estava tentando se libertar, e ninguém sequer notara.

Sauda ficaria orgulhosa.

Penelope estreitou os olhos. O instante de hesitação antes de ela responder disse a Sydney tudo o que ela precisava saber. As palavras de Winter haviam pegado a garota de surpresa, e ela estava considerando o que ele dissera.

— Que alívio — falou ela.

Então enfiou o cubo na boca de Winter.

Ele congelou, paralisado, apavorado demais para fazer qualquer movimento.

Penelope pegou uma silver tape de um dos seguranças e selou o cubo dentro da boca de Winter com firmeza.

Sydney estremeceu diante da eficiência fria de seus gestos em contraste com os olhos grandes e ingênuos.

— Obrigada pela cooperação. Mandarei alguém verificar — disse ela.

Sobre a mesa, Winter fechou os olhos e estremeceu. Ele continuava tentando se soltar, discretamente.

Sydney deitou a cabeça no chão, como se estivesse exausta pela revelação — mas, em vez disso, usou a oportunidade para examinar Winter. *Não se mova*, suplicou ela em silêncio. *Não se mova*.

Ele a encarou. A expressão que ele lhe mostrava agora não era desesperada ou suplicante, mas cheia de significado. Mesmo naquela situação, Winter engoliu em seco.

Sydney viu as mãos dele se retorcerem outra vez.

E, de repente, ela entendeu.

Os olhos dela se voltaram para o segurança mais próximo, depois para a faca no cinto dele.

Penelope se sentou na cadeira e balançou a cabeça para Winter, decepcionada.

— Uma vida perfeita — refletiu ela. — E aqui está você, jogando tudo fora pelo Grupo Panaceia.

Ela olhou para Sydney, que ficou tensa, preparada para agir. Tudo nela focou em Winter.

Então, de repente, ele se jogou para um lado da mesa. Num piscar de olhos, sua mão se livrou de uma das amarras, e seu braço estava livre. No instante seguinte, ele arrancou a fita da boca e cuspiu o cubo em sua mão.

Ao mesmo tempo, Sydney se levantou num pulo. O segurança ao seu lado só teve tempo de levar a mão ao coldre da arma antes de ela girar na direção dele; as mãos amarradas de Sydney se fecharam ao redor do cabo da faca e a arrancaram do cinto dele.

Ela sentiu mais do que viu o homem girar a arma na direção dela. Sydney jogou todo o seu peso contra ele; o segurança perdeu o equilíbrio e tombou para trás. Nesse momento, ela alinhou a faca com o nó da corda que amarrava suas mãos e o empurrou com tudo. Ela sentiu a lâmina cortar os fios.

Ela puxou a corda com toda a sua força.

A corda protestou por um segundo, depois se partiu.

Então Sydney olhou para Winter. Ao mesmo tempo que ele jogou o cubo para ela, ela jogou a faca para ele.

Winter pegou a faca. Sydney pegou o cubo com a corda.

Ela podia sentir a queimação da arma química em sua mão. Colocou no chão e posicionou a bota sobre a substância letal.

— Ninguém se move — disse Sydney.

Penelope enrijeceu. Dois seguranças correram, formando um escudo na frente dela. Connor congelou, encarando-os com cautela.

Sydney olhou para Winter.

Havia apenas um lugar para onde eles podiam ir naquele momento, a única ligação em potencial com o mundo externo. A ponte de comando.

— Vai — sussurrou Sydney para Winter.

Winter olhou para ela, depois disparou para fora da sala. De alguma forma, Sydney sentia que ele sabia exatamente para onde ela queria que ele fosse.

A ponte estava no extremo oposto do navio — e havia uma dúzia de seguranças armados atrás deles. Sydney já podia sentir a pressão em seus pulmões; sabia que não aguentaria aquela corrida.

E Winter fora baleado.

Sydney se virou, ficando de costas para a porta. Penelope a encarava conforme ela se movia.

Então os olhos da garota se voltaram de leve para o canto atrás de Sydney.

Por instinto, os olhos de Sydney seguiram os de Penelope.

Levou apenas um segundo…

Então Connor investiu contra ela, tentando pegar o cubo sob o pé de Sydney.

Ela pensou na expressão horrorizada de Eli quando o objeto quebrou em sua boca.

Aquela era a única chance de sobreviverem.

Sydney rangeu os dentes. Ela puxou a camisa sobre o nariz e a boca.

Então ela tirou o pé de cima do cubo e o chutou com força na direção da parede — onde ele se estilhaçou.

31

AINDA NÃO ACABOU

A dor irradiava do ferimento no peito de Winter. Ele estremeceu conforme avançava entre os corredores estreitos de contêineres, suspendendo o corpo ao pressionar as mãos e os pés com força contra as paredes, e se misturou às longas sombras. O movimento provocou espasmos em seu corpo — ele fez uma careta, fechando os olhos com força. Sua respiração era errática. O vento frio do oceano agitava seus cabelos e machucava suas bochechas. O sol começava a se pôr.

Winter ouviu uma comoção vinda de onde acabara de escapar. Gritos, sons de sufocamento. Em seguida, o urro estrangulado de Connor.

Então ele viu Sydney correndo para fora da sala, os olhos fechados com força, a boca coberta pela camisa.

O cubo de paramecium devia ter se quebrado.

Ela o avistou e correu na direção dele. Winter gesticulou para que ela o seguisse em meio às sombras.

Dava para ver vários outros seguranças a bordo do navio. Ele percebia lampejos de movimento no espaço entre as altas torres de contêineres e escutava gritos abafados de ordens. Talvez Penelope já tivesse alertado o restante da embarcação de que ele e Sydney haviam conseguido escapar.

Quando Sydney o alcançou, ele ouviu o som revelador do leve chiado na respiração dela. Era como ele ficava sempre que se esforçava demais durante as turnês. Os pulmões dela deviam estar doendo.

Diante da expressão dele, Sydney fez uma careta e balançou a cabeça, não querendo preocupá-lo.

— Estou bem — garantiu ela, dando uma olhada na direção do sol poente. — Vamos para a ponte.

Winter olhou na direção da ponte, fios de cabelo grudando em sua testa.

— Não podemos seguir reto — disse ele, apontando com a cabeça para um grupo de seguranças.

A dor no peito de Winter o deixava tonto. Sydney assentiu, examinando o convés.

— Precisamos nos separar — replicou ela. — Assim temos mais chances de chegar lá.

Àquela altura, metade do sol já se escondia no oceano. Suas silhuetas, assim como o desenho imponente de pilhas e esqueletos de grades, eram iluminadas pela luz dourada e laranja vibrante. Era muito fácil ver seus movimentos contra esse plano de fundo — embora isso também significasse que eles podiam desaparecer em meio às sombras.

Winter pressionou o peito e ergueu os olhos para os pilares de aço das grades. Eram pelo menos quatro andares.

— Eu subo. Você desce — declarou ela.

Ela gesticulou para o topo das torres e para as escotilhas que levavam para baixo do convés.

— Não — disse ele, balançando a cabeça. — Sua respiração.

— Você levou um tiro.

— Eu consigo escalar mais rápido — disse ele, entredentes. — Vou estar mais seguro lá em cima. É alto demais para eles conseguirem um tiro certeiro, então eles vão ter que me seguir até lá. Você vai chegar lá mais rápido.

Ele podia ver a preocupação nos olhos de Sydney. Quando ela falou, porém, sua voz estava firme:

— Certo — concordou ela, sacando uma arma.

Winter sequer vira quando ela a roubara de um dos guardas. *Mãos de ladra*, pensou ele, admirado.

— Não espere por mim se chegar lá primeiro — pediu ele.

Ela o fitou, os olhos solenes.

— Você também. Só envie o pedido de socorro.

Eles se encararam por um segundo, um pouco relutantes em se separar. Por um instante, Winter percebeu que aquela podia ser a última vez que se viam. Ele se pegou contemplando o emaranhado dos cabelos dela, o arranhão ensanguentado em sua bochecha. O azul turbulento de seus olhos.

— Te vejo lá — murmurou ela, os olhos voltados para os dele.

Winter assentiu.

— Te vejo lá.

Ela assentiu também. Em seguida, correu na direção da escotilha, e Winter disparou rumo ao pilar de aço mais próximo.

A dor de seu ferimento gritou quando ele começou a subir a escada do andaime. *É igual a uma das suas coreografias da última turnê. Igual aos ensaios.* Sua memória muscular agiu, e Winter deixou que ela a guiasse em meio à dor. O mundo ao seu redor pareceu brilhar quando o pilar bloqueou parte da luz do sol poente — e, se ele se permitisse, podia se agarrar à crença de que aquilo era apenas mais uma de suas coreografias, que o assobio do vento ao seu redor era a vibração da plateia, que a luz que o ofuscava vinha dos holofotes apontados para seu corpo em movimento. Tudo nele tremia. Sua força já estava vacilando.

Winter ouviu os seguranças lá embaixo. Depois, o tilintar inconfundível de uma bala na grade de aço. Ele continuou subindo.

Podia sentir sua ferida sangrar e, quando olhou, viu que a atadura debaixo de sua camisa rasgada ganhava um tom mais escuro de carmim.

Como Artie se sentiria ao levar um tiro? Será que teria medo de morrer, que se arrependeria de se juntar àquele tipo de missão? Será que sentiria tristeza ao pensar que jamais veria a família outra vez?

Winter ergueu a cabeça, ansiando pelo topo da grade. Só mais dois andares. Seu corpo tremia.

Outra bala tilintou perto dele. Ele a ouviu em um torpor — de alguma forma, os gritos lá embaixo pareciam vir de outra linha do tempo, como se tudo que acontecia ao seu redor não passasse de um filme. Talvez nada do que tinha acontecido com ele fosse real. Sua vida toda era um palco.

Continue. Ele arriscou um vislumbre do convés e viu que dois dos homens tentavam segui-lo, e um terceiro acenava na direção do guindaste que se impunha entre ele e a ponte.

Seu coração afundou quando ele viu um quarto homem abrir a escotilha lá embaixo e se dirigir até ela com mais dois homens.

Ele vira o quão rápida Sydney podia ser. Com os corredores tão estreitos quanto deviam ser lá embaixo, ela pelo menos tinha a chance de atrasá-los.

Só mais um andar.

Ele cerrou os dentes quando o movimento seguinte fez a dor irradiar por seu corpo. Suor ensopava sua pele e escorria pelas laterais de seu rosto. Suas mãos tremiam, mal conseguindo se firmar. Ele podia sentir o vento sob si, podia sentir como seria fácil mergulhar bem ali rumo à morte.

Continue.

No horizonte, o sol se punha rapidamente no oceano, e as cores do céu mudavam, os laranjas mais vibrantes, os rosas tão exagerados que pareciam falsos.

Ele pensou no píer, em Artie ao seu lado, e na forma como ele rira ao chutar uma das vigas de suporte de madeira. Winter movia os braços entorpecidos, subindo. Sua mente flutuava em meio à náusea e à névoa. O mundo ao seu redor parecia girar.

E então...

O pilar de aço chegou ao fim, e ele sentiu suas mãos tocarem uma superfície plana. Ele estava lá em cima, no topo dos contêineres, o vento soprando em seu rosto. De alguma forma, ele conseguira subir até ali. Então se agachou, tonto de êxtase, uma das mãos pressionada sobre o ferimento.

Lá embaixo, um dos homens já estava na metade da grade. Logo o alcançaria.

Ande.

A ordem vibrou na mente de Winter, e ele olhou para a ponte de comando. Ele se pôs de pé com dificuldade. E correu para se salvar.

As grades eram maiores do que ele poderia ter desejado — mesmo com o equilíbrio prejudicado e a perda de sangue, ele conseguia andar por elas. À frente, o sol ofuscante mergulhava cada vez mais no oceano, e a cor do céu mudou mais uma vez, de rosa para lilás.

Ele olhou por cima do ombro e viu que o segurança que o seguia já havia chegado ao topo da grade e corria em sua direção, mais rápido do que ele conseguia.

A dor em seu peito parecia se espalhar por cada parte de seu corpo, e Winter sentiu a mente girar pela perda de sangue. Ele tentou forçar os músculos a se moverem como sempre fizera, para que o show pudesse continuar. Mas dessa vez não conseguiu.

Não consigo.

O pensamento atravessou sua mente de um jeito assustador. Winter se deitou onde estava, a ponte de comando ainda fora de alcance, o sol enfim se escondendo por trás do oceano. Com a visão borrada, viu o homem com uma arma na mão se aproximar de sua figura vulnerável.

— Artie — murmurou ele, o nome escapando como se saísse de algum lugar profundo de seu subconsciente.

Ele se perguntou quais teriam sido os últimos pensamentos do irmão, e se ele sentira medo.

Sydney. Sydney jamais o deixaria desistir daquele jeito. Mas ela não estava ali, e ele estava sozinho.

Tudo que Winter pôde fazer foi observar o homem diante de si e o cano da arma apontado em sua direção.

Então sua mão roçou a costura do bolso de sua calça. O broche do hotel, que Sydney lhe dera. Havia se esquecido completamente dele.

Sem tempo para pensar, ele agarrou o broche — a lâmina se projetou para fora, uma agulha cintilando à luz do sol poente.

Winter golpeou o homem ao mesmo tempo em que ele apertou o gatilho.

32

A FUGA FINAL

Havia algo naquela fuga, a corrida pelos corredores estreitos iluminados logo abaixo do convés do navio de carga, que lembrava Sydney do corredor de sua casa.

Será que Winter ainda estava subindo os contêineres? Será que já tinha conseguido chegar à ponte de comando? Ela ouviu passos ecoando atrás de si e atravessou uma intersecção até chegar a uma parte mal iluminada do corredor. Seus passos ressoavam pelo lugar, mas ela não tinha tempo para hesitar. Tudo o que sabia é que haveria mais passos atrás dela se Winter não tivesse escalado a grade.

Sydney se perguntou se ele ainda estava a caminho da ponte de comando. Se ainda estava vivo.

A garota avistou várias escotilhas na parede, e ela desacelerou por um momento para olhar para fora, observando a lateral do navio. Estava quase chegando à ponte.

De repente, ela virou e deu de cara com dois seguranças.

Eles a encararam por uma fração de segundo. Então Sydney se agachou e avançou sobre o primeiro homem. Ele grunhiu, surpreso pela força dela, e a arremessou com tudo na parede. O outro homem sacou uma arma, mas Sydney o atacou antes que ele pudesse usá-la, erguendo o cotovelo para acertá-lo com força no maxilar. Ele bateu a cabeça na parede e desabou no chão.

O primeiro segurança agarrou o pulso dela e o torceu...

Acompanhe o movimento, Niall havia lhe ensinado.

Então foi o que ela fez. No instante em que o homem tentou torcer seu pulso, Sydney se inclinou, virando contra a parede e em seguida direcionando a força de volta para o segurança. Num único movimento, ela o chutou e acertou seu peito.

Ele voou para trás e atingiu a parede. Sydney tirou do coldre a arma do segurança que já estava no chão e a acertou com força no rosto do que acabara de golpear.

A cabeça dele tombou para um lado, e ele desabou contra a parede.

Sydney guardou a segunda arma e continuou correndo, sem se dar ao trabalho de olhar para trás, onde estavam os corpos inconscientes. Seus pulmões protestavam, e ela sentiu a dor familiar irradiar de seu peito. Ela se lembrou da mãe deitada em seu leito de morte, chiando a um ritmo lento, murmurando para que Sydney ficasse.

A imagem se transformou na lembrança da própria Sydney arfando sozinha em seu quarto após um de seus treinos mais intensos, recusando-se a pedir ajuda para Niall ou Sauda por medo de revelar a verdade para eles.

Ela se lembrava da mensagem que Niall mandara naquela noite, falando sobre uma nova missão.

Niall: Você pode vir cedo amanhã?

Ela respondera de imediato:

Sydney: Sim.

Niall: Tem certeza?

Ela rangera os dentes ao digitar:

Sydney: Sim. Estarei aí.

Ela decidira naquela época que podia fazer qualquer coisa. Ia se tornar a melhor espiã que eles já tiveram, digna de permanecer na agência, digna de fazer algo significativo, mesmo que isso pudesse ser uma sentença de morte.

Corra, disse a si mesma. Ela ignorou a dor nos pulmões e se forçou a continuar.

Enfim viu uma escada ao final do corredor. A ponte de comando devia estar lá em cima — e, com sorte, Winter devia ter chegado lá muito antes dela.

Ela subiu a escada e concentrou toda a sua força em abrir a escotilha. Foi recebida pela luz do anoitecer, acompanhada de um sopro de ar fresco e da vista da janela da ponte de comando acima de um lance de escadas.

Sydney não se permitiu sentir alívio. Só disparou convés acima e em direção à ponte. Já podia ver homens correndo atrás dela, vindos da outra ponta do convés. Não via Winter em lugar nenhum.

O mundo ao redor dela pareceu desacelerar. Seu campo de visão se estreitou. *Winter não estava ali. Ele não conseguira.*

Não. Ela não tinha como ter certeza. Escadas primeiro. Sua mente voltou a focar na tarefa. Estava forçando os pulmões além do que aguentavam, e sentia eles protestarem, a respiração ofegante. Mesmo assim, ela subiu, depois se jogou contra a porta que levava ao interior da ponte e invadiu o espaço.

Penelope Morrison já estava lá.

Estava parada com os braços atrás do corpo, observando Sydney com uma serenidade mortal. Alguns de seus seguranças a cercavam, suas armas apontadas para Sydney. E atrás de Penelope estava o painel de controle da ponte, as luzes piscando contra o horizonte escurecido.

Sydney sentia pontadas no peito, intensas o suficiente para fazer estrelas explodirem em sua visão. Ela podia ver o telefone do navio atrás da garota, o aparelho que a conectaria com o restante do mundo, a chance de alertar a agência sobre sua localização.

Mas a linha do telefone já estava cortada.

Sua conexão com o mundo fora rompida.

— Atirem — ordenou Penelope.

Sydney se lançou ao chão quando vieram os primeiros disparos. Ela levou uma das mãos ao bolso, pegou a arma em formato de caneta e fechou os olhos. Então golpeou a caneta contra o chão.

Luzes explodiram por todo lado. Penelope recuou com as mãos erguidas, parcialmente protegida do clarão ofuscante pelos corpos dos seguranças. Os homens gritaram, levando as mãos ao rosto por instinto.

Sydney podia ver o clarão mesmo por trás das pálpebras fechadas. O mundo brilhava em vermelho ardente. Ela sabia que era forte o bastante para deixar pontinhos coloridos na visão por um tempo.

"Memorize cada lugar em que passar", ensinara Niall uma vez. "Você nunca sabe quando vai ter que escapar de olhos vendados."

Ela nem teve tempo de esperar a visão se estabilizar. Pensava em onde cada pessoa estivera e de onde vinham seus gritos. Correu até o primeiro segurança — antes que ele pudesse piscar para se recuperar, ela o acertou com força na garganta. Ele emitiu um ruído sufocado antes de desabar. Sydney golpeou o segundo, depois usou o peso de seu corpo para derrubar o terceiro.

Ele bateu a cabeça no chão e ficou inerte.

O telefone estava sem sinal. Sua mente acelerava, suplicando que ela parasse antes que os pulmões falhassem.

Você não precisa ser a mais rápida. Só precisa ser a mais esperta, lembrou a si mesma.

Os sinalizadores do navio.

Ela sentiu o cano gelado de uma arma contra a têmpora.

— Teimosa como eu — resmungou Penelope, o braço firme segurando a arma.

Onde estava Winter?

Eles o pegaram. Estava morto.

A ideia cruzou a mente de Sydney num lampejo doloroso. Ela já estivera em missões em que agentes foram mortos. Mas Winter...

A fúria a atingiu. Sydney se moveu para o lado e acertou o braço de Penelope bem quando a arma disparou.

O tiro soou como uma explosão, tão perto que Sydney sentiu o calor do disparo contra a própria pele.

Penelope voltou a apontar a arma para ela, mas Sydney jogou a cabeça para trás e acertou a garota com toda a força que ainda lhe restava.

Penelope cambaleou para trás. Sydney avançou sobre ela, determinada a tirar a arma da mão da garota — mas Penelope já havia se recuperado e desviou para um lado com uma velocidade surpreendente. Porém, parecia atordoada. Ela não era treinada para combate, não com aquele corpo frágil.

Mas isso não significava que seus seguranças não fossem implacáveis.

Sydney viu que os homens já se recuperavam, dois deles se levantando e o terceiro já de pé, olhando para ela. A dor em seus pulmões deixava sua respiração ofegante — estava tão aguda que ela se curvou para a frente por um segundo. Não podia continuar lutando. A garota voltou os olhos para as janelas da ponte.

Ela tentou dar a volta para chegar mais perto de uma saída.

— É uma pena — disse Penelope. — Acho que poderíamos ter sido amigas.

— Por que você diz isso? — indagou Sydney, a voz frágil de dor.

— Porque você também é movida pela perda.

Não havia desdém ou provocação em sua voz. Parecia uma empatia verdadeira. De alguma forma, Penelope sentia isso em Sydney, as mágoas que ela se esforçava tanto para esconder. A conversa que tiveram antes do show lhe veio à mente. Talvez pessoas como elas sempre se atraíssem.

Um dos seguranças de Penelope investiu contra Sydney. Dessa vez, quando ela desviou do golpe, o homem girou com ela e a acertou na mandíbula com um soco veloz. Fora como se Sydney tivesse visto uma supernova, e a dor se espalhou por seu rosto. Ela girou, caindo sobre o painel de controle da ponte.

Sydney não tentou revidar. Estava ficando sem tempo e força. Em vez disso, tateou o painel — sua mão encontrou o telefone cortado, que ela bateu contra a janela com toda a força possível.

Uma, duas vezes.

O vidro se quebrou. Quando o guarda tentou pegar sua perna, ela passou pela abertura, ignorando como o vidro quebrado cortava sua mão no processo.

— Eu sei o que você está sentindo — disse Sydney para Penelope, a voz falhando.

Penelope fez uma careta, ofendida.

— Não sabe, não.

Ela fixou os olhos com firmeza nos da garota e respondeu:

— Sei, sim. E isso não vai te dar a paz que você deseja.

— E você encontrou sua paz? — questionou Penelope.

— Deixei meus pesadelos para trás.

Penelope ergueu a cabeça para Sydney, parecendo triste.

— Acho que você acabou de trazer eles com você.

Então Sydney estava do lado de fora da ponte de comando, deslizando até o convés. O vento frio balançava seu cabelo.

Ela atingiu o chão e se levantou, desajeitada, rápido o bastante para ver Penelope voltar para dentro. A garota deveria saber que Sydney estava indo para os sinalizadores — como esperado, Penelope irrompeu pela porta da ponte e se dirigiu para os fundos, onde os sinalizadores deviam estar armazenados em compartimentos à prova d'água.

Penelope ia destruí-los.

Os seguranças deram a volta na ponte e atacaram Sydney. Ela se esforçava para ficar de pé — mas um deles já havia agarrado sua perna. Num único movimento, ela foi derrubada. Seu queixo atingiu a beirada da janela da ponte, e sua visão ficou borrada por um instante por consequência do impacto. Ela chutou às cegas.

O homem a girava, arrastando-a pelo chão. Ela arfou ao sentir o tornozelo virar para o lado errado. Seu corpo rolou pelo convés. Seus pulmões reclamavam — ela estava com muita dificuldade para respirar. Por instinto, virou para o lado e sentiu uma bala ricochetear no metal do convés logo ao lado de onde seu rosto estivera. O segurança apertou o gatilho em sua direção outra vez. Sydney levou as mãos ao rosto em vão — nenhum disparo veio. As balas haviam acabado.

O homem grunhiu e avançou na direção dela.

Sydney chutou com a perna que não estava doendo; sua bota acertou a virilha dele. Ele arregalou os olhos, o corpo enrijecendo. Sydney o chutou de novo, dessa vez acertando seu rosto com força. Ele tombou sobre o convés.

Ela se levantou, ofegante, a dor no peito fazendo-a arquejar a cada difícil respiração. Sydney se lembrou de uma missão na qual fora capturada e aprisionada numa cela, onde um guarda a chutara no estômago com tanta brutalidade que ela tivera a sensação de estar se afogando. Ela olhou ao redor, as silhuetas nítidas ao anoitecer e as luzes do navio acesas. Nenhum sinal de Winter.

Ele estava morto. A compreensão das palavras de Penelope a atingiu no peito. O inclinar casual do rosto dele, o sorriso malicioso que às vezes lhe dava de soslaio…

Ele estava morto. Devia estar.

Por que Sydney se apegara a alguém como ele, afinal? Por que tiveram que tirá-lo de sua vida perfeita e colocá-lo em perigo? O que diriam ao mundo? À mãe dele?

Será que ela se importaria? Será que ficaria aliviada?

Sydney nunca deveria ter se separado de Winter. Ele estava ferido. Ele não deveria ter feito aquele caminho…

Sem tempo. *Sem tempo.* Sydney se forçou a ficar de pé outra vez, tirando os olhos dos contêineres e focando na direção para onde

Penelope havia ido. Uma nova onda de fúria ardente a envolveu. Ela ignorou a agonia do tornozelo machucado e começou a mancar o mais rápido que podia ao redor da ponte de comando. Olhou para uma passagem iluminada. Seu peito chiava a cada respiração. Seus pulmões suplicavam para que ela parasse.

Contatar a agência. Contatar o mundo externo.

Bem quando ela chegou à parede onde os sinalizadores estavam, seus pulmões enfim atingiram o limite. Eles se comprimiram — e Sydney caiu no chão, lutando por ar. Estava deitada na cela da prisão outra vez, arfando como um peixe fora d'água.

Sentiu a presença de Penelope. As sombras no chão se agitaram, e Sydney ergueu a cabeça, a visão oscilante, para ver Penelope saltando em sua direção.

De alguma forma, em meio ao esforço para respirar, Sydney conseguiu rolar para o lado — mas a outra antecipou o movimento e se ajustou a ele. Então Penelope estava em cima dela, prendendo-a ao chão com as pernas, as mãos apertando com força o pescoço de Sydney.

Penelope era fraca, mas Sydney estava exausta demais para afastá-la. Ela lutava em busca de ar — seu peito explodia de dor a cada tentativa —, os olhos arregalados de agonia. Ela ia se afogar ali. Tentou empurrar a outra garota de cima de si, mas, quando olhou para o lado, viu mais dois dos seguranças correndo na direção delas. Um deles apontava uma arma em sua direção.

Era o fim. Sydney sabia que seus lábios deveriam estar ficando azuis àquela altura, a boca se abrindo e fechando em arquejos. A escuridão se aproximava, assim como a inevitabilidade de sua morte. Então era assim que tudo acabaria. Sozinha, a bordo daquele navio, depois de uma missão fracassada, sem ar. O parceiro morto.

Sydney tateou à procura do rosto de Penelope, mas a falta de ar a enfraquecera e desencorajara, e a outra garota continuava determinada. Os olhos de Penelope estavam inexpressivos, mas, por trás deles, Sydney podia ver o pulsar daquela estranha empatia, como se Penelope estivesse estrangulando a si mesma.

Era assim que acabaria. Os olhos de Sydney se encheram de lágrimas enquanto lutava para respirar. Sua cabeça virou na direção dos sinalizadores.

Só então ela o viu.

Winter estava curvado, e a mão que segurava a ferida no peito estava coberta de sangue, assim como o cabelo preto e os braços. Mas Winter estava *ali*, logo ao lado dos sinalizadores, segurando algo na outra mão. Os lábios de Sydney tremeram.

Winter.

Sangue escorria de seus braços e ao longo do peito. Mas ele estava ali. *Winter ainda estava vivo.*

E, de repente, ela se lembrou de ser resgatada da cela de prisão durante aquela missão, do rosto rabugento e gentil de Niall debruçado sobre ela, ajudando-a a ficar de pé.

"Hora de ir, garota", dissera Niall.

Winter ergueu um braço e apontou o objeto para o ar.

Um sinalizador.

E, bem quando Penelope notou para onde Sydney estava olhando, Winter tinha acabado de disparar.

33

DIGNO

Winter não esperou para ver se o sinalizador havia subido o bastante, ou se tinha ou não explodido no céu. Assim que o disparou, simplesmente o soltou e correu na direção de Sydney. O ferimento causava espasmos dolorosos em seu corpo, mas ele só conseguia focar na imagem de Sydney ali no chão, nas mãos de Penelope ao redor do pescoço dela, nas lágrimas nos olhos de Sydney. Tudo que ele podia fazer era reagir à expressão nos olhos dela, na cor azul de seus lábios.

Como se ela estivesse se resignando com a própria morte.

Ah, não mesmo. Winter cerrou as mãos em punho enquanto corria.

Quando o primeiro segurança se aproximou, Winter virou para o lado e pisou na parede da ponte de comando, depois girou no ar, acertando o rosto do homem. O movimento pegou o segurança completamente de surpresa. Ele aproveitou o momento para chutar a mão armada do segurança. A arma voou para longe dele e girou pelo convés na direção de Penelope.

Como se tudo estivesse em câmera lenta, ele viu Penelope tentar pegar a arma rodopiante. Winter se forçou a correr.

Sua bota acertou a arma antes que Penelope pudesse alcançá-la. A arma rodopiou para o lado. Winter se jogou e rolou com ela. Lágrimas de dor encheram sua visão. Ele cerrou a mandíbula e procurou pela arma com toda a força que ainda lhe restava.

Então Winter fechou a mão ao redor do cabo. Ele se contorceu no chão e apontou a arma para Penelope. Presa debaixo dela, os movimentos de Sydney haviam cessado.

Penelope o encarou, então lhe deu um sorriso cruel. Suas mãos continuavam firmes ao redor do pescoço de Sydney.

Você não consegue, diziam os olhos dela. De um jeito estranho, naquele momento, ele viu o lampejo de algo que reconhecia nela, uma espécie de poço profundo e rebelde de raiva que ele notara pela primeira vez no apartamento dela.

De repente, Winter sentiu alguém se lançar com força sobre ele. Mãos tateavam seu rosto e procuravam sua arma.

Em meio ao borrão, ele reconheceu a pessoa — era Connor, o rosto ensanguentado pela explosão de paramecium na sala de armazenamento, os olhos vermelhos e lacrimejantes pela queimação da substância. Um grunhido áspero saía de sua garganta, como se ele estivesse morrendo.

Mesmo assim, ele era forte. Winter caiu no chão com o ataque e continuou lutando para manter a posse da arma, mas Connor agarrou seu pulso, forçando-o a soltá-la. Winter a chutou antes que o homem pudesse pegar o cabo. A arma atravessou o convés.

Em algum lugar ao longe, Winter pensou ouvir o som das hélices de um helicóptero.

Connor mirou o punho em seu rosto. Winter conseguiu desviar do golpe, mas um segundo soco acertou com força sua mandíbula. Era como se as estrelas e o universo tivessem explodido diante de si. Ele se virou e rolou no chão, se lembrando da sequência de uma coreografia que aprendera certa vez, então se ergueu com dificuldade.

Mas ele não era um lutador treinado. Tudo o que tinha a seu favor eram truques e ilusões, e estava ficando sem tempo.

Connor avançou sobre a arma que Winter havia chutado. Winter disparou atrás dele e conseguiu agarrar os sapatos do homem. Os dois foram ao chão.

O homem olhou para trás e torceu os lábios feridos.

— Você vai morrer comigo — sibilou ele, trêmulo.

Em seguida, Connor chutou os braços de Winter, que estremeceu quando o sapato dele acertou seus dedos. Um segundo chute.

Winter não aguentava mais. Ele soltou Connor, e o homem se desvencilhou. Connor estendeu o braço para pegar a arma.

Era o fim. Winter observava, desamparado, enquanto ele se aproximava da arma, e se preparou para o momento em que Connor a apontaria para ele. Ali perto, Penelope saía de cima de Sydney.

Mais uma vez, ele pensou ouvir um helicóptero, mas tudo parecia devagar e distante. Não conseguiriam sair dali vivos. Sydney se moveu um pouco contra o chão, a cabeça ainda virada para Winter, mas ele viu os olhos dela se fecharem. Seu corpo se retorcia de dor enquanto ela ofegava por ar.

Não. *Não.*

Era como perder Artie outra vez. Era como acordar às seis da manhã com a voz angustiada da mãe, perguntando incrédula se haviam identificado o corpo correto. Era como se ele estivesse sentado no topo da escada, desamparado, sabendo que tinha acabado de perder o irmão sem ter tido a chance de se despedir direito. Era ser incapaz de salvar alguém que amava.

Uma pessoa que amava.

Winter sentiu sua energia se exaurindo depressa, a adrenalina que o carregara aquele tempo todo enfim se esvaindo com a perda de sangue. Seu peito parecia entorpecido, e seus braços e pernas formigavam. Naquele momento, soube que seria impossível escalar outra vez os contêineres como tinha feito mais cedo.

Sydney abriu os olhos, sem forças. Por um momento, ele pensou que estavam trocando um último olhar.

Então algo a fez olhar para cima, para longe dele. Winter piscou devagar.

Como será que Artie se sentira quando enfim morrera? Será que tivera medo?

E, por um momento, Winter pensou ver o irmão agachado ao seu lado, seus olhos escuros e gentis voltados em sua direção e a testa franzida. Ele dava um sorriso triste para Winter.

Winter ergueu os olhos para ele, ansiando por tocá-lo, sabendo que não podia.

— Eu achava que tinha mais tempo com você — sussurrou Winter, mais para si mesmo do que para qualquer outra pessoa. — Tudo o que eu queria era ser como você.

A última coisa que ele viu foi Artie pegando em sua mão.

Não, não era Artie. Era…

… um soldado de uniforme preto?

E então o barulho de hélices de helicóptero se tornou estrondoso, pareceu engoli-lo. Será que Winter estava imaginando coisas?

A arma que estava na mão de Connor não foi disparada. Em vez disso, o soldado vestido de preto gritava em seu rosto, perguntando se Winter podia ouvi-lo. Ele só conseguia encará-lo de volta, confuso. Devia estar alucinando.

O mundo ao redor dele se esvaía. Ele só queria focar nas palavras que pareciam vir de algum ponto em seu passado, como se estivesse num sonho, palavras que ecoavam em sua mente logo antes de ele mergulhar na escuridão completa. Palavras de Artie.

"Seja *você mesmo*, Winter."

34

RESPIRE

Um helicóptero.

Depois, mais dois.

E então havia agentes por todo lado. Sydney ouviu uma voz amplificada por um megafone. O vento provocado pelos helicópteros espalhava poeira e fazia seu cabelo bater contra o rosto.

A agência devia tê-los encontrado. Deviam ter visto o sinalizador.

Mas Sydney só conseguia focar na terrível dor em seus pulmões, a sensação de se afogar, de não conseguir respirar. Como se estivesse num sonho, ela viu uma equipe de paramédicos correndo até eles, descendo do helicóptero um após o outro; sentia vagamente o tremor de suas botas contra a superfície do navio. Tudo que podia fazer era se esforçar para manter Winter em sua visão enquanto os agentes se agrupavam ao redor deles, espiando pelos vãos entre as pernas para vê-lo enquanto os paramédicos checavam o pulso dela e procuravam ferimentos em seus braços e pernas.

Gritos ressoavam em seus ouvidos com o som do vento.

— Ele pode não resistir.

Como se estivesse muito distante, ela sentiu alguém pressionar uma máscara de oxigênio em seu rosto. Seu corpo inteiro se remexeu, e sua alma se lançou ao ar numa tentativa desesperada de sugá-lo.

Ela sabia que deveria estar escutando a prisão de Penelope, observando os agentes algemá-la, observando a expressão em seu rosto quando ela encontrou os olhos de Sydney, como se indicasse que aquela não seria a última vez que seus caminhos se cruzariam.

Ela deveria estar pensando no que dizer quando tivesse que confrontar Niall e Sauda.

Mas, naquele momento, só conseguia lutar para inspirar e expirar. Ela podia ouvir um socorrista acima dela, encorajando-a.

— Inspira, expira.

Mesmo ao sentir que era erguida e colocada sobre uma maca, ela manteve a cabeça virada na direção de Winter, com medo de perdê-lo de vista. Quando o vira pela primeira vez, ele entrara na sede do Grupo Panaceia com o charme de uma celebridade, a coluna ereta, os olhos vívidos, ávido pela oportunidade de provar seu valor. Desesperado por *algo*.

Mesmo agora, ela não conseguia tirar os olhos dele; podia sentir sua aura no ar.

Sydney tentou imaginar o sofrimento do mundo caso Winter não sobrevivesse.

Se ela morresse, será que alguém sofreria?

Um dos paramédicos gritava algo bem na frente de seu rosto. Ela levou um momento para reconhecer as sobrancelhas franzidas do homem. Não era um paramédico.

Era Niall.

— Cossette! Respire, garota, vamos — gritou ele.

Mas Sydney mal conseguia ouvi-lo com o barulho dos helicópteros ao redor.

Niall só chamava Sydney pelo sobrenome quando temia por ela. Ela sentiu uma onda de alívio com a presença dele, depois uma pontada de angústia. A garota sabia que aquele seria o fim de tudo.

— Você é tão insuportável — continuou Niall. — Pare de tentar discutir comigo e só respire!

Sydney piscou, envergonhada pelas lágrimas que de repente brotaram em seus olhos. Ela queria dizer a ele que sentia muito. Queria lhe perguntar o que acontecera entre ele e a verdadeira filha. Queria saber se algum dia ele seria capaz de perdoá-la.

Ela procurou a mão dele, fraca, como se fosse uma criança, e ele a segurou, como se fosse um pai. Niall não estava olhando para ela; ele gritava instruções para os outros. Sydney tentou falar outra vez, mas o mundo se fechava rapidamente, e os cantos de sua visão escureceram. Ela procurou outra vez por Winter, mas estava muito escuro.

Inspirar. Expirar.

Então até esse instinto se dissipou, e ela mergulhou numa escuridão sem fim.

35

A FAMÍLIA QUE ESCOLHEMOS

A primeira coisa que Winter Young soube ao acordar foi que as manchetes sobre o atentado contra sua vida haviam tomado o mundo. Ele ouvia a comoção do lado de fora do hospital na suíte em que fora internado, um quarto espaçoso com janelas duplas com vista para a frente do prédio. Estavam entoando seu nome lá embaixo, e de tempos em tempos ficava mais alto, e Winter só podia supor que os fãs haviam recebido uma atualização sobre seu estado.

A outra notícia que ele viu na TV em seu quarto — e a informação na qual estava muito mais interessado — era uma manchete sobre a apreensão de um navio de carga no Mar do Norte. Atordoado, Winter assistia às autoridades que invadiam o convés do navio, iluminando cilindros abertos com suas lanternas para revelar milhares de toneladas de armas químicas clandestinas que deviam ser transportadas pelo Canal de Suez.

Nenhuma notícia de Sydney.

Com exceção do ruído lá fora, o quarto estava silencioso. Raios de sol jorravam das janelas, densos e dourados, iluminando os vasos de flores enfileirados na parede oposta. O aroma de rosas enchia o espaço com sua doçura inebriante. Será que ainda estava em Londres? A luz era tão forte e cheia de vida que ele não tinha certeza. A iluminação fazia Winter se lembrar de quando acordou no hospital depois de desmaiar no palco dois anos antes — a sensação de que nada parecia real, de que não estava ali de verdade, de que aquele não era seu corpo. Até mesmo a dor do ferimento em seu peito parecia distante, um latejar entorpecido que ele sabia estar sendo contido por uma boa dose de analgésicos.

Ele olhou ao redor. Dois de seus seguranças estavam ali também, sentados em silêncio ao lado da cama.

A presença de sua equipe fez a ficha cair. Winter se alongou um pouco, estremeceu quando o movimento despertou cada parte de seu corpo com a dor, e se esforçou para erguer o torso, deixando a coluna ereta. Ele esfregou as têmporas conforme sua mente começava a funcionar melhor e pensamentos mais nítidos surgiam. Sydney também devia estar ali. Ou talvez já tivesse recebido alta. Ou talvez a agência a tivesse levado para algum outro lugar. Será que ela tinha sobrevivido? Será que estava bem? Ele não fazia ideia, e isso enchia seu peito de angústia.

Um dos seguranças abriu um sorriso discreto para ele. Winter assentiu.

Os olhos do homem se voltaram para a porta, onde duas pessoas se aproximavam. Uma delas tinha uma serenidade inconfundível no semblante, enquanto a outra torcia as mãos nervosamente.

Dameon e Leo.

Os dois deviam ter passado um bom tempo na sala de espera — suas roupas pareciam amarrotadas, e estavam com olheiras. O cabelo cacheado de Leo estava bagunçado, do jeito que ficava sempre que passava as mãos pelos cachos sem parar. Dameon examinava Winter com seu jeito calmo.

— A enfermeira falou que você acabou de acordar — disse Leo, soltando um longo suspiro.

Leo se afastou da porta, mas um dos seguranças de Winter imediatamente deu um passo à frente, endireitando a postura intimidante. Ele lançou um olhar de alerta para Leo.

— Calma aí, garoto — falou ele.

Então Winter viu a tornozeleira eletrônica na perna do amigo. Ele com certeza havia sido preso. De repente, Winter se encheu de culpa.

— Tudo bem — disse Winter para o segurança.

O homem assentiu, voltando a se acomodar contra a parede, os olhos ainda fixos em Leo.

O garoto ergueu as mãos.

— Foi mal, foi mal — murmurou ele. — Sem movimentos bruscos, eu sei. Eu só... Claire disse que, se Winter acordasse hoje, eu poderia conversar com ele desde que os seguranças estivessem no quarto. Desde que eu fosse rápido.

Ele olhou para Winter. Dameon assentiu, e Winter ficou aliviado ao vê-lo repousar uma mão reconfortante sobre o ombro de Leo. Pelo menos eles estavam bem.

— Não vamos demorar — garantiu Dameon. — Sei que você ainda precisa descansar.

Os amigos se aproximaram da cama.

— Obrigado por estarem aqui — murmurou Winter.

Por um momento, os três só se encararam.

— Como você está? — perguntou Leo, baixinho.

Winter hesitou, sem saber como responder.

— Bem, eu acho. Um pouco dolorido... Estou mais preocupado com você.

Leo balançou a cabeça e fechou os olhos, depois encarou o chão. Um longo momento de silêncio se passou antes que ele falasse outra vez.

— Sinto muito. Sinto muito mesmo. Minha nossa, Winter... Eu...

Ele hesitou, sem confiar mais na firmeza da própria voz, e começou a chorar.

Era um som baixo e sofrido. Winter não tentou impedi-lo. Apenas tomou a mão do amigo e o puxou para a frente com delicadeza, depois se apoiou em seu ombro num abraço silencioso. Dameon aguardava em silêncio, deixando que os dois tivessem aquele momento.

Depois de um longo tempo, Leo se recompôs. Seu corpo tremia ao se afastar o suficiente para falar outra vez.

— Meu voo de volta para os Estados Unidos é hoje mais tarde — murmurou ele, quase que para si mesmo. — Mas eu precisava te contar pessoalmente o que aconteceu. Preciso que você saiba que eu nunca quis nada disso, nunca quis…

Winter ergueu uma das mãos diante do pânico crescente do garoto.

— Ei, eu estou aqui. Você está aqui. Nós vamos ficar bem — disse Winter, baixinho, encontrando os olhos do amigo. — Leve o tempo que precisar.

Leo engoliu em seco. Suas mãos estavam inquietas ao lado do corpo, até que as enfiou de volta nos bolsos.

— Eles… — começou ele, a voz rouca. — Eles ameaçaram minha família…

Leo hesitou outra vez, e Winter sentiu uma grande onda de culpa e vergonha. Então fora mesmo chantagem. Ele imaginou a família de Leo, todas as suas irmãs e tias, seus pais. Imaginou Leo apavorado.

— Claire disse que a polícia está investigando um suposto esquema para extorquir você — completou Dameon. — Parece que o grupo de extorsão tinha se infiltrado entre os seguranças do show.

Leo assentiu em silêncio, e Dameon parou para deixá-lo falar.

— Ele me disse que sabia quem eu era — contou Leo, baixinho, parecendo abalado. — Ele sabia o nome dos meus pais, das minhas irmãs mais velhas. Ele sabia meu endereço… Sei lá. Ele disse que ia ser só um sonífero, que eles só iam roubar o cofre da mansão e deixar você e Ashley inconscientes. Eu não sabia o que fazer. Eu…

— Tá tudo bem — disse Winter, a voz suave.

Leo sacudiu a cabeça depressa, sem ouvir.

— Eles me disseram que não iam te machucar. Que só queriam roubar a mansão. Mas isso não devia ter importado, Winter. Me desculpa. Eu só fiquei com tanto medo. Como eles sabiam de tanta coisa? Eu só ti...

Winter estendeu o braço e ergueu a mão, interrompendo.

— Você não precisa se explicar para mim — disse ele.

Leo hesitou, os olhos inchados de tanto chorar. Winter sabia que ele estava pensando no momento antes de seu primeiro grande show num estádio, da vez em que Leo lhe dissera a mesma coisa quando Winter estava escondido naquele armário.

Winter fizera aquilo com o amigo. Havia o colocado numa situação em que ele fora forçado a cometer um crime. E Leo enfrentaria as consequências disso. Ele nunca deveria ter levado os amigos para Londres, para algo que ele só quisera fazer por conta própria. *Para si mesmo.* Por que não se recusou a deixar que os amigos o acompanhassem? Ele poderia ter lidado com a desconfiança de Claire e poupado Leo de todo aquele trauma.

Ele deveria ter feito aquilo sozinho.

Ao lado de Leo, Dameon observava Winter com seus olhos serenos. Quando Winter o fitou, viu mais alguma coisa ali, como se Dameon estivesse lhe fazendo uma pergunta sem dizer uma palavra em voz alta.

Winter desviou os olhos.

— Sinto muito — disse Winter, sentindo a emoção na própria voz. — Vocês dois só vieram pra cá por minha causa. Eu coloquei vocês nessa situação.

— Somos todos adultos. Viemos pra cá com você porque quisemos — replicou Dameon.

Winter viu compreensão nos olhos do amigo.

— Só estou feliz por você estar seguro — declarou Leo.

Leo olhou ao redor, um pouco perdido, incerto do que fazer em seguida.

— Ei… Você vai ficar bem — garantiu Winter para o amigo. — Prometo. Sua família vai ficar segura, e você também.

— E você? — perguntou Leo, hesitante.

O olhar de Dameon examinava a expressão de Winter, os cantos dos lábios voltados para baixo numa careta pensativa.

Winter voltou a olhar para Leo.

— Eu também. Vamos dar um jeito nisso juntos — garantiu Winter, assentindo.

Leo parecia desesperado para acreditar nisso.

— Tá bem — replicou ele.

Na porta, Claire pigarreou, e Leo se virou para encará-la.

— Só mais uns minutinhos, garotos — disse ela. — Leo, seu pai ligou. Telefona para ele quando terminar aqui, combinado?

Leo assentiu, e Dameon de repente se aproximou de Winter.

— Olha… — sussurrou Dameon, calmo e afetuoso. — Sei que tem alguma coisa rolando e que você não pode falar sobre isso. Algo muito sério.

Winter o encarou, sentindo a nuca esquentar.

— Não sei do que você está falando — retrucou Winter.

Dameon balançou a cabeça.

— Sabe, sim — rebateu ele, abrindo um sorriso discreto. — Não passei quase todos os dias dos últimos cinco anos do seu lado para não perceber quando tem algo de errado com você.

Winter o encarou em silêncio, sem saber como responder. Quando a resposta não veio de imediato, Dameon assentiu de novo.

— Sei que você tem seus motivos, e não precisa me dizer quais são. Talvez algum dia você fale — continuou ele, estudando a expressão de Winter outra vez. — Só não se esquece de quem está do seu lado. Você não precisa fazer tudo sozinho.

Sozinho. Era uma coincidência Dameon dizer aquilo. As palavras do amigo o lembraram de como Sydney certa vez lhe falara sobre a solidão de ser um espião. Winter assentiu. Ele pensou em todas as vezes em que Dameon lera sua mente, sentira suas emoções, percebera quando ele estava exausto, triste ou desconfortável sem sequer ouvir Winter dizer uma palavra a respeito. Seus instintos eram infalíveis.

Então Leo se virou de novo para os amigos, e Dameon se afastou um pouco outra vez, a compreensão em seus olhos dando lugar à serenidade de sempre. Ele cutucou Leo.

— É melhor a gente ir. Deixar ele descansar. — disse Dameon, olhando para Winter.

Leo assentiu, lançando um sorriso hesitante para Winter.

— Certo, vamos. Te vejo nos Estados Unidos?

Talvez Winter mantivesse os segredos até sua morte. Mas pelo menos ele ainda podia passar o resto da vida com os amigos. Ele sorriu, depois se inclinou na direção de Dameon e Leo como se estivessem se reunindo antes de um show. Por instinto, os dois fizeram o mesmo. Winter sentiu os braços dos amigos ao redor de seus ombros, puxando-o para perto. Por cima dos ombros deles e perto da porta, Winter viu Claire repousar a cabeça contra o batente e acenar para ele.

— Tenho notícias — falou ela.

36

CORAÇÃO GRANDE

Claire esperou que os garotos saíssem antes de entrar no quarto de hospital. Pela primeira vez, ela não parecia completamente arrumada. A manga de sua camisa social amarela tinha uma mancha perceptível de café, e havia um borrão visível em seus óculos, como se ela tivesse dormido com eles e ainda não tivesse se dado ao trabalho de limpá-los.

Winter ergueu uma sobrancelha ao ver o copo descartável de café em suas mãos. Ela colocou a bebida numa mesinha e o envolveu num abraço.

— Você nunca toma bebidas quentes — comentou Winter.

— As opções do hospital são limitadas — retrucou ela. — Mas, acredite, mandei um dos nossos seguranças encontrar um café decente. Ou seja, gelado.

— Ai — grunhiu ele.

— Desculpa — murmurou ela, soltando-o e abrindo os braços. — Como você está? Sei que faz só uma semana.

Winter piscou, confuso. Não sabia que estava ali havia tanto tempo. A memória da visita de Leo e Dameon já parecia confusa. Ele deu de ombros, tomando cuidado com o que podia dizer na frente dela. Tinha acabado de participar de uma missão perigosa para uma agência secreta; tinha levado um tiro, sido sequestrado e quase assassinado. Estava exausto como nunca antes, mesmo depois de suas apresentações mais extenuantes. Sua mente estava oscilante, esgotada.

— O que os médicos disseram? — indagou Winter.

Claire colocou uma das mãos sobre o braço dele.

— Que você precisa se recuperar por completo — respondeu ela, olhando-o firme nos olhos. — E que vai estar de volta aos estúdios antes do que imagina. Tire pelo menos um mês para se cuidar depois que receber alta, beleza? Nada de esforço nesse tempo. E você vai precisar fazer fisioterapia por algumas semanas. Também vai ter que lidar um pouquinho com a imprensa, porque você é a notícia do momento. Não dá para andar na rua sem ouvir alguém falar sobre o que aconteceu. — Ela respirou fundo, depois abriu um sorriso discreto. — Mas não se preocupe. Vou cuidar de toda essa parte da imprensa e da justiça. Você vai ficar bem.

Você vai ficar bem. Ele não sabia se isso algum dia seria verdade de novo. Havia uma porção enorme de sua vida que ele não podia dividir com Claire, e lá estava ela, tentando consolá-lo.

— Sinto muito — murmurou Winter. — Por você ter tido que passar por tudo isso. Eu sei que…

Ela fez um gesto para ele.

— Não ouse se desculpar. Só me deixe ficar aliviada.

Você não faz ideia do que realmente aconteceu, pensou ele, ansiando para lhe contar tudo.

— E Ashley? — perguntou ele, lançando um olhar questionador para a mulher, o coração na boca. — Ela…

Claire assentiu.

— A última notícia que eu tive foi que ela saiu da cidade para passar uns dias com a família. Ela não estava internada aqui. Mas não se preocupe, ela disse que voltaria.

Família. Sydney com certeza havia mentido para Claire sobre o que acontecera — mas pelo menos ela parecia ter se recuperado com mais rapidez. Ele ainda conseguia ver os lábios azulados dela, o corpo se contorcendo de dor no convés do navio.

A agência deveria ter cuidado de Sydney com seus próprios médicos. Talvez ela nem estivesse mais no país. Mas as palavras de Claire aliviaram parte da tensão que crescia em Winter. Pelo menos Sydney estava viva.

E se ela tivesse voltado para os Estados Unidos sem ele? A ideia o sobressaltou. E se ela tivesse precisado partir sem se despedir, e ele nunca mais a visse de novo?

— Não estou preocupado — garantiu ele.

Claire sorriu de leve.

— Ah, eu acho que você está um pouco preocupado, sim. Aconteceu alguma coisa entre vocês, e nem pense que vai conseguir esconder isso de mim — disse ela, e em seguida endireitou a postura, seu sorriso vacilando. — Mas não foi por causa dela que eu vim te ver.

Winter a encarou.

— Por quê? O que está acontecendo? — perguntou ele.

— Tem uma pessoa na sala de espera que está aqui já faz um tempo, esperando você acordar.

Winter ergueu os olhos para Claire. Ela acenou de leve com a cabeça.

— Sua mãe, Winter.

Ah...

Ele sentiu as bochechas esquentarem, depois uma onda de ansiedade. De todas as pessoas que ele esperara, sequer havia pensado na mãe.

Claire parecia incerta agora.

— Eu prometi para ela que a avisaria assim que você acordasse. Você quer ver ela? — indagou Claire.

Não estou pronto. A verdade ecoava dentro dele. Ele ainda estava abalado pela conversa com Leo, ainda incapaz de assimilar tudo o que havia acontecido.

Mas Winter se pegou assentindo.

— Aham — respondeu ele no automático, com uma falsa urgência.

Afinal, um filho deveria ficar feliz por ver a mãe, não deveria?

A empresária assentiu para Winter, os olhos ainda cheios de dúvida, antes de se levantar e dar um tapinha no ombro dele.

— Depois eu volto. Temos muita coisa para discutir sobre os seus próximos passos. — Ela fez uma pausa, e sua voz ficou mais séria. — Mas não tenha pressa, entendido? Deixa que eu cuido do resto.

Winter não queria que Claire saísse do quarto ainda, e abriu os lábios, querendo pedir para que ela ficasse mais um pouco, mas ela saiu, os saltos ressoando no piso. Ele ouviu um murmúrio lá fora. O som de uma pessoa que o fez se endireitar na cama.

Então uma nova silhueta apareceu na porta, o cabelo liso e bem preso como sempre, as pérolas brancas ao redor do pescoço, o colarinho enfiado debaixo do suéter passado e engomado.

Ela hesitou na porta quando seus olhos se encontraram.

— Ursinho — disse ela.

— Oi, mãe — cumprimentou ele, a garganta seca.

A mulher entrou no quarto, hesitante, os olhos focando na janela por um instante quando os gritos ficaram mais altos e diminuíram outra vez, e então parou ao pé da cama, um pouco sem jeito. Levou as mãos à frente do corpo, agitando-as por um momento até uni-las.

Ela precisou de alguns longos segundos até parecer se forçar a se debruçar sobre o filho e lhe dar um abraço desajeitado.

— Você está pálido — observou ela, a voz suave, examinando o rosto de Winter.

— Estou bem — replicou ele, se forçando a dobrar as pernas um pouco e abrir espaço no pé da cama, alisando o lençol porque sabia que ela não conseguiria se sentar no tecido amassado. — Aqui, mãe. Tem bastante espaço.

— *Meí shì*. Não quero que você fique desconfortável — disse ela, sentando-se devagar na pontinha, como se a cama estivesse forçando ambos a se aproximarem.

O silêncio era pesado entre eles. Winter se sentia como sempre na presença da mãe — como uma criança, não importava o quanto crescesse, como se nunca fosse conseguir escapar da sensação de pequenez e de ansiar pela aceitação dela. Mesmo naquele instante, podia sentir o cérebro disparar, girando de nervosismo ao pensar no que podia dividir com ela na esperança de que a verdade pudesse deixá-la orgulhosa por um momento.

— Claire me ligou na hora em que aconteceu — disse a mãe. — Não consegui assistir às imagens que não paravam de mostrar na TV. Dizem que foi um esquema de extorsão.

Ela agitava as mãos num gesto repetitivo, e Winter notou a pele de seus dedos ficar levemente amarelada com a pressão.

Ele assentiu.

— Foi o que eu soube — replicou ele.

A mãe pareceu tremer.

— Espero que prendam para sempre quem fez isso.

Winter tinha dificuldade de assimilar as palavras dela, sem saber o que responder.

— Eu também — disse ele, por fim.

Outro instante de silêncio se passou entre eles.

— Trouxe um pouco de comida. Alguns doces. Ainda estão quentes, então você devia comer logo. Ah… — Ela franziu a testa, curvando as sobrancelhas, começando a se levantar da cama. — Esqueci no carro. *Wǒ qù ná*. Eu…

— Não, tudo bem — disse Winter.

Ela fez uma pausa para fitá-lo.

— Não ligo se estiverem frios — continuou ele. — Obrigado.

— Imagina. A loja fica logo ali na esquina. Eu deveria ter comprado alguma outra coisa para você — disse ela, passando os olhos ao redor do quarto, focando em tudo, exceto nele. — Percebi que não sei o que você gosta de comer no café da manhã. Você costumava comer bolo de limão.

— Eu quis dizer obrigado por ter vindo até aqui. Para me ver — acrescentou Winter.

A mãe ficou pálida diante daquelas palavras. Seus olhos se arregalaram um pouco e, neles, ele pôde ver um brilho de mágoa.

— Por que você diz isso?

Ele piscou, confuso.

— Por que digo o quê?

Ela voltou a se sentar na cama, cruzou os braços e ficou em silêncio por mais um tempo.

— Sou sua mãe — disse ela, num tom em que parecia tentar se convencer de algo. — Um filho não deveria agradecer a mãe por visitá-lo.

Winter soltou um suspiro, se sentindo culpado. Ele não sabia mais o que falar.

— Não foi isso que eu quis dizer — retrucou ele. — Só estou feliz de ver a senhora, mãe.

Ela balançou a cabeça.

— Foi o que você quis dizer — replicou ela, erguendo uma das mãos. — E está tudo bem. Sei que não tenho sido uma boa mãe para você.

Winter sentiu o coração acelerar. Ela estava ali havia apenas cinco minutos, e ele já estava estragando a conversa.

— Não, mãe, não é verdade — disse ele.

Ela o encarou nos olhos, e a expressão dela o fez parar.

— Não tenho sido uma boa mãe para você, Winter Young — repetiu ela, mais devagar e baixinho. — E não tenho sido honesta a respeito disso.

Winter abriu a boca outra vez, mas o silêncio continuou, e o coro do lado de fora encheu o espaço entre os dois. Eles se encararam.

348

Por fim, a mãe desviou os olhos e os focou num ponto da cama.

— Antes de Artie, eu tinha um plano para tudo. Coisas boas exigem planejamento, sabe? — Ela ergueu os olhos para ele, depois os baixou outra vez. — Mas depois de tudo que aconteceu, eu...

Ela entrelaçou as mãos sobre o colo e ficou examinando os dedos pálidos por um momento. Winter ficou quieto enquanto a mãe pensava, o coração apertado, com medo de quebrar o silêncio e fazer aquela versão da mãe voltar a se recolher em sua concha. Pela primeira vez desde o dia em que o irmão morrera, ele pôde ver um pedaço do coração dela exposto.

— Não sou tão forte quanto você, ursinho. Não consigo suportar o peso de tudo. Então eu fujo — explicou ela, sua voz ficando mais baixa. — Eu fujo, fujo e fujo de você. Sinto muito. Mas prometo que estou dando o meu melhor. Quero estar aqui. Quero que você saiba disso, tá bem?

Ele percebeu que ela não garantiu que pararia de fugir. Ela sabia que não conseguia, e ele também.

Havia em Winter uma urgência de dizer à mãe que ele não era um evento que acontecera no passado dela. Que ele era mais do que apenas um lembrete de suas dores. Mas as palavras permaneceram não ditas. Não importava quantas vezes a mãe o deixasse, quantas vezes o esquecesse ou o negligenciasse. Tudo o que importava para Winter naquele momento era que ela tinha ido até ali para vê-lo. Todo o seu coração se agarrou a esse fato, àquele gesto pequeno para qualquer pessoa, mas que ele sabia ter sido muito difícil para ela.

— Eu sei, mãe — replicou ele, gentilmente. Ele se esforçou para firmar a voz, como se sua vida dependesse disso. — Está tudo bem. A senhora está aqui.

Ela examinou o rosto dele, a mandíbula tensa por conter as lágrimas, e acenou com a cabeça repetidamente num gesto discreto e rápido. O vislumbre de um sorriso apareceu nos cantos de seus lábios.

— Estou muito orgulhosa de você, ursinho. Você se saiu muito bem.

Dessa vez ele estava mesmo prestes a chorar. Winter se retraiu e aguentou firme, como se tudo aquilo fosse apenas uma de suas apresentações, e engoliu em seco.

— Obrigado, mãe.

O silêncio recaiu sobre eles. Dessa vez, havia uma serenidade nele, e Winter se pegou contando os segundos, saboreando e armazenando cada um deles em algum lugar seguro de suas memórias. Como as vezes em que os dois andavam de ônibus juntos, lado a lado, em silêncio. Como as vezes depois do jantar em que se sentavam um de frente para o outro, os pratos meio vazios sobre a mesa, cada um perdido por alguns minutos em seu próprio mundo, um mundo melhor.

Talvez não fossem próximos. Talvez nunca conseguissem ser. Mas, pelo menos naqueles momentos, ele se sentia mais perto de entender a mãe do que nunca. E Winter sabia que, sempre que ela precisasse de alguém com quem dividir o sofrimento, ele estaria ao lado dela. Sempre que ela estivesse dominada pelas partes de seu cérebro que a tragédia havia machucado, ele cuidaria dela. Ele sabia que ela jamais retribuiria os gestos. Mas continuaria ali para receber as migalhas do amor dela pelo resto da vida.

Então ele ouviu a mãe fungar, viu ela tirar um lenço do bolso e esfregar o nariz antes de voltar a guardá-lo. Ela olhou para o filho outra vez e sorriu, e ele soube que o coração dela havia se retraído de novo, ávido para seguir em frente.

— Não tenha pressa e se recupere direitinho — disse ela. — Me ligue quando precisar. E, quando voltar para a estrada, quero que tome cuidado, tudo bem?

Estava chegando ao limite do que conseguia aguentar perto dele. Winter sabia que ela já ansiava por se afastar, a proximidade do filho ressuscitando todos os demônios que ela passara tantos anos tentando enterrar.

— Certo — respondeu ele, oferecendo-lhe um sorriso.

Mas Winter se pegou lhe dizendo adeus outra vez, apenas pelo olhar, sabendo que ela sumiria por um longo tempo, e lhe desejando paz em sua jornada interminável para preencher os espaços vazios em sua mente. Desejando que pudesse ajudá-la.

— Certo — repetiu ela.

O constrangimento entre os dois retornou. Ela se levantou, torcendo as mãos outra vez, os olhos passeando pelo quarto. Por um momento, hesitou. Então deu um passo na direção dele, parou na metade do caminho e reconsiderou.

— Cuide-se, ursinho — disse ela.

Em seguida, deu meia-volta e saiu do quarto.

Winter ficou encarando a porta por um longo tempo depois que a mãe desapareceu. Então soltou o ar, e percebeu que seu corpo inteiro tremia.

De repente, o vazio do quarto lhe pareceu sufocante. Ele quis passar as pernas para o lado da cama e sair correndo atrás dela, mesmo que fosse só para ter alguma companhia. Ele sentiu a solidão envolvê-lo, e o peso daquela depressão perene se expandindo em sua mente.

Então, no meio daquela sensação esmagadora…

Winter viu Claire surgir pela porta aberta.

Ela não disse nada. Não precisava, ao ver a expressão em seu rosto. Tudo que ela fez foi entrar, se sentar na cama e segurar sua mão. Ela a apertou, e Winter relaxou com o calor da pele dela.

Como Claire sempre sabia quando ele precisava dela?

— Como está se sentindo? — indagou ela, baixinho, a pergunta desta vez diferente de quando a fizera havia pouco.

Winter não conseguiu responder. Só olhou para baixo, prendendo a respiração, ainda contando os segundos em sua cabeça.

Ele sentiu Claire passar os braços ao redor dele, sentiu que se aninhava no abraço dela, exausto.

— Pegue leve com você mesmo — murmurou ela. — Tudo bem não estar bem.

Ele assentiu. Então, finalmente, Winter se permitiu chorar.

37

LEALDADE A UM SEGREDO

Quando Sydney voltou ao hospital, o sol já havia começado sua descida vagarosa no horizonte.

Sauda estava ao seu lado no carro. Ela ficara no quarto de hospital de Sydney — que ficava numa ala diferente da de Winter, por precaução — enquanto a equipe médica cuidava de seus vários ferimentos; permanecera em silêncio ao ouvir os pareceres médicos sob o pretexto de ser uma representante da Elite Securities.

Quando Sydney conseguiu respirar bem o suficiente sem a máscara de oxigênio, elas saíram juntas para um passeio e ali, na segurança do carro, Sydney relatara o restante da missão.

Naquele momento Sauda estacionava o carro nos fundos do prédio. Ela se recostou no assento. Sydney olhava para a frente, o corpo tenso no silêncio constrangedor entre as duas.

— Vocês não precisam que eu fique mais tempo? — perguntou Sydney quando o silêncio se prolongou.

Sauda balançou a cabeça.

— Acho que você já fez o suficiente para uma missão — respondeu ela, com as sobrancelhas franzidas.

Sydney não olhou para a mulher. Estava apavorada demais.

Sauda continuou:

— Você falou com uma cara tão séria que tinha entendido nossas ordens. E aí foi lá e desobedeceu a cada uma delas.

— Sinto muito.

— Sente mesmo? — indagou Sauda, dando-lhe um olhar rígido.

— Você sabe que Niall e eu dependemos de outras pessoas, não sabe? Isso tudo poderia ter sido muito pior.

— Mas não foi — murmurou Sydney, a voz tão baixa e amuada que ela mesma mal conseguia se ouvir.

Sauda franziu a testa e suspirou.

— Não, não foi... Acho que a culpa é nossa.

— Por me treinar para pensar por conta própria? — questionou Sydney.

A mulher gesticulou uma mão frustrada no ar.

— Por se importar demais.

Sydney pensou ouvir um traço de alguém que Sauda fora outrora — alguém com a cabeça mais quente, mais prática, que demonstrava o que sentia. Ela a examinou por um tempo, em silêncio, mas a mulher não disse mais nada.

— E essa foi minha última missão? — perguntou Sydney, baixinho.

— Última missão? — repetiu Sauda.

Sydney hesitou por um longo momento. Seu coração martelava no peito.

— Meus pulmões — revelou ela. — Eu não te contei. Mas tenho certeza de que Niall também já sabe.

Quando Sauda não respondeu, Sydney olhou para a mulher. Ali, ela viu uma expressão suave.

— Sydney... — disse ela, a voz gentil. — Nós sabemos.

A garota pestanejou.

— Vocês sabiam sobre a minha doença?

— Por que acha que eu sempre te falava que é melhor ser esperta do que rápida? — Sauda abriu um sorriso. — Seu treinamento foi repleto de exercícios de respiração.

354

Todo aquele tempo, Sydney se espremera cada vez mais, sentira o sufocamento de seus segredos tanto quanto o esforço em seus pulmões. Pensara que havia de alguma forma conseguido manter tudo em segredo. Mas eles sabiam. Sempre souberam.

— Por que vocês me mantiveram na agência? — indagou ela, baixinho.

— Você não é uma funcionária temporária sob demanda — respondeu Sauda. — Você é uma de nós. Isso significa que Niall e eu tomamos uma decisão conjunta sobre tudo que envolve você, que as partes de você que podem nos desafiar são ofuscadas pelas partes de você que podem beneficiar a agência. Você pode operar sozinha em campo, mas nunca está de fato sozinha.

Sauda encarou Sydney, e a garota engoliu em seco. Ela podia sentir o nó na garganta, as lágrimas se acumulando em seus olhos.

— O futuro não precisa assombrar seu presente, Sydney. Nem o seu passado. Espero que algum dia você consiga compreender isso. Entendido?

Sydney pigarreou, contendo as lágrimas para poder responder.

— Sim, senhora — sussurrou ela.

Sauda olhou para ela, examinou seu rosto e abriu um sorriso discreto antes de desviar os olhos.

— Me lembre de te contar sobre todas as confusões em que me meti quando comecei como agente — disse Sauda.

Sydney lançou um olhar rápido para ela.

— Como assim, quando você começou como agente?

— Quis dizer que minhas histórias podem te ajudar.

Ela estava falando sobre a promoção. Sobre a possibilidade de Sydney passar de colaboradora a agente plena, com uma equipe permanente e dedicada e um parceiro.

Sydney riu, depois se apressou a enxugar as lágrimas. Ela tentou imaginar sua mentora como uma jovem agente rebelde e impetuosa, contrariando ordens e provocando o caos. De alguma forma, não parecia tão surpreendente.

Sauda aprumou a postura, uma nota de formalidade retornando à sua voz.

— Não vai se animando — disse ela. — Ainda preciso discutir a questão com a sede. A essa altura, acho que Niall prefere te embrulhar em plástico bolha a concordar.

— Sim, senhora.

— E não vá pensando que vai se safar disso tudo sem consequências. Quando voltarmos aos Estados Unidos, vamos ver os próximos passos. Posso te colocar num avião comigo daqui a algumas horas. Tudo o que você precisa fazer é ficar no carro, e vamos para o aeroporto agora mesmo.

Agora mesmo. Sem dizer mais uma palavra para Winter. Parte de sua euforia se dissipou, e Sydney sentiu a decepção crescente em seu estômago. Elas partiriam sem aviso, desapareceriam por completo do radar dele, de modo que o garoto não teria como entrar em contato com ela outra vez.

Sauda deve ter sentido sua hesitação — ou talvez tenha percebido a forma como os olhos de Sydney se voltaram na direção do hospital. O jardim ainda estava repleto de fãs, todos ávidos por atualizações sobre Winter, mesmo que a equipe médica tivesse saído várias vezes para pedir que se dispersassem.

— Ou você pode viajar amanhã de manhã — acrescentou Sauda com um aceno de cabeça, demonstrando compreensão. — Vou te dar um tempo para cuidar de qualquer assunto pessoal que você tiver.

Assunto pessoal. Havia uma ênfase sutil nas palavras, e foi assim que Sydney percebeu que Sauda sabia sobre seus sentimentos crescentes por Winter.

Foi também sua forma de dizer a Sydney que ela precisava se despedir dele.

Óbvio que precisava. Isso acontecia ao final de toda missão — Sydney cortava os laços necessários com as pessoas com quem trabalhara, e então seguia com sua vida. Fora treinada para se despedir de milhares de formas diferentes, de milhares de tipos diferentes de pessoas. Ela era boa nisso.

Então por que hesitava naquele instante?

— Vou voltar hoje à noite com você — disse Sydney por fim, forçando as palavras a sair, mais firmes e rígidas do que ela esperava. — Reserve um lugar no avião para mim.

Sauda a examinou. Um momento se passou em silêncio até que ela disse, a voz suave:

— Sinto muito, Syd.

Sydney encarou o hospital.

— Pelo quê?

— Você sabe.

O que estava subentendido preencheu a mente de Sydney. Ela esperou mais um pouco antes de enfim se virar para Sauda.

— Como você e Niall conseguem? — questionou ela.

— Conseguimos o quê? — indagou Sauda.

— Como conseguem aguentar ficar separados? Nunca assumir o risco de ficar juntos?

Sauda não respondeu de imediato.

— Porque nos importamos um com o outro. E, quando você se importa com alguém, quer que essa pessoa tenha uma vida boa. Uma vida feliz — disse ela, baixinho. — E não podemos oferecer isso um ao outro.

Sydney assentiu. Ela sempre soubera que essa era a resposta. Quando entrou para o Grupo Panaceia, a agência lhe prometeu algo acima do amor. Acima do comprometimento com outra pessoa. Lealdade a um segredo acima de tudo. Era uma questão de segurança, obviamente, mas, sobretudo, uma questão de lealdade. Panaceia era o amor de suas vidas. Um espião não poderia se dedicar por completo se priorizasse outra pessoa. Era o sacrifício que faziam em troca do privilégio de realizar um trabalho importante, do tipo que mudava a vida das pessoas sem que elas jamais soubessem disso, do tipo que sentiam em seu âmago.

Se Sauda e Niall quebrassem aquela regra, a agência exigiria que eles se separassem de imediato, ou os demitiria. Uma vida juntos era impossível.

Uma vida com *Winter* era impossível.

— É assim que as coisas são — acrescentou Sauda depois de um tempo.

— É assim que as coisas são — repetiu Sydney.

Ela respirou fundo e sentiu a sutil e constante pressão do gesto em seus pulmões. Pensou ter visto um vislumbre de tristeza nos olhos de Sauda.

Não há nenhum motivo para tristeza, pensou Sydney. Ela ia receber uma promoção. Isso era tudo que desejara.

E nada mais.

Então Sauda assentiu e voltou a se recostar no banco do carro.

— Nove horas — disse ela. — Vou mandar um carro para onde quer que você esteja.

38

O SOL E A LUA

Sydney entrou sozinha pelos fundos do hospital. Uma enfermeira na recepção a reconheceu, se levantou e gesticulou para que um funcionário a escoltasse até o quarto de Winter. A garota caminhava atordoada e, para variar, percebeu que não estava se dando ao trabalho de notar os médicos e enfermeiros que passavam por ela, o número de degraus nas escadas, a palidez que as luzes fluorescentes projetavam no rosto das pessoas.

O funcionário parou perto da porta de Winter e fez um gesto educado para que ela se aproximasse. Então ele partiu, e Sydney ficou sozinha.

Quando ela entrou na suíte, viu uma cama vazia e bagunçada. Uma silhueta esguia olhava pela janela, as mãos nos bolsos, as mangas arregaçadas até os cotovelos, expondo as tatuagens que cobriam seu braço esquerdo. Seu cabelo preto-azulado estava tão perfeitamente bagunçado quanto no dia em que se conheceram. Apenas um traço sutil das ataduras sob sua camisa a lembrava de seu ferimento.

Contrariada, Sydney notou que parara por um momento para admirá-lo. Mesmo naquele instante, o brilho dele emanava calor.

Winter olhou para ela por cima do ombro.

— Quer ir para outro lugar? — perguntou ele.

Ela lhe lançou um olhar cético.

— Com aquela multidão lá fora?

— Claire já arranjou um carro secreto e um lugar — disse ele, um sorriso tímido e melancólico em seu rosto. — Vamos.

Faltavam apenas duas horas até Sauda mandar um carro para buscá-la.

Quando chegaram à entrada do Kew Gardens, o sol tinha acabado de se pôr, e o céu estava tingido de rosa e roxo.

— O jardim já não deveria estar fechado? — perguntou Sydney.

Os vastos campos estavam vazios.

— Meio que sim — respondeu Winter, se inclinando na direção dela e a cutucando gentilmente com o ombro. — Pedi um favor.

Sydney abriu um sorriso.

— Um dia eu vou me acostumar com os seus luxos.

Ele ergueu uma sobrancelha para ela, e em seguida lhe ofereceu o cotovelo ao enfiar as mãos nos bolsos.

— Esse é o seu jeito de me dizer que teremos encontros no futuro, srta. Cossette?

Sydney aceitou o braço dele.

— Está dizendo que isso é um encontro, sr. Young?

Winter deu de ombros.

— Não é uma reunião de negócios, se é isso que você está perguntando — respondeu ele.

Ela riu. Uma brisa suave soprou ao redor deles, e Winter se inclinou de leve sobre Sydney como se quisesse protegê-la do ar frio. Ela percebia que os passos dele ainda estavam rígidos, que a dor o forçava a andar devagar. Seus próprios passos eram desajeitados, considerando a forma como seu tornozelo fora torcido no navio. Mas nenhum dos dois disse uma palavra sobre os ferimentos. Por um tempo, caminharam num silêncio confortável, contemplando a beleza dos jardins ao redor. Os campos pareciam se estender de maneira infindável, com fileiras de sebes podadas à perfeição e lagos rodeados por trilhas silenciosas e bancos de madeira. A certa distância, uma enorme estufa se erguia em esplendor arquitetônico, o vidro refletindo as cores do céu que escurecia. As árvores enfileiradas ao longo do vasto espelho d'água de frente para a estrutura dividiam o céu com seus delgados galhos de inverno, projetando sombras longas e elegantes sobre a grama.

Sydney fechou os olhos e saboreou o ar gelado, assimilando a mudança das estações. Tudo em que conseguia pensar era o calor do corpo de Winter caminhando ao seu lado, conduzindo-a ao longo das trilhas mágicas.

Quando passaram por um elegante templo de colunas brancas em estilo clássico, Winter pigarreou.

— Para onde você vai depois disso? Ou é confidencial? — perguntou ele, baixinho.

— Confidencial — respondeu Sydney de imediato, mas logo depois se arrependeu de afastá-lo tão rápido. *Lealdade a um segredo acima de tudo.* — Devo voltar para a sede por um tempo, para acompanhar o restante do caso e responder às perguntas que podem surgir depois que a CIA fizer as prisões. Ainda vai durar alguns meses.

— Devo me preocupar com alguma coisa?

Ela balançou a cabeça.

— Acho que você está livre para voltar para a sua vida agora — respondeu ela. — Seja lá para onde ela vai te levar.

— Tenho algumas questões para resolver com Claire e minha equipe — disse Winter, hesitando por um momento. — Pega leve com o Leo, tá? Diz pra Sauda que não foi culpa dele. Que ele foi forçado a…

Sydney assentiu.

— Eu sei. Vamos cuidar disso. As acusações contra ele serão retiradas.

Winter sentiu como se um peso tivesse sido tirado de seus ombros.

Em seguida, Sydney levou a mão ao bolso de sua jaqueta e tirou algo para Winter. Era um cartão de visitas do Hotel Claremont, do tipo que qualquer cliente do lugar poderia receber — de um lado, uma imagem em relevo do logotipo do hotel em fios de ouro; do outro, um simples número de telefone.

— Se precisar de ajuda, liga pra gente. Fala seu nome para o operador e diz que gostaria de reservar a suíte Londres. Eles vão passar sua voz por um analisador e te colocar em contato com o Grupo Panaceia.

Winter encarou o cartão, depois o guardou com cuidado.

— Obrigado.

— Não é nada. Você ajudou a salvar muita gente — disse ela, e o cutucou de leve. — Acho que deu pro gasto.

Ao ouvir isso, algo dentro de Winter se iluminou. Um ato de bondade sem retribuição. Ele desviou o olhar, como se estivesse envergonhado, mas Sydney pôde ver um leve sorriso em seus lábios.

— Essa é a coisa mais gentil que você já me disse — murmurou ele.

Ela também sorriu, e se concentrou no caminho que estavam fazendo. A luz continuava a diminuir, e as cores no jardim se desbotavam em azul.

— Então, você vai sair em turnê pelo mundo? — perguntou ela.

— E você para a próxima missão? — indagou ele.

Sydney assentiu.

— Isso mesmo — disse ela.

Estavam ambos evitando a conversa que nenhum dos dois queria ter, o reconhecimento do que eles sabiam ser inevitável.

Que aquele era o fim. Haviam completado a missão juntos, e seus futuros traçavam direções opostas. Winter retornaria aos palcos, que eram o seu lugar, onde precisava estar. E Sydney voltaria para sua vida nas sombras, o mundo que ninguém conhecia. Uma espiã e uma estrela do pop jamais poderiam dar certo.

Então ela parou de repente e tentou pensar nas palavras certas. Estava acostumada a se despedir, mas nunca havia se despedido de Winter Young.

— Olha, eu… — começou ela.

Ele tomou a mão dela na sua e a puxou gentilmente para si. Inclinou a cabeça na direção dela.

— Dança comigo — murmurou ele no ouvido dela.

Ela hesitou, então aceitou o convite. Juntos no crepúsculo, eles giraram num círculo pequeno e lento. Ela apoiou a cabeça no ombro dele e sentiu a respiração quente de Winter. Uma vibração baixa a fez perceber que ele estava cantarolando.

Então Sydney se deu conta de que talvez nunca mais o visse depois daquela noite. Ah, poderia vê-lo na TV como o resto do mundo, talvez até pudesse ir aos seus shows ou assistir às suas entrevistas. Mas momentos como aquele, seja lá o que aquilo fosse, jamais aconteceriam de novo. Um novo sentimento atravessou seu coração, uma pontada aguda e dolorosa que a fez inspirar fundo, surpresa.

Winter se mexeu contra ela.

— Tudo bem? — indagou ele, baixinho.

Não, pensou ela. Mas Sydney assentiu.

— Aham.

Winter ficou em silêncio. Ela se perguntou se ele estava sofrendo da mesma forma, se algo no relacionamento deles era diferente dos que ele devia ter tido com dezenas de outras pessoas antes dela, ou se Sydney era apenas o nome mais recente em sua lista de romances. Se Winter já havia dançado num jardim como aquele com outro alguém, encostando-se na pessoa como se fossem seus últimos momentos juntos. Ele era um artista, afinal, um mestre da ilusão. Era o único e incomparável Winter Young. Aquilo podia ser tudo parte de sua farsa, e talvez nem ele percebesse isso.

Depois de um tempo, Winter se afastou o suficiente para encará-la.

— Sinto muito — disse ele.

— Pelo quê?

— Porque… — Ele fez uma pausa, depois franziu a testa, como se tivesse esquecido o que estava tentando dizer. — Porque não posso ir com você.

Havia algo de pequeno e solitário no olhar dele, a expressão de um garoto que já havia sido abandonado antes. E Sydney sentiu o próprio coração apertar em resposta, a parte de si que só queria fugir de tudo, que só conseguia aguentar se estivesse sozinha.

Ela engoliu em seco e examinou o rosto dele.

— Sinto muito também. Pelo mesmo.

Winter abriu um sorriso irônico e disse:

— Somos um pouco como o sol e a lua, não acha? Nunca estamos no céu ao mesmo tempo.

— Na realidade, às vezes dá pra ver a lua durante o dia, então isso não é totalmente verdade.

O sorriso dele se tornou fulminante.

— Estou tentando ser romântico, e você estragou o clima.

Romântico. Sydney sentiu o rosto corando e olhou para baixo, colocando uma mecha de cabelo atrás da orelha. Um pequeno sorriso brincou no canto dos lábios dela.

— Desculpa. Não é o meu forte — disse ela.

Winter deu uma risada. O som encheu o coração dela.

— Acho que eu só quis dizer… que vou sentir saudade. Mesmo — revelou Winter.

— Eu também — sussurrou ela.

Sydney podia sentir o ar entre eles ficando mais pesado, ansiando para uni-los. Ela percebeu que Winter queria se aproximar dela, queria *ela*. Ela se via chegando mais perto para acabar com a distância entre eles. Um beijo de despedida.

Winter suspirou, uma luz dourada reluzindo em seus cílios.

— Eu… Eu acho que não é uma boa ideia — disse ele.

— Não é — murmurou ela.

Ele abriu um sorriso tristonho.

— Tenho a sensação de que estamos fadados a tomar decisões ruins para sempre — comentou ele.

Sydney sentiu o coração se partir ainda mais.

— Eu sinceramente espero que sim.

Ele olhou para baixo e lhe ofereceu a mão, sorrindo de leve. Ela a tomou, então a envolveu num aperto de mão.

— Foi uma honra, Sydney Cossette.

— A honra foi minha, Winter Young — replicou ela.

Então ele a puxou para si, inclinou o rosto e a beijou.

Sydney fechou os olhos, saboreando o toque caloroso de Winter, o formigamento que percorreu seu corpo, o calor que preencheu cada parte de si. Saboreando os segundos fugazes daquele carinho, que era o último. Recordando as letras que vira no caderno dele.

Você é minha meditação.

De repente, ela se lembrou do dia cinzento em que se colocara diante de Niall e lhe suplicara em voz baixa que a levasse para longe de sua cidade natal. Que, em troca, ela estaria disposta a dar adeus à sua antiga vida. Ela havia desistido de tudo pela oportunidade de um recomeço, sem vínculos emocionais, sem amor e sem a dor que o acompanhava. Também se lembrou de que se jogara de cabeça em algo que importava para ela, algo que parecia significativo e necessário. Tinha decidido que o que ela queria não estava relacionado a pessoas como Winter, mas a derrubar gente que causava dor aos outros. Que cada avanço que tinha no Grupo Panaceia era um passo para longe de sua antiga casa.

Foi quando Sydney se afastou, relutante. As primeiras estrelas haviam começado a cintilar no céu. Ela ainda sentia o gosto dele em sua boca, sentia o desejo que pairava entre eles.

Fique.

Mas nenhum deles falou nada.

Por fim, Winter acenou com a cabeça para a entrada.

— Acho que seu carro chegou — comentou ele.

Ela assentiu. E seu coração se partiu.

Deu um passo para trás.

— Adeus — disse ela.

— Adeus — disse ele.

Quando se virou para caminhar na direção da entrada do jardim, Sydney se permitiu aquele pequeno traço em sua folha em branco. Ela se permitiu pensar em todas as palavras que queria dizer a ele.

Vou sentir saudade, Winter Young. De você e da sua sombra caminhando ao lado da minha. Não se esqueça de procurar por mim de vez em quando.

Pode ser que eu seja uma estrela lá no céu.

39

PODERIA, DEVERIA

Havia um milhão de coisas que Winter poderia ter feito.

Poderia ter se oferecido para ir até o aeroporto com ela.

Poderia ter pedido que ela ficasse mais uma hora, dado um jeito de levá-la a uma cafeteria ou a um jantar.

Poderia ter se oferecido para levá-la em seu próprio jatinho até os Estados Unidos, ou pedido que fizesse uma viagem de última hora com ele, só por um único dia, para que pudessem relaxar por um momento e conhecer um ao outro pelo que eram e não por suas profissões.

Poderia ter lhe dito a verdade.

Poderia ter lhe falado como ele sentira o olhar atraído para ela no instante em que a viu pela primeira vez; que, quando ela ficava brava com ele, seus olhos pareciam escurecer como uma tempestade. Ele nunca lhe dissera que, em todos os milhares de eventos de que já participara, entre todas as pessoas lindas e extraordinárias que já conhecera, nunca havia visto alguém como ela. Não lhe confessou que ela surgia em sua mente a toda hora, tão presente quanto os fragmentos de música que sempre apareciam em seus pensamentos.

Que desejava poder beijá-la sem que fosse um momento de desespero ou uma despedida.

Ele deveria ter simplesmente se permitido ser egoísta, aberto o coração e que não importassem as consequências para os dois, para todos ao seu redor, para todos que significavam algo para ele.

Ele deveria ter dito que estava apaixonado por ela.

Mas não disse.

Talvez fosse melhor assim.

Em vez disso, ele a observou entrar no carro, acenou para Sydney uma última vez, e não disse nada. Depois disso, ficou sozinho no jardim por um tempo, os olhos ainda voltados para a direção na qual o carro desaparecera. Ele esperou até que a noite tivesse caído por completo.

Então foi embora.

REGISTRO DA MISSÃO

AGENTE A: E agora?

AGENTE B: Agora ela é promovida.

AGENTE A: Obviamente. Embora mandá-la para campo como agente pleno signifique que vamos chamá-la para uma nova missão quase que no mesmo instante em que ela se recuperar.

AGENTE B: Você está sempre tão preocupado.

AGENTE A: Ela é um bom investimento.

AGENTE B: E quanto a ele? Ganha um certificado de participação?

AGENTE A: Não damos certificados.

AGENTE B: Nossa, eu estava brincando. O que eu quis dizer é, o envolvimento dele conosco acaba aqui?

AGENTE A: Isso.

AGENTE B: Sem mais contato. Sem cartas de recomendação. Sem cestas de presente.

AGENTE A: Ele é um garoto esperto. Vai entender.

AGENTE B: Tem certeza de que isso é permanente?

AGENTE A: Quando vamos precisar de um astro do pop de novo?

AGENTE B: Você precisa admitir que ele se saiu muito bem.

AGENTE A: Tá, é verdade. Mas quase morreu trabalhando para nós, e nunca vamos sequer agradecê-lo por isso. Deixa o garoto voltar para os palcos.

AGENTE B: Acho que você tem razão.

AGENTE A: Não parece que você concorda.

AGENTE B: ██████████ não vai ficar feliz com isso.

AGENTE A: Ela acabou de me dizer que não poderia estar mais feliz.

AGENTE B: ████████, meu bem. Não é possível que você ache que ██████████ saiu dessa missão sem sentir nada pelo garoto. O dedo mindinho dele tem charme o suficiente para causar rebuliço numa cidade inteira.

AGENTE A: Então é melhor que eles nunca mais se vejam.

AGENTE B: Tem razão. Mas ██████████ vai precisar de um parceiro fixo, e ela poderia se disfarçar como segurança dele sempre que precisarmos, como se fosse contratada por ele. De acordo com todos os parâmetros objetivos, eles formaram uma dupla eficiente.

AGENTE A: Mas eles desobedeceram a ordens e explodiram uma arma química a bordo de um navio cargueiro. Ainda estamos terminando o relatório que explica todos os últimos eventos para a diretora.

AGENTE B: Tudo bem, eles deram trabalho. Mas eu me lembro de outra dupla que era igual.

AGENTE A: Nós éramos diferentes. Por que está me olhando assim?

AGENTE B: Por nada. Só gosto quando suas sobrancelhas fazem isso.

AGENTE A: Se é assim que ▮▮▮▮▮▮ e ▮▮▮▮▮▮ vão ser, espero que eles nunca precisem se juntar para outra missão.

AGENTE B: Não sei.

AGENTE A: Por quê?

AGENTE B: Às vezes... as pessoas combinam.

UM ANO DEPOIS

As principais manchetes do dia eram sobre Winter ter quebrado o recorde mundial de vendas de álbum na semana do lançamento. Ele recebeu a notícia à noite, ao terminar uma rodada de ensaios no estúdio de dança, bem quando atendeu ao celular e ouviu a voz aguda e entusiasmada de Claire.

Ele podia praticamente ver a empresária batendo palmas.

— *Winter! Winter!* Esse é o melhor jeito de começar nosso ano. Sabia que já estou recebendo propostas de cidades para a sua próxima turnê, e ainda nem decidimos quando vai ser? Estou amando isso. Eu amo você.

Ele abriu um sorriso tímido.

— Digo o mesmo para você — replicou ele.

No canto do estúdio, viu Dameon e Leo acenando para ele, fazendo gestos exagerados para que ele se juntasse aos dois para jantar dentro de uma hora. Ele acenou de volta, fazendo um joinha.

— Você se recuperou bem rápido — continuou Claire, ignorando um pouco a resposta dele. — Escuta, agendei algumas entrevistas para você semana que vem. Você quer uns dias de descanso antes de começar? Posso passar algumas para a semana seguinte. Posso ten...

— Claire — interrompeu ele, se agachando perto de sua mochila. — Respira. Vamos comemorar por um segundo antes de convidar o resto do mundo.

— Beleza. Beleza.

Claire soltou um suspiro alto pelo celular, o som carregado de sua própria alegria e trêmulo de emoção súbita.

— Tenho tanto orgulho de você, garoto. *Tanto* — disse ela.

Winter parou o que estava fazendo e sorriu outra vez.

— Por favor, não chora — pediu ele.

Claire fez um som de *shh*, e Winter a imaginou gesticulando para ele, impaciente.

— Não estou chorando — protestou ela, dando um gritinho. — Agora, para com isso e vai comer. Aproveita. Só não bebe demais. Não quero que sua assessora tenha que lidar com você viralizando na internet por alguma confusão às três da manhã.

Então Claire desligou. Sem a energia vibrante dela e o caos de seus colegas de equipe, o estúdio de repente pareceu vazio. Winter se apoiou nas mãos e se permitiu assimilar o silêncio. Ele ainda ofegava por causa da coreografia, e sentia que seu coração ainda estava acelerado.

Recordista. Estava aliviado pela boa notícia. A vida vinha sendo, bem... sufocante nos últimos tempos. Era muita coisa para refletir.

Em vez disso, naquele momento, se permitiu sentir aquele anseio familiar, a ausência do outro mundo do qual pudera ter um gostinho.

E das pessoas que faziam parte dele.

Então o anseio trouxe consigo uma pontada de dor.

Nas primeiras semanas após voltar para os Estados Unidos para se recuperar por completo em casa, Winter pensara em Sydney todos os dias, os pensamentos às vezes tão opressivos que ele mal conseguira se forçar a sair da cama. Mas conseguira lidar com eles; a imagem de seu rosto pequeno e destemido emoldurado pelo cabelo loiro fora deixada de lado em nome dos inúmeros shows, festas, banquetes, bailes e entrevistas que voltaram com força total assim que ele retornara ao trabalho.

Às vezes Winter se esquecia por completo, e aquele estranho mundo como espião parecia tão distante que ele se perguntava se talvez tivesse imaginado a coisa toda, se tudo não passara de um delírio.

Às vezes, porém, ele passava por uma rua de paralelepípedos ou um silencioso jardim de sebes. Às vezes, via uma ponte elegante ou um modelo específico de avião. E aqueles pensamentos voltavam com tudo.

Ela voltava com tudo.

Ele riu e balançou a cabeça. A única pessoa que conseguira invadir sua mente fora quem ele provavelmente jamais veria outra vez. Era a sua sina. Sydney devia estar do outro lado do mundo naquele momento, golpeando um criminoso com o cabo de uma arma. Devia ter esquecido completamente dele.

A dor o atingiu de novo, e o pensamento o fez estremecer.

Winter se perguntou quem seria o parceiro atual dela. Será que ela estava enfurnada com ele em algum hotel por aí, disfarçados como um casal? Como parceiros de negócios?

Você adora se torturar, pensou ele, e afastou as imagens para o fundo da mente. Ele passara semanas se imaginando saindo do estúdio depois dos ensaios e entrando num carro cheio de agentes do Grupo Panaceia outra vez, que talvez Sydney estivesse ali, lhe oferecendo uma nova missão.

Mas não. Os carros que o buscavam continham apenas motoristas.

Ele enxugou o pescoço com a toalha, depois enfiou o restante de suas coisas na mochila, a jogou por cima do ombro e se levantou.

No instante em que ficou de pé, Winter a viu através dos espelhos de corpo inteiro.

Ela estava parada do lado da porta, encostada na parede com as mãos nos bolsos e uma perna cruzada na frente da outra, vestindo um jeans preto rasgado e um suéter largo que deslizava de leve por um de seus ombros.

Seu cabelo loiro estava um pouco mais curto, mas, fora isso, Sydney Cossette era exatamente a mesma.

Winter girou, parte dele esperando não ver ninguém ali. Como se tivesse apenas alucinado a imagem dela no espelho, a mais nova manifestação de sua mente lhe pregando peças.

Mas lá estava ela, em carne e osso, sua postura era um reflexo daquela no espelho.

Ao ver a expressão no rosto dele, Sydney sorriu.

— Espero que se lembre de mim, sr. Young — disse ela.

A mesma voz rouca. De repente, Winter sentiu como se estivesse caindo, como se o calor que percorria suas veias pudesse derretê-lo. Pelo jeito, seus sentimentos não haviam mudado.

Winter sorriu, devagar.

— O que você está fazendo aqui? — perguntou ele.

Sydney abriu um sorriso perplexo.

— Vim pedir um autógrafo.

Ele soube de imediato o que ela diria em seguida. Winter soube pela forma como seu coração disparou, pela forma como seu corpo se iluminou diante da chance de voltar para aquele estranho outro mundo, o mundo envolto em sombras e segredos, o mundo tão diferente do dele — barulhento, insano e caótico. Ele soube pela forma como o ar entre os dois pareceu ganhar vida, os antigos laços despertados da hibernação. Ele soube pelo lampejo nos olhos dela.

Winter soube o que ela diria, e soube qual seria sua resposta.

— Nova missão — revelou Sydney. — Achamos que você se encaixa.

— Só se eu não tiver que trabalhar com você de novo.

Ela riu um pouco. Winter sentiu o coração saltar em resposta. Era o melhor som do mundo.

— Acho que você está sem sorte.

— Percebi que amo o azar.

Sydney lhe lançou um olhar de soslaio.

— Quer saber mais?

Ele sorriu. Às vezes, a lua e o sol apareciam ao mesmo tempo no céu. Então ele deu um passo na direção dela, de volta ao mundo dela.

— Vá em frente — disse ele.

 x

AGRADECIMENTOS

Meu mais profundo agradecimento a minha corajosa agente, Kristin Nelson, e toda a equipe da NLA. Obrigada por defenderem esta minha nova história, como sempre. Serei eternamente grata.

Toda a minha gratidão a minhas maravilhosas editoras e amigas, Jen Besser e Kate Meltzer, por sua sabedoria e gentileza, por seu companheirismo quando faz sol e seu guarda-chuva quando chove. É uma honra para minha vida profissional construir mais uma história com vocês duas.

Agradeço à incansável e dedicada equipe da Macmillan Children's e da Fierce Reads: Emilia Sowersby, Kathy Wielgosz, Jennifer Healey, Melissa Zar, Teresa Ferraiolo, Leigh Ann Higgins, John Nora, Kelsey Marrujo e Tatiana Merced-Zarou. Um agradecimento enorme e especial a Aurora Parlagreco e a Jessica Cruickshank pela deslumbrante capa da edição dos Estados Unidos — acho que nunca vou superar a beleza dela. Há tantas coisas que vocês todos fazem que jamais serão reconhecidas publicamente; aqui estou eu, reconhecendo-as publicamente. É um prazer trabalhar com vocês!

Não sou uma espiã (ou sou? Quem pode garantir?), então só posso escrever sobre a vida de uma agente secreta pela perspectiva de uma leiga. Mas vários livros me ajudaram a construir a personagem de Sydney — sendo o principal deles uma fascinante autobiografia escrita por Amaryllis Fox, chamada *Life Undercover: Coming of Age in the CIA*. Obrigada por compartilhar suas experiências extraordinárias, sra. Fox. Minhas pesquisas para escrever um livro nunca foram tão interessantes.

Todo mundo que me conhece sabe que eu sou uma Army, fã do grupo de K-Pop BTS. Winter Young é, óbvio, uma celebridade do pop fictícia — mas criatividade inspira criatividade e, desde 2017, acompanhar esse talentoso grupo asiático de almas gentis conquistar o mundo tem sido uma grande fonte de inspiração e encorajamento para mim. Só posso imaginar como deve ter sido difícil para vocês todos durante a pandemia, profissional e pessoalmente; mas, por favor, saibam que seus trabalhos durante esse período ajudaram a motivar esta escritora, assim como incontáveis outras. Então, obrigada, Bangtan, por toda a alegria que vocês espalham. *Borahae*!

A todos os professores, bibliotecários e livreiros ao redor dos Estados Unidos e do mundo que seguem lutando para que livros diversos continuem nas estantes, obrigada, obrigada, obrigada. Livros são vistos como uma ameaça desde o início dos tempos. Obrigada por combater esse medo e pelo esforço para fazer com que livros de todas as perspectivas cheguem às mãos dos leitores.

Um agradecimento profundo a meus amigos e minha família, que viram muitas, muitas versões deste livro comigo. Toda a minha gratidão ao meu marido, Primo Gallanosa, por fazer hora extra cuidando do nosso bebê para que eu pudesse trabalhar, e para meu garotinho, por ser a luz absoluta das nossas vidas.

Por último e mais importante, obrigada a *você*, leitor. Todos os meus livros são escritos para você, obviamente, mas este em particular é dedicado a você porque meu único objetivo ao escrever é fazer você feliz. Sei que vivemos tempos turbulentos; sei que você passou por muita coisa. Espero que tenha se divertido ao ler esta história e que tenha conseguido dar uma escapada da realidade com Winter e Sydney. Obrigada por me dar a oportunidade de contar histórias. Espero te encontrar algum dia por aí. Você tem todo o meu amor.